GOLDMAN

Buch

Die Londoner Detektivin Anna Lee ist in der Krise: Ihr Job bei Brierly Security verkommt immer mehr zur Generalvertretung von Alarmanlagen, die Beziehung zu ihrem Freund Quex steht unter keinem guten Stern und ihre geliebte Wohnung muß geräumt werden, weil das Haus Gegenstand windiger Immobilienspekulationen geworden ist. Da kommt ihr das Angebot der extravaganten Amerikanerin Lara Crowther gerade recht: Anna Lee soll nicht nur als persönliche Schutzbeauftragte und Tennispartnerin fungieren, sondern auch den Fall der Londoner Designerin Penny Garden lösen, der ein Großteil ihrer buntschillernden, unverwechselbaren und exklusiven Strickkollektion abhanden gekommen ist. Was zunächst nach einer leichten detektivischen Fingerübung aussieht, entpuppt sich schnell zu einem Fall mit internationalem Zuschnitt und verborgenen Interessen, die mit größter Brutalität verfolgt werden.
Ein moderner Frauenkrimi voll Spannung, Psychoraffinesse und hintergründigem Witz.

Autorin

Liza Cody wuchs in London auf, studierte Malerei an der Royal Academy School of Art und arbeitete als Textildesignerin, Möbelbauerin, Malerin und Fotografin, bevor sie zu schreiben begann. Ihre fünf bisher erschienenen Kriminalromane wurden mehrfach preisgekrönt und gehören zu den herausragenden Werken der modernen englischen Kriminalliteratur. Mit *Doppelte Deckung,* ihrem sechsten Roman mit der toughen, ungeduldigen und doch ausgesprochen einnehmenden Anna Lee, gelang der Autorin ihr ungeheuer spannendes Meisterstück.

LIZA CODY

Doppelte Deckung

ROMAN

Aus dem Englischen
von Regina Rawlinson

GOLDMANN VERLAG

Deutsche Erstausgabe
Die Originalausgabe erschien unter dem Titel »Backhand«
beim Verlag Chatto & Windus, London

Der Goldmann Verlag
ist ein Unternehmen der Verlagsgruppe Bertelsmann

Made in Germany · 2. Auflage · 3/92

Umschlaggestaltung: Design Team München
Umschlagfoto: Trevor Watson
Satz: Uhl + Massopust, Aalen
Druck: Elsnerdruck, Berlin
Verlagsnummer: 41259
Lektorat: Ulrich Genzler
Redaktion: Regina Kammerer
Herstellung: Stefan Hansen/Voi
ISBN 3-442-41259-5

1

Ein schrilles Kreischen zerriß die Stille. Es gellte durch den Raum und ließ den Hund aufjaulen. Anna drehte den Schlüssel herum, worauf es verstummte. Der Hund lief winselnd zur Tür, er wollte hinaus.

»Diese Sirene«, sagte Johnny erläuternd, »hat eine Schallausbreitung von gut einem Kilometer. Wie ich Ihnen gerade vorgeführt habe, läuft sie bei Stromausfall auf Batterie weiter.«

»Höchst beeindruckend«, sagte der große Mann.

»Der elektronische Warnton hat das altmodische Bimmeln völlig ersetzt«, fuhr Johnny fort. »Aber wir könnten Ihnen auch eine herkömmliche Alarmglocke vorführen.«

»Das dürfte nicht nötig sein.« Der große Mann warf einen Blick auf die Gerätschaften, die mitten auf seinem Teppich aufgetürmt waren.

Es war ein großes Zimmer, cremefarben gestrichen, die Zierleisten ganz in Weiß. Bis auf den Teppich und ein paar Klappstühle war es unmöbliert. Eine Frau mit altgoldenem Haar saß an der Wand und hörte sich Johnnys Werbesprüche aufmerksam an. Aber der redete ausschließlich auf den großen Mann ein. Wenn Johnny die Wahl hatte, konzentrierte er sich immer auf die Männer.

»Bei dem System, für das Sie sich letztendlich entscheiden, kommt es in hohem Maße auf Ihre eigenen Sicherheitsbedürfnisse an«, sagte er jetzt. »Der Markt hält eine enorme Auswahl bereit, aber wir von *Brierly Security* verfügen über das nötige Know-how, um Ihnen eine wohldurchdachte Entscheidung zu erleichtern. Soll ich mit der Infrarotsicherung beginnen?«

»Was halten Sie von Bewegungsmeldern?« fragte der große Mann. »Ein Bekannter von mir in Miami schwört auf die Dinger.«

Anna sah den Hund an. Er war immer noch aufgeregt, aber niemand hatte daran gedacht, ihn hinauszulassen.

»Honey«, sagte die Frau plötzlich. »Besprich du nur mit Mr. Crocker die Bewegungsmelder. Ich zeige inzwischen Miss Lee das Haus.« Sie stand auf und reckte sich.

»Wir klären dann solange die technischen Details ab, Lara.« Der große Mann lächelte gönnerhaft.

Die Frau machte ein freundliches Gesicht, aber an dem Aufblitzen ihrer graublauen Augen merkte Anna, daß man ihr mit gönnerhaftem Gehabe nicht kommen durfte. Sie folgte ihr nach draußen. Der Hund sauste durch die leere Diele, seine Krallen rutschten über das glatte Parkett.

»Technische Details«, sagte die Frau sachlich. »Was meinen Sie?«

»Nun, Mrs. Shomacher...«, begann Anna.

»Mr. Shomacher ist mein Bruder«, fiel die Frau ihr ins Wort. »Ich heiße Lara Crowther. Ich weiß ja, wie ihr Briten euch anstellt mit eurem Mr. und Mrs., aber wenn es Ihnen nichts ausmacht, nennen Sie mich doch schlicht und einfach Lara.«

»Anna«, sagte Anna, die den Eindruck hatte, daß Lara Crowther sich schon erheblich gehenlassen mußte, wenn sie in irgendeiner Hinsicht als schlicht und einfach bezeichnet werden wollte. Sie war vermutlich Mitte Fünfzig, aber nichts an ihr war der Natur überlassen worden, nur die schlaffen Falten unter dem Kinn verrieten ihr Alter. Nicht einmal den bronzefarbenen Teint hatte sie einem englischen Sommer zu verdanken.

»Sehen Sie sich doch ein bißchen um«, sagte Lara.

»Ich koche uns in der Zwischenzeit einen Kaffee. Technische Details. Ich kenne meinen Bruder. Er ist verrückt nach technischem Firlefanz, und wenn ich Ihren Kollegen richtig einschätze...«

»Er ist ganz vernarrt in seine Geräte«, sagte Anna lächelnd. »Aber er versteht etwas von seinem Handwerk.«

»Gewiß, gewiß«, sagte Lara hastig. »Aber sie arbeiten auf Kommissionsbasis, nicht wahr? Je mehr Sie verkaufen, desto mehr verdienen Sie, stimmt's? Sie dürfen mich nicht mißverstehen, ich will damit nicht sagen, daß Sie Donald übers Ohr hauen. Schließlich habe ich mich über Ihre Firma erkundigt, bevor ich mich an Sie gewendet habe.« Sie schlug unschuldig die blaßblauen Augenlider auf. Anna schmunzelte.

»Ich habe nichts dagegen, mich meine Sicherheit etwas kosten zu lassen«, fuhr Lara fort. »Aber ich will nicht bis zum Hals in technischen Geräten versinken. Haben wir uns verstanden?«

»Sie möchten Alternativen«, sagte Anna.

»Genau«. Lara wollte in die Küche gehen.

»Haben Sie vor, den Hund im Haus zu halten?« fragte Anna.

»Ganz so alternativ sollte es nun doch nicht werden«, sagte Lara. »Ein bißchen Schnickschnack kann nicht schaden.«

»Oh, das meinte ich gar nicht. Tiere, die im Haus frei herumlaufen, können manche Systeme auslösen. Bevor ich anfange, muß ich über Ihre Gepflogenheiten Bescheid wissen.«

»Sehen Sie?« Lara strahlte sie mit blitzweißen Zähnen an. »Ich wette, an den Hund hat Donald überhaupt nicht gedacht.«

Als Wachhund konnte man den großen, gelben Labrador gewiß nicht bezeichnen. Er folgte Anna von Raum zu Raum, und jedesmal, wenn sie stehenblieb, um sich eine Notiz zu machen oder etwas auszumessen, brachte er ihr sozusagen ein Geschenk. Im Badezimmer war es ein Taschentuch, im Schlafzimmer ein Schwamm, in einem anderen Schlafzimmer ein Pantoffel. Sie mußte diese Präsente annehmen. Tat sie es nicht, sprang er immer enger um sie herum und blickte sie bekümmert an. Nahm sie ihm jedoch etwas ab, klappte er die Ohren nach hinten, wedelte mit dem Schwanz und sah sehr erleichtert aus.

Als sie in die Küche kam, hatte sie ihr Notizbuch im Mund und die Arme voller Krimskrams.

»Legen Sie die Sachen auf den Tisch«, sagte Lara. »Ich schaffe sie weg, wenn er nicht hinschaut. Ich hätte Sie warnen sollen. Irgendwie sind dem Hund die Apportierinstinkte durcheinandergeraten.«

Falls es noch Zweifel an Mr. Shomachers Technikbegeisterung gegeben hätte, wäre die Küche der letzte Beweis dafür gewesen. Sie wirkte wie ein Operationssaal im Cockpit eines Überschalljets, meinte Anna später. Als Raum, in dem sich das Familienleben abspielte, war sie kaum vorstellbar. Lara hatte in einer hohen Maschine aus Edelstahl Kaffee gekocht. Jetzt schenkte sie ihn in zwei schlanke, weiße Tassen und setzte sich.

»Also?« fragte sie.

»Also«, sagte Anna. »Sie haben insofern Glück, als die Architektur des Hauses, je nach Belieben, sowohl simple als auch komplizierte Lösungen zuläßt. Sie haben drei Eingänge: Haustür, Hintertür und Durchgang zur Garage. Alle drei münden in nur einen Raum: die Diele. Sichern wir also die Diele, schlagen wir mehrere Fliegen mit einer Klappe. Im ersten Stock dürfte es keine größeren Schwierigkeiten geben, es gibt weder ein vorspringendes Dach noch überhängende Äste. Natürlich wäre da noch das Garagendach, aber auf dieser Seite hat das Haus ja keine Fenster.«

Sie schwieg. Es hatte keinen Sinn fortzufahren, bevor sie nicht wußte, wie das Haus genutzt werden sollte und was es darin überhaupt zu sichern gab.

»Ja?« sagte Lara aufmunternd.

»Alles weitere hängt davon ab, was Sie sich unter Sicherheit vorstellen.«

»Klingt wie eine philosophische Frage.« Lara nippte an ihrem Kaffee und lächelte. »Ich weiß, daß es eine absolute Sicherheit nicht geben kann. Ich habe eine Wohnung in New York.«

»Dann ist Ihnen auch klar, daß ein zu allem entschlossener Täter überall einbrechen kann.«

»Durchaus.«

»Gut. Wollen Sie also nur Gelegenheitseinbrecher abschrekken?« fragte Anna. «Oder hatten Sie an mehr gedacht?«

»Etwas mehr darf es schon sein«, sagte Lara bestimmt. »Sicher würde Donald am liebsten alles kaufen. Aber nur aus Spaß an der Freude, wenn Sie verstehen, was ich meine. Er leidet nicht etwa an Verfolgungswahn, er möchte einfach nur das Neueste, das Beste.«

Anna musterte Lara über den Rand ihrer Kaffeetasse hinweg. Die nächste Frage lautete, kraß ausgedrückt: Wer von euch beiden stellt die Schecks aus? Doch als Repräsentantin von *Brierly Security* wurde Anna nicht dafür bezahlt, unhöfliche Fragen zu stellen. Martin Brierly oder Beryl Doyle hatten sicher die nötigen Erkundigungen schon eingezogen. Vielleicht hatten sie sogar bereits das Honorar für die Spezialberatung der Agentur erhalten, eine Beratung, die Anna ungern den falschen Leuten gegeben hätte. Sie entschied sich für ein vorsichtiges Herantasten.

»Wie lange sind Sie schon in England, Lara?« fragte sie freundlich.

»Ach, ich bin immer mal wieder im Lande«, sagte Lara. »Darum habe ich meinem Bruder auch jetzt meine Hilfe angeboten. Ich bin als Einkäuferin für eine Boutiquenkette tätig. Dabei muß ich viel durch die Weltgeschichte reisen. Donald ist erst seit ein paar Monaten hier. Er hat eine Firmenwohnung in Kensington. Jetzt sieht es so aus, als müßte er mindestens ein paar Jahre bleiben, und da will er Frau und Kinder nachholen.«

»Und deshalb hat er für die Familie ein Haus gekauft«, sagte Anna. Es war eine große, imposante Villa mit fünf Schlafzimmern und drei Bädern. »Sind die Kinder noch klein?« fragte sie.

»Noch nicht ganz erwachsen, aber doch schon ziemlich groß«, sagte Lara. »Spielt das eine Rolle?«

»Möglicherweise«, erklärte Anna. »Da gibt es verschiedenes zu berücksichtigen. Je schwerer man es zum Beispiel einem Dieb macht, in das Haus einzudringen, desto schwieriger wird es für einen selbst, wieder hinauszukommen. Sollte also etwa ein Brand ausbrechen . . .«

»Ich verstehe«, unterbrach sie Lara und verzog das Gesicht. »Kleine Kinder müßte man schon in Betracht ziehen. Genau wie Hunde.«

»Ja.«

»Nun, ich bin wirklich sehr froh, daß ich mit Ihnen gesprochen habe«, sagte Lara. »Technik ist eben doch nicht alles.«

»Wird Mrs. Shomacher nicht auch mitentscheiden wollen?« fragte Anna.

»Nein«, sagte Lara rasch. »Ihr geht es nur darum, die Tapeten und die Einrichtung auszusuchen. Wichtige Entscheidungen läßt sie sich lieber abnehmen. Und genau da komme ich ins Spiel.« Lara verstummte. »Sie ist nicht sehr . . .« Sie brach erneut ab. »Egal, ich muß auf jeden Fall dafür sorgen, daß Donald sich ein Sicherheitssystem zulegt, mit dem sie auch allein zurechtkommt.«

»Er hört auf Sie?« Anna dachte daran, wie begeistert Donald Shomacher die mehr als komplizierten Broschüren gewälzt hatte, die Johnny ihm gezeigt hatte.

»Ja.« Lara machte ein unschuldiges Gesicht, und Anna glaubte ihr sofort.

»Nun, denn.« Anna stand auf. »Ich sehe mich draußen noch ein bißchen um. Einen Grundriß habe ich mir schon gezeichnet. Aber mit guten Sicherheitsvorkehrungen fängt man immer am besten draußen an.«

Lara begleitete sie gerade zur Haustür, als Donald Shomacher und Johnny aus dem Wohnzimmer kamen.

»Wollt ihr nach draußen?« fragte Mr. Shomacher. »Honey, es gibt da ein wirklich tolles Gerät mit Wärmesensoren, Überwachungskameras und einem Regelpult, das man in der Diele aufstellen kann. So etwas hast du noch nicht gesehen. Ich schätze, wenn wir eines vorne und eines hinten einbauen, können wir einen Radius von fast hundertachtzig Grad überwachen . . .«

»Hört sich gut an«, fiel Lara ihm ins Wort. »Aber jetzt laß erst mal die Leute weiter an ihrem Gutachten arbeiten, bevor es wieder anfängt zu regnen.«

2

Im Auto zog Anna sich die Schuhe aus. Sowohl sie als auch Johnny waren geschäftsmäßig gekleidet. Johnny lockerte sich den Schlips und strich sich mit der Hand durch die krausen Haare. Er fuhr einen fast neuen Volvo Kombiwagen, in dem es ausreichend Platz für die Vorführgeräte gab.

»Hollywood lebe hoch«, sagte er schließlich. »Hast du gesehen, was für einen Riesenwhirlpool die im Schlafzimmer hatten?«

Sie ließen Barnes hinter sich und fuhren über den Fluß zurück Richtung Kensington.

»Was hast du vor?« fragte Anna. »Willst du ein paar Minikameras und einen Monitor über dem Ehebett installieren?«

Johnny grinste. »Der Typ ist total verrückt auf technischen Firlefanz«, sagte er. »Hätte ein Mordsauftrag werden können, wenn sich seine blöde Schwester nicht eingemischt hätte. Woher sollte ich denn wissen, daß seine Frau zwei linke Hände hat?«

»Du hättest ihn fragen können.«

»Wozu denn?« fragte Johnny. »Schließlich hast du das für mich erledigt.«

»Wir hätten uns ein paar Stunden gespart.« Anna war gereizt. Nicht zum ersten Mal hatte Johnny wegen seiner Technikbegeisterung die menschliche Seite außer acht gelassen. Noch bis vor kurzem hatte sie sich nur in billigen Uhren, Taschenrechnern und Telefonen geäußert. Doch seit auch *Brierly Security*, wie die meisten Firmen auf dem Sicherheitssektor, auf der Technikwelle mitschwamm, war er ganz in seinem Element. Er liebte Spielereien. Er liebte den neuen Wagen mit dem Autotelefon, den elektrischen Scheibenhebern und der Quadroanlage, die er selbst eingebaut hatte. Mit Abhöranlagen, der Abwehr von Lauschangriffen und der ganzen Überwachungstechnologie kannte er sich aus. Bloß schade, dachte Anna mürrisch, daß er keine Gelegenheit hat, sein Wissen auch anzuwenden. Er hätte besser bei einer Nobelfirma in der City gearbeitet. Doch obwohl Johnny gern in vornehmeren Kreisen verkehrt hätte, besaß er selbst nicht genug Klasse, um dazuzugehören. Hinter der Fassade steckte immer noch der große Junge vom Fernmeldetrupp, der allzugern bereit war, ein Schnäppchen zu machen oder sich auf einen Handel einzulassen. Und *Brierly Security* war trotz aller Expansionsbemühungen immer noch eine kleine Firma, die in den Nischen des Marktes herumkrebste.

Die Kensington High Street war im Laufe der Jahre vielleicht bunter und auch schäbiger geworden, aber Martin Brierly selbst hatte sich nicht verändert, genausowenig wie seine rechte Hand, die Bürovorsteherin Beryl Doyle. In der Agentur herrschte noch immer dieselbe Atmosphäre von engstirniger, knauseriger Spießbürgerlichkeit.

In jüngster Zeit hatte Anna ein eigenes, mit Schreibtisch, Schreibmaschine und Drehstuhl eingerichtetes Zimmer. Aber es war nur ein schmaler Schlauch, dessen Wände ab Hüfthöhe verglast waren. Da es auch eine Glastür hatte, konnte Beryl nach wie vor sehen, ob Anna sich unter dem Schreibtisch die Schuhe auszog oder die Teetasse auf den Boden stellte. Beryl hatte selbstverständlich ihr eigenes Büro: eine Art Wachhäuschen, von dem aus sie den Lagerraum, den Kopierer und die Telefonvermittlung im Auge behielt. *Brierly Security* beschäftigte jetzt eine Empfangsdame, die gleichzeitig die Telefonvermittlung bediente, aber Beryl hatte einen sechsten Sinn für Privatgespräche. Nur im äußersten Notfall wagte es ein Angestellter, zu Hause anzurufen. Es behagte keinem, daß Beryl Gespräche mithörte, was sie immer dann tat, wenn sie argwöhnte, daß sich jemand auf Kosten der Firma Freiheiten mit der Telefonrechnung erlaubte.

Anna legte ihr Notizbuch aufgeklappt auf den Schreibtisch. Sie nahm sich ein paar Bogen aus der Schublade mit der Aufschrift »Papier«, aus der Schublade mit der Aufschrift »Grundrisse« holte sie einige Blätter Millimeterpapier. Es war Zeit, den Kostenvoranschlag für Shomacher zu erstellen. Sie hätte ihn mit verbundenen Augen schreiben können. Rechts von ihr konnte sie durch das Glas Johnny sehen, der mit einer Lieferfirma telefonierte. Links von ihr war Tims leeres Büro, dahinter Phils Zimmer. Gegenüber, auf der anderen Seite des Korridors, arbeitete Bernie an einem Gerichtsprotokoll. Nebenan saß Sean, und Anna konnte sehen, daß er so tat, als sei er beschäftigt. Bald, wenn er den richtigen Zeitpunkt für gekommen hielt, würde er aufstehen, an Bernies Tür klopfen und ihn um Rat oder Hilfe bitten. Sean war der Neuling im Team. Er wollte hoch hinaus, und er hatte sich Bernie als Mentor auserkoren. Eine kluge Wahl, fand Anna.

Aber Bernie suchte sich seine Schützlinge am liebsten selbst aus, wie er Anna einmal an einem dieser verregneten Abende bei einem schnellen Drink erzählt hatte. Er wäre allmählich zu alt, junge Hunde abzurichten, vor allem solche, die an der Arbeit hauptsächlich das Geld interessierte. »Er will Karriere machen«, hatte Bernie geklagt. »Ich glaube, alles andere ist ihm egal. Bei der Polizei ist er nicht schnell genug vorangekommen, und das ist auch der einzige Grund, warum er jetzt bei uns ist. Die Kohle. Der kann mich mal. Streber konnte ich noch nie ausstehen.«

Anna gähnte. Der Kostenvoranschlag mußte am nächsten Morgen auf Mr. Brierlys Schreibtisch liegen. Um elf mußte sie einen neuen Klienten besuchen und am Nachmittag einen alten Auftrag weiterbearbeiten. Bei dem neuen Klienten handelte es sich um einen türkischen Ladenbesitzer, der einen Angestellten für die Beförderung zum Filialleiter überprüfen lassen wollte, bei dem alten Auftrag ging es wieder um eine Einbruchsicherung. Anna mußte sich nur vergewissern, ob die empfohlenen Geräte geliefert worden waren und funktionierten.

Sie blätterte in ihrem Schreibtischkalender. Jeder Tag war verplant, einen ganzen Monat im voraus. Sie wußte jetzt schon, wo sie wann mit wem reden würde. Für Überraschungen war in ihrem Terminplan kein Platz.

3

Im Holland Park waren die letzten Blätter gelb und spröde. Anna, die nach Norden zur Holland Park Avenue wollte, überlegte sich, wie viele Fußball- oder Kricketspiele sie wohl schon gesehen hatte, seit sie auf diesem Weg nach Hause ging. Wie viele schmollende Kinder, die noch nicht nach Hause wollten, wie viele Liebespaare auf den Parkbänken, wie viele ältere Frauen, die den Eichhörnchen von ihrem Essen abgaben? All diese Bilder überlagerten sich, bis sie zu einem einzigen langen Spaziergang wurden. Ich könnte eine andere Route nehmen, dachte sie, außen um den Park herum könnte ich gehen. Das wäre wenigstens mal eine Abwechslung. Aber für London war dieser Weg nicht der schlechteste, vor allem, wenn es trocken war und die Strahlen der Abendsonne zwischen den Bäumen hindurch fielen.

Früher war Anna hier manchmal gelaufen. Aber das ging jetzt nicht mehr. Sie konnte sich kaum noch erinnern, wann sie in letzter Zeit einmal nicht geschniegelt und gebügelt auf der Arbeit hätte erscheinen müssen. Schwitzend und mit verfilzten Haaren durfte sie sich dort nicht mehr blicken lassen. Die Klienten erwarteten teure Kostüme und blankgewienerte Aktenkoffer, und Beryl sorgte dafür, daß die Klienten bekamen, was sie verlangten.

Vor ein paar Jahren hatte im Büro ein Memo von Martin Brierly höchstpersönlich die Runde gemacht, in dem neue Bekleidungsregeln angekündigt wurden. Es erntete zwar viele anzügliche Witze, doch an die Vorschriften hielten sich alle, und über Nacht hatte sich *Brierly Security* von einem locker-lässigen in einen förmlich-steifen Betrieb verwandelt. »Da könnte man ja genausogut immer in Uniform herumlaufen«, hatte Bernie geknurrt und sich den wundgescheuerten Nacken gerieben. »Sehr unauffällig so ein Anzug bei einer Beschattung im Rotlichtbezirk.«

Das waren noch Zeiten gewesen. Lang, lang ist's her, dachte Anna. Eine so abwechslungsreiche Aufgabe wie einen Beschattungsjob im Rotlichtviertel hatte es schon seit Ewigkeiten nicht mehr gegeben. Während sie an diesem Septemberabend durch den Park ging, erkannte sie, daß sie eigentlich nichts anderes mehr war als eine Vertreterin. Sie repräsentierte weniger eine Privatdetektei als vielmehr einen Alarmanlagenausstatter. Genausogut hätte sie Isolierfenster oder Kosmetikartikel verkaufen können, so langweilig war die Arbeit, so wenig wurde sie geistig gefordert.

»Eine Vertreterin, eine miese, kleine Klinkenputzerin«, knurrte sie, während sie auf ihre Schuhe blickte, die unter dem Rocksaum hervorschauten und wieder darunter verschwanden. »Mehr bin ich nicht.«

Sie trat einen Stein beiseite und scheuchte eine übergewichtige Taube ins Gebüsch. Die Taube war zu satt und zu sehr an menschliche Marotten gewöhnt, um wegzuflattern.

Anna sah sie düster an. »Wir sind schon zwei lahme Enten«, sagte sie und ging weiter.

4

Vor etwa zwei Jahren hatte die kleine Eisenwarenhandlung, in der man noch lose eine Handvoll Dichtungsringe bekommen konnte, zugemacht, und an derselben Stelle war der Ausstellungsraum eines Innenarchitekten eröffnet worden. Aus dem alten Laden an der Ecke, wo die Rentner gebrochene Biskuits tütenweise bekommen konnten, war *West London Video Ser-*

vices geworden, und Selwyns Stammkneipe hatte sich in ein Bistro verwandelt.

»Schleichende Luxussanierung«, klagte Selwyn. Das Verschwinden der Eisenwarenhandlung und des Ladens war ihm nicht aufgefallen, aber das Bistro hatte ihm einen herben Schlag versetzt. Er lief durch die Nachbarschaft und zählte den Bestand an neuen Autos; auch die renovierten Fassaden mit den Kutscherlampen neben den Haustüren entgingen ihm nicht.

»Wir werden langsam vornehm«, sagte er besorgt. »Die Sekt-und-Kaviar-Welle hat uns eingeholt.«

»Und sieh dir nur die Hauspreise an«, sagte Bea, seine Frau. »Wenn wir nicht schon hier wohnen würden, könnten wir es uns nicht mehr leisten.«

Selwyn und Bea wohnten unter Anna im Erdgeschoß. Das Haus gehörte Mr. Chatterjee, den man noch bis vor kurzem nur durch hartnäckige Einschüchterungskampagnen dazu bringen konnte, wenigstens eine kaputte Dachpfanne auszuwechseln.

»Er will die Fassade streichen«, sagte Bea verwirrt. »Dabei haben wir ihn nicht einmal darum gebeten, oder?« Sie war solange davon angetan, bis Anna sie darauf hinwies, daß Chatterjee das Haus vermutlich verkaufen wollte.

Die Reaktion der Eheleute auf diese Gefahr war typisch. Sie gerieten sich in die Haare. Bea rechnete die Familienfinanzen zusammen und kam zu dem Schluß, daß sie sich unter Umständen ein eigenes kleines Haus leisten konnten, wenn sie nach Ealing oder Acton zogen. Es war höchste Zeit, daß sie die erste Sprosse auf der Eigenheimleiter erklommen. Selwyn schwebte allerdings etwas völlig anderes vor. »Ich scheiße auf Acton«, schnaubte er verächtlich. »Ich will ein Haus in der Bretagne, in der Normandie oder der Toscana. Wie wäre es mit einem bescheidenen, weiß getünchten Häuschen neben einer Taverne auf einer unbekannten griechischen Insel?«

»Was ist der Unterschied zwischen einer französischen Hypothek und einer englischen?« fragte Bea.

»Keine Ahnung«, sagte Anna. »Was ist denn der Unterschied zwischen einer französischen Hypothek und einer englischen?«

»Das sollte kein Witz sein«, sagte Bea. »In Frankreich könnte ich keine Hypothek abbezahlen, weil ich kein Französisch spreche, und ich könnte keine Arbeit finden, um diesen unpraktischen Blödian von einem Ehemann durchzufüttern.«

»Mich durchfüttern?!« brüllte Selwyn. »Was redest du, Weib? Du gibst dein Geld ja doch nur für Spitzengardinen, falschen Hasen und Bettwäsche von Habitat aus. Was ich brauche, ist Zeit, Raum und Licht.«

»Das werden wir ja sehen«, sagte Bea und fuhr am folgenden Tag mit dem Zug nach Swansea. Selwyn ließ sie mit reichlich Zeit, Raum und Licht zurück, allerdings ohne falschen Hasen und saubere Bettwäsche.

»Sie hat mich verlassen«, sagte Selwyn, verdutzt und nicht wenig beeindruckt. »Und so etwas nennt sich nun Treue! So etwas nennt sich nun lieben, ehren und gehorchen!«

»Bea hat nie gelobt, dir zu gehorchen«, erinnerte ihn Anna, während sie ihn zurück in seine eigene Wohnung schob. »Dafür ist sie viel zu klug.«

Es war ihr erster Ehekrach, und Bea ging eindeutig als Siegerin daraus hervor. Ohne sie hatte Selwyn nichts, wogegen er anrennen konnte, er war ein Krieger ohne Krieg. Außerdem quälte ihn bald der Hunger. Er schrieb Briefe, er telefonierte und schließlich fuhr er nach Swansea und holte sie zurück.

»Jetzt werden hier andere Saiten aufgezogen«, sagte Bea, als sie ein paar kalte Teebeutel in die Mülltonne kippte. »Meine Mutter meint, ich hätte ihm die Zügel lange genug schleifen lassen. Gedichte sind ja gut und schön, aber die Gasrechnung kann man damit nicht bezahlen.«

Selwyns Freunde sahen ungläubig mit an, wie er bedingungslos kapitulierte. Er suchte sich eine Arbeit.

»Doppelverdiener«, jubelte Bea, als ihnen die ersten Briefe von Immobilienmaklern ins Haus flatterten. Selwyn, der einer

Horde von legasthenischen Jugendlichen Englisch beibringen mußte, hatte kaum noch die Kraft, sich zu wehren. Wenn er aus der Schule nach Hause kam, fand er Bea nicht selten mit der Beschreibung immer neuer Vorstadtprojekte bewaffnet vor, und die Wochenenden brachte er damit zu, die entlegensten Winkel Londons abzuklappern. Es schien, als wäre seine Schreibmaschine für immer verstummt, und es war schon viele Monate her, daß Anna von Selwyn mit dem Bierglas in der Hand im Treppenhaus empfangen und in sein papierübersätes Wohnzimmer eingeladen worden war. Seine abgewetzte alte Strickjacke war von einer Tweedjacke verdrängt worden, und auch sein Hosenknopf machte sich nicht mehr selbständig.

Dieser Hosenknopf war ein wichtiges Zeichen. Genau wie Selwyn die erste Schlacht im Krieg gegen Bea verloren hatte, so verlor sein Bauch den Kampf mit dem Hosenbund. Früher hatte er sich durch nichts bändigen lassen. Nun, wo Selwyn wegen der Arbeit kaum noch zwischen den Mahlzeiten naschen konnte und ihn die Schulglocke ständig auf Trab hielt, schmolzen seine Pfunde dahin. Der Selwyn, den Anna kannte und manchmal auch liebte, verschwand langsam, aber sicher.

An diesem Abend jedoch brauchte sie nur den Schlüssel im Schloß zu drehen, und schon stand Selwyn vor seiner Wohnungstür. Ein dunkelroter Weinfleck zierte sein Hemd an der Stelle, wo eigentlich die verhaßte Krawatte hätte sitzen sollen, und seine Augen strahlten vor guter Laune.

»Sieh mal, was ich hier habe«, röhrte er. »Komm rein, komm rein, und schau es dir an.«

»Ich bin schon drin«, sagte Anna und zog die Haustür hinter sich zu. Bea tauchte hinter Selwyn auf.

»Nicht so laut, sonst weckt ihr ihn noch auf«, sagte sie. »Quex ist wieder da.«

»Du hast ihn doch nicht erwartet, oder?« fragte Selwyn und polterte auf Zehenspitzen in seine Wohnung. Anna hatte Quex nicht erwartet. Eigentlich hätte er sich auf einem Ölfeld im

Mittleren Osten befinden sollen, statt bewußtlos auf Beas neuem Sofa zu liegen. Anna sah ihn mit einer Mischung aus Zuneigung und Gereiztheit an. Er lag auf dem Rücken, den Kopf auf dem Sofakissen, sein krauser schwarzer Bart zeigte zur Decke, sein linkes Bein war angewinkelt. Das rechte Bein ragte über die Lehne hinaus und versperrte den Zutritt zur Küche. Das war eines der Dinge, die Anna an Quex störten: Er war so groß, daß man ihn nirgendwo unterbringen konnte, ohne daß er im Weg war.

»Wann ist er angekommen?« flüsterte sie.

»Weiß der Himmel«, sagte Bea. »Er war schon da, als ich heimkam. Muß wohl das Türschloß geknackt haben.«

»Wenn er doch endlich aufwachen würde«, quengelte Selwyn wie ein Kind, das spielen will.

»Warum ist er nicht in deiner Wohnung?« fragte Bea. »Hast du ihm noch keinen Schlüssel gegeben?«

»Warum ist er nicht in seiner Wohnung?« fragte Anna ausweichend zurück. »Habe ich es dir nicht gesagt, Bea? Eure Schlösser kriegt jedes Kind auf.«

»So soll es auch sein«, mischte Selwyn sich ein. »Wie soll ich denn sonst reinkommen, wenn ich den Schlüssel verloren habe?«

»Hast du ihm immer noch keinen Schlüssel gegeben?« Bea ließ nicht locker.

»Sag schon«, warf Selwyn ein. »Wann machst du endlich einen ehrbaren Mann aus ihm? Wenn ich schon angepaßt und spießig werden muß, sehe ich gar nicht ein, daß er es besser haben soll.«

»Im Ernst, Anna«, begann Bea in einem Ton, dem man anhörte, daß sie einer alten Familie frommer Kirchgänger entstammte. »Meinst du nicht, es wird langsam Zeit...«

»Wohin willst du denn jetzt?« fragte Selwyn.

»Einkaufen«, rief Anna aus der Diele zurück. »Er hat bestimmt Hunger, wenn er aufwacht, und ich habe nur ein paar Hühnerbeine im Eisfach.«

»Besorg was vom Inder zum Mitnehmen«, sagte Selwyn.

»Dann ist es wieder wie in der guten alten Zeit vor den verdammten Häusermaklern.«

5

»Sie geben eine Party?« erkundigte Mr. Lal sich höflich.

»Es ist nur für vier«, sagte Anna verlegen. Es war ihr immer ein wenig peinlich, welche Mengen Quex vertilgen konnte.

»Ah, Ihr großer Freund ist wieder da.« Mr. Lal grinste und schenkte Anna das große Bier ein, das sie bestellt hatte. »Ich habe ihn viele Monate nicht gesehen.«

»Ich auch nicht.«

»Es geht ihm gut?«

Anna lachte. »Jedenfalls ist er in der Hitze nicht schlecht geworden.«

»Sie scherzen mit mir«, sagte Mr. Lal vorwurfsvoll. »Aber Sie werden mir doch fehlen, wenn Sie wegziehen.«

»Ich ziehe ja gar nicht aus«, sagte Anna. »Mr. und Mrs. Price suchen ein Haus.«

»Aber bestimmt...« Mr. Lal wischte verlegen die Theke ab. Er sagte: »Ihre Bestellung wird gleich fertig sein.«

»Was haben Sie gehört?« fragte Anna. Sie machte sich Sorgen. Mr. Lal war Gemeindeältester der hiesigen Kirche und wußte für gewöhnlich, was in der Nachbarschaft vor sich ging.

»Ach, es ist nichts, bestimmt nicht.« Wieder wischte er mit dem Tuch über die blitzsaubere Theke. »Gerüchte«, sagte er und inspizierte eine Reihe funkelnder Gläser. »Sie wissen ja, wie die Leute reden.« Er rückte die Messingschalen mit den würzigen Knabbereien zurecht. »Tja, also«, sagte er und widmete sich der Bestellung. Anna nippte an ihrem Bier und wartete.

»Tja, also«, sagte Mr. Lal und stützte sich mit den Ellenbogen auf die Theke. »Ich staune, daß Sie noch nichts gehört haben. Mr. Chatterjee hat vor zehn Tagen Ihr Haus verkauft.«

»Was?« rief Anna. »Uns hat keiner etwas gesagt. Das Haus steht ja noch nicht einmal zum Verkauf.«

»Soll alles unter der Hand passiert sein«, sagte Mr. Lal. Er machte zwar ein mitfühlendes Gesicht, genoß seine Eröffnung aber sichtlich. »Es tut mir so leid, daß ich Ihnen diese schlechte Nachricht überbringen muß. Es ist nicht richtig, daß man Ihnen nichts gesagt hat. Aber vielleicht ist das ganze ja doch nur böses Geschwätz, Sie dürfen sich keine Sorgen machen.«

»Keine Sorgen machen!« rief Anna. »Mr. Chatterjee verkauft hinter unserem Rücken das Haus...«

»Vielleicht hat er es ja noch gar nicht verkauft«, sagte Mr. Lal gemächlich. »Er redet viel, müssen Sie wissen, manchmal redet er, als ob er etwas schon getan hat, was er erst noch tun will.«

»Wer hat es gekauft?«

»West London Properties«, sagte Mr. Lal wie aus der Pistole geschossen. »Aber ich bin sicher, es ist nichts Wahres dran. Ich bin sicher, wir werden Sie und Mr. und Mrs. Price noch lange bei uns haben.«

Aber Anna, die mit mehreren schweren Tüten beladen nach Hause ging, war überzeugt davon, daß sehr viel Wahres daran war.

6

»Das kann er nicht machen!« sagte Selwyn wutentbrannt. »Das ist mein Zuhause. Seit elf Jahren ist es mein Zuhause.« Er beschrieb mit der Gabel einen weiten Bogen und verlor unterwegs eine Ladung Lamm-Pasada.

»Wedel nicht so mit dem Essen herum«, sagte Bea. Sie bückte sich und wischte die indische Spezialität mit einem Küchentuch weg. »Dann müssen wir eben ein bißchen früher umziehen. Das ist alles.«

»Umziehen«, brüllte Selwyn. »Nur über meine Leiche! Lieber

verbarrikadiere ich mich im Haus, als daß ich mich von einer Bande in Poudrette gepuderter Immobilienhaie vor die Tür setzen lasse.«

»Poudrette?« fragte Anna.

»Eine Art Dünger«, sagte Quex. »Eine Mischung aus Fäkalien und...«

»Bitte nicht!« fiel ihm Bea ins Wort. »Nicht beim Essen.« Sie tupfte sich die Lippen ab. Selwyn starrte sie düster an.

»Jetzt reicht's mir aber«, brüllte er. »Ich habe mich zum Schullehrer machen lassen, dir zuliebe. Ich trage einen Schlips. Ich schleppe mich jedes Wochenende durch die hintersten Ecken Londons und schaue mir Badezimmerarmaturen und Jalousietüren an. Seit einem Jahr habe ich nicht ein einziges Wort geschrieben. Und jetzt nörgelst du noch an meiner Wortwahl herum. Auch der Wurm krümmt sich, wenn er getreten wird. Von heute an werde ich mich nicht mehr mit Kraftausdrücken begnügen.«

»Ich wußte gar nicht, daß Poudrette ein Kraftausdruck ist«, sinnierte Quex.

»Ich glaube, Bea hat sich an den Fäkalien gestoßen«, fügte Anna hinzu. Selwyn in voller Fahrt zu erleben, war ein so seltenes Vergnügen, daß sie es weidlich auskostete.

»Halte du dich da raus«, fauchte Bea. »Was ist denn so schlimm daran, ein eigenes Haus zu haben? Ich wünsche mir doch nur etwas, was mir gehört, wofür ich mich nicht immer bei meinen Freunden und meiner Familie entschuldigen muß, wo ich nicht mit jemand anderem die Diele teilen muß.«

»Jetzt bist du an der Reihe, Leo«, sagte Selwyn. »Nach so vielen Jahren rückt sie damit heraus, daß es ihr peinlich ist, sich mit dir die Diele teilen zu müssen.«

»Das habe ich überhaupt nicht gesagt. Anna versteht mich schon.«

»Natürlich tut sie das!« schrie Selwyn. »Schließlich verbringt sie doch jeden Arbeitstag damit, Eigenheimbesitzern angst zu machen. Die wollen Sicherheit? Daß ich nicht lache. Die Besitzenden wollen nur auf Nummer Sicher gehen, daß die Habenichtse außen vor bleiben.«

Sogar Quex hatte jetzt aufgehört zu essen. Der Berg Pilaureis auf seinem Teller wurde kalt.

»Sie verkauft keine Sicherheit«, brüllte Selwyn aus Leibeskräften. »Sondern Angst. Angst davor, daß einem unvorhergesehen ein armer Schlucker ins Haus schneit.«

»Ist bei dir etwa schon mal eingebrochen worden?« fragte Anna wütend. »Wenn ja, würdest du nicht so einen Stuß reden.«

»Bei mir ist noch nie eingebrochen worden, weil es bei mir nichts zu holen gibt, was irgend jemand haben will.«

»Das ist es ja gerade«, sagte Bea, plötzlich den Tränen nah. »Wir besitzen auch nichts, was ich haben will.«

»Da wir gerade vom Wohnen sprechen«, sagte Anna, bevor sich der Wortwechsel zu einem Streit auswachsen konnte. »Was ist eigentlich mit deiner Wohnung, Quex?«

»Ich habe sie doch für sechs Monate vermietet, weißt du nicht mehr? Die sechs Monate sind noch nicht um, also bin ich vorübergehend obdachlos.«

»Ja, aber warum bist du hier? Müßtest du nicht auf Montage sein?«

Quex bohrte einen tiefen Krater in seinen Reisberg und löffelte etwas Raita darauf, bevor er antwortete. »Mein alter Herr ist gestorben«, sagte er schließlich. »Ich mußte zurück nach Irland.«

Anna starrte ihn an, und plötzlich fielen ihr all die Dinge auf, die sie ohne die Aufregung, die Mr. Lals Enthüllung hervorgerufen hatte, schon vor einer halben Stunde bemerkt hätte. Er war nicht so braungebrannt wie gewöhnlich, Haare und Bart waren geschnitten, und er war ordentlich gekleidet.

»Warum hast du uns das nicht gesagt?« fragte Selwyn wütend.

»Habe ich ja gerade.«

»Aber dann hätten wir doch nicht soviel Blödsinn geredet.«

»Wann redest du mal keinen Blödsinn, Selwyn?« Quex war der einzige, der aß. »Ich bin ein einfacher Junge«, fuhr er mit vollem Mund fort. »Wenn ich mich von euch hätte bemitleiden lassen wollen oder etwas in der Art, hätte ich es schon gesagt.«

»Ja, aber dein Vater«, sagte Bea. »Es tut mir leid.«

»Danke.«

Er wirkte sehr gefaßt, fand Anna. Was er auch fühlen mochte, auf seinen Appetit wirkte es sich jedenfalls nicht aus. Sie merkte, daß sie ihm nichts sagen konnte, weil sie ganz einfach nicht wußte, was ihm der Tod seines Vaters bedeutete. Er sah hoch und fing ihren Blick auf.

»Ist schon gut, Titch«, sagte er mit einem angedeuteten Lächeln.

»Gehst du wieder zurück auf Montage?«

»Nein.«

Es stand also eine große Veränderung bevor. Anna wußte von Quex lediglich, daß er aus einer irischen Großgrundbesitzerfamilie stammte und daß ihm die Flucht vom heimischen Herd geglückt war. Sie wußte nicht, warum er nach dem Tod seines Vaters seine Stelle aufgegeben hatte, und sie wollte ihn auch nicht danach fragen.

»Du möchtest eine Weile bleiben?« fragte sie statt dessen.

»Wenn es dir recht ist«, antwortete er förmlich.

»Natürlich.«

»Herrschaftszeiten!« explodierte Selwyn. »Was für ein Spielchen treibt ihr zwei eigentlich? Das klingt ja so, als wollte er ein Hotelzimmer buchen. Wo soll er denn sonst wohnen?«

»Halt die Klappe, Selwyn«, sagte Anna. »Du verstehst das nicht.«

»Da hast du verdammt recht«, sagte Selwyn. »Wie lange wollt ihr beide eigentlich noch um den heißen Brei herumschleichen? Ich meine, wieso hat er keinen Schlüssel? Wieso hat er nicht schon seit Ewigkeiten einen Schlüssel? Ihr kennt euch schließlich schon lange genug.«

»Welch ein Taktgefühl«, sagte Quex freundlich. »Ich schließe mich meiner Vorrednerin an, Selwyn. Halt die Klappe.«

»Und überhaupt, wer weiß, wie lange es noch dauert, bis keiner von uns mehr ein Dach über dem Kopf hat.« Anna aß weiter, aber der Appetit war ihr vergangen.

7

Später, als sie oben waren und allein, sagte Quex: »Tja, nun sind also Selwyns Lebensgeister doch wieder ein wenig geweckt worden.«

»Nur leider gehen jetzt die Pferde mit ihm durch.« Anna spürte immer noch den Stich, den Selwyn ihr mit seiner Kritik versetzt hatte, und sie hatte keine Lust, den wiedergeborenen Kampfhahn mit Samthandschuhen anzufassen. Sie schaffte im Kleiderschrank Platz für Quex' Sachen und hoffte, wahrscheinlich vergeblich, daß er es sich abgewöhnt hatte, morgens in aller Frühe unter der Dusche zu singen. Vielleicht lag es daran, daß ihre Wohnung so klein war, aber sie fühlte sich bereits jetzt hinausgedrängt.

Doch vermutlich lag es eher daran, daß Quex so groß war. Anna hatte sich schon oft gefragt, ob sie seine Gesellschaft wohl besser hätte ertragen können, wenn er durchschnittlicher gebaut gewesen wäre. Sie mochte ihn, sie bewunderte ihn, sie hatte ihn sogar sehr gern, aber wenn sie ein paar Tage in seiner Nähe war, kam es ihr immer so vor, als hätte er die ganze Luft aufgebraucht.

Normalerweise sah sie ihn nur drei-, viermal im Jahr, wenn er auf Heimaturlaub war. Und selbst dann hatte er seine eigene Wohnung in Fulham, so daß sie sich nicht allzusehr in die Quere kamen. Dadurch daß er, wenn auch nur vorübergehend, bei ihr eingezogen war, hatte er ein ungeschriebenes Gesetz gebrochen.

»Apropos Lebensgeister«, sagte Quex nachdenklich. »Du hättest Selwyn an der Uni erleben sollen. Damals hatte es ihm der Alkohol angetan, und zwar nicht zu knapp. Wenn er einen in der Krone hatte, redete er nur noch in Versmaßen. Wir haben ihn dazu gedrängt, alles aufzuschreiben, und es wurde ein ganz hervorragendes Stück daraus.«

Anna sah ihn sich an, wie er so auf der Bettkante hockte. Er schien zu sinnieren und zurückzublicken, was gar nicht seine Art war. Er sprach sonst nie über die Universität. Manchmal glaubte sie, aus Taktgefühl. Anders als Selwyn, der sie genüßlich auf ihre Bildungslücken hinwies, gab Quex nie an.

»Wir haben in einem großen, alten Haus gewohnt«, fuhr er fort. »In Schlafsäcken haben wir auf dem Fußboden kampiert, Strom hatten wir keinen. Tag und Nacht gab man sich bei uns die Klinke in die Hand. Wahnsinn! Damals war ich zum ersten Mal weg von zu Hause.«

Anna lächelte. Wer nicht wie Quex und Selwyn mit einem silbernen Löffel im Mund geboren wurde, hatte für derartig romantische Ansichten über das einfache Leben nicht so viel übrig.

»Mein Vater wäre übergeschnappt, wenn er das gesehen hätte«, fuhr er fort, und Annas Lächeln verschwand. Wenn Quex mit dem Gerede über Haus und Heim eigentlich die Beziehung zu seinem Vater aufarbeiten wollte, war das ein ernstes Thema. Er hob den Kopf und merkte, daß sie ihn ansah.

»Du willst doch jetzt hoffentlich nicht feinfühlig und sentimental werden?« fragte er. »Das sieht dir gar nicht ähnlich.«

»Undankbarer Kerl«, gab Anna zurück. »Und dir sieht es nicht ähnlich, rührselig und nostalgisch zu sein.«

»War ich das etwa?«

»Kann man wohl sagen.«

Quex fing an, sich die Schuhe – Größe 48 – abzustreifen. »Davor wollte ich ja gerade flüchten, vor der Heiligsprechung eines ganz gewöhnlichen alten Mannes. Ich dachte mir, welche Frau ist von allen, die ich kenne, die unsentimentalste?«

»Ich?«

»Deshalb bin ich hier.«

»Tja, dann hast du dich geirrt«, sagte Anna mürrisch. »Wenn

ich wirklich so abgebrüht wäre, wie du dir einbildest, würde ich dich mitsamt deinen X-Large-Baumwollhemden in die Gosse schmeißen.«

»Unsentimental habe ich gesagt, nicht sadistisch.«

»Dann häng da nicht so auf der Bettkante rum, sonst ruinierst du mir noch die Sprungfedern. Wenn du dich nützlich machen willst, setz schon mal das Wasser auf.«

»So gefällst du mir«, sagte Quex und trottete in seinen enormen Nylonsocken aus dem Schlafzimmer. Anna seufzte und beförderte seine Schuhe mit einem Tritt unter das Bett. Das Telefon klingelte. Quex schaute aus der Küche. »Ich habe ein paar Leuten deine Nummer gegeben«, sagte er entschuldigend.

Anna hob an. »Heim für Chemie-Ingenieure in Not«, meldete sie sich fröhlich.

»Anna Lee?«

»Äh, ja?« Sie schnitt eine so drohende Grimasse, daß Quex schnell wieder verschwand.

»Lara Crowther. Wir haben uns heute morgen kennengelernt.«

»Natürlich«, sagte Anna in dem für Klienten reservierten Ton. »Was kann ich für Sie tun?«

»Ich hätte Sie nicht so spät anrufen sollen, und noch dazu daheim«, sagte Lara ohne Bedauern. »Aber Sie sahen mir so aus, als wären Sie der Mensch, den ich fragen könnte. Wo kann man hier in der Gegend Tennis spielen?«

»Tennis?«

»Ja. Sie spielen doch sicher auch?«

»Ab und zu.« Anna blickte stirnrunzelnd auf den Hörer.

»Und wo spielen Sie denn?«

»Äh, im Battersea Park.«

»Ist das ein Verein?«

»Nein.«

»Ach so, eine öffentliche Anlage.« Lara überlegte. »Na ja, was soll's? Es wird schon gehen. Wann?«

»Was?« Anna mußte lachen. »Soll das eine Einladung sein?«

»Natürlich«, sagte Lara, sie klang überrascht. »Haben Sie keine Lust?«

»Warum eigentlich nicht?« sagte Anna. »Aber ich kann erst am Wochenende.«

»Okay. Samstag morgen?«

»Lieber Sonntag«, sagte Anna, die plötzlich verbrannten Toast aus der Küche roch.

»Dann eben Sonntag. Neun Uhr dreißig«, sagte Lara und hängte ein. Anna blinzelte verdutzt und legte ebenfalls auf.

»Wer war denn das?« rief Quex aus der Küche.

»Lara Crowther. Eine Klientin. Sie will Sonntag mit mir Tennis spielen.«

Er kam mit zwei Tassen Tee und einem Teller verkohlten Toast herein. »Gehört Tennis spielen auch zu deinem Service?«

»Nein. Aber ein Service gehört zum Tennis.« Anna schätzte, daß er ungefähr eine halbe Packung Butter auf den Toast geschmiert hatte und daß sie am nächsten Morgen auch auf Orangenmarmelade zum Frühstück verzichten mußte.

8

»Ich wünsche«, sagte Mr. Kemal, »daß Sie die Referenzen dieses Mannes überprüfen.«

Anna sah sich die Papiere an, die er ihr herüberreichte. Insgesamt waren es drei Referenzen, alle vier Jahre alt. »William Herridge ist seit vier Jahren bei Ihnen beschäftigt?«

»Ja«, sagte Mr. Kemal. »Aber damals war er nur Verkäufer. Ich verlange zwar Referenzen, aber ich habe gewöhnlich keine Zeit, mich mit diesen Leuten in Verbindung zu setzen. Jetzt möchte ich den Mann befördern. Mein Geschäft floriert, ich möchte, daß er drei Läden für mich leitet. Ich bin nämlich nicht ständig im Lande.«

»Wie Sie wünschen.« Anna steckte die Referenzen in ihren Aktenkoffer. Dabei bemerkte sie, daß Mr. Kemal Pantoffeln trug. Sie beneidete ihn. Ihre Schuhe drückten.

»Ich möchte ebenfalls erfahren, ob der Mann verschuldet ist.« Er trank einen Schluck von dem dünnen Kaffee, den die Sekretärin hereingebracht hatte, als Anna gekommen war.

»Die meisten Menschen kaufen auf Kredit«, merkte Anna an.

»Das ist mir bekannt.« Mr. Kemal lächelte gnädig. »Aber können sie sich die Raten auch leisten? Ich möchte wissen, wie es um seine Kreditwürdigkeit bestellt ist.« Anna notierte sich seinen Wunsch auf dem Klientenformular.

»Außerdem möchte ich wissen, ob ich dem Mann wirklich vertrauen kann.«

»Sie meinen, ob er vorbestraft ist?« Sie machte sich noch eine Notiz.

»Das natürlich auch.« Er nippte wieder an seinem Kaffee. »Aber ich habe gehört, daß man sich als Arbeitgeber auch in anderen Dingen Gewißheit verschaffen kann.«

»Welche Dinge meinen Sie?« Anna konnte sich denken, was er wollte, aber da ihr dieser Teil ihrer Arbeit am meisten zuwider war, ließ sie es sich von Mr. Kemal in Worte fassen.

»Ich möchte Gewißheit darüber, daß der Mensch auch kein Unruhestifter ist.« Mr. Kemal spreizte die Hände. Mußte er noch deutlicher werden? »Ich möchte wissen, ob er vielleicht Mitglied einer Gewerkschaft oder einer linken Organisation ist.«

»Zum Beispiel?«

»Nun ja, solche Gruppen, die Schwierigkeiten machen, die gegen die Regierung und gegen das Militär sind.«

»Ich verstehe.« Sie verbarg ihren Widerwillen und vermerkte auch diesen Punkt auf dem Klientenformular.

»Greenpeace!« sagte Mr. Kemal plötzlich, erfreut, ein Beispiel gefunden zu haben. »Die haben Boote. Die machen der Royal Navy Schwierigkeiten. Ich möchte wissen, ob der Mann vielleicht ein Mitglied von Greenpeace ist.«

Pflichtbewußt schrieb Anna sich auch »Greenpeace« auf. Was für eine Welt, dachte sie.

9

»Das wäre also William, kein zweiter Vorname, Herridge«, sagte Beryl, die mit künstlich verstärkten rosa Fingernägeln die Tastatur bearbeitete. »Sie sind sich ganz sicher, daß es Herridge mit d ist? Bei Ihrer Rechtschreibung weiß man ja nie, und ich will nicht unnötig Gebühren für einen Anruf bei der ED verschwenden.«

»Herridge mit d«, sagte Anna verkniffen.

»Sozialversicherungsnummer«, murmelte Beryl vor sich hin. »Soll das eine Sieben oder eine Eins sein?«

»Eine Eins«, sagte Anna. Die Zahl war durchaus lesbar.

»Geburtsdatum. Ich wäre Ihnen sehr verbunden, wenn Sie sich nicht auf meinen Schreibtisch setzen würden.«

»Ich habe es mit den Beinen«, sagte Anna. »Sie machen soviel Wirbel um eine einfache Anfrage bei der ED, daß ich müde Beine kriege.«

»Die Extremismusdatei ist keine gemeinnützige Einrichtung«, sagte Beryl streng. »Jede Anfrage kostet uns Geld.«

»Extreme Deppen sind das«, knurrte Anna.

»Wie war das?« fragte Beryl, die sie genau verstanden hatte. »Ein Arbeitgeber hat das Recht, die Verläßlichkeit seiner Angestellten zu überprüfen.«

»Haben Sie sich selbst auch schon mal überprüft?« fragte Anna freundlich. »Ich meine, wäre es nicht furchtbar, wenn jemand unter Ihrem Namen einer verdächtigen politischen Vereinigung beigetreten wäre?«

Beryl funkelte sie an. »Tja, immerhin wüßte ich, wo ich den Schuldigen zu suchen hätte.«

»Sicher, aber Ihr Ende wäre es trotzdem. Wenn die einen erst mal in den Akten haben, kommt man da nie wieder heraus.«

»Ich habe mein Leben lang konservativ gewählt«, sagte Beryl wütend.

»Mich laust der Affe!« sagte Anna. »Wer hätte das gedacht?« Die Internationale vor sich hinpfeifend, suchte sie eilig das Weite.

Am Ende des Korridors, hinter den verglasten Büros der Mitarbeiter, hing ein Schild mit der Aufschrift »NUR FÜR«. Dahinter befand sich der alte, renovierte Aufenthaltsraum. Anfangs hatte auf dem Schild »NUR FÜR ANGESTELLTE« gestanden, bis ein anonymer Schreiberling »ANGESTELLTE« in »ANGEBELLTE« umgewandelt hatte. Später hatte Beryl dann »ANGEBELLTE« durch »MITARBEITER« ersetzt. »MITARBEITER« war durch »SCHITTARBEITER« abgelöst worden, und da mittlerweile beiden Seiten die Inspiration ausgegangen war, hatte allein »NUR FÜR« überlebt.

»Was grinst du so?« fragte Johnny, als Anna hereinkam. Er spielte eine Runde Poker mit Phil, um die Mittagspause zu überbrücken.

»Kleines Schwätzchen mit Beryl.« Sie füllte den Teekessel.

»Hast du das letzte Wort gehabt?« fragte Tim. »Hat es ihr die Sprache verschlagen?«

»Ich war brillant«, sagte Anna. »Einfach genial. Will noch jemand Tee?«

Sie machte Tee für Bernie und Tim, und auch für Sean, der etwas später kam, fiel noch eine halbe Tasse ab. Er trank immer das gleiche wie Bernie.

Tim setzte sich dicht neben Anna und sagte: »Da du heute so gut gelaunt bist, könntest du mir doch eigentlich einen Gefallen tun, findest du nicht auch?«

»Worum geht es denn?« fragte Anna mißtrauisch. In der letzten Zeit kleidete Tim sich immer mehr wie ein Politiker. Er redete auch fast schon so wie einer.

»Du mußt doch heute nachmittag einen Kundenbesuch machen, ja?«

»Stimmt.«

»Nordlondon?«

»Ja, Tottenham.«

»Danach kommst du wieder hierher und verfolgst die Sache weiter, an der du heute morgen dran warst. Habe ich recht?«

»Bis jetzt noch.«

Tim setzte ein gewinnendes Lächeln auf. »Es ist nämlich so. Ich muß nach Islington rausfahren, möchte aber gern früh zu Hause sein. Wenn du also meine Sache für mich erledigen könntest und ich würde deine Sache für dich erledigen, hätten wir es beide nicht so weit nach Hause. So könnten wir Zeit sparen, stimmt's?«

Bernie beugte sich an Sean vorbei und sagte: »Syl hat mir zwei Äpfel eingepackt. Möchtest du einen, Anna?«

»Danke.« Anna nahm den Apfel und sah Bernie an. Ein Augenlid senkte sich um einen Millimeter, ansonsten verzog er keine Miene. Sie sagte: »Klingt nicht schlecht.«

»Super«, sagte Tim, spürbar erleichtert.

»Das heißt noch nicht, daß ich es mache«, sagte Anna. »Um was geht es denn?«

»Jemand will sich eine Alarmanlage zulegen.«

»Irgendwas Besonderes?«

»Eigentlich nicht.«

»Eigentlich nicht?«

»Na ja, in einem Raum hängen ein paar Gemälde.«

»Ah.« Allmählich dämmerte es Anna. »Tja, Tim«, sagte sie unschuldsvoll. »Du weißt ja, daß Gemälde nicht so mein Fall sind. Ich bin ein absoluter Kunstbanause.«

»Du brauchst dich mit Gemälden auch gar nicht auszukennen«, sagte Tim ein wenig bestürzt. »Es ist nur ein ganz normaler Sicherheitsjob.«

»In Islington, hast du gesagt?«

»Tja...«

»Nicht eher in Camden Town?«

»Tja . . .«

»Nicht eher in der Belitha Road, Camden Town?«

»Ach, du meine Fresse«, sagte Tim.

»Nicht zufälligerweise bei John Daubney in der Belitha Road in Camden Town?« fuhr Anna unerbittlich fort.

»Laß es gut sein!« stöhnte Tim. »Warum kriege ausgerechnet ich immer Bruder John aufgehalst? Andauernd hat er die Hosen voll wegen seiner bescheuerten Sammlung und will, daß wir ihm helfen. Ich fahre hin, halte ihm drei Stunden Händchen, der alte Knacker überlegt ewig hin und her, und was kauft er zum Schluß? Nichts.«

»Jedenfalls brauchst du mir deine Neurotiker nicht aufzuhalsen.« Anna biß in Bernies Apfel. »Von der Sorte habe ich selber mehr als genug. Islington, daß ich nicht lache.«

Alle Klienten hatten irgendwelche Macken, aber der gute John Daubney war bei *Brierly Security* berüchtigt. Ein Kundenbesuch bei ihm wurde unter der Rubrik »Seelsorge« abgeheftet. Im Laufe der Jahre hatten sie schon öfter Klienten gehabt, die anriefen und um eine Beratung baten, obwohl sie sich in Wirklichkeit nur einen gemütlichen Plaudernachmittag machen wollten. Wenn sie sich das nächste Mal einsam fühlten, holten sie sich vielleicht einen Heizungsfachmann ins Haus. Bruder John war anders, er hatte einen Sicherheitstick. Manchmal rief er auch bei der Polizei an, meistens jedoch wandte er sich an *Brierly Security*, und da er immer bereit war, sich sein Vergnügen ein Beratungshonorar kosten zu lassen, ging Beryl auf seine Anfragen ernsthaft ein. Er war ein älterer Herr mit wunderbaren Umgangsformen, der seine Opfer mit grünem Tee und Gurkensandwiches beköstigte, aber es ließ sich nicht bestreiten, daß er eine Nervensäge war. In der Agentur wunderte sich niemand auch nur im geringsten darüber, daß er Leute dafür bezahlen mußte, ihm zuzuhören. Der Ärger war nur, daß sie für diese Quälerei bei weitem nicht genug bezahlt bekamen.

»Du bist schon eine harte Frau, Anna Lee«, knurrte Tim.

Wenn sie wirklich hart war, überlegte sie später am Nachmittag, lag es vermutlich daran, daß sie sich zu Tode langweilte. Hörer abnehmen, wählen. »Könnte ich bitte Mr. Watkins sprechen?«

»Mr. Watkins ist momentan nicht zu sprechen. Kann ich Ihnen vielleicht weiterhelfen?«

»Mr. Watkins hat vor vier Jahren einem Mr. William Herridge eine Referenz geschrieben. Ich hätte gern mit ihm darüber gesprochen.«

»Herridge mit oder ohne d?«

»Mit. Wann kann ich Mr. Watkins erreichen?«

»Herridge mit d. Wenn Sie mir Ihren Namen und Ihre Telefonnummer hinterlassen, wird Mr. Watkins Sie zum frühestmöglichen Zeitpunkt zurückrufen.«

Wer's glaubt, wird selig. Tief durchatmen, nächste Nummer wählen. »Könnte ich bitte Mr. Richard Pickles sprechen?«

»Mr. Pickles arbeitet nicht mehr bei uns.«

»Wissen Sie, wo ich ihn erreichen kann?«

»Ich verbinde mit der Personalabteilung.«

Klick. Brumm. Totenstille. Das Ganze noch einmal von vorn.

10

»Du bleibst schön sitzen. Ich koche«, sagte Quex. Anna saß bereits. Ihre Füße lagen auf seinem Schoß, und er massierte ihr die wunden Zehen. Zwischen seinen großen Pranken verschwanden ihre Füße wie im Maul eines Walfischs.

»Sei doch vernünftig«, sagte sie. »Wenn du kochst, muß ich spülen. Und hinter dir her zu spülen, ist nicht sehr erholsam.« Es erinnerte eher an die Aufräumungsarbeiten nach einem Erdrutsch. Anna fühlte sich wohl. Wenn sie allein gewesen wäre, hätte sie sich wahrscheinlich nur ein Brot gemacht und sich damit vor den Fernseher gehockt.

Selwyn hämmerte gegen die Tür und kam auch schon wütend hereingerauscht. »Alarmstufe rot!« brüllte er. »Bea hat sich bei *West London Properties* erkundigt. Wir müssen hier in acht Wochen raus sein.«

Quex hielt Anna an den Füßen fest, damit sie nicht aufspringen konnte. »Immer mit der Ruhe, alter Junge«, sagte er. »Sie dürfen euch nicht raussetzen, bevor ihr etwas Neues gefunden habt. Dafür gibt es schließlich Gesetze.«

»Zur Hölle mit ihren Gesetzen!« schrie Selwyn. »Das bedeutet Krieg. Leo, das Zeug, das du verhökerst, Schlösser, Alarmanlagen, ich kaufe alles. Sprengladungen, siedendes Öl, Wasserwerfer. Ich verbarrikadiere mich.«

»Hört nicht auf ihn«, sagte Bea, die hinter Selwyn aufgetaucht war. »Ich zahle das Häuschen in Potters Bar an.«

»Wenn du nach Potters Bar ziehen willst«, donnerte Selwyn, »dann ziehst du allein. Ich lasse mich nicht von Spekulanten aus dem Haus drängen.«

»Das werden wir ja sehen«, sagte Bea und wandte sich zum Gehen. »Aber jetzt kommst du besser wieder mit nach unten. Ich haue dir gerade dein Abendessen in die Pfanne.«

Als sie fort war, setzte sich Selwyn Anna und Quex gegenüber in den Sessel. »Es kommt nicht in Frage«, sagte er ziemlich gefaßt. »Ich ziehe nicht nach Potters Bar, weder jetzt noch später. Ein Mann darf nicht alles schlucken. Die Zeit ist reif, ich nehme den Kampf auf.«

»Es geht dir überhaupt nicht um die Spekulanten«, sagte Quex leise. »Weißt du, wogegen du ankämpfst? Gegen das Älterwerden.«

»Wieso bist du nur so ein Miesmacher?« fragte Selwyn.

»Alles Vererbung«, antwortete Quex.

»Na ja, ich bin trotzdem froh, daß du hier bist. Die Geier von *West London Properties* überlegen es sich vielleicht doch noch anders, wenn sie erst wissen, daß sie es nicht nur mit mir, sondern auch mit Goliath höchstpersönlich aufnehmen müssen.«

»Herrgott noch mal!« sagte Anna, machte ihre Füße los und stand auf. »Nun spielt doch nicht gleich Butch Cassidy und Sundance Kid. Ich habe auch nicht mehr Lust auszuziehen als du, Selwyn. Aber wenn es sein muß, muß es eben sein.«

»So spricht die wahre Pragmatikerin«, sagte Selwyn verächtlich. »Dann zieh du doch mit Bea nach Potters Bar. Du wirst schon sehen, was du davon hast.«

»Ohne mich. Ich habe eigene Pläne.«

»Ich auch, zufälligerweise«, gab Selwyn zurück. Und als ihm der Sinn ihrer Worte langsam dämmerte, sagte er: »Es ist schon komisch, was? Ich hätte nie gedacht, daß wir uns mal trennen würden, wir drei.«

»Vier«, sagte Quex.

Anna sah ihn an und flüchtete in die Küche. Dort herrschte das reinste Chaos. Quex hatte sich mittags etwas gekocht und nicht gespült. Sie mußte an Sprengladungen denken. Ob es wohl als Verbrechen aus Leidenschaft durchgehen würde, wenn sie Quex' Kopf in den Mixer steckte?

Während sie die Küche aufräumte, hörte sie das Gemurmel der Männer. Sie ließ ihre Wut an drei Pfund Kartoffeln aus. In der kleinen Küche köchelte es leise vor sich hin, sie machte ein Fenster auf. Es klemmte, aber darum mußte sich jemand anders kümmern. Sie beschloß, die Kartoffeln zu stampfen. Das war immerhin auch ein aggressiver Akt.

II

Am Sonntag morgen um acht Uhr dreißig schnürte Anna sich die Tennisschuhe und überlegte, ob an ihrem uralten Dunlopschläger wohl beim ersten Ballwechsel eine Saite reißen würde. Das überlegte sie nun schon seit zehn Jahren. Quex war in der Küche. Er kochte Kaffee und sang dazu »Back in the High Life Again«.

Anna hatte Kopfschmerzen. In den letzten Tagen war sie zu

oft spät ins Bett gekommen, hatte zuviel Wein getrunken, zuviel gestritten und dazu noch Selwyn auf Hochtouren ertragen müssen.

Sie fragte: »Mußt du unbedingt singen?«

»Ich bin so froh«, sagte Quex. Es zischte und platschte, das Wasser war übergekocht. »Seit Wochen habe ich mich nicht mehr so gut gefühlt.«

»Schön, daß du froh bist«, knurrte Anna. »Aber hör auf zu singen.«

»Was?«

»Schön, daß du froh bist«, schrie Anna. Quex kam mit zwei randvollen Tassen herein. Kaffee tropfte auf den Teppich.

»Schade, daß du weg mußt«, sagte er. Anna trat schnell zur Seite, damit er ihr keinen Kaffee auf den grauen Trainingsanzug kleckern konnte.

»Heute ist Sonntag«, fuhr Quex fort. »Da solltest du dich nicht von irgendeiner alten Hexe herumschubsen lassen müssen.«

»Sie ist keine alte Hexe.«

»Sie ist eine Klientin«, sagte Quex. »Du solltest am Sonntag nicht Tennis spielen müssen.«

»Ich muß ja nicht«, sagte Anna. »Ich will.« Ich will mit voller Wucht irgendwo draufhauen, hätte sie weitermachen können. Ich will abhauen; ich will mich nicht mit Bürohengsten, Telefonistinnen, Lieferfirmen für Alarmanlagen und schon gar nicht mit Beryl herumschlagen; ich will nicht mit Bea und Selwyn streiten; und am allerwenigsten will ich schon wieder den Küchenboden wischen, nur weil du dein Essen nicht auf dem Teller halten kannst.

Aber sie sagte nichts. Quex fuhr fort. »Gestern hast du den halben Tag bei Immobilienmaklern verplempert.«

»Ich muß los«, sagte Anna, stand auf und nahm ihre Tasche.

»Es ist vollkommen unnötig.« Er baute sich vor ihr auf, ohne an seine tropfende Tasse zu denken.

»Der Verkehr auf der Chelsea Bridge«, murmelte sie und drückte sich an ihm vorbei zur Tür.

»Ich meine, in ein paar Wochen wird meine Wohnung frei, und dann können wir bei mir einziehen.«

»Können wir das nicht besprechen, wenn ich wieder zurück bin?« fragte sie und hatte sich schon bis zur Treppe gerettet.

»Wie lange bleibst du?« rief Quex hinter ihr her.

»Keine Ahnung«, rief sie zurück. »Vielleicht bis gegen Mittag.« Sie nahm zwei Stufen auf einmal.

Auf der Straße kühlte ihr der scharfe Herbstwind die Wangen. Sie schloß den Wagen auf, einen weißen, ziemlich neuen Peugeot 205, verstaute Schläger, Bälle und Tasche auf dem Rücksitz und ließ den Motor an. Er sprang sofort an, wie immer. Der Peugeot stotterte oder streikte nie, nie mußte sie die Zündkerzen trockenwischen. Das war einer der Vorzüge relativen Wohlstandes. Im Wageninneren fand sich das für London typische Sammelsurium aus Parkscheinen, Stadtplänen und Pfefferminzbonbons.

Obwohl sie das Gegenteil behauptet hatte, herrschte auf der Chelsea Bridge nicht viel Verkehr. Sie parkte am Fluß. Im Westen sammelten sich hohe, auseinandergerissene Wolken, und es roch nach Regen. Der Fluß hatte Niedrigwasser, er roch ebenfalls.

Der Battersea Park sah im frühen Morgenlicht hell und sauber aus. Brav schwitzende Jogger zockelten vorbei. Anna lehnte sich mit dem Rücken an den Maschendrahtzaun, der den Tennisplatz umgab, und drehte ihr Gesicht in die Sonne. Entgegen der Parkordnung war nur wenige Meter vor ihr ein weißer Polizeiwagen auf dem Weg abgestellt. Ein Polizist richtete einen Riesenschnauzer ab. Für den jungen, ungebärdigen Hund war die Übungsstunde ein Spiel, tapsig tollte er umher. Geduldig warf der Mann für ihn einen Autoreifen. Der Schnauzer sprang laut bellend hinterher. Lange vor dem Mann würde dem Hund der Spaß vergehen.

»Hi!«

Anna drehte sich um und sah Lara auf der anderen Seite des Zauns. Sie trug einen pink- und cremefarbenen Trainingsanzug. Anna, die zum Tor ging, kam sich unscheinbar vor, wie ein Londoner Spatz vor der Begegnung mit einem Pfau.

»Schlagen wir uns erstmal ein«, sagte Lara ohne lange Vorrede. Sie suchte sich die Seite des Platzes aus, wo sie nicht gegen die Sonne sehen mußte. Sie spielten mit Laras knallgelben Bällen.

Lara kam nur langsam in Schwung. Sie sagte, ihr täte die Schulter weh, doch Anna merkte schon nach wenigen Minuten, daß sie zwar aussah wie eine Geburtstagstorte, aber trotzdem etwas vom Tennisspielen verstand.

Nach einer Weile kam Lara ans Netz. Sie sagte: »Wollen wir einen Satz versuchen?«

Anna zog sich die Jacke aus und legte sie neben Laras große Sporttasche. Lara fragte: »Haben Sie es schon mal mit einem neueren Schläger probiert?«

»Nein«, sagte Anna mit einem neidischen Blick auf Laras weißen, übergroßen Kneissl.

»Ich habe einen Prince in der Tasche«, sagte Lara. »Hätten Sie vielleicht Lust, den zu nehmen?«

Unter Diät-Cola-Dosen und einem ordentlichen Stapel frischer Hemden lag ein Prince-Pro-Schläger. Er sah aus, als wäre er mit verschiedenfarbigen Kaugummistreifen bespannt. Der Griff war in aprikosenfarbenes Wildleder gefaßt.

»Damit spielt es sich leichter«, sagte Lara. »Er hat eine größere Schlagfläche.«

Ein Prince mit größerer Schlagfläche, dachte Anna, die sich das Lachen kaum verkneifen konnte. Aber der Schläger lag wunderbar in der Hand. Als sie den Ball damit schlug, sangen die Saiten und er flog über die Grundlinie hinaus.

»Geben Sie ein bißchen Topspin, bis Sie sich daran gewöhnt haben«, riet Lara. »Sie schlagen zu fest.«

Mit der Kraft des neuen Schlägers im Rücken hatte Anna das

Gefühl, ungerecht im Vorteil zu sein: sie war größer, schneller und jünger als Lara. Der vermeintliche Vorteil hielt jedoch gerade bis zum Anfang des Satzes vor. Lara hatte als erste Aufschlag, sie gewann das Spiel nach zweimal Einstand.

Sie wechselten die Seiten, und Anna schlug auf. Ihr Aufschlag kam zwar schneller, aber Lara returnierte ihn mühelos. Lara brachte jeden Ball wieder zurück. Sie gewann das Spiel nach zweimal Einstand.

Als es fünf zu null stand, wischte Anna sich mit dem Ärmel der abgelegten Jacke den Schweiß aus den Augen. Lara hatte ein flauschiges, gelbes Handtuch bei sich, aber sie brauchte es nicht. Ihre Frisur saß tadellos, den rosa Pullover hatte sie noch nicht ausziehen müssen.

Anna dachte über ihre Lage nach. Sie kam ihr hoffnungslos vor. Laras Spiel hatte nichts an sich, womit Anna es nicht hätte aufnehmen können, es sei denn der unbedingte Wille zum Sieg. Der indes schien unerschütterlich. Lara kannte alle Tricks – Stoppbälle gefolgt von häßlichen Lobs, weiche, kindliche Schläge, mit denen Anna kein Tempo machen konnte. Langsam, aber sicher ruinierte sie Annas geradlinigeres Spiel.

Es wurde höchste Zeit, zu vergessen, daß Lara klein und über Fünfzig war. Es wurde höchste Zeit, zu vergessen, daß sie eine Klientin war. Es wurde Zeit, Ernst zu machen, nicht unbedingt, um zu gewinnen, aber zumindest, um eine Blamage zu verhindern. Anna wollte den ersten Satz nicht sechs zu null verlieren.

Sie schlug auf Laras Rückhandseite auf, dabei warf sie sich den Ball weit vor und lief in den Schlag hinein. Lara brachte ihn hoch zurück, und Anna konnte mit einem leichten Volley returnieren. Sie zielte auf Laras Stirn. Fünfzehn null. Lara musterte Anna nachdenklich. Sie blinzelte mit ihren babyblauen Augen und ging auf die andere Seite hinüber. Sie schien zu hinken.

Anna verhärtete sich gegen die Augen und das Hinken und schlug erneut auf. Dreißig null. Lara schnürte sich den Schuh. Es folgte ein zerfahrener, aber entschlossener Ballwechsel über neun Stationen, den Anna ohne besondere Anmut, dafür aber mit List und Tücke für sich entschied. Lara zog den rosa Pullover aus. Annas nächster Aufschlag streifte die Mittellinie. Spiel.

Sie verlor den Satz sechs zu vier und bedauerte, daß sie erst so spät in Fahrt gekommen war. Den nächsten Satz gewann sie, doch erst bei einem Stand von fünfzehn zu dreizehn. Als es drei beide im dritten stand, fing es an zu regnen.

12

Sie saßen in Laras schokoladenbraunem Mercedes und sahen auf den Fluß hinaus, während der Regen auf das Dach trommelte. Lara riß eine Dose Diät-Cola auf und gab sie Anna.

»Gutes Spiel«, sagte sie unverbindlich.

»Interessant«, antwortete Anna und wischte sich Schweiß und Regen aus dem Gesicht.

»Kennen Sie das Buch *Das mentale Spiel*?«

»Nein.«

»Das dachte ich mir. Es ist nicht ratsam, die mentale Seite des Spiels zu vernachlässigen.«

»Haben Sie deshalb so gespielt?«

»Dachten Sie, es wäre einfach nur Tennis?« Lara lachte kurz auf. »Es geht nie nur um Tennis.«

»Ich nehme den Sport nicht sonderlich ernst«, sagte Anna.

»Es geht um die gesamte Lebenseinstellung«, fuhr Lara fort, als ob Anna kein Wort gesagt hätte. »Sehen Sie, Sie haben ein paar gute Schläge drauf, Sie sind schnell, Sie sind ausdauernd, und trotzdem haben Sie sich von mir schlagen lassen.«

»Es war doch ein Unentschieden«, widersprach Anna.

»Sie hätten gewinnen müssen«, sagte Lara. »Das bedeutet, Sie haben sich von mir besiegen lassen. Beim Stand von drei zu drei wird es nicht immer anfangen zu regnen.«

»Wir sind hier schließlich in England«, sagte Anna ein wenig eingeschnappt. »Da kann man von Glück sagen, wenn man überhaupt spielen kann.« Aber sie hatte nicht das Gefühl, daß Lara vom Wetter redete.

»Wir sind hier in England«, wiederholte Lara. »Und ich nehme an, Sie denken sich: ›Das war doch ein schönes knappes Spiel, daran gibt es gar nichts auszusetzen.‹ Stimmt's? ›Was will die Frau eigentlich?‹ Stimmt's?«

»So ungefähr.«

»Es macht Ihnen doch hoffentlich nichts aus, wenn ich so offen mit Ihnen rede?« fragte Lara etwas verspätet, und schon fuhr sie fort, ohne Anna Zeit für eine Antwort zu lassen: »Glauben Sie mir, es gibt sehr wohl etwas daran auszusetzen. Sicher, es war ein gutes Spiel, aber das ist eben nicht genug.«

»Nein?«

»Und Spaß gemacht hat es auch, aber ...«

»Ja, hol mich doch der Teufel«, fiel Anna ihr ins Wort. »Hätte ich geahnt, daß Sie Blut sehen wollen, hätte ich rohes Fleisch zum Frühstück gegessen.«

Lara seufzte, und Anna schwieg. Sie dachte kurz über ihre Einstellung zum Spiel nach. Die Scheiben des Wagens beschlugen, ihr wurde allmählich kalt.

»Vielleicht sehe ich das auch zu eng«, sagte Lara und seufzte noch einmal. »Wie auch immer, ich möchte, daß Sie einen Auftrag für mich erledigen.«

»Was für eine Art von Auftrag?« Anna war kurz davor gewesen, sich zu verabschieden und nach Hause zu fahren, wo ein heißes Bad auf sie wartete. Jetzt drehte sie sich zur Seite, um Lara anzusehen. Aber Lara rieb sich die schmerzende Schulter und starrte über den Fluß auf die eleganten Reihenhäuser in Cheyne Walk. Erst nach wenigen Sekunden sagte sie: »Etwas Geschäftliches. Es geht um einen Mann, ich möchte etwas über ihn in Erfahrung bringen.«

»Haben Sie schon mit Mr. Brierly darüber gesprochen?« fragte Anna.

»Ich dachte, wir könnten das vielleicht unter uns ausmachen«, sagte Lara. »Ihr Boß hat mich nicht besonders beeindruckt. Nehmen Sie privat keine Aufträge an?«

»Normalerweise nicht.« Normalerweise wurden Anna aber auch keine angeboten. »Sehen Sie, in meiner Freizeit könnte ich nicht viel für Sie erledigen. Auch die Einrichtungen der Agentur dürfte ich nicht benutzen. Falls ich es doch täte, könnte ich gefeuert werden. Die Firma ist auf Schwarzarbeit nicht gut zu sprechen.«

»Und im Urlaub?« fragte Lara. »Wie wäre es damit?«

»Ich habe noch drei Wochen ausstehen, aber ...«

»Sind Sie verheiratet?«

»Nein.«

»Gut. Haben Sie einen Reisepaß?«

»Ja«, sagte Anna. »Weshalb?«

»Nun, ich werde es mir überlegen«, sagte Lara. »Ich gebe Ihnen dann Bescheid.«

»Ich würde sehr gern für Sie arbeiten«, sagte Anna, die das Gefühl hatte, daß ein bißchen Förmlichkeit nicht schaden konnte. »Aber es wäre am besten, wenn Sie es über die Agentur abwickeln würden. Sie brauchen Mr. Brierly ja nicht alles unter die Nase zu reiben, und ich auch nicht.«

»Sie haben recht.« Lara lächelte matt. Zum ersten Mal sah sie nicht nur wie eine kleine, fünfzigjährige Frau aus, sie wirkte auch müde. »Ich sollte eben nicht immer davon ausgehen, daß ... Aber egal, ich werde darüber nachdenken und gebe Ihnen auf jeden Fall Bescheid.«

13

Am Montag morgen regnete es immer noch, und während der Nacht waren die Temperaturen erheblich gesunken. Anna fand heraus, daß William Herridge einer Südlondoner Autowerkstatt noch Geld für einen Satz Gürtelreifen schuldete, und daß er deshalb bei fast allen Teilzahlungsunternehmen als nicht mehr kreditwürdig eingestuft worden war. Das kam ihr eigenartig vor, denn nach allem, was sie sonst von ihm wußte, war er ein umsichtiger Mann, der nicht über seine Verhältnisse lebte.

Um elf Uhr fuhr sie mit Sean zur Wohnung von Mrs. Stratford-Parker, um Schlösser an den Fenstern anzubringen. Der Einbau gehörte normalerweise nicht zu ihren Aufgaben, doch Mrs. Stratford-Parker lebte in einer solchen Angst, in ihrer Wohnung im fünften Stock überfallen zu werden, daß sie dem von *Brierly Security* empfohlenen Handwerker den Zutritt verwehrt hatte. Der Handwerker, ein Mann vom alten Schlag, der immer eine Schiebermütze trug, in die er seinen Bleistift steckte, fühlte sich durch dieses Mißtrauen zutiefst in seiner Ehre gekränkt. Als es also Beryl nach langem guten Zureden doch noch gelungen war, Mrs. Stratford-Parker zu bewegen, den Handwerker einzulassen, weigerte sich dieser, den Auftrag auszuführen.

Die Wohnung war so gut gegen Einbruch gesichert, daß sie als Musterwohnung hätte dienen können. Die Tür war mit einem Spion, einem Steckschloß, zwei Einriegelschlössern, zwei Ketten und mit versenkten Angeln versehen. Der Türrahmen war aus Stahl. Es dauerte selbst bei angekündigten, willkommenen Gästen eine Weile, bis sie hereingelassen werden konnten. Anna hatte die alte Dame bereits bei einem früheren Besuch auf die Gefahren beim Ausbruch eines Brandes hingewiesen, aber Mrs. Stratford-Parker wußte ganz genau, wovor sie Angst hatte: Feuer war es jedenfalls nicht.

Als Anna endlich in der Wohnung war, zog sie sich die Jacke aus und machte sich an die Arbeit. Die alte Dame wollte, daß sie sich zuerst das Schlafzimmer vornahm.

»Sie haben hoffentlich nichts dagegen, allein hier im Raum zu arbeiten?« fragte Mrs. Stratford-Parker. »Der Gedanke, einen fremden Mann in mein Schlafzimmer zu lassen, behagt mir ganz und gar nicht. Das verstehen Sie doch sicher, mein Kind? Ich zeige dem jungen Mann inzwischen das Eßzimmer.«

Fünf Minuten später war sie wieder da. »Wenn es Ihnen nichts ausmacht«, sagte sie, »wäre es mir lieber, wenn Sie sich auch persönlich um das Bad kümmern könnten. Als Dame ist man doch recht heikel, was das Badezimmer angeht.«

Zehn Minuten später stand sie mit einem alten Kopfkissenbezug vor Anna. »Nemen Sie das hier«, sagte sie. »Ich kann mir denken, daß Sie nicht auf das Fensterbrett treten wollen, und die Stühle haben noch meiner Tante aus Schottland gehört.«

Anna balancierte bereits auf Mrs. Stratford-Parkers Aluminiumtrittleiter, aber sie lächelte höflich und legte den Kopfkissenbezug auf die Fensterbank.

Die alte Dame sagte: »Ich setze schon mal das Wasser auf und koche uns eine schöne Tasse Kaffee. Ich rufe Sie, wenn es soweit ist. Zu einem Schokoladenplätzchen wird der junge Mann doch gewiß auch nicht nein sagen, was meinen Sie?«

Als Anna mit Schlafzimmer und Badezimmer fertig war und von dem versprochenen Kaffee immer noch nichts zu sehen war, ging sie in die Küche, wo Sean bereits bei der zweiten Tasse saß und Mrs. Stratford-Parker becircte.

Anna erledigte das Eßzimmer für ihn mit. Auch Küche und Wohnzimmer schaffte sie ohne seine Hilfe. Mrs. Stratford-Parker begutachtete ihre Arbeit und sagte: »Wie ordentlich Sie das gemacht haben, mein Kind. Und wie schön Sie alles wieder aufgeräumt haben, so etwas kann eben nur eine Frau. Meine Hochachtung. Und was für einen reizenden jungen Mann Sie sich mitgebracht haben. Er hat mir geraten, mir für die Fensterschlösser Ersatzschlüssel anfertigen zu lassen.«

Anna knirschte mit den Zähnen. Bereits jetzt steckte in jedem Schloß ein Schlüssel, obwohl ein einziger für alle Fenster gereicht hätte. Um die Ersatzschlüssel abzuliefern, mußte sie noch einmal vorbeikommen.

»Also, ich fahre da nicht mehr mit her«, sagte Sean, als sie mit dem Aufzug nach unten glitten. »Die alte Tante will mir doch tatsächlich die Samuraischwerter von ihrem Mann zeigen.«

»Alles Dienst am Kunden«, sagte Anna bitter. »Was mußtest du auch mit den Schlüsseln anfangen? Hättest lieber deine süße kleine Klappe halten sollen.«

»Die kann sich ihre blöden Schlüssel in die Haare schmieren«, sagte Sean. »Von so einem Dienst am Kunden habe ich die Schnauze gestrichen voll. Hör mal, Anna, du machst das doch für mich, ja? Ich revanchiere mich auch.«

»Sie will aber dich, das hat sie ausdrücklich gesagt.«

»Ich weiß, aber die läßt mich doch den ganzen Tag nicht mehr weg, die dusselige alte Pute.«

»Was für ein reizender junger Mann!« sagte Anna. Auf der Rückfahrt zum Büro hielt sie unterwegs bei einer Telefonzelle an, um den Makler anzurufen. Sie konnte eine Wohnung in Barons Court besichtigen. Wenn sie zuerst beim Schlüsseldienst vorbeifuhr, konnte sie die Mittagspause etwas verlängern und hinterher Mrs. Stratford-Parker erneut einen Besuch abstatten.

»Es soll dein Schaden nicht sein«, sagte Sean dankbar.

»Wie recht du hast«, antwortete Anna. »Dafür wirst du nämlich eine Kreditüberprüfung für mich erledigen.«

»Na klar«, sagte Sean.

»Heute nachmittag.«

»Eigentlich wollte ich aber...«

»Heute nachmittag, oder ich verrate Beryl, daß Mrs. Stratford-Parker ausdrücklich nach dir verlangt hat.«

»Tim hat schon recht«, sagte Sean. »Du bist eine harte Frau.«

»Und du bist ein fauler Hund«, gab Anna zurück. »Du hast den ganzen Vormittag keinen Finger krumm gemacht.«

»Dienst am Kunden«, sagte Sean hämisch.

14

Die Wohnung entpuppte sich als enges, dunkles, feuchtes Loch im Tiefparterre, dessen Kohlenkeller vor über dreißig Jahren in ein Badezimmer umgewandelt worden war. Von einem Ladenbesitzer nebenan erfuhr Anna, daß der vorherige Mieter an Unterkühlung gestorben war und daß die gesamte Häuserzeile in Kürze saniert werden sollte. Deshalb war der Mietvertrag also auf zwei Jahre befristet. Aber sie hatte ohnehin nicht das Gefühl, daß sie zwei Jahre in derart primitiven Verhältnissen überleben konnte. Fünfzehn Minuten in den halbverrotteten Fußleisten herumzustochern, war ihr schon genug aufs Gemüt geschlagen. Es ging einfach nicht.

Sie verplemperte eine Stunde bei Mrs. Stratford-Parker und fuhr dann ins Büro zurück, wo sie zwei Mitteilungen auf ihrem Schreibtisch vorfand. Die erste lautete: »A. Lee, Punkt 16.30 zu Mr. Brierly. B. D.« Die zweite kam von Sean. »Betr. Kreditüberpr.«, hatte er geschrieben. »Schulden. Offene Rechnung. Der Typ ist tabu.«

Anna nahm den Zettel vom Tisch und marschierte in Seans Büro. Er war in einen HiFi-Katalog vertieft, den er blitzschnell unter einer Alarmanlagenbroschüre versteckte, als die Tür aufflog.

Anna fragte: »Was soll das, Sean?« und knallte ihm die Mitteilung vor die Nase.

»Der Job für dich«, sagte Sean. »Ich habe die Kreditauskunftei angerufen. Wie war es bei der guten, alten Mrs. Stratford-Parker?«

»Du bist eine totale, absolute Null, Sean«, sagte Anna langsam. »Du kaust einfach die Information wieder, die du für mich überprüfen solltest.«

»Na, dann ist doch alles in Ordnung«, sagte Sean. »Wozu die Aufregung?«

»Einer Auskunft geht man doch nicht dadurch nach, daß man denselben Leuten zweimal dieselbe Frage stellt. Was bildest du dir eigentlich ein?«

Sean starrte sie an.

»Du hast die Werkstatt nicht angerufen?« fragte Anna.

»Wozu denn? Die Werkstatt hat ihn vermutlich selber auf die schwarze Liste gesetzt. Er ist erledigt, Anna. Kann seine Schulden nicht bezahlen. Sag es dem Klienten. Auftrag ausgeführt. Ich sage dir, du machst dir viel zuviel Mühe mit solchem Kleinkram. Ich schaffe das in der Hälfte der Zeit.«

»Das wundert mich überhaupt nicht«, sagte Anna wütend. »Weil du faul und schlampig bist.«

»Nun sei doch nicht gleich eingeschnappt«, sagte Sean. »Du verstehst eben nicht, worum es geht. Was die Kreditauskunft dir sagt, hast du zu glauben. Auftrag erledigt – neuer Klient – Umsatzsteigerung – Boß zufrieden – Gehaltserhöhung. Darum geht es.«

»Es geht darum, daß irgendein armer Teufel beschissen wird, nur weil du deine Arbeit nicht anständig machst.«

»Wollen wir wetten?« fragte Sean und zog den HiFi-Katalog wieder hervor. »Einen Fünfer, daß du die kostbare Zeit des Klienten vergeudest? Auf wessen Seite stehst du eigentlich?«

»Halt den Rand, Sean«, sagte Anna und ging zurück in ihre gläserne Zelle. Sie blätterte durch die Gelben Seiten, bis sie die F. J. P.-Autowerkstatt gefunden hatte. Es war eine Kette mit sechs Filialen in Südlondon. William Herridge hatte seinen Kauf in Putney getätigt. Sie wählte die Nummer.

»Die Buchhaltung bitte«, sagte sie, als sich jemand meldete. Und dann: »Ich bearbeite eine Kreditauskunft über einen gewissen William Herridge. Soweit ich weiß, haben Sie ihn vor einem Jahr auf die schwarze Liste setzen lassen.«

»Herridge mit oder ohne d?« fragte der Mann am anderen Ende der Leitung.

»Mit.«

»Bleiben Sie dran.«

Anna blieb dran. Beryl kam an die Tür, klopfte an die Scheibe und winkte sie ungeduldig heraus. Der Mann sagte: »Ich hätte hier etwas, aber ich müßte es erst noch abschecken. Könnten Sie zurückrufen?«

Anna legte auf und ging zur Tür. Beryl, von der man nur noch den Rücken sah, war schon halb durch den Korridor marschiert.

»Sechzehn Uhr fünfunddreißig«, rief Beryl ihr über die Schulter zu. »Sie haben sich schon wieder verspätet.«

Kurze Beine und hohe Absätze tippelten um die Ecke. Anna folgte, vorbei am Empfang, wo Jenny ihr mitfühlend zuzwinkerte, bis in Beryls Büro, wo diese ihre ganze Aufmerksamkeit bereits einem dahinsiechenden Kaktus widmete und sagte: »Worauf warten Sie noch? Gehen Sie lieber hinein.«

Anna klopfte an die Verbindungstür und betrat Mr. Martin Brierlys Büro.

15

Sogar wenn Martin Brierly genau das sagte, was Anna erwartete, konnte sie sich nie vorstellen, was er eigentlich dachte. Er war schon seit Jahren ihr Chef, und er war mit der Zeit um einiges fülliger geworden. Aber sein ausdrucksloses rundes Gesicht, sein unpassendes kläffendes Lachen und seine sinnlosen Gesten konnte sie nach wie vor nicht deuten.

Jetzt saß er, wie immer, mit dem Rücken zum Licht an seinem Schreibtisch und sagte: »Nehmen Sie Platz, Miss Lee.« Anna setzte sich, und er fuhr fort. »Ich habe heute morgen einen Telefonanruf von einer Ms. Lara Crowther erhalten.« Das Ms. betonte er besonders. Es mißfiel ihm. Eine unverheiratete Frau war eine Miss; eine verheiratete, verwitwete oder geschiedene Frau hatte sich Mrs. zu nennen, Punktum. Wozu das Versteckspiel? »Eine Amerikanerin«, fuhr er fort, als ob sich damit etwaige Marotten von selbst erklärten. »Sie haben bereits ihre Bekanntschaft gemacht.« Er hielt inne und zog die Augenbrauen hoch.

»Mr. Shomachers Schwester«, half Anna ihm weiter. Sie fragte sich, ob Lara das Spiel im Battersea Park wohl erwähnt hatte. »Ein Haus in Barnes. Wir haben es uns angesehen und einen Kostenvoranschlag gemacht.«

»Korrekt.« Erleichtert kam Anna zu dem Schluß, daß er vom Treffen im Battersea Park nichts wußte. Das war gut so. Wenn er geargwöhnt hätte, daß hinter seinem Rücken eine Absprache getroffen worden war, hätte er es gewiß nicht freundlich aufgenommen.

»Offenbar haben Sie einen guten Eindruck auf sie gemacht, da Ms. Crowther Ihre Dienste weiterhin in Anspruch nehmen möchte. Es gibt da allerdings ein Problem. Bei der Durchsicht Ihres Terminplans habe ich festgestellt, daß Sie, grob geschätzt, bis Mitte Januar voll ausgelastet sind. Ms. Crowther möchte jedoch anscheinend, daß Sie sich ausschließlich um sie kümmern.«

»Ist es eilig?« fragte Anna.

»Ist es nicht immer eilig?« Er machte ein so verächtliches Gesicht, daß Anna sich fragte, ob Lara ihm vielleicht irgendwie auf die Zehen getreten war.

»Noch etwas«, fuhr Brierly fort. »Ms. Crowther scheint entschlossen zu sein, keinem Menschen außer Ihnen genauere Hintergrundinformationen zu geben. Wie Sie wissen, halte ich nichts davon, meine Angestellten einem unbekannten Risiko auszusetzen. Ich möchte über sämtliche Begleitumstände in Kenntnis gesetzt werden.«

Anna stöhnte innerlich auf. Wer kannte schon jemals »sämtliche Begleitumstände«? Lara mußte Martin Brierly tatsächlich zu nahe getreten sein, deshalb ließ er jetzt seinen Ärger an ihr aus. Statt dazusitzen und sich in ihr Schicksal zu ergeben, meinte

Anna: »Tja, wie Sie schon sagten, ich bin ausgebucht. Vielleicht sollten Sie ihr eine andere Firma empfehlen.«

»Termine lassen sich auch wieder umbuchen«, sagte Mr. Brierly stur. »Wenn Sie hinausgehen, bitten Sie doch Miss Doyle, Ihren Terminplan dahingehend durchzuforsten, ob sich Ihre Fälle nicht anders verteilen lassen. Das wäre alles.«

»Wie bitte?« sagte Anna. »Dann nehmen Sie Ms. Crowthers Auftrag an?«

»Selbstverständlich«, sagte er gelassen. »Und Sie beeilen sich jetzt besser. Sie ist im Kensington Close Hotel abgestiegen, und Sie wollen sie doch nicht warten lassen.«

Lara wohnte also nur ein paar Straßen weiter, wollte aber nicht ins Büro kommen, dachte Anna im Hinausgehen. Noch ein Grund für Mr. Brierly, die beleidigte Leberwurst zu spielen. Er nahm seine Klienten immer gern selbst in Augenschein.

In ihrem Kämmerlein sah sie Terminkalender und Arbeitsplan durch. Es gab nichts, was sie nicht getrost jemand anderem überlassen konnte – solange dieser andere nicht Sean hieß. Um jedoch auf Nummer Sicher zu gehen, schrieb sie sich rasch alle wichtigen Einzelheiten über Mr. Kemals Anfrage zu William Herridge auf einen Zettel, bevor sie den ganzen Krempel bei Beryl ablieferte.

Als sie wieder zurückkam, um ihre Tasche zu holen, winkte Phil sie in sein Kabäuschen. »Ich habe hier einen echten Spinner«, sagte er. »So einen Müslitypen im selbstgestrickten Pullover. Will eine ganze Alarmanlage mit Windkraft betreiben. Fällt dir dazu was ein?«

»Wie wäre es mit Solarzellen?« fragte Anna. »Man kann Suchscheinwerfer bekommen, die mit Sonnenenergie betrieben werden. Ich habe darüber noch irgendwo einen Prospekt rumliegen. Vielleicht könnte man damit etwas anfangen.«

»Spitze«, sagte Phil düster. »Kannst du ihn mir raussuchen?«

»Wenn du gleich mitkommst«, sagte Anna. »Ich bin schon fast weg.«

Phil ging mit in ihr Büro und hockte sich auf die Schreibtischkante, während sie in dem Karteikasten herumkramte, in dem sie die Reklamebroschüren verwahrte.

»Ist dein Typ Vegetarier?«

»Bestimmt. Wieso?«

»Wenn nicht, gäbe es doch da diesen Wachhundezüchter in Bedford.«

»Das wäre eine Idee«, sagte Phil. »Aber er ist eher der Typ, der den Wachhund am liebsten mit Vogelfutter füttert.«

»Wie wäre es dann mit einem Wachpapagei?« Anna hatte den gesuchten Prospekt gefunden. Sie sagte: »Es gibt eine Firma, bei der bekommt man Kassetten mit Schäferhundgebell, die man an die Türklingel anschließen kann.«

»Donnerwetter«, sagte Phil. »Bewahrst du den ganzen Mist etwa auf? Bei mir wandert sowas sofort in den Papierkorb.«

»Gänse!« rief Anna, einer plötzlichen Eingebung folgend.

»Ach, verzwitscher dich«, sagte Phil und machte ein düsteres Gesicht.

16

»Ich möchte Ihnen eine Geschichte erzählen«, sagte Lara. Sie hatte sich eine einigermaßen stille Ecke im Speisesaal des Hotels ausgesucht und schenkte aus der silbernen Teekanne so selbstverständlich ein, wie man es von einer Frau, die schon viele Nachmittage unter Engländern verbracht hatte, erwarten konnte.

Anna hielt ihre Tasse in beiden Händen und wartete. Aber Lara ließ sich Zeit. Sie trug ein rosé- und indigofarbenes Strickkostüm, ihr Gesichtsausdruck verriet kühle Selbstbeherrschung.

»Ich habe Ihnen erzählt, daß ich für eine Ladenkette in den Staaten Kleider einkaufe?« begann sie. »Dabei lerne ich viele Leute kennen, und im Laufe der Jahre habe ich mich mit einigen wenigen von ihnen angefreundet. Ich bin auf Strickwaren spezialisiert, manche Stücke kaufe ich direkt vom Designer. Ich streife hier durch die kleinen Läden und halte nach neuen Namen, neuen Talenten Ausschau. Wenn ich fündig werde, suche ich den Designer beziehungsweise die Designerin manchmal persönlich auf und fördere das neue Talent.«

Sie machte eine Pause und spielte an der Manschette ihrer Jacke herum.

Anna sah auf die Hände, die unruhigen Finger. Gefaßte Miene, fahrige Hände. »Zuerst heißt es immer nur: Augen und Ohren auf«, hatte Bernie ihr in ihrer Anfangszeit geraten. »Entscheide nie voreilig, was wichtig ist und was nicht.«

»Dieses Design stammt von Penny Garden«, sagte Lara, und Anna blickte auf das kunstvolle rosé- und tintenfarbene Muster aus Blättern und Zweigen, das im Schnitt von Laras Jacke wieder aufgenommen wurde.

»Ich habe Penny vor fünfzehn Jahren kennengelernt. Sie war erst kurz vorher von der Universität abgegangen und hatte eine kleine Tochter. Einen Mann hatte sie damals auch. Sie haben versucht, von ihren Strickarbeiten zu leben. Dabei hat Penny zwar ein ungeheueres Talent, aber keinen Geschäftssinn.

Ich habe ihr über ihre Anfangsschwierigkeiten hinweggeholfen. Zum Beispiel habe ich dafür gesorgt, daß sie Heimarbeiterinnen angestellt hat, damit sie sich ganz auf das konzentrieren konnte, wovon sie am meisten verstand, vom Design. Der Markt für Designerstrickwaren war damals nicht so groß wie heute, aber sie hat trotzdem nicht schlecht verdient. Ich habe ihre Arbeiten an einige der erstklassigsten Geschäfte in den Staaten verkauft. Und nach einer Weile konnte sie auch nach Japan und Deutschland liefern.

Jetzt kommen wir zum wichtigen Teil. Vor vier Jahren hat sie einen kleinen Laden aufgemacht. Hier ganz in der Nähe. Ich habe sie gewarnt. Ein Geschäft nur für die eigene Kollektion zu betreiben, kann ein teurer Spaß werden. Aber sie wollte es unbedingt. Ihr Mann sollte etwas zu tun bekommen. Mir war es nicht aufgefallen, aber anscheinend hat er sich gelangweilt und brauchte eine Beschäftigung. Er wollte, daß die Familie nach London zog. Sie wohnten auf dem Land. Habe ich das schon erwähnt? Penny lebt und arbeitet in Oakleigh, in der Nähe von Oxford. Natürlich konnte sie nicht umziehen. In London ein Haus zu finden, das geräumig und preiswert genug für sie gewesen wäre, war ein Ding der Unmöglichkeit. Aber der Herr Gemahl wollte nach London, er litt wohl unter der Midlifecrisis.«

Anna war nicht entgangen, mit welchem Unterton sie »der Herr Gemahl« sagte, aber sie sprach sie nicht darauf an.

»Dann waren ja auch noch die Heimarbeiterinnen zu bedenken«, fuhr Lara fort. »Im Laufe der Zeit hatte Penny in der näheren Umgebung einen Kreis guter Strickerinnen um sich geschart. Ich kann Ihnen gar nicht sagen, wie wichtig das ist. Was Penny macht, ist nicht einfach nur stricken. Sie verarbeitet nicht einfach nur Wolle. Sie hat auch schon mit Seide gearbeitet und mit Baumwolle. Manchmal schwebt ihr eine so komplexe Struktur vor, daß sie die Stiche erst erfinden muß. Oder sie denkt sich ein Muster aus, das man nur mit einem Diplom in Algebra verfolgen kann. Wenn sie also eine zuverlässige Arbeiterin gefunden hat, bleibt sie ihr treu. Anders geht es nicht.

Nein, Penny Garden konnte nicht umziehen. Also hat sie den Laden gekauft und die dazugehörige kleine Wohnung darüber, für den Herrn Gemahl. Er sollte das Geschäft führen, während der Woche in London bleiben und am Wochenende nach Hause kommen.

Natürlich hat der Laden sie ruiniert«, sagte Lara nüchtern. »Ich sah es kommen. Aber ich konnte nicht das geringste tun, um es zu verhindern. Zu viele Unkosten, zu hohe Belastungen.«

Obwohl sie einen Augenblick schwieg, konnte Anna sie im geheimen sagen hören: »Und die größte Belastung von allen war der Herr Gemahl.«

»Penny ging pleite«, sagte Lara. »Laden und GmbH – die übrigens beide Garden Party hießen – waren bankrott. Sie mußte Konkurs anmelden. Der Herr Gemahl machte sich aus dem Staub. Das war Anfang letzten Jahres. Zunächst hat Penny mit Hilfe von ein paar Freunden, die zusammengelegt hatten, versucht, ihre Modelle zurückzukaufen. Das war nämlich alles, was ihr noch geblieben war. Aber der Konkursverwalter ließ sich darauf nicht ein. Er behauptete, er müsse die Vermögenswerte optimal verkaufen, um die Gläubiger auszahlen zu können – angeblich hätte er bessere Angebote bekommen. Penny verlor die Arbeit eines ganzen Jahres.«

Lara holte eine Tasche unter dem Tisch hervor, die weder einer Handtasche noch einer Aktentasche glich, obwohl sie von beidem etwas hatte. Darin befand sich ein Plastikordner. Lara legte ihn vor sich auf den Tisch, fast als wäre sie auf einer Vorstandssitzung. Erst zum richtigen Zeitpunkt würde sie die Unterlagen in der richtigen Reihenfolge präsentieren.

»Also«, sagte Lara, den Rücken durchgedrückt, die Hände rechts und links neben dem Ordner. »Um ein einigermaßen annehmbares Gebot machen zu können, mußte Penny herausfinden, welche Summen Garden Party den Gläubigern überhaupt schuldete. Ein Klacks, werden Sie sagen. Nur hatte leider der Herr Gemahl die Bücher geführt, und die waren nirgendwo aufzutreiben. Vom Konkursverwalter konnte sie es auch nicht erfahren, er hat nicht einmal auf ihre Anrufe reagiert. Jemand riet ihr, über eine Auskunftei Erkundigungen einzuziehen, und dabei fand sie heraus, daß der Laden seit drei Jahren keine Gewinne mehr abgeworfen hatte. Sie gab trotzdem ein Angebot ab, das aber, wie schon gesagt, abgelehnt wurde.«

Anna unterbrach sie. »Gehörten Sie auch zu den Freunden?« fragte sie. »Die zusammengelegt haben?«

Lara warf ihr einen erstaunlich abwehrenden Blick zu, sagte aber: »Selbstverständlich. Ich glaube an Pennys Talent. Es liegt nicht in meinem Interesse, sie untergehen zu sehen.«

Wieder zuckten ihre Hände, was Anna nicht entging.

»Vor einem Monat«, fuhr Lara fort, »sah ich auf einer Straße in New York eine Frau in einem von Pennys Modellen. Es war einer ihrer limitierten Sommerartikel, ein aus Seide gestricktes Wickeloberteil. Ich kenne Pennys Arbeiten, ich weiß, welche Modelle ich für den US-Markt eingekauft habe, und ich wußte sofort, das Oberteil war eine neue Arbeit. Nur vierzig Stück waren davon hergestellt worden, und sie konnten schließlich in Pennys Laden erworben werden. Entweder hatte die Frau das Teil vor der Pleite gekauft, oder sie hatte es von dem Aufkäufer der Konkursmasse.

Ich sprach die Frau an.« Lara lächelte kurz. »Es war ihr ziemlich peinlich, aber sie hat trotzdem mit mir geredet. Offenbar hatte sie während eines Urlaubs in London einen Streifzug über die Straßenmärkte gemacht. Das ist ein Hobby von ihr: Alle ein, zwei Jahre fliegt sie nach London und stöbert auf den Trödelmärkten nach viktorianischem Schmuck. Nun, diesmal stieß sie dabei in der Portobello Road auf einen Stand, an dem französische Auslaufmodelle angeboten wurden, Artikel zweiter Wahl mit kleinen Fehlern. Ich durfte mir das Etikett ansehen, darauf stand ›Lalaine‹.

Sie werden ›Lalaine‹ vielleicht nicht kennen, aber es ist eine äußerst exklusive französische Marke. Die Frau dachte, sie hätte ein Schnäppchen gemacht. Aber das Oberteil war von Penny. Das wußte ich sofort.

Ich kam herüber und habe mit Penny gesprochen. Von dem falschen Etikett habe ich ihr nichts gesagt, ich wollte sie nicht aufregen. Neuerdings gerät sie immer sehr leicht außer Fassung. Aber ich habe mir von ihr den Namen des Hauptgläubigers – einer Bank – geben lassen und dort angerufen. Man sollte doch meinen, wenn es dem Konkursverwalter gelungen wäre, einen Teil des Garden-Penny-Sortiments zu verkaufen, hätte als erstes die Bank Geld gesehen. Aber die Bank hatte keinen Penny bekommen.«

Lara beugte sich vor und stemmte das Kinn auf die Faust.

»Okay«, sagte sie. »Jetzt haben Sie alles gehört, was ich weiß. Was fällt Ihnen dazu ein?«

Anna räusperte sich. »Soll ich raten?«

»Nur zu«, sagte Lara.

»Ich kann nur vermuten«, warnte Anna sie. »Erstens: Der Herr Gemahl wußte, daß der Betrieb kurz vor der Pleite stand und hat sich einen Teil des Sortiments unter den Nagel gerissen, bevor die Firma Konkurs anmelden mußte.«

Lara lächelte zufrieden über das ganze Gesicht. »Das dachte ich mir auch«, sagte sie. »Jetzt müssen wir es nur noch beweisen.«

»Zweitens«, fuhr Anna fort. »Der Konkursverwalter hat mit einem alten Kumpan einen Kuhhandel ausgeheckt.«

Laras Lächeln verschwand. »Was meinen Sie damit?« fragte sie unsicher.

»Der Konkursverwalter läßt sich von einem Komplizen schmieren, der dann die Konkursmasse zu einem Spottpreis aufkauft. Wenn der Konkursverwalter Penny Gardens Angebot annimmt, muß er den größten Teil des Geldes an die Gläubiger abführen. Wenn er billig an einen Kumpel verkauft, kann er das meiste für sich behalten.«

»Das soll wohl ein Witz sein«, sagte Lara.

»Es ist ein altbekannter Trick, den man so gut wie nie nachweisen kann. Selbst wenn ein Konkursverwalter völlig legal arbeitet, kann er für seinen Zeitaufwand, für Telefonrechnungen, Sitzungen und so weiter und so fort einen so hohen Betrag in Rechnung stellen, daß nur ein Bruchteil der Einnahmen an die Gläubiger fällt. Manche Leute sind der Auffassung, als Konkursverwalter tätig zu sein, wäre genauso profitabel wie eine Lizenz zum Gelddrucken.«

Lara sah jetzt nicht mehr so gefaßt aus, eher schwach und verunsichert.

Sie will, daß der Ehemann schuldig ist, dachte Anna. Aber sie ist auch fair, und jetzt weiß sie nicht, was für einen Auftrag sie mir geben soll. Sie fragte: »Haben Sie den Konkursverwalter eigentlich schon gefragt, ob er die Konkursmasse verkauft hat?«

»Auf meine Telefonanrufe reagiert er auch nicht.« Lara knibbelte an einer Ecke des Aktenordners herum, sie knickte sie vor und zurück, als ob sie sie abbrechen wollte. »Er ist geschäftlich verreist, er ist außer Landes, mehr erfährt man nicht. Ich hinterlasse ihm Nachrichten, aber er ruft nicht zurück.«

Plötzlich wußte sie wieder, was sie wollte. Sie knipste die Tasche auf und steckte den Ordner hinein. »Ich möchte, daß Sie Penny Garden kennenlernen«, sagte sie. »Holen Sie mich morgen früh um acht hier ab, auf der Fahrt können wir alles weitere bereden.«

Damit du Zeit hast, in Ruhe über deine Unsicherheit hinwegzukommen, dachte Anna. Ich soll nicht mitansehen, wie du dich zu einem Entschluß durchringst. Hinterher servierst du mir dann deine Entscheidung auf dem Präsentierteller. Im großen und ganzen gefiel Anna diese Einstellung.

17

Wieder daheim angekommen, geriet Anna in einen Ehestreit gigantischen Ausmaßes. Das Haus war hell erleuchtet. In der Priceschen Wohnung plärrte der Fernseher, aber das Gebrüll kam von oben, aus Annas Wohnzimmer. Bea und Selwyn standen sich auf dem türkischen Teppich Nase an Nase gegenüber.

»Du selbstsüchtiger, aufgeblasener, niederträchtiger Mistkerl«, schrie Bea gerade, als Anna die Tür aufmachte. Sie hatte einen zusammengerollten *Kensington Chronicle* in der Hand, mit dem sie Selwyn bei jedem Eigenschaftswort auf den Arm schlug. Den Arm hielt er schützend vor sein linkes Ohr.

»...du Spießerin, du Banause... du hinterhältiges Stück... mir einfach so in den Rücken zu fallen...«, brüllte Selwyn zur gleichen Zeit.

»... in der verfluchten Zeitung, in der verdammten Zeitung.« Klatsch. »Noch nie ist mein Name in der Presse durch den Dreck gezerrt worden.« Klatsch. »Jetzt ist das Maß voll.«

Im Hintergrund bot sich ein komischer Anblick: ein Hüne von Mann, der versuchte, sich klein zu machen. Quex saß auf dem Sofa und tat so, als ob er lese.

»Trautes Heim, Glück allein«, sagte Anna, aber niemand nahm Notiz von ihr.

»Du hast kein Recht.« Klatsch. »An das Konto zu gehen.« Klatsch. »Das Geld ist für den Hauskauf.« Klatsch. »Und ich werde jeden Penny brauchen ...«

»Ich ziehe in kein jämmerliches kleines Loch in Potters Bar. Du willst mich wohl kastrieren, Weib ...«

»Zum Donnerwetter, seid still!« schrie Anna.

»Ich sperre den Scheck!« keifte Bea. »Ich warne dich!« Klatsch.

»Wir sind geschiedene Leute!« röhrte Selwyn. »Was du brauchst, ist ein Schoßhündchen mit Lohntüte.«

»Nicht bei mir!« sagte Anna, so laut sie konnte. »Wenn ihr euch prügeln wollt, macht das unten!«

Sie hatte sich Gehör verschafft. Quex stand schwerfällig auf und sagte: »Hallo, Schatz.«

Selwyn sagte: »Entschuldige, Leo, aber dieses Weib ist einfach unmöglich.«

Bea drehte sich um und marschierte zur Tür. Im Hinausgehen warf sie Anna einen Blick zu, in dem so viel Schmerz und Wut lagen, daß Anna, wenn sie nicht selbst müde und wütend gewesen wäre, bestimmt hinter ihr hergegangen wäre. Statt dessen stampfte sie in die Küche und setzte den Kessel auf. Quex folgte ihr.

»Ein kleiner Aufstand«, sagte er und rieb sich den Nacken. »Als Bea gestern aus dem Haus war, hat Selwyn einen Reporter eingeladen, und heute kann man in der Zeitung einen Artikel über das tapfere Ehepaar lesen, das sich gegen einen Immobilienriesen zur Wehr setzt.«

»Gehört alles zu meinem Feldzug«, sagte Selwyn. Er lehnte mit verschränkten Armen an der Kühlschranktür und machte ein selbstzufriedenes Gesicht. »Ich habe auch schon jemand herbestellt, der die Fenster vergittert und eine stahlverstärkte Haustür einsetzt.«

»Und dem hast du den Scheck gegeben, von dem Bea gesprochen hat?« fragte Anna. Selwyn nickte.

»Du läßt die Haustür auswechseln, ohne mich zu fragen?«

»Du kannst die Hälfte dazu beisteuern«, sagte Selwyn. »Eigentlich eine grandiose Idee. Dann regt Bea sich vielleicht nicht mehr so auf, daß ich an das Hauskaufkonto gegangen bin.«

Anna starrte ihn sprachlos an. Quex sagte: »Komm schon, alter Junge, warum gehst du nicht wieder nach unten und verträgst dich mit Bea?«

»Die soll ruhig ein bißchen schmoren«, sagte Selwyn mürrisch. »Auf meine Entschuldigung kann sie lange warten. Sie hat mich geschlagen! Habt ihr das gesehen? Wenn ich handgreiflich geworden wäre, wärst du bestimmt in die Luft gegangen, Leo.«

»Selwyn!« Anna hatte ihre Sprache wiedergefunden. »Wenn du jetzt nicht sofort verschwindest, kannst du etwas über häusliche Gewalt im zwanzigsten Jahrhundert lernen, was du dir in deinen kühnsten Träumen nicht ausmalen kannst.«

»Du bist ja auf ihrer Seite!« Selwyn klang ungläubig.

»Das ist kein Spiel mehr«, sagte Anna. »Hast du ihr Gesicht gesehen? Für sie ist das kein Spaß.«

»Meinst du etwa für mich?«, rief Selwyn. »Du gefällst mir! Du bist doch diejenige, die das Ganze nicht ernst nimmt. Paß du nur gut auf, Leo. Sonst haben sie dich bald auch am Schlafittchen. Dann sitzt du auf Quex' Gutsherrenhof in Irland, hütest das Haus für die alten Tanten und ziehst rotznasige Blagen auf.«

Quex fuhr herum und packte Selwyn am Ellenbogen. »Es reicht, alter Freund«, sagte er gutmütig. »Nach unten mit dir. Aber dalli, ja? Du willst doch sicher nicht auf einen Schlag alle deine Freunde verlieren, oder?«

Als Quex ihn aus der Tür schob, schien Selwyn in sich zusammenzusinken. Anna wärmte sorgfältig die Kanne an und gab zwei Löffel Tee hinein. Das Wasser kochte.

Als Quex zurückkam, sagte er: »Und Bea hat ohne Selwyns Einwilligung das Haus in Potters Bar angezahlt.«

Anna starrte ihn an. »Es ist alles ein bißchen zu weit gegangen«, sagte sie. »Viel zu weit.«

»Steak und Bratkartoffeln?« fragte Quex und machte sich schon an der Kühlschranktür zu schaffen. »Ich habe heute morgen ein paar Sachen eingekauft.«

Um drei Uhr in der Früh wachte Anna auf. Sie schwitzte, und Quex' Arm, der lässig über ihren Schultern lag, drückte sie ins Bett. Sie stand vorsichtig auf, um ihn nicht zu wecken, und ging ins Badezimmer. Sie setzte sich bei offenem Fenster auf den Rand der Wanne und atmete tief durch. Traumbilder rasten ihr durch den Kopf, ein rosé- und indigofarbenes Spinnennetz spannte sich wie ein Sicherheitsgitter über das einzige Fenster eines dunklen Raumes. In der Mitte des Netzes lauerte sprungbereit ein Mann. Den Rest der Nacht verbrachte sie im Wohnzimmer auf dem Sofa.

18

Um sieben Uhr dreißig schlich sie sich aus der Wohnung, das Geschirr vom gestrigen Abend ließ sie ungespült zurück, auf ein Frühstück verzichtete sie. Als sie sich auf dem Treppenabsatz die Schuhe anzog, fand sie einen Brief mit Beas Handschrift vor, der für sie bestimmt war. Auf dem Blatt stand: »Es tut mir so leid wegen gestern abend. Ich weiß ja, daß du Streitereien nicht ausstehen kannst. Wie es auch immer ausgeht, ich ziehe jedenfalls nach Potters Bar, und ich wollte dir nur sagen, daß du jederzeit willkommen bist, bis du selbst etwas Neues gefunden hast. Denk daran, dir bleiben keine acht Wochen mehr. Liebe Grüße, Bea.«

Anna schob den Zettel wieder in den Umschlag und steckte beides ein. Typisch Bea, ein großzügiges Angebot gekoppelt mit einer gouvernantenhaften Ermahnung.

Auf dem Peugeot hatte sich eine feine Londoner Schmutzschicht abgesetzt. Bevor sie losfahren konnte, mußte sie erst ein paar Minuten an den Scheiben herumputzen. Klienten mögen es, wenn sie aus dem Fenster sehen können. Am Obststand an der Ecke Abingdon Road und Kensington High Street kaufte sie sich zwei Bananen zum Frühstück.

Pünktlich um acht erwartete Lara sie in einem beigefarbenen Trenchcoat auf der Treppe des Hotels. Sie war ausgeschlafen und frisch geschminkt, und ihre Bügelfalten waren so scharf, daß man damit hätte Schinken schneiden können.

»Hi«, sagte sie, als sie die Beifahrertür öffnete. »Wir nehmen die M40 aus London heraus.«

Sie waren kaum auf der High Street in Richtung Hammersmith unterwegs, da sagte sie schon: »Ich habe mir durch den Kopf gehen lassen, was Sie gestern gesagt haben. Am sinnvollsten wäre es wohl, mit dem Konkursverwalter anzufangen.«

»Ganz meine Meinung«, sagte Anna. »Alles dreht sich um ihn, egal, wo man ansetzt. Aber was genau soll ich eigentlich für Sie herausfinden?«

»Hm«, brummte Lara nachdenklich. »Gute Frage. Anfangs dachte ich eigentlich, der Herr Gemahl hätte Dreck am Stecken. Ganz von der Hand zu weisen ist das immer noch nicht. Auf jeden Fall hat er Penny ruiniert. Mit seiner Verschwendungssucht und seiner Unfähigkeit hat er das Geschäft in den Konkurs getrieben. Und dann die Art, wie er verschwunden ist. Er hat Penny einfach sitzenlassen, als sie ihn am nötigsten brauchte. Das hat sie nicht verkraftet, es macht sie krank. Sie kann nicht mehr arbeiten, und jetzt schluckt sie irgendwelche Pillen, die der Arzt ihr verschrieben hat. Ich dachte, wenn ich irgend etwas herausfinden könnte, daß er sie zum Beispiel beschissen hat und mit der Kollektion abgehauen ist, könnten wir vielleicht einen Teil davon zurückbekommen. Wenigstens hätte sie dann den Beweis, was für ein mieser Kerl er ist, und sie würde endlich einsehen, daß sie froh sein kann, ihn los zu sein. Für ihr Selbstwertgefühl war das Ganze ein herber Schlag.«

»Und wenn es nicht ihr Mann war?« fragte Anna.

»Das ist ja gerade die Frage. Nach dem, was Sie mir sagen, wäre der Verkauf der Konkursmasse auch dann noch legal, wenn der Konkursverwalter sich hätte bestechen lassen. Legal auf dem Papier, meine ich. Und etwas anderes könnten Sie ihm nie nachweisen. Trotzdem, ich möchte Gewißheit haben. Vielleicht können wir ihn irgendwie abservieren.«

»Mm«, sagte Anna.

»Meinen Sie nicht?« fragte Lara.

»Leicht wäre es nicht. Es könnte Sie viel Zeit und Geld kosten.«

»Sehen Sie, das gefällt mir an Ihnen«, sagte Lara plötzlich. »Sie kommen mir nicht mit leeren Floskeln wie ›nichts ist unmöglich‹. Sie denken praktisch. Kann man die Sitze verstellen? Ich muß mich mit meinem Rücken vorsehen.«

Nachdem Anna es ihr erklärt hatte, schob Lara den Sitz so weit nach hinten, daß sie fast ausgestreckt dalag. Sie sagte: »Ich bin viel unterwegs, deshalb weiß ich, wie wichtig es ist, bequem zu reisen. Selbst auf einer kurzen Strecke. Hören Sie, ich möchte nur ungefähr wissen, was eigentlich passiert ist. Wenn Sie Penny erst gesehen haben, werden Sie vielleicht verstehen, warum. Ich möchte ihr wieder auf die Beine helfen. Ich kann es nicht mitansehen, wenn ein Talent verkümmert.«

Anna verkniff sich die Frage, warum Lara sich in diese Angelegenheit einmischte und warum sie bereit war, für Penny Garden eine Privatdetektivin anzuheuern.

19

Oakleigh schmiegte sich in ein flaches Tal. Im alten Ortskern mit seinen Bruchsteinhäusern staute sich der Verkehr in den engen Straßen wie in verstopften Adern. Am Rande der Altstadt, kurz vor dem Neubautenring aus Ziegelsteinen und Beton, lag Penny Gardens Haus.

Ohne anzuklopfen, öffnete Lara die Tür und führte Anna durch einen kalten Flur bis zur Küche nach hinten durch.

»Aber Mädchen«, sagte sie beim Eintreten. »Du darfst doch das Feuer nicht ausgehen lassen.«

Ein bleiches Mondgesicht hob sich ihnen entgegen, weit auseinanderstehende graue Augen klappten schläfrig auf und zu. Das glatte Haar war schwarz und fein, es waren kaum Spuren von Weiß darin zu sehen.

»Ist es kalt?« fragte Penny Garden.

»Mädchen, es friert.« Lara ergriff eine der leblosen Hände und rieb sie sanft. »Ich kümmere mich darum, daß das Monstrum angeheizt wird. Du kochst uns einen Kaffee.« Lara machte sich so geschickt an dem großen Küchenherd zu schaffen, als ob sie sich damit auskannte.

»Ich habe dir Anna Lee mitgebracht«, sagte sie, über die Schulter gewandt. »Du hattest doch nicht vergessen, daß wir kommen wollten?«

»Nein«, sagte Penny. Aber man sah ihr an, daß sie es vergessen hatte. Mit dem Elektrokessel in der Hand stand sie reglos neben der Spüle.

»Kaffee, Mädchen«, erinnerte Lara sie, und langsam erwachte Penny wieder zum Leben.

Mit der Eichenanrichte, den Steinfliesen und den Gewürzborden hätte die Küche ein warmer, freundlicher Raum sein können, aber Anna kam sich eher vor wie in einem Dornröschenschloß. Die Bewohnerin schlief schon so lange, daß alles verwahrlost war.

Auf den blinden Fensterscheiben lag noch der Blütenstaub vom letzten Sommer; Regale und Geschirr, die vom ständigen Gebrauch hätten blitzen müssen, waren mit Staub überzogen. Über der Tür zum Garten hing ein makelloses Spinnennetz.

Sie setzten sich an den schweren Holztisch. In der Mitte stand eine große Keramikschüssel, in der nur zwei verschrumpelte Äpfel lagen.

»Ich habe nichts gehört«, sagte Penny. »Kein Brief, kein Anruf, kein...« Sie verstummte.

»Mach dir nichts draus«, sagte Lara. »Darum habe ich dir ja Anna mitgebracht. Du kannst alles ihr überlassen.«

Anna spürte, daß sich Pennys vage Hoffnungen auf sie verlagerten und wie eine schwere Last auf ihr ruhten, sie warf Lara einen scharfen Blick zu. Lara machte eine kleine, beruhigende Geste mit der Hand und sagte: »Du sollst dir keine Sorgen mehr machen. Es wird alles geregelt werden. Du setzt dich wieder an die Arbeit, und alles andere wird sich schon finden.«

»Tatsächlich?« fragte Penny. »Ich meine, schließlich ist doch alles weg. Sie haben mir alles genommen. Ich habe gewartet und gewartet, und jetzt ist es wieder Winter.«

»Das stimmt«, sagte Lara. »Es wird Zeit, einen neuen Anfang zu machen. Warum zeigst du Anna nicht mal dein Studio?«

»Ach, es gibt doch gar nichts zu sehen.«

»Und ob«, sagte Lara fest. »Sie muß in der Lage sein, deine Arbeiten wiederzuerkennen, wenn sie sie zurückholen soll. Habe ich nicht recht, Anna?«

»Das stimmt«, sagte Anna, in den gleichen zuversichtlichen Ton wie Lara verfallend.

»Tja, wenn Sie unbedingt wollen.« Penny stand auf und ging zur Hintertür. Sie war eine große Frau mit breiten Hüften und einem anmutigen Gang, aber sie bewegte sich, als ob sie eine Ladung Blei mit sich herumschleppen würde. Sie machte die Tür auf. Der Wind bauschte das Netz auf, zerriß es aber nicht.

Das Studio befand sich über der Garage, über eine schmiedeeiserne Treppe gelangten die drei Frauen hinauf. Lara öffnete die Tür, und schon standen sie inmitten eines Farbenmeeres. Stränge gefärbter Wolle hingen von hölzernen Pflöcken herunter, die in die Deckenbalken eingelassen waren. Riesige Garnspulen lagen in Reih und Glied in den Regalen. An den Wänden hingen Strickmusterproben, Modeplakate und gemalte Entwürfe. Ein großes, steinernes Waschbecken war mit bunten Farben bekleckst wie ein expressionistisches Gemälde. Plakafarben, Gläser mit Buntstiften, Wachsmalkreiden und Filzschreibern standen auf dem Schreibtisch.

»Wahnsinn!« rief Anna aus, und plötzlich fiel ihr der zuversichtliche Ton gar nicht mehr schwer.

20

Anna saß zwischen Penny und Lara auf dem Sofa. Vor ihnen lagen der Inhalt von Pennys Arbeitsmappe, Kataloge und gut dreißig Strickproben.

»Wie steht es mit Ihrem visuellen Gedächtnis?« fragte Lara.

»Bestens«, sagte Anna.

»Sie können die gedruckten Sachen mitnehmen, wenn Ihnen das weiterhilft«, sagte Lara. »Aber die Entwürfe und Proben gibt Penny nicht aus der Hand.«

»Sie kann sie ruhig haben«, sagte Penny düster. »Ich brauche sie nicht mehr.«

»Oh, doch.«

»Na ja, vielleicht...«

»Da gibt es kein Vielleicht«, sagte Lara heftig. »Du jammerst, daß alles verschwunden ist, und dann gibst du den Rest noch selber weg. Du mußt an dem festhalten, was dir noch geblieben ist, und von vorn anfangen. Dein Talent ist ein Gottesgeschenk, also nutze es gefälligst.«

Während Anna sich die Fotos der Proben von Pennys gottgegebenem Talent ansah, konnte sie sich den neidischen Gedanken nicht verkneifen, daß sie selbst sich niemals auch nur ein Stück davon würde leisten können. Penny entwarf Strickmodelle, bei denen die meisten Frauen gern zugegriffen hätten. Aber nur die wenigsten von ihnen konnten in den exklusiven Boutiquen einkaufen, wo sie angeboten wurden.

Die Fotos und Materialproben, die Lara ihr herausgesucht hatte, gehörten zu dem verschwundenen Sortiment, und sie konzentrierte sich darauf, sich Formen und Farben einzuprägen. Penny und Lara gingen zum Schreibtisch hinüber, und Anna hörte Lara sagen: »Mensch, das ist wirklich gelungen.«

»Nein, das ist es nicht«, antwortete Penny energischer, als Anna sie bis jetzt kennengelernt hatte. »Mir zittern so die Hände, daß ich kaum den Stift halten kann. Und, Larry, für so etwas braucht man Begeisterung. Ich bin tot. Die Farben vibrieren und singen nicht mehr.«

Die Stücke, die Anna sich ansah, strahlten Begeisterung aus.

Lara sagte: »Dezent ist es, was ist denn daran auszusetzen?«

»Es ist nicht dezent«, antwortete Penny. »Es ist tot.«

Anscheinend weiß sie, was sie will, wenn es um ihre Arbeit geht, dachte Anna. Doch ob sie damit recht hatte, stand auf einem anderen Blatt.

Als sie später wieder in der Küche waren und Lara noch einmal auf die angeblichen Heilkräfte der Arbeit zurückkam, wandte Penny sich Anna zu und sagte: »Larry war schon viermal verheiratet. Wußten Sie das?«

»Also weiß ich, wovon ich rede«, verteidigte sich Lara. »Würde ich jedesmal, wenn mich ein Mann enttäuscht, zu Hause sitzen und Trübsal blasen, wäre ich längst erledigt. Männer sind wie Schuhe. Du findest ein Paar, das dir gefällt, aber dann wachsen deine Füße, oder du kaufst dir ein neues Kleid. Plötzlich drücken die Schuhe, oder sie haben die falsche Farbe. Was machst du dann? Du kannst schließlich nicht jahrelang mit wunden Füßen herumlaufen, oder?«

Der »Herr Gemahl« wurde ansonsten nicht weiter erwähnt. Penny hatte noch ein anderes, drängenderes Problem: ihre Katze. Die Katze brauchte eine Wurmkur. Normalerweise half Penny dabei eine Frau, die Cyn hieß. Aber da Cyn nicht mehr da war, hatte Penny die Kur so lange aufgeschoben, bis sie überzeugt war, daß die Katze von Würmern zerfressen war. Und dann, eines Tages, war die Katze verschwunden. Die Sorge um das Tier ließ Penny keine Ruhe mehr. Ob es verhungert war, wegen der Würmer? Ob ein Nachbar es weggelockt hatte? Vielleicht war der Katze, wie Penny selbst, auch nur das leere, kalte Haus aufs Gemüt geschlagen.

Anna fragte sich, ob Cyn wohl die Tochter war, von der niemand sprach. Verstohlen schaute sie unter dem Küchentisch auf die Uhr. Es war kurz vor Mittag. Was sollte sie hier? Wozu sollte sie sich vage, unheimliche Andeutungen über eine Katze anhören? Ob sie das Tier womöglich suchen sollte? Ob Penny überhaupt wußte, daß sie Privatdetektivin war? Schließlich war sie ihr nicht einmal richtig vorgestellt worden.

Penny nahm zwei oder drei Tabletten und spülte sie mit kaltem Kaffee hinunter. Sie wirkte erschöpft. Anna warf Lara einen Blick zu, und Lara sagte: »Ich bleibe noch ein Weilchen. Aber Sie müssen doch sicher allmählich wieder nach London?«

»Ja«, sagte Anna und versuchte, sich ihre Unruhe nicht anmerken zu lassen.

Lara brachte sie zum Wagen. »Sie muß aufhören, diese Mittel einzunehmen«, sagte sie. »Sie schaden ihr mehr, als sie nützen. Ich habe ihr gesagt, sie soll mit ihrem Arzt darüber sprechen, aber das hat sie bestimmt nicht getan. Was meinen Sie?«

»Ich weiß nicht.« Anna klimperte ungeduldig mit dem Autoschlüssel herum. »Ich bin keine Sozialarbeiterin.«

»Natürlich nicht.« Lara sah gekränkt aus. »Ich dachte nur, Sie hätten vielleicht eine Meinung dazu, das ist alles. Ich habe irgendwo gelesen, daß Antidepressiva süchtig machen können.«

»Ja«, sagte Anna.

»Dann sollte sie also keine mehr nehmen, richtig?«

»Ja.«

»Aber das ist nicht Ihr Problem, nein?« Lara überlegte kurz, dann seufzte sie. »Hören Sie«, sagte sie. »Alle Informationen, die Sie brauchen, liegen in dem blauen Ordner auf dem Rücksitz. Rufen Sie mich im Hotel an, wenn Sie noch Fragen haben. Ich reise in ein paar Tagen zurück in die Staaten, aber ich habe Ihnen meine New Yorker Telefonnummer hinterlassen. Lassen Sie mich bitte wissen, was Sie herausbekommen haben.«

»In Ordnung«, sagte Anna und stieg in den Wagen.

21

Mit Quex im Haus hielt Anna es für klüger, gleich ins Büro zurückzufahren. Jenny mit den roten Haaren und dem verschmitzten Blick sprach sie an, als sie am Empfang vorbei kam. Sie sagte: »Ich habe ein paar Nachrichten für Sie. Ein Mr. Smith von der F. J. P.-Autowerkstatt bittet um Ihren Rückruf. Und Ihr Verlobter hat angerufen.«

»Ich habe keinen Verlobten«, sagte Anna und nahm die rosa Notizzettel entgegen.

»Dann eben Ihr Freund.« Jenny drehte an ihrem eigenen Verlobungsring und setzte eine überhebliche Miene auf.

»Wissen Sie vielleicht, wer meine Fälle bearbeitet?« fragte Anna.

»Sean, glaube ich«, sagte Jenny. »Mir können Sie nichts weismachen. Er klingt sehr nett.«

»Sean?«

»Ihr Freund.«

Anna schnitt eine häßliche Grimasse und marschierte in ihr Büro. Ohne erst den Mantel auszuziehen, nahm sie den Hörer ab und rief bei F. J. P. an. Die Telefonistin sagte: »Tut mir leid, Mr. Smith ist außer Haus. Möchten Sie eine Nachricht hinterlassen?«

Anna hinterließ ihre Nummer und legte auf. Sie ging auf die andere Seite des Korridors hinüber, aber Sean war nicht da. Die Akte Herridge lag zusammen mit einem halben Dutzend anderer auf seinem Schreibtisch. Es sah nicht so aus, als ob sie schon aufgeschlagen worden wäre.

Sie lief zurück durch den Korridor und leerte Laras blauen Ordner auf dem Schreibtisch aus. Die Fotos heftete sie an die Pinnwand, archaische Farbkleckse, die die langweiligen Mitteilungen von Beryl und Martin Brierly in den Hintergrund drängten. Was gab es sonst noch? Ein paar vage Informationen über den Konkursverwalter: Name, Anschrift, Telefonnummer; detailliertere Informationen über den »Herrn Gemahl«. So sehr war Lara von seiner Schuld überzeugt, daß sie seitenweise Fakten und Klatsch über ihn zusammengetragen hatte.

Chris Garden. Seine letzten bekannten Adressen waren die des Ladens und des Hauses in Oakleigh. Aber Lara hatte auch drei außereheliche Beziehungen ausgegraben, wie sie es nannte, eine in Oxford und zwei in London. Es gab ein paar alte Kontoauszüge und einige Fotokopien, die beweisen sollten, daß Chris Garden sich am Konto von Garden Party vergriffen hatte. Anna hätte es allerdings auch sehr gewundert, wenn er es nicht angerührt hätte. Schließlich war er nicht nur Angestellter, sondern auch Geschäftsführer der Firma gewesen.

Selbst wenn sie Lara Glauben schenken wollte, deutete alles lediglich darauf hin, daß Chris Garden ein untreuer und etwas liederlicher Patron war. Für Laras Vermutung, daß er Garden Party bestohlen hatte, gab es keinerlei Anhaltspunkte. Aber er war verschwunden, und Anna fragte sich, ob Lara wohl versucht hatte, ihn zu finden, oder ob es ihr einzig und allein darum ging, seinen Ruf zu schädigen.

Wenn das der Fall war, stellte sich die Frage nach dem Warum. Der seltsamste Gesichtspunkt des ganzen Falles war und blieb Laras Interesse daran. Während sie sich den gesammelten Wust von Papieren ansah, kam es Anna so vor, daß dieses Interesse sich mit einem bloßen Freundschaftsdienst nicht erklären ließ. Dem Ganzen haftete etwas Zwanghaftes an. Wer käme schon auf die Idee, durch die Gegend zu laufen und die Nachbarn nach dem Liebesleben des Mannes einer Freundin zu befragen? Höchstens ein Detektiv. Aber außer Anna hatte Lara keinen Detektiv mit Nachforschungen beauftragt.

Sie hatte das Gefühl, in etwas hineingezogen zu werden, was nicht auf dem Spielplan stand. Vielleicht wollte Lara, daß sie sich um Penny kümmerte, während sie verreist war. Sie hatte enttäuscht gewirkt, als Anna auf Fragen, die Pennys Gesundheitszustand betrafen, ausweichend geantwortet hatte. Doch falls sie das im Sinn gehabt hatte, wäre es billiger und einfacher für sie gewesen, eine Pflegerin anzustellen.

Anna wandte ihre Gedanken wieder dem Fall zu, hob den Hörer ab und wählte die Nummer des Konkursverwalters: Mr. David Stamp, wohnhaft in der Nähe von Archway. Sie ließ das Telefon zwanzigmal klingeln, aber niemand meldete sich.

Bernie machte vor der Scheibe das Zeichen für Tee. Anna nickte und legte auf. Sofort läutete es, und Quex sagte: »Hallo, du süßes Geschöpf. Bist du zum Abendessen zu Hause?«

»Ich denke schon«, sagte Anna. Bernie grinste und zeigte durch den Korridor auf die Tür vom Aufenthaltsraum. Sie nickte noch einmal.

Quex sagte: »Nur weil du heute morgen so leise aus dem Haus geschlichen bist. Ich habe nicht einmal gemerkt, daß du aufgestanden bist.«

»Ich war in Eile«, log Anna. »Ich war schon früh mit einer Klientin verabredet. Ich wollte dich nicht stören.«

»Ein langer Tag«, bemerkte Quex. »Also, du brauchst dir über das Essen nicht den Kopf zu zerbrechen. Ich lade dich ein.«

Anna legte auf. Sie lief schnell aus dem Büro und ging hinüber in den Aufenthaltsraum zu Bernie. Er gab ihr eine Tasse und sagte: »Was ist los, Annakind? Du siehst aus wie eine Mutter von vier Säuglingen zur Essenszeit.«

Anna lachte. »So schlimm?« fragte sie.

»Fix und fertig.« Bernie machte es sich am Tisch gemütlich.

»Kein Mensch geht ans Telefon.« Anna zählte an den Fingern ab. »Beryl, die blöde Kuh, hat meine Fälle Sean übergeben, der mindestens einen davon versieben wird. Meine Klientin will, daß ich ihre Freundin bemuttere. Was noch? Ach ja, und wir müssen in sieben Wochen aus unserem Haus raus.«

»Erstens: Hingehen statt anrufen«, antwortete Bernie lässig. »Zweitens: Dafür sorgen, daß jemand Sean in den Hintern tritt. Drittens: Deiner Klientin sagen, sie soll dir im Mondschein begegnen. Viertens: Wohnen kannst du bei Syl und mir. Sonst noch Sorgen?«

»Nicht eine einzige«, sagte Anna, die wieder lachen konnte.

»Das war kein Witz, das mit deiner Wohnung?« fragte Bernie etwas ernsthafter. »Mr. und Mrs. Price müssen auch raus?«

»Kein Witz«, sagte Anna. »Das Haus ist verkauft. Selwyn will es besetzen und die Zugbrücke hochziehen. Bea hat ein Haus in Potters Bar angezahlt. Es hat schon Krach gegeben.«

»Und du suchst eine neue Bleibe?«

»Stimmt.«

»Tja, tja«, sagte Bernie. »Bei uns stehen die Kinderzimmer beide leer – wenigstens bis zur ersten Scheidung. Syl nimmt dich sicher gern auf, wenn du zwischenzeitlich irgendwo unterkommen mußt.«

»Danke, Bernie«, sagte Anna gerührt.

»Überleg's dir.«

»Okay.«

Das Telefon im Aufenthaltsraum schrillte. Bernie beugte sich hinüber und nahm ab. Er sagte: »Sie ist hier«, und gab den Hörer an Anna weiter.

»Sie wissen, daß wir Privatgespräche nicht schätzen«, sagte Beryl. »Der Commander möchte über das Treffen zwischen Ihnen und Mrs. Crowther unterrichtet werden.«

»Aha«, sagte Anna.

»Nun?«

»Es geht genau um das, was er am Telefon mit ihr besprochen hat«, sagte Anna. »Er weiß schon Bescheid.«

»Oh.« Damit hatte sie Beryl zur Abwechslung einmal matt gesetzt. »Er möchte es schriftlich haben«, sagte sie reaktionsschnell.

»Na schön«, sagte Anna und legte auf. Mr. Brierly wußte überhaupt nichts. Aber wenn er etwas noch mehr haßte als Unwissenheit, dann war es, seine Unwissenheit zuzugeben. Wenn sie ihn wochenlang im dunkeln tappen lassen wollte, brauchte sie nur immer wieder zu sagen: »Der Auftrag verläuft genau wie besprochen.«

»Bilde dir bloß nichts ein«, sagte Bernie. »Paß lieber auf, sonst bläst dir der Wind womöglich bald ins Gesicht.«

22

Im Erdgeschoß eine Reihe von Läden: Kinderbekleidung, Schreibwaren, Feinkost und Tabakwaren. Darüber befanden sich, wie die goldenen und schwarzen Lettern auf den Fenstern im ersten Stock verkündeten, ein Architekturbüro, ein Schreibbüro und in der Mitte das Büro von David Stamp – Buch- und Wirtschaftsprüfer. Es sah fast so aus wie bei *Brierly Security.*

Anna stieg die Treppe hoch bis zu einem dunklen Korridor im ersten Stock, den sich alle drei Parteien teilten. Noch bevor sie bei David Stamp an die Tür klopfte, wußte sie, daß niemand aufmachen würde. Das Milchglas war staubig, und hinter der Scheibe brannte kein Licht.

Sie ging einen Schritt zur Seite und betrat statt dessen das Schreibbüro. Sie kam nur knapp einen Meter weit, eine Theke gleich hinter der Tür blockierte den Weg. Dahinter standen ein Kopiergerät und Regale, die bis zur Decke gingen, auf denen sich Schreibmaschinenpapier, Farbbandkassetten, Büroklammern,

Heftklammern, Schnellhefter, Gummibänder und verschiedene andere Büroartikel stapelten. Aus dem Hinterzimmer hörte sie eine Stimme rufen: »Komme gleich.«

An der Wand hing eine Liste, auf der die Preise für Fotokopien, Telexe und Faxe verzeichnet waren. Anna las sie sich durch, während sie wartete.

Eine grauhaarige Frau kam zu ihr nach vorne. Sie sah staubig aus, ein wenig erinnerte sie an eine Schullehrerin in dem grauen Faltenrock und der Strickjacke, die Anna mit ihrem frisch geschulten Expertenblick sofort als Massenprodukt identifizierte.

Anna sagte: »Entschuldigen Sie die Störung, aber ich hätte gern Mr. Stamp von nebenan gesprochen.«

»Er ist nicht da«, sagte die Frau bestimmt. »Rufen Sie ihn doch Mittwoch vormittag an.«

»Ist er dann wieder zurück?«

»Ich weiß nicht«, sagte die Frau. »Aber dann nimmt auf jeden Fall jemand die Anrufe entgegen.«

»Es ist ziemlich dringend.«

»Ich fürchte, ich kann Ihnen nicht weiterhelfen. Rufen Sie am Mittwoch an.« Die Frau kniff säuerlich die trockenen Lippen zusammen und wandte sich wieder ab.

Anna sagte: »Ich komme vom Aufsichtsamt. Es hat die eine oder andere Beschwerde gegeben.«

Die Frau drehte sich wieder um. »Vom Amt?« sagte sie. Der Mund zog sich schmeichlerisch zu einem Lächeln auseinander. »Wir haben mit Mr. Stamp lediglich vereinbart, daß eine von uns, für gewöhnlich meine Partnerin, Mittwoch vormittags für ihn Anrufe entgegennimmt. Wir schreiben die Nachrichten nur auf, er holt sie dann ab. Seit er krank ist, kommt er nur noch einmal die Woche ins Büro. Er erledigt alles Geschäftliche von zu Hause aus.«

»Von zu Hause aus?« Anna zückte ein amtlich aussehendes Notizbuch. »Vielleicht könnten Sie mir seine Privatadresse geben?«

Die Frau teilte sie ihr bereitwillig mit. Anna fragte: »Wie lange ist er denn schon krank?«

»Schwer zu sagen. Es sind die Nieren, hat er Sonia erzählt. Früher mußte er immer ins Krankenhaus zur Blutwäsche, aber jetzt hat er ein Gerät zu Hause. Er wartet auf eine Transplantation.«

»Oh«, sagte Anna, die sich erst an den Gedanken gewöhnen mußte, jemanden zu befragen und womöglich sogar einzuschüchtern, der an einem Dialysegerät hing. Die Idee behagte ihr gar nicht. »Wann holt er seine Post ab?« fragte sie.

»Tja, das muß wohl Mittwoch abends sein«, antwortete die Frau. »Genau weiß ich es auch nicht, ich habe ihn schon ewig nicht mehr gesehen. Sonia meinte, das wäre, weil er so eine komische Farbe hat.«

»Was?«

»Das ist ihm peinlich«, sagte die Frau ganz selbstverständlich. »Anscheinend ist er jetzt ganz gelb im Gesicht, und er hat Angst, im Stau steckenzubleiben.«

»Wie bitte?«

»Er trennt sich nicht gern von seiner Maschine«, sagte die Frau. »Ach, fragen Sie mich nicht. Ich finde das abscheulich, Leute aufzuschlitzen und ihnen Ersatzteile rauszuschneiden; das ist gegen die Natur. In meiner Jugend ist man einfach gestorben, so wie jeder andere auch. Man hat nicht darauf gewartet, daß jemand anderes für einen stirbt.«

»Äh, hm«, sagte Anna, die sich beherrschen mußte, um nicht zur Tür hinauszustürzen. »Nun, danke für die Auskunft. Hätten Sie vielleicht eine Geschäftskarte für mich? Ich muß wahrscheinlich noch mit Ihrer Partnerin sprechen.«

»Mit Sonia? Die feiert krank, hat die Grippe.« Die Frau schnaubte und fügte mit einem bösen Lächeln hinzu: »Ihre Privatadresse kann ich Ihnen auch geben, wenn Sie wollen.« Sie kritzelte etwas in ihr Notizbuch, riß die Seite heraus, faltete sie zusammen und gab sie Anna.

23

Salisbury Mansions war ein schönes altes Wohnhaus, auf dessen Rückseite ein Pförtnerhäuschen unbefugte Parkplatzbesucher fernhalten sollte. Der Vordereingang war mit einer schweren, von Stahlgittern verstärkten Panzerglastür gesichert. Es war genau die Art von Sicherheit, die Anna, theoretisch zumindest, befürwortete. In der Praxis bedeutete es allerdings, daß sie nicht einfach eintreten und an David Stamps Wohnungstür klopfen konnte. Sie drückte auf seine Klingel und wartete. Nichts tat sich. Neben der Klingelleiste gab es eine Sprechanlage. Anna läutete noch einmal und beugte sich dicht darüber, für den Fall, daß das Rauschen des Verkehrs David Stamps Stimme übertönt haben sollte. Nicht einmal ein Flüstern.

Sie suchte sich wahllos eine andere Klingel aus und läutete. Sie hatte kaum auf den Knopf gedrückt, als schon jemand wissen wollte, wer da sei.

»Auslieferung«, sagte Anna.

»Was?«

»Paketdienst«, sagte Anna. »Auslieferung.«

»Wir haben nichts bestellt«, sagte die Stimme. Die Tür blieb fest verschlossen.

Anna sah auf die Uhr. Es war nach sechs, Quex wartete bestimmt schon. Auf beiden Fahrspuren der Straße quälte sich der Berufsverkehr nach Hause. Sie drückte auf den nächsten Knopf.

»Wer ist da?«

»Anna«, sagte Anna. »Entschuldigung, aber ich habe mich ausgesperrt.«

»Wer?«

»Anna. Sie kennen mich. Ich wohne unter ihnen, und ich habe mich ausgesperrt...«

»Ich habe Sie schon verstanden«, antwortete die blecherne,

geschlechtslose Stimme. »Aber ich wohne im Erdgeschoß, unter mir ist nur der Heizungskeller. Also zischen Sie ab, sonst rufe ich die Polizei.«

»Sehr verbunden«, sagte Anna und lief schnell zu ihrem Wagen.

Zwanzig Minuten später stand sie vor Sonias Haus, das mit seinen außen liegenden Treppen fast so aussah wie eine an eine Bergflanke gebaute Reihenhaussiedlung. Diesmal hatte sie keine Probleme hineinzukommen. Als die Wohnungstür endlich aufging, führte sie direkt in eine winzige Küche. Ein Mann stand in der Tür. Er sah mitgenommen aus, die Haare standen ihm stachelig vom Kopf ab, die Brille hing ihm schief auf der Nase, und auf dem Hemd hatte er einen großen feuchten Fleck. Er hatte ein riesiges Baby auf dem Arm. Das Kind war eher schlecht als recht in ein Badehandtuch gewickelt. Es brüllte aus vollem Halse und trommelte dem Mann mit seinen feisten Fäusten gegen den Kopf.

»Was gibt es?« Er mußte schreien, um sich verständlich zu machen.

»Sonia«, schrie Anna zurück. »Könnte ich bitte mit Sonia sprechen?«

»Oh, Gott!« brüllte er. »Kommen Sie auf einen Sprung rein. Es zieht wie Hechtsuppe.«

In der Wohnung gab es kaum Platz zum Stehen. Sie war mit Babygerätschaften wie Hochstuhl, Lauflernhilfe und Tretauto fast völlig zugestellt. Das Baby hörte auf zu schreien, es lächelte Anna selig an und erbrach sich auf das nasse Hemd des Mannes.

»Oh, Gott!« sagte der Mann. »Scheißspiel. Moment, ich muß … Sie müssen …«

Er drückte Anna das Baby in den Arm und stolperte aus dem Zimmer. Das Baby fing an zu brüllen. Es griff Anna mit beiden Händen in die Haare und hielt sich fest, weil es unbedingt aufstehen wollte.

Sie setzte sich auf den einzig verfügbaren Stuhl, wobei sie eine Packung Wegwerfwindeln zerquetschte. Dann wickelte sie das

Handtuch neu, so stramm schnürte sie das Kind ein, daß es die Arme nicht mehr bewegen konnte.

»Hör zu, du Wicht«, zischte sie. »Benimm dich. Ich beherrsche fünfunddreißig verschiedene Arten der Selbstverteidigung, und ich kann dir das Leben zur Hölle machen. Am liebsten mache ich Halbstarke fertig, du Furzbrocken, und wenn du jetzt nicht sofort die Klappe hältst, mache ich Kleinholz aus deinem Sportwagen und stopfe dir die Einzelteile quer in den Rachen.«

Das Baby starrte sie mit großen Augen an. Anna kam immer mehr in Fahrt. »Raus mit der Sprache, du kleiner Rüpel«, sagte sie. »Wo steckt deine Mama, hm? Ich kriege es schon aus dir raus, Kindesmißhandlung ist nämlich mein Spezialgebiet. Ich hatte rohes Fleisch zum Mittag, also: Nimm dich in acht. Euch Brüder kenne ich – immer den großen Macker markieren, wenn ihr jemand herumstoßen könnt. Aber für mich bist du eine Null, ein Nichts...«

Der Mann kam zurück, er knöpfte noch an einem sauberen, aber ungebügelten Hemd herum. Er machte keine Anstalten, das Baby zurückzunehmen, sondern setzte sich auf die andere Seite des Küchentischs.

»Sie sind nicht zufälligerweise vom Gesundheitsamt?« fragte er hoffnungsvoll.

»Ich wollte nur kurz mit Sonia reden.« Das Kind wurde unruhig, sobald es nicht mehr im Mittelpunkt des Interesses stand.

»Ruhe!« sagte Anna warnend. »Noch einen Muckser, und ich verstecke deinen Beißring.«

»Er macht mich schon den ganzen Tag fix und fertig«, sagte der Mann. »Bis jetzt hatte ich noch keinen Augenblick Ruhe.«

»Anscheinend hat er für Drohungen und Beleidigungen etwas übrig«, sagte Anna. »Nicht wahr, du Spatzenhirn?« Das Baby schmatzte schläfrig vor sich hin. »Ist Sonia zu Hause?«

»Nein, sie ist nicht da«, sagte der Mann. »Sie ist nie zu Hause.« Sein Gesicht sah aus wie ein zusammengefallenes Soufflé. Dahinter verbarg sich eine Geschichte, die Anna sich lieber nicht anhören wollte.

Sie sagte: »Ich dachte, sie wäre erkältet.«

»Erkältet?« Er lächelte bitter. »Sie ist bei ihrem Paul-Newman-Marathon. Sie behauptet immer, sie hätte die Grippe, dabei ist sie nie krank.«

»Wo ist sie?« fragte Anna, die ihren Ohren nicht recht traute.

»Könnten Sie mir wohl einen großen Gefallen tun?« sagte der Mann. »Könnten Sie vielleicht den Junior für mich ins Bett bringen, bitte? Er ist seit sechs Uhr heute morgen munter, und jetzt ist er gerade zum ersten Mal eingenickt. Ich könnte es nicht ertragen, wenn ich ihn hochnehmen würde, und er würde wieder aufwachen.«

Anna folgte dem Senior durch das unaufgeräumte Wohnzimmer ins Kinderzimmer.

»Na schön, du großer Junge«, sagte sie, als sie den Junior in sein Bettchen legte. »Aufs Kopfkissen mit der Rübe. Wenn ich noch einen Muckser höre, blüht dir Saures.« Das Baby antwortete nicht.

»Möchten Sie was trinken?« fragte der Senior, als sie wieder in der Küche waren. »Ich kann Ihnen gar nicht sagen, wie dankbar ich Ihnen bin. Der Kerl macht mich so fertig, daß ich die Wände hochgehen könnte.«

Er schüttete sich ein großes Glas Gin ein und gab einen Schuß von Juniors Orangensaft hinzu. Anna wollte nichts.

»Er zahnt«, fügte er hinzu und schlürfte den Gin durch die Zähne. »Herrgott, so ein unausstehliches Kind, und dann auch noch zahnen!«

»Was ist ein Paul-Newman-Marathon?«

»Unglaublich, was? Sie mieten eine Suite im White Hotel an, in Swiss Cottage. Sie schmeißen ihre ganzen Paul-Newman-Videokassetten zusammen und veranstalten eine Achtundvierzig-Stunden-Orgie. Ich erwarte sie erst morgen zurück. Und dann schläft sie erst mal bis zum Abend.«

»Vielleicht machen Sie etwas falsch«, meinte Anna. »Vielleicht sollten Sie sich Paul Newman reinziehen und dem Baby den Gin geben.«

»Irgend etwas mache ich falsch«, sagte der Senior kläglich.

24

Die Carlton Suite im White Hotel war für den Anlaß mit Sofas, Diwanen und Sesseln in farblich aufeinander abgestimmten Pflaumen- und Pfirsichtönen ausgestattet worden. Die Beleuchtung war schummrig, aber auf drei hellen Bildschirmen kabbelten sich Paul Newman und Patricia Neal in einem Schlafzimmer. Paul Newman sagte gerade: »Kochen kannst du gut, waschen und bügeln kannst du gut. Worin bist du sonst noch gut?« Er hatte ein Gänseblümchen in der Hand und hielt sich offensichtlich für unwiderstehlich.

Anna hätte sich beinahe in den nächstbesten Sessel gesetzt und zugeschaut. Statt dessen sah sie sich in dem Raum um. Etwa zwei Drittel der Anwesenden waren Frauen, aber es gab auch mehrere Pärchen und eine Handvoll Männer ohne weiblichen Anhang. Anna ging zum Buffet, an dem sich drei Frauen mit französischem Weißbrot und Pastete stärkten.

Sie sagte: »Wissen Sie vielleicht, wo Sonia ist?«

Eine der Frauen legte den Finger auf die Lippen.

Paul Newman sagte gerade: »Für mich ist der Kerl ein Schuft.«

»Seid ihr Männer nicht alle Schufte?« antwortete Patricia Neal gedehnt, und Anna merkte, daß die Frau neben ihr den Dialog stumm mitsprach.

Paul Newman sagte: »Honey, man knallt doch auch nicht gleich alle Hunde ab, nur weil einer Flöhe hat.«

Die Frau atmete langsam und seufzend aus. »Mein Gott, was für ein toller Spruch«, sagte sie und blickte Anna verträumt an. »Was wollten Sie noch wissen?«

»Ich suche Sonia«, sagte Anna. »Sonia Casey.«

Die Frau zeigte auf eine Tür. »Sie ist da drin«, sagte sie. »Aber ich würde sie nicht ...« Sie hielt inne, lächelte dünn und wiederholte: »Sie ist da drin.«

Anna starrte sie an.

»Was ist los?« fragte die Frau. »Habe ich Spinat zwischen den Zähnen?«

»Nein«, sagte Anna hastig. »Ich habe nur Ihren Pullover bewundert.«

Es war ein Strickmodell aus feiner Wolle – ein Sonnenuntergangsmotiv in Grün, Rosa und Gold. Es war ein Design von Penny Garden. Anna hatte erst am Morgen ein Bild davon gesehen.

»Er ist wunderschön«, sagte Anna, ohne zu übertreiben. »Würden Sie mir vielleicht verraten, wo Sie ihn gekauft haben?«

»Auf einer privaten Verkaufsveranstaltung«, sagte die Frau, zuckte mit den Schultern und starrte sich verlegen auf die eigene Brust. »Sonia hatte heute abend ein paar dabei. Sie stammen wohl aus einer Konkursmasse, obwohl ich mir nicht vorstellen kann, wie einer, der solche tollen Sachen verkauft, pleite gehen soll.«

»Ob sie wohl noch welche hat?« murmelte Anna.

»Bestimmt nicht. Die gingen weg wie warme Semmeln, bevor es hier losging. Sie hat auch nur ein paar mitgebracht.«

Da sich ihre Augen mittlerweile an das schummrige Licht gewöhnt hatten, konnte Anna erkennen, was die Frauen trugen. Unter den Gestalten, die sich um die Bildschirme scharten, zählte sie vier, die mit Sicherheit und zwei, die möglicherweise Modelle von Penny Garden anhatten.

Plötzlich hatte sie ein merkwürdiges Gefühl, ihr Herz schlug schneller. Endlich tat sich etwas. Der Fall war tatsächlich ein Fall. Er war lebendig – wie ein Tier, dem sie nachstellen, das sie zähmen und vielleicht eines Tages reiten konnte. Sie war auf eine stunden-, ja wochenlange Schnitzeljagd gefaßt gewesen, auf öde Routinearbeit, Überprüfungen des Warenflusses und etwaiger

Zahlungen an die Gläubiger. Sie hatte nicht im Traum damit gerechnet, gleich am allerersten Tag auf jemanden zu stoßen, der die Konkursmasse verscherbelte. So spielte das Leben nicht, zumindest Annas Leben spielte so nicht.

Sie ging zu der Tür, die die Frau ihr gezeigt hatte, öffnete und ging hinein. Das Zimmer wurde nur durch einen Bildschirm erhellt, auf dem der gleiche Film lief wie im Vorraum. Mäntel und Taschen lagen kunterbunt durcheinander auf einem Sessel und auf dem Boden, damit das Paar auf dem Bett genug Platz hatte. Die Frau lag oben, ihr Gesicht war bläulich und flimmerte wie der Film. Sie stierte unverwandt auf den Bildschirm, während sie ritt. Paul Newman trug jemanden eine Treppe hoch, er sagte: »Die Kuh hat mit ihm geschmust.« Sonia, wenn die Frau denn Sonia war, sah Anna nicht. In einer solchen Situation erwartete Anna auch gar nicht, bemerkt zu werden. Sie ging rückwärts wieder hinaus.

Bei manchen Dingen stört selbst der neugierigste Detektiv nicht, und dazu gehört auch ein Paul-Newman-Film. Anders als die Frau, die sie befragen wollte, fühlte Anna sich frustriert, als sie das White Hotel verließ. Sie war enttäuscht und kam sich dumm vor.

25

Als Anna nach Hause kam, war es so ruhig, daß sie beinahe glaubte, die Wohnung wieder für sich allein zu haben. Aber Quex saß in der Ecke auf dem Sofa. Er sah fremd aus, und es dauerte einen Augenblick, bis sie merkte, daß er sich den Bart abrasiert und seinen besten Anzug angezogen hatte. Die krausen, schwarzen Haare hatte er energisch glattgestriegelt, aber eine Locke kringelte sich trotzdem auf der Stirn. Eine Flasche Whisky stand neben ihm auf dem Beistelltisch. Sie war entweder halbvoll oder halbleer.

Er sagte mit belegter Stimme: »Du hast nicht angerufen.«

»Du hast dich rasiert?« rief sie aus.

»Daß dir das aufgefallen ist!« sagte er. »Wie man sehen, bemerken, erkennen und feststellen kann, habe ich mich tatsächlich rasiert. Aber du bist ja auch eine professionelle Beobachterin, nicht wahr? Was am Kinn eines Mannes vorgeht, entgeht dir nicht, wie es in seiner Seele aussieht hingegen schon.«

Anna kam zu dem Schluß, daß die Flasche halbleer war.

»Was ist los?« fragte sie.

»Du hast nicht angerufen.«

»Ich weiß. Tut mir leid. Aber was ist mit dir los?«

»Du hast nicht angerufen.«

Anna starrte ihn an. Er hatte einen muskulösen Nacken, einen energischen Unterkiefer und einen willensstarken Mund. Aber er sah nicht aus wie der Mann, den sie kannte. Quex sah nicht aus wie Quex.

Er sagte: »Bea ist abgehauen. Selwyn ist sturzbesoffen. Ich habe ihn gerade ins Bett gepackt. Du hast nicht angerufen. Und wie war dein Tag?«

»Lang.«

»Daß er lang war, sieht, merkt und erkennt ein Blinder. Sehr zutreffend. Ich hatte auch den Eindruck. Wir denken dasselbe. Wir beide, du und ich. Lang war er.«

Er stand auf, schwankte leicht und hielt ihr die Hand hin. »Jetzt komm ins Bett.«

Anna sagte: »Ich koche uns einen Tee. Was war los mit Bea und Selwyn?«

»Nein«, sagte er. »An Bea und Selwyn will ich zur Abwechslung einmal nicht denken. Und Tee kriege ich schon überhaupt nicht durch den Hals.«

Später sagte er: »Es tut mir leid.«

»Meine Schuld«, sagte Anna. »Ich hätte dich anrufen sollen.«

»Das meinte ich gar nicht«, sagte er. Er wirkte sehr, sehr abwesend.

26

Am Morgen fuhr Anna noch einmal zum White Hotel. Sie fühlte sich fiebrig, und es fröstelte sie ein wenig. Ihr war so, als ob sie sich erkältet hätte. Kein Wunder für die Jahreszeit. Alle Leute im Bus waren dick in Schals und warme Mäntel eingepackt. Sie sahen blaß und elend aus.

In der Carlton Suite hatte sich, außer dem Film, nichts verändert. Dicke Vorhänge hielten den Morgen draußen, und als Anna in den Raum schlüpfte, hatte sie das Gefühl, in der Zeit zurückzugleiten. Paul Newman sagte gerade: »Leg dich von mir aus hin und stirb – aber mich nimmst du nicht mit.«

Ein anderer Mann sagte: »Das ist alles?«

»Ja«, sagte Paul Newman. »Das ist alles.«

Anna kniff die Augen zusammen und versuchte, in dem trüben Licht Gesichter wiederzuerkennen. Das Publikum war dasselbe wie am Abend zuvor, nur die Kleidung hatte sich zum Teil geändert.

Der Mann sagte: »Danke für den Drink, Schätzchen« und ging ab.

Anna entdeckte Sonia Casey, die, mit dem Rücken an ein Sofa gelehnt, auf dem Boden saß. Sie ging zu ihr hinüber.

Paul Newman sagte: »Jeder, aber auch jeder will ein Stück von mir!«

Er wirkte nicht mehr so unbekümmert wie am Abend zuvor. Anna erging es nicht anders. Eine Frau auf dem Sofa nahm die Beine weg, und Anna setzte sich neben Sonia auf den Boden. Sie beugte sich zu ihr und flüsterte: »Ich wollte Sie gestern abend nicht stören. Ich konnte ja sehen, daß Sie zu tun hatten, aber ich würde mich gern mit Ihnen über einen Posten Strickwaren aus einer Konkursmasse unterhalten.«

»Ich habe immer noch zu tun«, sagte Sonia.

»Aber nicht so wie gestern.«

Sonia drehte sich zu Anna um und musterte sie. In dem gedämpften Licht wirkte ihr Blick abwesend und matt. Sie wandte sich wieder dem Bildschirm zu.

Paul Newman las gerade etwas von einem Blatt Papier ab. »Was soll denn das heißen?« sagte er. »›Wir haben einen Vertrag der Verderbtheit ...‹«

»Sie verkaufen Strickmodelle von Garden Party.« Anna ließ nicht locker. »Wie sind Sie daran gekommen?«

»Nicht jetzt«, zischte Sonia. »Außerdem geht Sie das überhaupt nichts an.«

»Es geht mich sehr wohl etwas an.«

Sonia verrenkte sich den Hals, sie suchte jemand. Anna folgte ihrem Blick, aber das einzige, was sie sehen konnte, waren die Beine der Frau auf dem Sofa. Sonia drehte sich wieder um.

»Wer sind Sie?«

»Anna Lee.«

»Ich meine, wieso geht Sie das etwas an?«

Jemand auf dem Sofa sagte: »Psst!«

»Gehen wir doch irgendwohin, wo wir ungestört reden können«, schlug Anna vor.

»Mit welchem Recht sind Sie überhaupt hier eingedrungen?« fragte Sonia. »Haben Sie Eintritt bezahlt? Das ist hier nämlich eine private Veranstaltung.«

»Und letzte Nacht ging es ganz besonders privat zu«, flüsterte Anna. »Sie haben völlig recht. Ich habe keinen Eintritt bezahlt. Am besten gehe ich wieder und warte bei Ihnen zu Hause auf Sie. Senior und Junior habe ich gestern abend schon kennengelernt. Sie werden sich bestimmt freuen, mich wiederzusehen.«

Sonia stand auf. Sie hatte zu lange in derselben Stellung gesessen, ihre Bewegungen waren alles andere als geschmeidig.

»Hinsetzen!« sagte jemand. »Ich kann nichts sehen.«

Sonia ging zur Tür. Sie sucht Verstärkung, dachte Anna, während sie hinter ihr herlief. Aber sie hatte kein Glück, und als sie die Suite verließ, wurden Paul Newman gerade die Daumen gebrochen.

Sonia zog vorsichtig die Tür hinter sich zu und sagte: »Hören Sie, Miss Dingsbums, ich habe nur für einen Freund ein paar Pullover verkauft. Schöne Pullover, ich wußte, daß sie bei den Leuten hier ankommen würden. Was ist daran auszusetzen?«

»Das verraten Sie mir mal«, sagte Anna. »Sie arbeiten neben und anscheinend wohl auch für David Stamp, der sehr schwer zu erreichen ist und der zufälligerweise auch Konkursverwalter für die Firma ist, von der diese schönen Pullover stammen.«

»Na und?« Sonia trat auf das andere Bein und stemmte sich eine Hand in die Hüfte. »Es ist doch völlig legal, Konkursmasse aufzukaufen und damit zu handeln.«

»Haben Sie sie aufgekauft?«

»Nein, habe ich nicht.« Sonia war ohne Schuhe mit vor die Tür gekommen, ihre Strümpfe machten ein leises Geräusch auf dem Teppichboden. »Ich tue nur einem Freund einen Gefallen«, fuhr sie fort. »Die Mode vom letzten Jahr an den Mann zu bringen, ist nämlich nicht besonders einfach.«

»Wer ist dieser Freund?« fragte Anna. »Wer ist der rechtmäßige Besitzer der Waren?«

Es gab eine Pause. Eine Asiatin, die einen Putzwagen durch den Korridor schob, warf ihnen einen neugierigen Blick zu. Anna musterte Sonia und versuchte, sie einzuschätzen. Eine Waffe gegen sie hatte sie bereits in der Hand, aber es war keine, die sie besonders gern einsetzen wollte. Sonia war die ganze Nacht auf den Beinen oder doch immerhin wach gewesen. Sie hätte eigentlich mitgenommen und erschöpft aussehen müssen, aber wenn man einmal davon absah, daß sie keine Schuhe trug, wirkte sie erstaunlich frisch.

Plötzlich packte Anna die Wut. Sie dachte, kommt es denn immer nur darauf an, wie die letzte Nacht gelaufen ist? Sonia war offensichtlich auf ihre Kosten gekommen, und sie sah überheblich und selbstsicher aus.

Rasch sagte Anna: »Ich vertrete einen Gläubiger. Es hat Beschwerden gegeben. Die Liquidation einer gewissen Firma soll nicht ordnungsgemäß gehandhabt worden sein.«

»Soll das eine offizielle Ermittlung sein?« fragte Sonia gelassen.

»Dazu wird es zweifellos kommen«, sagte Anna, »wenn ich nicht bald ein paar zufriedenstellende Antworten bekomme.«

»Wie war noch mal die Frage?«

»Warum stellen Sie sich so an?« fragte Anna. »Ich will doch nur wissen, woher die Waren stammen, die Sie verkaufen.«

»Und ich will nur wissen«, fauchte Sonia, »mit welchem Recht Sie mich danach fragen.«

»Das habe ich Ihnen gesagt.«

»Sie haben mir gar nichts gesagt.«

In diesem Augenblick hätte Anna Sonia am liebsten mit einem von Penny Gardens wunderschönen langärmeligen Pullovern erdrosselt. Die gleiche Behandlung hätte sie auch gern Quex zukommen lassen. Es war seine Schuld, daß nicht Sonia sich rechtfertigen mußte, sondern sie selbst. Gefühlsausbrüche waren schlecht für die Arbeit. Quex brauchte nicht zu arbeiten, er konnte sich welche leisten. Anna hatte den Eindruck, daß sie wegen seiner Maßlosigkeit die Fähigkeit verloren hatte, diese Befragung durchzuführen.

Sie knirschte mit den Zähnen und sagte: »Wenn ein Gläubiger den begründeten Verdacht hat, daß ein Konkursverfahren nicht ordnungsgemäß gehandhabt wird, hat er das Recht, einen Dritten mit der Wahrnehmung seiner Interessen zu betrauen.«

»Und das sind Sie?« Sonia warf den Kopf in den Nacken und lachte.

»Na, schön«, sagte Anna und wandte sich zum Gehen. »Wenn Sie es nicht anders haben wollen. Aber eines sollten Sie nicht vergessen, Sie stehen in vorderster Schußlinie. Ich kenne Sie. Ich weiß, wo Sie wohnen. Wenn es hier jemandem an den Kragen geht, Mrs. Casey, sind Sie als erste dran.«

Sie war noch keine fünf Schritte weit gekommen, da sagte Sonia: »Wissen Sie was? Geben Sie mir Ihre Visitenkarte, und ich sorge dafür, daß sich der Käufer der Waren mit Ihnen in Verbindung setzt. Er ist zur Zeit geschäftlich verreist, aber er wird diese Angelegenheit bestimmt sofort klären wollen, wenn er wieder zurück ist.«

Sie klang wie ein Anrufbeantworter. Anna gab ihr eine von den Karten, auf der nur ihr Name und zwei Telefonnummern standen. Während sie mit dem Aufzug nach unten fuhr, dachte sie an Sonia. Sie war unerschütterlich, sie war einfach perfekt. Wenn David Stamp sie angeheuert hatte, um neugierige Fragesteller abzuwimmeln, hätte er für diese Aufgabe keine geeignetere Person finden können. Kein Wunder, daß Lara so frustriert gewesen war.

Vor dem Hotel sondierte Anna gewissenhaft das Terrain. Sie wünschte, sie wäre mit dem Wagen gekommen, obwohl sie sicher Schwierigkeiten mit dem Parken bekommen hätte. Schließlich suchte sie sich eine Stelle aus, von wo aus sie den Hoteleingang und die Tiefgaragenausfahrt einigermaßen im Auge behalten konnte.

Ein Taxi zu finden war schon schwieriger. Zwei Fahrer waren nicht bereit, sich auf eine unbestimmte Wartezeit einzulassen. Der Dritte sagte: »Meine Kröten sind es ja nicht«, und vertiefte sich in den Sportteil der Zeitung.

Er war nicht sehr gesprächig, wofür Anna ihm dankbar war. Es war schon schwierig genug, bei der Sache zu bleiben, wenn nichts passierte, aber wenn einem dabei noch jemand die Ohren vollredete, war es fast unmöglich, sich nicht ablenken zu lassen. Das Geheimnis einer guten Observation ist die Kunst, sich ausdauernd auf nichts Bestimmtes konzentrieren zu können. Als Anna noch ein Neuling bei der Polizei gewesen war, hatte sie sich damit sehr schwer getan. Sie hatte immer gehofft, daß schon in den ersten fünf Minuten etwas passierte, und wenn dann nichts geschah, wurde sie zuerst ungeduldig und schlief zum Schluß fast ein. Früher hatte sie geglaubt, es müßte einen besonderen Kniff geben, wie man vor dem inneren Auge das Bild dessen, worauf man wartete, festhalten konnte, während man gleichzeitig seinen Gedanken freien Lauf ließ. Aber wenn es einen solchen Kniff gab, hatte sie ihn nie gelernt. Das einzige, was zählte, war Geduld.

27

Eine Stunde und vierzig Minuten später sah Anna endlich, wie die ersten Leute, die sie vom Paul-Newman-Marathon her kannte, aus dem Hotel kamen und auf der Treppe geblendet die Augen zusammenkniffen. Sie lehnte sich zum Fahrer nach vorne und sagte: »Es kann jeden Moment losgehen.« Aufseufzend faltete er seine Zeitung zusammen.

Es dauerte noch einmal zehn Minuten, bevor sie Sonia entdeckte, die in einem roten Cavalier aus der Tiefgarage kam. Als der Taxifahrer hinter ihr einscherte, sagte er: »Ich schätze, ich werde Ihnen nicht viel helfen können, Kindchen. Ich habe meine Brille zu Hause gelassen.«

»Ist ja toll«, knurrte Anna.

»Sie haben mich ja schließlich nicht danach gefragt, oder?« sagte der Fahrer. »Hätte ich so was geahnt, hätte ich meine James-Bond-Ausrüstung mitgebracht.«

Er blieb so dicht hinter dem Cavalier, daß es einen Auffahrunfall gegeben hätte, wenn Sonia plötzlich hätte bremsen müssen.

»Weiter zurückbleiben«, sagte Anna.

»Das will ich nicht«, sagte er. »Sonst drängt sich noch irgendein Blödmann dazwischen.« Genau das wäre Anna sehr lieb gewesen, aber er fuhr sogar noch dichter auf, und als Sonia von der Finchley Road abbog, waren die beiden Fahrzeuge fast auf gleicher Höhe.

»Das reinste Kinderspiel!« rief der Fahrer, und Anna mußte

sich beherrschen, ihm nicht eins mit der Handtasche überzuziehen.

Da sie so nah hinter Sonia waren, konnte Anna erkennen, daß sie nicht allein war. Ein Mann saß neben ihr, den Arm hatte er über die Rückenlehne gelegt, mit der Hand kraulte er ihr den Nacken.

Sonia fuhr nicht nach Hause, sondern in die entgegengesetzte Richtung. Sie unterhielt sich aufgeregt mit ihrem Begleiter und achtete nicht besonders auf den Verkehr. Anna betete, daß sie ihrem Rückspiegel ebenfalls keine Beachtung schenkte.

»Verdamm mich!« schrie der Fahrer und stieg so plötzlich auf die Bremse, daß Anna vom Sitz kippte. »Was hat sie denn jetzt vor?«

»Sie hält an«, sagte Anna mit zusammengebissenen Zähnen. »Überholen Sie!«

»Überholen?«

»Schnell!«

»Typisch Frau am Steuer!« sagte er und riß das Taxi mit einem Schlenker um den Cavalier herum. »Ohne zu blinken!«

Anna kniete sich auf den Sitz und schaute aus dem Rückfenster nach hinten. Der Cavalier hielt neben einer Bushaltestelle, die Beifahrertür stand offen.

»Anhalten!« sagte sie.

»Was? Hier?«

»Hier.«

»Wie Sie meinen«, grummelte der Fahrer. »Sie werden schon wissen, was Sie wollen.« Er hielt an. »Ich kann hier nicht stehenbleiben«, sagte er. »Absolutes Halteverbot.«

»Gut«, sagte Anna und stieg aus. »Was macht das?«

»Donnerlüttchen!« sagte er. »Haben Sie zuviel Geld? Das waren ja keine fünfhundert Meter.«

Anna zahlte ihm eine astronomisch hohe Summe, die sie eher verdoppelt hätte, als sich noch einen Meter in seinem Taxi mitnehmen zu lassen.

»Ach, jetzt kapiere ich«, sagte er. »Hinter ihrem Macker sind Sie her, was?«

»Behalten Sie es für sich«, sagte sie. »Vergessen Sie, daß Sie mich je gesehen haben.«

»Ich kann schweigen.« Er fummelte hinter dem Sitz herum und kramte eine zerknitterte Visitenkarte hervor. »Wenn Sie mal wieder so einen Auftrag haben, rufen Sie mich an. Ich habe ein Händchen dafür, finden Sie nicht?«

Anna marschierte rasch ein paar Schritte auf den Cavalier zu und stellte sich dann in einen Ladeneingang. Sonia und ihr Freund unterhielten sich immer noch. Anna konnte sich nur von einem unbestimmten Gefühl leiten lassen. Als sie Garden Party erwähnt hatte, hatte Sonia sich hilfesuchend im Raum umgesehen. Ob sie wohl bei jemandem Unterstützung gesucht hätte, der lediglich ihr Gespiele war? Anna wußte es nicht. Vielleicht hätte sie sich eher in sie hineinversetzen können, wenn sie ein braves, unselbständiges Frauchen gewesen wäre, aber das war sie nun einmal nicht.

Sie warf einen Blick auf den Wagen. Das offensichtlich ernsthafte Gespräch dauerte immer noch an. Entweder berieten sie, was sie mit der Fremden anfangen sollten, die Nachforschungen über einen Konkurs anstellte, oder sie verabredeten einen Termin für das nächste Stelldichein. Vielleicht ging es aber auch nur um den Treibhauseffekt oder um den Preis von Schweinekoteletts.

Sonia fuhr wieder los, der Mann blieb an der Bushaltestelle zurück. Bald hatten sich noch ein paar Leute in die Warteschlange eingereiht, so daß Anna sich hinten anstellen konnte. Sie betrachtete den Mann von hinten.

Er war groß, mindestens einsachtzig, er hatte dunkelblonde Haare, die Frisur sah teuer aus. Genau wie sein Mantel und seine Schuhe. Die Haut im Nacken war braungebrannt, was ebenfalls nicht gerade billig wirkte.

Zwei Frauen in der Schlange, offensichtlich Freundinnen, stießen sich gegenseitig an und beäugten ihn von der Seite. Sonias Freund war ein Prachtexemplar von einem Mann. Er sah nicht so aus, als ob er im kalten, feuchten, windigen London in einen Bus gehörte.

Aber als der Bus kam, stieg er ein. Er setzte sich nach vorne und schaute aus dem Fenster. Anna stieg hinten ein. Plötzlich merkte sie, daß sie von Rom und von Südfrankreich träumte.

28

Um den 31er Bus rankt sich so manche Legende. Er verkehrt zwischen Camden Town und World's End in Chelsea. Die 31er treten immer nur im Rudel auf. Es heißt, man könne stundenlang auf einen warten und dann tauchten gleich drei auf einmal auf. Es heißt auch, während des Wartens schlage immer das Wetter um. Man muß diese Launen mit philosophischem Gleichmut hinnehmen, nach der Devise: Vogel friß oder stirb.

Anna hatte Zeit, sich in philosophischem Gleichmut zu üben, während der Bus sich durch Kilburn, Carlton Vale und Westbourne Park schlängelte und dann allmählich über Notting Hill Gate und die Kensington High Street in immer heimischere Gefilde vordrang. Sonias Freund stieg nirgendwo aus, und als sie an den Geschäftsräumen von *Brierly Security* vorbeikam, blieb Anna genügend Zeit, sich zu fragen, was Sean wohl mit ihren Fällen anstellte. Sie machte sich kurz Gedanken über William Herridge und überlegte, ob wohl ein Satz Gürtelreifen seiner Berufskarriere ein Ende bereitet hatte. Dann bog der Bus nach Süden in die Earl's Court Road ein, und ihre Gedanken kehrten wieder zu Sonia zurück und zu dem Mann, den sie verfolgte.

Innerhalb von nicht einmal vierundzwanzig Stunden hatte sie Sonias Partnerin, ihren Mann und ihr Kind, ihren unbekleideten Körper und ihren Liebhaber gesehen. Dafür, daß sie die Frau gar nicht kannte, wußte sie schon sehr viel von ihr.

Gestern hatte sie nach einem schwer greifbaren Konkursverwalter gesucht. Sie hatte ihn nicht gefunden, und jetzt schien es ihr fast so, als ob Sonia für ihn in die Bresche gesprungen wäre. Mittlerweile hatte sie Sonia aus den Augen verloren und verfolgte statt dessen ihren Geliebten.

Es schien ihr, als ob der Weg, den sie eingeschlagen hatte, von Zufällen und negativen Vorzeichen bestimmt war. Anna dachte darüber nach. Sie saß in einem 31er Bus, weil sie nicht in einem Taxi sitzen wollte. Sie war zum White Hotel gefahren, weil sie keine Zeit und Mühe mit David Stamp vergeuden wollte – und weil sie nicht nach Hause wollte. Sie arbeitete für Lara Crowther, weil sie, im Grunde genommen, nicht für Martin Brierly arbeiten wollte.

29

Sonias Freund stieg an der King's Road aus. Er schritt zügig aus und ging Richtung Osten. Auf einer Strecke von gut fünfhundert Metern hatte Anna ausreichend Gelegenheit, seinen Gang zu bewundern, dann betrat er plötzlich eine griechische Taverne. Dort hielt er sich fast eine Stunde auf. Anna überquerte die Straße und genehmigte sich an einem Imbißstand, von dem aus sie den Restauranteingang im Auge behalten konnte, in aller Ruhe ein Eiersalatsandwich.

Als er herauskam, konnte sie zum ersten Mal sein Gesicht sehen. Von vorne wirkte er älter als von hinten, aber genauso attraktiv. Sie ließ eine halbvolle Dose Limonade auf der Theke stehen. Sie gingen weiter Richtung Osten. Er drehte sich nicht ein einziges Mal um. Er überragte die meisten anderen Leute. Es herrschte dichtes Gedränge. Die Verfolgung war ein Klacks. Er bummelte nicht vor den Schaufenstern herum: Er wußte genau, wo er hin wollte.

Zwischen zwei Schaufenstern, in denen ultramoderne und

ausgeflippte Kleidungsstücke auslagen, gab es einen breiten Durchgang. Darin verschwand er. Über eine Treppe ging es hinunter in ein Kellergewölbe, wo an verschiedenen Ständen alle erdenklichen ausgefallenen Klamotten angeboten wurden. Anna schloß dichter zu ihm auf. Er schlängelte sich zwischen Ständern mit Kleidern, Lederjacken, Gummisachen, Neo-Hippie-Outfits hindurch, bis er zu einer breiten Treppe kam.

Nun ging es wieder nach oben in ein etwas besser beleuchtetes Zwischengeschoß, in dem die Waren teurer und dezenter wirkten. Jazzrock rieselte aus versteckten Lautsprechern. Käufer schlenderten von Stand zu Stand, Stoffe wurden betastet. Schülerinnen, die den Unterricht schwänzten, kicherten in Zweier- und Dreiergrüppchen miteinander und seufzten beim Anblick der Preisschilder.

Sonias Freund führte Anna zu einer Nische, in deren Stahl- und Spiegeldekorationen feminine Seiden-, Woll- und Polyesterkleider hundertfach gebrochen wurden und in eine falsche Unendlichkeit hineinmarschierten. Um den Stand kümmerten sich zwei sehr junge Mädchen.

Anna ging hinter einem Ständer mit viktorianischen Nachthemden in Deckung. Sonias Freund sprach eines der Mädchen an. Es wurde rot. Das andere reichte ihm ein rotes Hauptbuch. Er blätterte es durch. Das Mädchen öffnete die Kasse und nahm, so sah es zumindest aus, dicke Banknotenbündel heraus. Er zählte das Geld nach, gab einen Teil zurück und steckte den Rest ein. Er sagte wieder etwas. Die Mädchen machten verwirrte Gesichter. Dann kniete sich eines von ihnen auf den Boden und zog unter den herabhängenden Kleidungsstücken einen Stapel von Pullovern hervor, die in Plastikhüllen eingewickelt waren. Das andere Mädchen hielt unbedruckte Plastiktüten auf. Sie stopften vier Tüten voll und gaben sie Sonias Freund. Er tätschelte der Jüngeren die Wange. Sie wurde rot. Er ging. Anna folgte ihm.

Sie folgte ihm nach unten, durch das überfüllte Kellergewölbe und wieder hinaus auf die Straße. Er ging auf die andere Seite hinüber und betrat eine Bank. Zehn Minuten vergingen, und nachdem er wieder herausgekommen war, betrat er nur fünf Häuser weiter ein Reisebüro.

Nach zwanzig Minuten riskierte Anna, deren Füße taub und deren Hände eiskalt waren, einen vorsichtigen Blick durch das Fenster. Hinter den farbenfrohen Postern, die Winterurlaube und sonnige Strände anpriesen, schikanierte Sonias Freund einen pickeligen Jungen. Der Bursche glühte vor Verlegenheit, er wühlte mit zitternden Fingern in seinen Papieren herum. Endlich hatte er gefunden, wonach er suchte, er steckte es in ein Kuvert, das er dem großen, attraktiven Mann übergab.

Sonias Freund kam heraus. Er blieb kurz stehen und sah sich um. Dann deponierte er die weißen Plastiktüten auf einem Stapel Pappkartons, die auf die Müllabfuhr warteten. Auf seinem Gesicht lag der Hauch eines Lächelns, als er an die Bordsteinkante trat und die Hand hob. Ein Taxi hielt an, als hätte es den ganzen Tag nur auf diese eine Gelegenheit gewartet. Der Mann stieg ein und fuhr davon. Ein anderes freies Taxi gab es nicht.

Anna schaute hinter ihm her, bis er nicht mehr in Sicht war, dann rettete sie die Tüten vom Müllhaufen. Sie enthielten Penny-Garden-Pullover. Obwohl auf den Etiketten »Fortissimo« stand, gab es keinen Zweifel, daß sie von Penny stammten. Anna war etwas enttäuscht, es war zu einfach gewesen, zu bequem. Außerdem hatte sie nicht auf eine einzige Frage eine Antwort bekommen.

Rasch betrat sie das Reisebüro, bevor der Junge seinen roten Kopf vergessen konnte.

Zwei Frauen in kessen roten Blazern blickten hoch, als sie durch die Tür kam. Beide klebten wie angewachsen mit dem Ohr am Telefonhörer. Der pickelige Junge hob den Kopf nicht. Anna setzte sich an seinen Tisch.

Sehr leise sagte sie: »Entschuldigen Sie bitte, könnten Sie mir vielleicht sagen, wer der Mann eben war?«

Er blickte verwirrt auf, wurde wieder rot und sah weg.

Anna sagte: »Ich würde Sie nicht belästigen, aber das ist der Betrüger, der meine Mutter nach dem Tod meines Vaters hereingelegt hat. Er hat sich als Martin Brierly vorgestellt, aber ich weiß, daß der Name falsch ist.«

Jetzt sah der Junge ihr fest in die Augen.

Sie fuhr fort: »Es war eine von diesen dummen Geschichten. Als mein Vater starb, stand es in der Zeitung und dieser . . . dieser Mann, der sich Martin Brierly nennt, hat meine Mutter aufgesucht und sie gefragt, ob sie nicht etwas zu verkaufen hätte, sie könnte doch jetzt bestimmt Geld brauchen. Tja, eigentlich hatte sie das gar nicht nötig, aber sie war völlig aufgelöst und außer sich, und da hat sie sich eingebildet, das wäre eine gute Idee.«

»Ich habe von solchen Sachen schon in der Zeitung gelesen«, sagte der Junge.

»Ja. Meine Mutter kannte diese Geschichten bestimmt auch«, stimmte Anna zu. »Aber sie war wirklich mit den Nerven am Ende, und daß ihr so etwas mal passieren könnte, daran hat sie im Traum nicht gedacht.«

»Was hat er ihr denn abgeluchst?«

»Tja, sie hatte ein paar schöne Porzellanfiguren. Sie hatte sie ihr Leben lang gesammelt. Er hat behauptet, sie wären nichts wert, aber er hat ihr die ganze Sammlung trotzdem für zwanzig Pfund abgekauft. Nur waren sie leider doch etwas wert, Tausende von Pfund nämlich.«

»So ein Schwein«, sagte der Junge genüßlich. »Tja, Martin Brierly heißt er wirklich nicht, er heißt Hugh Fellows. Wollen Sie ihn anzeigen?«

»Ach, ich bin mir nicht sicher, ob so etwas überhaupt als ein richtiges Verbrechen zählt . . .«

»Aber Sie müssen unbedingt zur Polizei gehen!« Er hatte wieder einen roten Kopf bekommen, aber diesmal vor Aufregung. »Sie müssen ihn anzeigen, damit er nicht noch mehr Leute reinlegt. Dieser aalglatte Mistkerl!«

»Ach ...«, sagte Anna zögerlich.

»Kommen Sie. Ich gebe Ihnen seine Telefonnummer und die Adresse. Ich weiß, daß es die richtige ist, wir haben ihm nämlich die Tickets dorthin geschickt. Gerade wollte er den Flug umbuchen.« Während er noch auf sie einredete, kritzelte er bereits die Angaben auf einen Block.

»Ihm ist es scheißegal, wie schwer das zu dieser Jahreszeit ist. Wenn der Herr morgen fliegen will, bildet er sich ein, jemand würde ihm seinen Platz abtreten und auch noch ›Bitte nach Ihnen‹ sagen.«

»Wohin will er denn?« fragte Anna.

»Nach Tampa in Florida.« Er riß das oberste Blatt von seinem Block ab und gab es ihr. »Morgen. Mit Piedmont von Gatwick aus. Erster Klasse, versteht sich.«

»Manche Leute haben eben das Glück gepachtet«, sagte Anna.

»Glück würde ich das nicht gerade nennen, nach dem, was Sie mir gerade erzählt haben«, sagte der Junge.

»Und wann kommt er wieder?«

»Erst in acht Wochen, wenn Sie also etwas unternehmen wollen ...«

»Muß ich mich beeilen«, beendete Anna den Satz für ihn.

»Aber sagen Sie nicht, daß Sie das von mir wissen«, fügte er plötzlich besorgt hinzu.

30

Anna stand in einer nach Pisse stinkenden Telefonzelle am Sloane Square. Sie sprach mit Lara Crowther.

»Das ist ja fantastisch«, sagte Lara. »Sie haben sie jetzt bei sich?«

Die Plastiktüten standen offen neben Annas Füßen. Sie sagte: »Tja, es sind aber nur ein, zwei Dutzend ...«

»Unglaublich!«

»Ich weiß also immer noch nicht, was eigentlich gespielt wird, aber astrein kann es nicht sein, sonst hätte der Knabe sie nicht abgeholt und einfach beiseite geschafft.«

»Richtig«, sagte Lara. »Goldrichtig. Wie heißt der Knabe? Wissen Sie das?«

Anna schaute auf den Zettel, den ihr der Junge aus dem Reisebüro gegeben hatte. »Er heißt Hugh Fellows und . . .«

»Ach du großer Gott!« sagte Lara.

»Was haben Sie?«

Zwei Containerlastwagen mit Tiefkühlfleisch donnerten vorbei. Anna hielt sich das freie Ohr zu und sagte: »Was? Ich kann Sie nicht verstehen.«

Lara sagte: »Hören Sie – ich muß mit Penny reden. Wo kann ich Sie erreichen?« Sie klang bestürzt. »Nein, warten Sie. Fahren Sie nicht in Ihr Büro. Sagen Sie Ihrem Boß nichts. Ich rufe Sie zu Hause an. Wann können Sie dort sein?«

»In einer halben Stunde.«

»Okay«, sagte Lara. »Ich melde mich, sobald ich kann. Unternehmen Sie bis dahin nichts.« Sie legte auf.

Anna drückte die Gabel herunter und wählte dann ihre eigene Nummer an. Das Telefon klingelte und klingelte, was bedeutete, daß Quex aus dem Haus gegangen war, ohne den Anrufbeantworter einzuschalten.

In der U-Bahn zwischen Sloane Square und Notting Hill Gate ließ sie sich Laras Reaktion durch den Kopf gehen. Sie wurde nicht schlau daraus: Sie wußte einfach nicht genug. Tja, jetzt würde Lara ihr wohl oder übel ein bißchen mehr erzählen müssen. Entweder sie erfuhr Einzelheiten, oder sie mußte den Auftrag an den Nagel hängen. Sie hoffte, daß es nicht auf letzteres hinauslief. Es war seit zwei Jahren ihr erster interessanter Fall.

Während sie durch die Holland Park Avenue ging, kam ihr plötzlich der Gedanke, daß die Arbeit für Martin Brierly und die Wohnungssuche eigentlich beides Teile ein und derselben

Entscheidung waren. Sie dachte auch an Selwyn und seinen Aufstand gegen Potters Bar. Sie war nicht wie Selwyn, das wußte sie. Aber mit einem Mal widerte sie die Vorstellung an, bis ans Ende ihrer Tage als Alarmanlagenvertreterin durch die Gegend zu latschen, nur um eine Hypothek oder die horrende Miete für einen überteuerten Schuhkarton aufbringen zu können.

Als sie zu Hause ankam, bot sich ihr ein bestürzender Anblick: zwei Handwerker und eine fehlende Haustür. Die alte mit den eingelassenen Glasscheiben war verschwunden, und die neue, eine große, stabile Platte, lehnte noch am Haus. Die Arbeiter hatten den hölzernen Türrahmen herausgerissen und durch Stahl ersetzt. Im Treppenhaus war es eiskalt, es roch nach Sägemehl und Metallspänen. Weil es zog, hielt Selwyn seine Tür fest verschlossen, aber die laut aufgedrehte Musik von Nat King Cole drang trotzdem ins Treppenhaus und kämpfte gegen den Radau der Arbeiter an.

Einer der Handwerker hörte kurz auf zu bohren, um ihr zu sagen: »Jetzt kann Ihnen nichts mehr passieren, Kindchen. Jetzt sind Sie so sicher wie in Abrahams Schoß.« Er lachte. »Wir wollen schließlich nicht, daß ungebetene Gäste Sie beim Schönheitsschlaf stören, was?«

»Was ist mit den Schlüsseln?« fragte Anna und beäugte den Haufen von Riegeln, die noch darauf warteten, angeschraubt zu werden.

»Nur keine Angst«, sagte er. »Wir lassen Sie schon wieder raus, wenn Sie brav sind.«

Als sie oben in ihrer Wohnung war, zündete sie das Gasfeuer im Kamin an und setzte den Kessel in der Küche auf. Quex hatte das Bett gemacht und die Küche aufgeräumt, aber im ganzen Wohnzimmer waren seine Bücher und Zeitungen verstreut. Er hatte etwas in ein rotes Notizbuch geschrieben, das offen auf dem Couchtisch lag. Anna wußte nicht, ob sie es wohl lesen sollte. Sie ging zum Telefon und rief im Büro an. Obwohl sie Bernie sprechen wollte, verband Jenny sie sofort mit Beryl.

Beryl sagte: »Ach! Sie haben also tatsächlich die Güte, sich zu melden. Der Commander wartet immer noch auf Ihren Bericht.«

»Ich sitze gerade daran«, sagte Anna und kreuzte die Finger. »Ich hatte heute viel zu tun. Ich wollte nur fragen, wie Sean mit Mr. Kemals Auftrag zurechtkommt.«

»Das hat Sie jetzt nicht mehr zu kümmern«, sagte Beryl gehässig. »Aber wenn Sie es unbedingt wissen müssen, sein Bericht liegt gerade vor mir. Manche Leute stehlen den Klienten eben nicht die Zeit.«

»Manche Leute stellen auch keine gründlichen Nachforschungen an«, sagte Anna. »Zu welchem Ergebnis kommt er?«

»Die Ergebnisse unserer Mitarbeiter sind streng vertraulich«, sagte Beryl munter. »Ich hätte gedacht, das wüßten Sie inzwischen. Und morgen früh will ich als erstes Ihren Bericht auf meinem Schreibtisch sehen.«

Anna bat darum, noch einmal mit der Telefonzentrale verbunden zu werden, aber die Leitung war schon tot. Sie schluckte eine Reihe von wüsten Verwünschungen hinunter und ging in die Küche, um sich Tee zu kochen.

Sie nahm die heiße Tasse mit zum Telefon und tippte David Stamps Nummer ein. Sie ließ es zwanzigmal klingeln. Quex kam hinter ihr ins Zimmer und sagte: »Du bist aber heute früh dran.«

Anna legte den Hörer kurz auf, wählte aber gleich die nächste Nummer. Sie sagte: »Es ist noch frischer Tee in der Kanne.«

Beim zweiten Läuten meldete sich Sonias Partnerin.

Anna fragte: »Könnte ich Sonia Casey sprechen?«

»Leider ist sie momentan außer Haus. Kann ich ihr etwas ausrichten?«

»Könnte ich dann wohl bei Ihnen eine Nachricht für David Stamp hinterlassen?«

»Es tut mir leid«, sagte Sonias Partnerin. »Sie haben sich verwählt.«

»Aber Sie nehmen doch Nachrichten für ihn entgegen«, schnarrte Anna im schärfsten Behördenton. »Richten Sie ihm also bitte aus, daß Anna Lee – Sie kennen mich – ihn sprechen möchte. Es ist dringend. Bestellen Sie ihm, daß es um den Konkurs von Garden Party geht, und daß er sich, wenn er ein Gerichtsverfahren vermeiden will«, sie ließ sich die Formulierung auf der Zunge zergehen, »unverzüglich mit mir in Verbindung setzen möchte.«

Sie legte auf.

Quex sah sich die weißen Plastiktüten an. »Warst du einkaufen?« fragte er.

»Nein.« Anna wählte noch einmal das Büro an. »Das sind Beweismittel.«

Ein Fehler. Sie hätte Sonias Partnerin nicht anrufen dürfen. Und es gab auch keinen Grund, noch einmal im Büro anzurufen.

Jenny meldete sich, und Anna verlangte Bernie. Sie wollte etwas zu tun haben. Falsch. Sie wollte, daß es so aussah, als ob sie zu tun hätte. Sie hörte es klingeln. Niemand nahm ab. Jenny schaltete sich wieder in die Leitung.

»Ich glaube, er mußte weg«, sagte sie. »Da fällt mir gerade ein, daß er etwas von einem Arzttermin gesagt hat. Er hat früher Feierabend gemacht.«

»Schön«, sagte Anna und trommelte mit den Fingern auf das Telefontischchen. »Können Sie ihm ausrichten, er möchte mich morgen früh zurückrufen?«

Was wollte Bernie beim Arzt? Bernie war nie krank. Sie ging durch das Zimmer zum Tisch und räumte Quex' Bücher zur Seite, um Platz für die Schreibmaschine zu schaffen. Sie setzte sich hin und fing an zu tippen. »Das Gespräch mit Mrs. L. Crowther hatte folgende Punkte zum Inhalt...«

Quex sagte: »Hör mal, Titch, wir müssen wirklich reden. Ich weiß, daß du das nicht willst, aber es muß sein.«

31

Er tastete sich behutsam vor. »Du weichst mir aus«, sagte er.

»Nein, das stimmt nicht.« Ihr fiel auf, wie sonderbar er aussah. Es war fast, als spräche sie mit einem Fremden. Dieser Quex mit dem glattrasierten Kinn und dem energischen Mund meinte es ernst. Es war fast, als hätte er sich einen Anzug angezogen und wäre plötzlich erwachsen geworden.

»Doch«, sagte er bestimmt. »Du vergräbst dich in deine Arbeit. Lästigen Alltagsproblemen gehst du nicht aus dem Weg, egal ob du an deinem Auto herumbastelst oder bei den Prices die Küche verfugst. Du gehst jeden Tag deines Lebens zur Arbeit, und es spielt keine Rolle, wie öde sie ist. Das einzige, womit du dich nicht befassen willst, sind deine Gefühle.«

Beinahe hätte Anna gefragt »Was für Gefühle?«, aber sie wollte sich nicht mit der Antwort auseinandersetzen. Mit wachsender Verärgerung dachte sie: Er hat mich mal wieder auf dem falschen Fuß erwischt. Wie oft war sie heute eigentlich schon auf dem falschen Fuß erwischt worden? Leise sagte sie: »Das nennst du reden? Daß du mich angreifst, weil ich so bin, wie ich bin? Mein Arbeitstag ist noch längst nicht zu Ende, ist dir das klar? Vielleicht kannst du es dir leisten, dich mit emotionalen Szenen zu verausgaben, ich kann es jedenfalls nicht.«

»Ich greife dich doch gar nicht an«, sagte er sanft. »Das bildest du dir nur ein, aber so, wie du ›emotional‹ betonst, kann ich mir schon denken, warum.«

»Ach, verdammte Scheiße!« Sie lachte auf und kippte den Rest des Tees in einem Zug hinunter. Er war zu heiß, ihr tränten die Augen. »Hast du dir in den letzten Tagen nicht schon genug Gefühlsausbrüche von Selwyn anhören müssen?«

»Auf Selwyns Emotionen kann ich verzichten«, sagte er.

»Ein Glück.«

»Jetzt fängst du schon wieder an.«

»Jetzt fange ich schon wieder womit an?«

»Verdammt«, knurrte er. »Lassen wir die Emotionen erst mal beiseite. Eigentlich wollte ich sagen, daß du mir, seit ich bei dir eingezogen bin, dauernd aus dem Weg gehst.«

Anna schüttelte den Kopf.

»Oh doch, und ob. Sogar wenn wir beide zusammen hier sind, verdrängst du die wichtigen Fragen. Die Sache mit dem Umzug, zum Beispiel. Wenn ich dich recht verstehe, willst du bei Selwyns albernem Spielchen nicht mitmachen, und das bedeutet, daß du ausziehen mußt. Das haben wir überhaupt noch nicht besprochen. Ich kann mir denken, daß dir die Makler den letzten Mist andrehen wollen. Du brauchst also eine neue Wohnung. Dabei habe ich doch die riesige Wohnung in Fulham, wo wir in ein paar Wochen einziehen können. Kannst du mir sagen, warum wir immer, wenn ich darauf zu sprechen komme, bei einem anderen Thema landen?«

Das Telefon läutete, und Anna stand auf, um abzuheben. Quex hielt sie an der Hand fest, als sie an ihm vorbeikam.

»Laß es klingeln«, sagte er. »Das hier ist wichtiger.«

»Ich kann nicht.« Sie wollte sich losmachen. Er gab nach. »Ich erwarte einen Anruf von einer Klientin. Ich kann es nicht einfach klingeln lassen.«

Sie nahm den Hörer ab, und Lara sagte: »Wir treffen uns in Oakleigh. Wir müssen reden.«

»In Ordnung«, sagte Anna. »Wann?«

»So bald wie möglich. Ach, übrigens, haben Sie gesagt, der Knabe war in einem Reisebüro?«

»Ja.«

»Sie wissen nicht zufällig, warum?«

»Er wollte einen Flug umbuchen. Er fliegt morgen nach Tampa.«

»Großer Gott!« sagte Lara. »Dann müssen wir jetzt alle Register ziehen. Tampa in Florida?«

»Ja.«

»Ich lasse mir was einfallen«, sagte Lara. »Bis dann.«
»Okay«, sagte Anna und legte auf.
Quex seufzte. »Du mußt weg«, sagte er. Es war keine Frage.
»Es geht nicht anders.«
»Natürlich nicht.«
Anna zog sich den Mantel über und schlang sich einen Schal um den Hals. Sie sagte: »Sieh mal, ich habe dir doch zugehört. Ich weiche dir nicht aus. Aber es ist wirklich ein Notfall, und ich muß wirklich weg.«
»Ich weiß«, sagte Quex geduldig. »Aber denk daran, du hast mir zwar zugehört, aber besprochen haben wir immer noch nichts.«
Unten quengelte das Saxophon wie ein unglückliches Kind, und die Handwerker hängten die neue Tür ein.
Die Nachtluft war kalt und feucht. Anna drehte das Gesicht in den Wind und amtete tief durch.

32

Der Ofen strahlte eine mollige Wärme aus, und die Küche wurde von einer tiefhängenden Lampe über dem Eßtisch erhellt. In dem gedämpften Licht sah der Raum ein wenig besser aus, aber in der Ecke über der Haustür hing noch immer das Spinnennetz. Eine fette Frau, die aussah wie eine halbe Tonne Kartoffeln in einem lila Sack, füllte sämige Hühnersuppe in tiefe Teller und schnitt große Scheiben von einem Vollkornbrot ab.
Anna war ihr nicht vorgestellt worden, und die Frau verabschiedete sich, sobald sie das Essen aufgetragen hatte.
»Tschüßchen, Mrs. Garden. Bis morgen dann.« Lara betrachtete sie kritisch, und als sie gegangen war, sagte sie: »Na, Penny, ist es nicht besser so?«
»Ach, ich weiß nicht«, seufzte Penny. »Ich habe nicht gern fremde Leute im Haus.«

»Die Suppe schmeckt gut«, sagte Anna. Sie hatte kein Abendessen erwartet und war dankbar dafür.

Penny griff nach dem Salzstreuer und rührte skeptisch in der Suppe herum.

»Irgend etwas mußten wir machen«, sagte Lara, aber auch sie machte ein skeptisches Gesicht. Schweigend löffelten sie die Suppe, und erst als Penny fast fertig war, sagte Lara: »Penny, Anna hat Hughie Fellows gesehen.«

Penny stöhnte leise auf und ließ den Löffel fallen. Lara nahm ihre Hand und sagte: »Mädchen, wir müssen darüber reden.«

Penny ächzte. Sie sah Anna mit feuchten Augen an. »Wo haben Sie ihn gesehen? Wie sah er aus? Haben Sie ...«

»Einen Augenblick noch«, fiel Lara ihr ins Wort. »Er fliegt morgen in die Staaten, und wir müssen uns entscheiden. Ich finde, Anna sollte ihn begleiten und sehen, was er vorhat.«

»Momentchen«, rief Anna, der beinahe ebenfalls der Löffel aus der Hand gefallen wäre. »Das ist einfach nicht sinnvoll.«

»Warum nicht?«

»Selbst wenn wir einmal annehmen wollen, daß ich Glück habe und einen Platz in derselben Maschine ergattere, was dann? Ich kenne mich da drüben nicht aus. Wenn er nun abgeholt wird? Dann müßte ich mir einen Leihwagen besorgen oder so. Ich war noch nie in den Staaten. Ich wäre mit meinem Latein schon am Ende, bevor ich überhaupt angefangen hätte.«

»Da haben Sie recht«, sagte Lara. »Dann fliege eben ich.«

»Nein.«

»Warum nicht?«

»Der gleiche Grund. Es wäre nicht sinnvoll.«

»Aber, Larry«, jammerte Penny. »Wir dürfen ihn nicht entwischen lassen. Ich muß wissen, wo er jetzt wohnt.«

Lara sah Anna fragend an.

Anna sagte: »Sie brauchen jemand, der ihn in Tampa empfängt, der ihn bis zu seinem Ziel verfolgt und ihnen dann sagt, wo er sich aufhält. Sie brauchen einen Ortskundigen.«

»Und wie finde ich den?« fragte Lara.

»Indem Sie Mr. Brierly anrufen«, sagte Anna. »Es wird Sie zwar eine schöne Stange Geld kosten, aber er kann Ihnen sicher jemanden empfehlen, der sich in Tampa um ihn kümmert.«

»Ich habe eine bessere Idee«, sagte Lara, die nun wieder zielstrebig und selbstsicher aussah. »Meine Anwältin in New York. Sie kann mir jemanden besorgen.«

Sie sprang auf und lief aus dem Zimmer. Anna war nicht an Klienten gewöhnt, die so viel Geld hatten, daß sie mittels eines transatlantischen Ferngesprächs eine Beschattung in Tampa arrangieren konnten. Sie schaute Penny an, aber Penny hatte sich wieder ganz in ihre Schwermut verkrochen.

»Was zum Teufel ist Lara für ein Mensch?« fragte Anna schließlich.

Penny blickte hoch. »Sie ist mir immer eine gute Freundin gewesen«, sagte sie.

»Muß sich immer überall einmischen, die alte Kuh«, fügte sie kaum hörbar hinzu.

»Was?« Anna traute ihren Ohren nicht.

»Hatten Sie schon mal Depressionen?«

Anna starrte sie an. »So schlimm wie Sie nicht.«

»Sind sie nicht immer gleich schlimm?« Penny schaute auf ihre Hände. Sie waren breit und blaß, so wie sie selbst. Der Ehering wirkte wie in der Haut versenkt. »Ich weiß nicht«, sagte sie endlich. »Ich habe das Gefühl, daß ich gar nichts mehr tun will. Larry meint, ich bräuchte mich nur aufzuraffen.«

»Sie sind ausgebrannt«, sagte Anna.

»Amüsant?« fragte Penny. Sie hatte nicht einmal mehr die Kraft, sich aufzuregen.

»Nein, ausgebrannt sind Sie.«

»Ach so. Ja. Danke.« Penny fing an zu weinen.

Lara kam herein, schlug ihr Notizbuch zu und sagte: »Das war ein Klacks.« Als sie sah, daß Penny weinte, fragte sie: »Mädchen, was hast du denn?«

»Sie versteht mich«, schluchzte Penny. »Sie versteht mich wirklich.«

Lara funkelte Anna an, die verwirrt mit den Schultern zuckte.

Lara sagte: »Ethan Callow von *Florida-Technics* ruft in zehn Minuten an. Er braucht ein paar Informationen.«

»Wo ist das Telefon?« fragte Anna.

»Durch den Flur, zweite Tür links«, sagte Lara kühl, und Anna ging hinaus, sie fühlte sich mehr als erleichtert.

Das Telefon stand auf einem antiken Schreibtisch in einem kleinen Büro. Ein lauwarmer Heizkörper konnte es mit dem Luftzug, der durch das verzogene Fenster pfiff, nicht aufnehmen.

In dem Zimmer stand ein Zweisitzersofa, dessen Beulen und Buckel unter einer karierten Decke versteckt waren, und ein Bücherregal, dessen Bretter sich unter dem Gewicht staubiger Aktenkästen bogen. Wahrscheinlich ist es das Arbeitszimmer vom »Herrn Gemahl« gewesen, dachte Anna.

Als erstes rief sie bei der Auskunft und danach bei Piedmont Airlines an. Dann mußte sie einige Minuten warten, bis das Telefon klingelte. Sie nahm ab.

Ein Mann sagte: »Ethan Callow, *Florida-Technics,* Ms. Crowther bitte.«

»Anna Lee«, sagte sie. »Ich vertrete Ms. Crowther in dieser Angelegenheit.«

»Wenn ich recht informiert bin, hat sie einen Auftrag für uns.«

»Ja«, sagte Anna. »Beschattung vom Flughafen Tampa aus. Ein gewisser Hugh Fellows.« Sie buchstabierte den Namen. »Britischer Paß, kommt mit Piedmont Flug PI 1161 über Charlotte. Ankunft 19 Uhr Ortszeit.«

»Okay, das habe ich«, sagte Ethan Callow. Er wiederholte in ausdruckslosem Ton ihre Angaben und fragte: »Könnten Sie mir vielleicht ein Foto rüberfaxen?«

»Äh, faxen?« sagte Anna. »Möglich wäre es schon, aber nicht sehr wahrscheinlich.«

»Scheiße«, fluchte Ethan Callow und klang zum ersten Mal menschlich.

»Geben Sie mir die Nummer trotzdem durch, ich werde sehen, was sich machen läßt.«

Anna gab ihm eine Beschreibung von Hugh Fellows, dafür gab Ethan Callow ihr Telefaxnummer, Telefonnummer und Telexnummer durch. Es waren nicht gerade wenig Zahlen. Er sagte, er werde sich melden, sobald Hugh Fellows am Ziel der Reise angekommen sei. Er wünschte Anna noch einen schönen Tag und hängte ein.

Anna hatte den Hörer kaum auf die Gabel gelegt, da fing sie auch schon an, den Schreibtisch zu durchsuchen. Sie fand angestaubte Penny-Garden-Geschäftsbücher, einen zwei Jahre alten Terminkalender, ein Kundenverzeichnis, ein Lieferantenverzeichnis, eine Lieferliste, stapelweise Schreibpapier mit Briefkopf, Tausende von Geschäftskarten, eine halbe Flasche Wodka, ein Schlangennest aus Gummibändern und ein Familienfoto.

In dem kleinen Arbeitszimmer war die Zeit stehengeblieben: Nichts war jünger als zwei Jahre. Und auch für die Familie auf dem Bild stand die Zeit still. Penny saß in der Mitte, ihre Augen leuchteten, wodurch ihr breites Gesicht wie verwandelt wirkte. Der »Herr Gemahl«, ein schlanker, durchaus ansehnlicher Mann, hatte einen gierigen Zug um den Mund, und Cyn, die Tochter, hatte wilde Haare und einen trotzigen Blick.

»Der ganz normale Wahnsinn«, dachte Anna und stellte das Foto wieder an seinen Platz.

Beim Durchblättern des Kundenverzeichnisses war Anna nur auf einen einzigen interessanten Punkt gestoßen: Die Ladenkette, für die Lara als Einkäuferin tätig war, hatte den Namen Crowther. Diese Entdeckung überraschte Anna nicht im geringsten.

In der Küche saßen Lara und Penny beim Kaffee zusammen. Lara fragte: »Und?« Sie hatte es Anna immer noch nicht ganz verziehen, daß sie Penny verstanden hatte.

Anna antwortete: »Ich habe ihm alles gesagt, was ich weiß. Ich brauche ein Foto. Ich muß sowieso zum Flughafen und mich davon überzeugen, daß Fellows auch tatsächlich in die Maschine steigt, dabei kann ich ihn vielleicht knipsen. Dann bräuchte ich bloß noch ein Faxgerät.«

»Es gibt eines bei mir im Hotel«, sagte Lara. »Ich benutze es ständig.«

»Schön. Der Flug dauert sieben Stunden, es bleibt uns also genügend Zeit.«

»Gut«, sagte Lara mit einem zufriedenen Lächeln. »Das wäre dann wohl für den Moment alles.«

»Tatsächlich?« fragte Anna. Sie hatte keine Ahnung, wie ein gefaxtes Foto wohl aussehen würde. Sie hatte noch nie etwas mit amerikanischen Detektiven zu tun gehabt. Am Telefon hatte sie sich cool gegeben, aber in Wahrheit fühlte sie sich unsicher. Mit der Suche nach einem zwielichtigen Konkursverwalter hatte das alles nicht mehr viel zu tun. Sie kam sich vor, als wäre sie in einer amerikanischen Fernsehserie gelandet, wo man einfach den Telefonhörer abnahm, und schon erledigten sich Tausende von Kilometern entfernt die Dinge wie durch Zauberhand von selbst. Alles war ein wenig irreal. Sie kratzte sich am Kopf und machte ein Gesicht, als wäre dies alles die alltäglichste Sache der Welt für sie.

Lara sagte: »Ich nehme an, Sie möchten wissen, wer Hugh Fellows ist.«

33

»Wir haben ihn vor ungefähr fünf Jahren kennengelernt«, begann Penny. »Wir. Ist das nicht komisch, Larry? Ich sage immer noch wir. Meinst du, es hat jemals ein uns gegeben? Das sind Wörter, die man als selbstverständlich betrachtet – wir und uns. Da war er, und da war ich, und da war Cyn. Ich dachte wir, aber es war nie ein wir, oder, Larry? Es waren nur Chris, Penny und Cynthia.«

»Ich werde es erzählen«, sagte Lara tröstend. »Es war sowieso in erster Linie meine Schuld.« Sie wandte sich Anna zu. »Hugh Fellows war mein hiesiger Agent. Am liebsten pflege ich Geschäftskontakte zwar persönlich, aber vor fünf oder sechs Jahren mußte ich erkennen, daß ich es allein nicht mehr schaffen konnte. Hugh Fellows war als Verkäufer für eine Gruppe von Strickerinnen und Weberinnen aus Westengland tätig. Er kannte viele Leute, und mir gefiel seine Art...«

»Ein Privatschulschnösel«, unterbrach Penny sie plötzlich. »Charmant, aalglatt. Er konnte einem noch das letzte Hemd vom Leib schwatzen.«

»Stimmt«, pflichtete Lara ihr bei. »Jedenfalls sind wir dann doch nicht miteinander ausgekommen, und er hat mich wieder verlassen. Aber natürlich war er in derselben Branche, und er hat die Verbindung zu den Leuten, mit denen ich Geschäfte mache, nicht abgebrochen. Dir hat er doch sogar einmal vorgeschlagen, für dich zu arbeiten, nicht wahr, Penny?«

»Aber Chris hat sich ja um das Geschäftliche gekümmert, also brauchte ich ihn nicht. Aber Chris und Hughie blieben Freunde. Sie haben hin und wieder Squash gespielt. Oder Golf. Sie waren sich irgendwie ziemlich ähnlich, findest du nicht auch, Larry?«

Lara nickte. »Sie waren wohl aus dem gleichen Holz geschnitzt.«

»Wenn er also mit Garden-Party-Modellen auftauchte, würde Sie das nicht sonderlich überraschen«, riet Anna.

Penny und Lara wechselten einen langen Blick, dann sagte Penny: »Ich bin fix und fertig. Es ist schrecklich.«

Lara beugte sich vor und tätschelte ihr die Hand. Penny sagte: »Ich brauche ein paar Pillen, Larry. Im Ernst, ich glaube, ich schnappe sonst noch über.«

»Ach was«, sagte Lara. »Aber nimm ruhig eine, wenn es sein muß. Aber nur eine. Ich mache uns noch Kaffee.«

Penny schluckte eine Pille. Sie hielt sie zwischen Daumen und Zeigefinger hoch, damit Lara sie sehen konnte. Anna fragte sich, ob das wohl sarkastisch gemeint war. Falls ja, fiel es Lara offenbar nicht auf.

»Es ist fürchterlich, einfach grauenhaft«, sagte Penny zu Anna. »Weil, wissen Sie, Cyn ... meine Tochter, Cyn ist nämlich mit Hugh Fellows durchgebrannt. Er hat sie mehr oder weniger entführt, und ...«

»Komm schon, Penny«, sagte Lara. »So war es doch gar nicht.«

»Doch!« Penny blieb fest. »Sie war sechzehn, und er war über dreißig. Oder vierzig? Ich weiß es nicht. Er ist pervers. Verstehst du denn nicht? Wenn er immer noch im Land ist, wenn er immer noch mit Garden Party zu tun hat, dann muß Chris darüber Bescheid wissen. Chris unterstützt ihn dabei.«

»Immer mit der Ruhe«, sagte Lara.

»Hughie hat Cyn verführt«, schrie Penny. »Und er lebt auf meine Kosten. Es ist widerwärtig, Larry. Es ist so, als ob Chris der Zuhälter seiner eigenen Tochter wäre.«

»Jetzt mach mal einen Punkt«, sagte Lara. »Dir gehen die Pferde durch. Du weißt das doch überhaupt nicht.« Sie drehte sich zu Anna und erklärte: »Es ist nur, weil alles auf einmal passiert ist. Die Firma ging pleite, der Herr Gemahl verdünnisierte sich, und die Tochter brannte durch. Sie bringt das alles in Verbindung.«

»Du hast es selbst gesagt«, verteidigte sich Penny. »Du hast gesagt, du gehst jede Wette ein, daß Chris die Konkursmasse verscherbelt. Ich habe ihm das nicht zugetraut. Aber mittlerweile bin ich deiner Meinung. Wenn Hugh die Sachen verkauft, muß Chris sie ihm doch liefern. Siehst du denn nicht, worauf das alles hinausläuft?«

»Moment«, sagte Anna. »So schlimm muß es gar nicht sein. Sie haben den Konkursverwalter vergessen. Soweit ich weiß, besteht Hugh Fellows einzige Verbindung zu dem Konkursverwalter darin, daß seine Freundin bei ihm als Sekretärin aushilft. Möglich, daß nicht alles mit rechten Dingen zugegangen ist, aber deshalb muß Ihr Mann noch lange nicht die Finger im Spiel haben.«

»Da«, sagte Lara. »Siehst du?«

»Was weiß sie denn schon?« sagte Penny müde.

»Nicht viel«, gab Anna zu. »Aber bis jetzt deutet noch kein einziger Hinweis auf Ihren Mann hin.«

»Aber wo ist er dann«, fragte Penny kläglich. »Warum ist er nie wieder zu mir zurückgekommen? Warum hat er mir das alles aufgebürdet und ist nicht zurückgekommen, um mir zu helfen?«

»Manche Männer können Schwierigkeiten einfach nicht verkraften«, sagte Lara. »Sie laufen einfach weg, wie kleine Jungs, die eine Fensterscheibe eingeschmissen haben.«

»Wirklich?«

»Meine machen das immer so, das kannst du mir glauben«, sagte Lara. »Erst zerschmeißen sie die Scheibe, und dann laufen sie weg.«

Und manche schlagen das Fenster ein, um zu flüchten, dachte Anna. Sie fragte sich, wie einfach wohl das Zusammenleben mit Lara Crowther sein mochte oder wie viele Verletzungen es gebraucht hatte, um sie zu solch simplen Verallgemeinerungen über die Schwächen der Männer zu verleiten. Aber der Gedanke, daß alle Männer so waren und nicht nur Chris, schien Penny zu trösten. Sie schloß müde die Augen, während Lara ihre Hand streichelte.

34

Auf der Rückfahrt von Oakleigh nach London waren die Straßen fast leer – nur eine Stunde Fahrt zwischen dem tintenschwarzen Land und der gelblich leuchtenden Stadt. Anna kam es so vor, als kehrte sie in ihre eigene Klimazone zurück – sogar die Temperaturen waren gestiegen. In London war immer etwas los, sie konnte immer etwas unternehmen, wenn sie nicht schlafen wollte.

Heute nacht jedoch wollte sie schlafen, aber als sie zu Hause ankam, stand sie vor der fest verschlossenen neuen Tür. Im Haus brannte Licht, doch auch nachdem sie zuerst bei sich und dann bei Selwyn Sturm geklingelt hatte, machte ihr keiner auf. Sie trommelte mit der Faust gegen die Tür. Sie trat dagegen. Sie warf Münzen gegen das Fenster. Niemand kam. Sie rief von der nächsten Telefonzelle aus an. Niemand meldete sich.

Sie ging zurück zum Peugeot und rollte sich fröstelnd auf dem Rücksitz zusammen. Anfangs konnte sie nicht einschlafen vor Wut, die ihr wie ein elektrischer Strom durch die Nerven pulsierte. Sie konnte sich gut vorstellen, wie Quex und Selwyn ihren idiotischen Kummer ertränkten und sich, wie es nur gebildete Männer verstanden, über die Weiber, an die sie gekettet waren, das Maul zerrissen. Zumindest konnte sie sich vorstellen, wie Selwyn gehässig auf Rache sann.

Später, nachdem ihr die Reisedecke im Kofferraum eingefallen war, nickte sie ein. Sie kam sich vor wie auf einer Schaukel – ein Schwung zurück in Träume und Wärme hinein, ein Schwung nach vorne in bitterböse Gedanken und einen kalten Krieg. Vor und zurück, vor und zurück.

Jemand klopfte an die Scheibe, und sie schreckte aus dem Schlaf hoch. Quex sagte: »Großer Gott, Leo, es tut mir furchtbar leid.«

»Verpiß dich!« schrie sie. »Gib mir die Schlüssel und dann zieh ab.«

»Ich habe nicht daran gedacht, daß du keine Schlüssel hast«, sagte er. »Es tut mir leid.«

Seine Finger lagen auf dem Rand des offenen Wagenfensters. Anna versuchte, sie zu amputieren. Er sprang zurück.

»Selwyn liegt im Krankenhaus«, sagte er. »Ich komme gerade vom St. Mary, Leo. Ich habe dich doch nicht absichtlich in der Kälte stehen lassen.«

Sie entriegelte die Tür, er machte sie auf. »Mensch, Leo, du siehst schlimm aus«, sagte er. »Ich könnte mich erschießen.«

»Die Mühe kannst du dir sparen.« Sie krabbelte steif vom Rücksitz. »Das erledige ich dann schon für dich.«

Er mußte die Haustür mit drei Schlüsseln aufsperren. Anna stand eisig schweigend daneben.

»Ich hoffe bloß, du hast eine gute Ausrede«, sagte sie, als sie nach oben gingen. Aber in der Wohnung war es warm, und Quex kochte zunächst eine Kanne Tee.

»Nachdem du weg warst«, begann er, »und nachdem die Typen mit der Tür fertig waren, ist Selwyn nach oben gekommen. Er war in einer komischen Stimmung.«

»In letzter Zeit ist er immer in einer komischen Stimmung.«

»Ja. Jedenfalls schwang er eine seiner Reden über das ›monströse Regiment der Frauen‹, das übliche Zeug eben. Häuslichkeit wäre der Feind des schöpferischen Geistes und so weiter. Und als er sich das alles vom Herzen geredet hatte, schlug er vor, einen Zug durch die Gemeinde zu machen.«

»Um den wilden, mannhaften Geist von den Ketten zu befreien, die ihn fesseln?« zitierte Anna.

»Genau.« Quex grinste verlegen. »Nur hatte ich meinen mannhaften Geist schon am Abend vorher befreit und davon immer noch Kopfschmerzen, also mußte er alleine losziehen. Ich habe keine Ahnung, wo er sich rumgetrieben hat, aber als er zurückkam, war es halb zwölf, und er hatte eine Frau dabei.«

»Donnerlüttchen!« rief Anna aus. Das war etwas ganz Neues. »Woher weißt du das?«

»Weil er mich nach unten geholt hat. Ich sollte Zeuge sein, wie wild und mannhaft er sich aufführte.« Quex rieb sich das Gesicht, um ein erneutes Grinsen zu kaschieren. »Sie war eigentlich sehr nett. Ruhig, weder jung noch aufregend. Nichts weiter als ein normaler, netter Mensch, der ein bißchen einsam war. Aber natürlich war Selwyn völlig hingerissen von seinem eigenen Wagemut und ...«

»Sturzbesoffen.«

»Na ja, nüchtern war er jedenfalls nicht. Ich habe noch schnell ein Glas mit ihnen getrunken und sie dann ihrem Schicksal überlassen.«

»Ihrem Schicksal?« fragte Anna, die sich die Hände an der dampfenden Tasse wärmte.

»Das ist es ja eben«, sagte Quex. »Ich weiß auch nicht, wie es dann weiterging. Ich meine, mir war das Ganze ziemlich peinlich. Schließlich bin ich ja auch mit Bea befreundet. Ich bin also wieder nach oben und habe gebadet. Ich habe auf dich gewartet. Aber, na ja, ich weiß auch nicht, so gegen halb eins klingelte das Telefon. Es war Bea. Sie wollte mit dir reden, hat sich dann aber mit mir begnügt. Anscheinend hatte Selwyn sie angerufen und ihr von dieser Frau erzählt.«

»Was?«

»Ja. Nur war sie so stinksauer auf ihn, daß sie ihm gesagt hat, er sollte sich ruhig einen schönen Abend machen, falls er dazu überhaupt imstande wäre, und dann hat sie aufgelegt.«

»Hat sie nicht!«

»Hat sie doch. Dann hat Selwyn sie zurückgerufen und sich reumütig bei ihr entschuldigt, er hat behauptet, es hätte sich überhaupt nichts abgespielt, und sie – Bea – wäre die einzige Frau, die ihn wieder auf den rechten Weg zurückbringen könnte, wie hätte sie ihn nur verlassen und ins Unglück stürzen können. Sie hat wieder aufgelegt. Also rief er ein drittes Mal an und sagte ihr, er würde Schluß machen.«

»Arme Bea.«

»Genau. Sie ist ein ziemlich vernünftiger Mensch, also hat sie ihm gesagt, er sollte dabei wenigstens keine Sauerei anrichten. Aber sie hat sich doch so viel Sorgen gemacht, daß sie bei dir angerufen hat.«

»Und?«

»Und ich bin nach unten gegangen, um mich zu vergewissern, daß der alte Trottel keine Dummheiten macht. Alle Lampen waren an, die Tür stand offen, und die Frau war verschwunden. Selwyn lag bewußtlos im Badezimmer, und mit der kleinen heißen Faust umklammerte er zwei leere Röhrchen Aspirin. Ich konnte ihn nicht wach kriegen, also habe ich einen Krankenwagen gerufen. Nachdem sie ihm den Magen ausgepumpt hatten, fanden sie sage und schreibe sieben Tabletten. Ansonsten nur die übliche Möhren- und Alkoholsuppe.«

»Meine Herren«, sagte Anna angewidert. »Diesmal ist er wirklich zu weit gegangen.«

»Der Abschiedsbrief war ein Hochgenuß.« Quex gähnte genüßlich. »Du mußt ihn unbedingt mal lesen.«

»Nein, danke.« Sie war so müde, daß sie kaum noch einen klaren Gedanken fassen konnte. »Was sollen wir jetzt machen?« fragte sie. »Es wird immer schlimmer. Selwyns kleine Dramen arten allmählich zu Tragödien aus.«

»Ich weiß. Wir nehmen ihn ja gewöhnlich nicht sehr ernst, schließlich ist er ein rechter...«

»Blindgänger?« schlug Anna vor.

»Ja, aber sogar ein Blindgänger ist irgendwann mit seiner Weisheit am Ende.« Er konnte nicht mehr aufhören zu gähnen. »Gehen wir schlafen.«

35

Der Morgen war sonnig, der Flughafen Gatwick überfüllt. Anna hatte sich, mit Reisetasche und Mantel ausstaffiert, in das Getümmel vor den Abflugschaltern gestürzt. Ihre Kamera fiel nicht weiter auf.

Die Schlange für den Piedmontflug 1161 wurde erst länger, dann wieder kürzer. Hugh Fellows tauchte erst in allerletzter Minute auf. Inzwischen hatte Anna ihre Tasche auf einem Gepäckwagen verstaut und saß mit dem Rücken zum Licht in einer Gruppe von Winterurlaubern. Sie hatte einen Film eingelegt, sie war bereit. Sie machte ein halbes Dutzend Aufnahmen von ihm, während er durch die Halle kam. Einer der Skifahrer nahm sich ein Beispiel an ihr und knipste ebenfalls.

Hugh Fellows checkte ein. Als er sich vom Schalter abwandte und zu ihr drehte, fotografierte sie ihn noch viermal und richtete dann die Kamera auf ein kleines Mädchen, das neben ihr mit einem riesigen Pandabären schmuste. Er kam ziemlich nah an ihr vorbei, dann war er verschwunden.

Sie holte den Wagen aus dem Parkhaus und fuhr wieder nach London hinein, zu dem Expreßbilderdienst, bei dem *Brierly Security* Filme entwickeln ließ. Während sie wartete, schrieb sie sich rasch auf, wie Hugh Fellows gekleidet gewesen war. Das konnte sich als nützlicher erweisen als die Fotos.

Von den zehn Aufnahmen sahen vier so aus, als ob sie etwas taugten, zwei Profilaufnahmen, ein Dreiviertelgesicht und ein ganzes Gesicht. Lara jedoch war mürrisch und zum Nörgeln aufgelegt.

»Sie hätten näher rangehen sollen«, sagte sie. »Das einzige anständige Bild ist das mit dem Bären.« Aber sie ging trotzdem mit den vier Fotos, die Anna ausgesucht hatte, ins Hotelbüro. Anna blieb im Zimmer zurück, um mit *Florida-Technics* die am Vortag getroffenen Vereinbarungen noch einmal telefonisch durchzusprechen.

Für ein englisches Hotelzimmer war der Raum groß und gut ausgestattet. Anna hatte an sich nicht die Absicht, ihre Auftraggeberin auszuspionieren. Sie wollte wirklich nicht schnüffeln. Hätte man sie daraufhin angesprochen, hätte sie vermutlich erklärt, es sei einfach Gewohnheit. Wahrscheinlich suchte sie eher nach einem Weg, eine Situation in den Griff zu bekommen, die ihr zu sehr von Zufälligkeiten bestimmt war. Aber das hätte sie niemals so ausgedrückt. Sie fragte sich allerdings, warum Hugh Fellows, wenn er eine solch zentrale Rolle in der Geschichte spielte, bis zum gestrigen Tag nicht erwähnt worden war. Ob sie wohl je etwas von ihm gehört hätte, wenn sie nicht mehr oder weniger zufällig über ihn gestolpert wäre? So, wie Lara ihr den Auftrag beschrieben hatte, ging es dabei lediglich um eine bankrotte Firma. Erst jetzt drehte es sich auch um eine Ausreißerin.

Mittlerweile hatte sie es mit zwei Fällen zu tun, auf beiden Seiten des Atlantiks einer. Ob sie wohl einen davon aufgeben sollte, überlegte sie, während sie rasch den Spiegelschrank im Bad durchsuchte. Die Suche förderte nichts Interessantes zutage, nur größere Mengen Magenpulver und ein Schlafmittel. Kein normaler Mensch hat die Angewohnheit, verräterische Anhaltspunkte über sein Privatleben in einem ausländischen Hotelzimmer aufzubewahren. Für Lara galt das jedenfalls auch, es sei denn, sie trug sie in ihrer Handtasche mit sich herum. Doch die Tasche baumelte friedlich an ihrem Arm, als sie zurückkam.

»So, das wäre erledigt«, sagte sie geschäftsmäßig. »Vielleicht bekommen wir ja jetzt ein paar Antworten. Übrigens, ich habe gestern nichts gesagt, weil mich Ihr Anruf doch ziemlich überrascht hat, aber vielen Dank, daß Sie die Pullover gerettet haben. Es ist irgendwie symbolisch, und für Penny hat es viel bedeutet.«

»Es muß aber noch mehr geben«, sagte Anna.

»Nicht sehr viele. Jetzt nicht mehr.« Lara setzte sich in den Sessel neben dem Telefon. »Schließlich ist es keine Massenware.«

»Ich weiß«, sagte Anna. »Aber etwas habe ich Ihnen gestern nicht erzählt. Die Frau, die für David Stamp als Sekretärin arbeitet, verkauft die Pullover an ihre Freundinnen.«

»Tatsächlich? Und diese Frau, ist sie Hughs Freundin?«

»So könnte man es ausdrücken«, sagte Anna vorsichtig.

»Wie alt ist sie?«

»Ende Zwanzig, Anfang Dreißig. Wieso?«

Lara seufzte. »Ich habe wohl an Cyn gedacht. Dieser Mann ist ein Tier.« Sie starrte an Anna vorbei auf das Landschaftsgemälde an der Wand. Sie sah müde aus, und Anna fragte sich, ob sie wohl in Oakleigh übernachtet hatte. »Wie ist sie?« fragte Lara schließlich.

»Sonia?« Anna war überrascht. »Das kann ich eigentlich nicht sagen. Nach allem, was ich weiß, ist sie eine Lügnerin, eine Ehebrecherin, ein verstockter Querkopf und eine schlechte Autofahrerin mit einer Vorliebe für Paul Newman. Ihre Partnerin kümmert sich um das Geschäft, und ihr Mann kümmert sich um das Baby.«

»Sie hat ein Kind?«

»Ja.«

Lara seufzte wieder.

Anna sagte: »Hören Sie, in welche Richtung soll diese Ermittlung eigentlich gehen?«

»In welche Richtung?«

»Ja«, sagte Anna, sich zur Geduld zwingend. »Für mich sieht es so aus, als ob wir mehr Fakten zutage fördern könnten, wenn wir dem Konkursverwalter auf die Pelle rücken. Möchten Sie eigentlich immer noch, daß ich ihm auf die Finger sehe?«

»Sicher«, sagte Lara ohne große Begeisterung. »Sehen Sie, Anna, ich hatte gehofft, Sie könnten mir berichten, daß der Herr Gemahl dahintersteckt... Ach, ich weiß nicht. Ich will nur, daß Penny endlich einen Schlußstrich unter die Vergangenheit zieht und neu anfängt. Ihr Mann ist ein nichtsnutziger... Na, Sie wissen schon was. Und Cyn... Sehen Sie, Garden Party war Penny. Alles hing davon ab, daß sie diese Designs herausbrachte – Frühling, Sommer, Herbst. Neue Ideen in schöner Regelmäßigkeit. Die beiden, ihr Mann und Cyn, haben sie nur Kraft gekostet. Aber das konnte sie einfach nicht einsehen.«

»Sie waren ihre Familie«, wandte Anna ein.

»Schöne Familie! Wissen Sie, Anna, ich kann nicht verstehen, warum sich ein kreativer Mensch überhaupt mit einer Familie belastet. Hätte ich eine schöpferische Begabung, ich würde mich schwer hüten, mich mit Mann und Kindern zu verausgaben.«

»In einem Vakuum kann man nicht arbeiten«, sagte Anna leicht empört. »Ich meine, auch Genies brauchen Liebe und ein Familienleben.«

»Aus eigener Erfahrung«, sagte Lara bissig, »kann ich Ihnen

versichern, daß Liebe und Familienleben nicht zusammenpassen. Geschäfte und Familienleben passen ebenfalls nicht zusammen. Und wenn man einen Mann hat wie Chris Garden und eine Tochter wie Cyn, führt das nur dazu, daß zum Schluß sowohl das Talent als auch das Geschäft ruiniert ist.«

»Aber war es denn nicht der Verlust der beiden, der Penny ruiniert hat?«

»Das behauptet sie.« Lara verzog angewidert das Gesicht. »Tja, aber wie auch immer, wir müssen die beiden wohl für sie wiederfinden. Sollte uns das gelingen, kann ich nur hoffen, daß sie sich von sich aus von ihnen trennt. Vielleicht hat es sie ja tatsächlich ruiniert, daß sie nichts mehr von ihr wissen wollten.«

»Warum?« fragte Anna. »Ich meine, warum müssen ausgerechnet Sie die beiden wiederfinden?« Es war ihr sehr direkt, beinahe schon unhöflich herausgerutscht.

Lara zog die Augenbrauen hoch. »Das habe ich Ihnen doch schon gesagt«, antwortete sie fast hochmütig. »Penny ist meine Freundin.«

Anna schwieg. Sie hatte ihre Frage gestellt, jetzt konnte sie gehen. Sie stand auf.

»Warten Sie«, sagte Lara. Sie fummelte nervös an ihrer Handtasche herum und starrte Anna an. »Sie fragen sich vermutlich, warum ich mir soviel Mühe mache. Ich habe schließlich noch mehr Freunde, kenne noch mehr Designer. Richtig?«

Anna beobachtete die fahrigen Bewegungen.

»Ich habe Ihnen etwas verschwiegen«, fuhr Lara fort. »Penny entwirft exklusiv für mich eine Kollektion, für mich persönlich. Sie kommt unter meinem Namen heraus, und sie wird in meinen Läden vertrieben. Damit habe ich Ihnen ein Geschäftsgeheimnis verraten, das Sie nie, niemals weitererzählen dürfen.«

»Unter Ihrem eigenen Namen?« fragte Anna.

»Genau«, sagte Lara. »Ich habe keine einzige kreative Ader im Leib. Darunter habe ich mein Leben lang gelitten. Als ich Penny kennenlernte, habe ich sofort erkannt, daß sie genau die Sachen kann, die ich gern machen würde, wenn ich nur das Talent dazu hätte. Jetzt macht sie es eben für mich. Beziehungsweise, sie hat es gemacht. Sie sehen also, mein Ruf und Pennys Problem sind unlösbar verbunden. Verstehen Sie?«

Anna nickte.

»Und Sie müssen mir versprechen, daß Sie keiner Menschenseele erzählen, was ich Ihnen gerade anvertraut habe. Es darf sich nicht herumsprechen. Niemals.«

Anna versprach es ihr.

36

»Es könnte ein Fehler sein, bei diesem Fall den Boß nicht einzuweihen«, sagte Bernie. Er schaukelte sacht mit dem Bürostuhl. Anna, die auf der Kante seines Schreibtisches hockte, malte sich mit einem Filzstift ein Gesicht auf den Daumennagel.

»Ich weiß ja, daß du gegenüber dem Herrn der Fliegen gern einen Trumpf im Ärmel behältst«, fuhr er fort. »Aber es ist nicht ganz fair. Wenn du unsere Einrichtungen benutzen willst, mußt du ihm auch ein bißchen entgegenkommen.«

Das Gesicht auf der sauberen, rosa Fingerkuppe sah fast wie Martin Brierly aus. Sie sagte: »Na ja, es wäre auch zu schön gewesen, um wahr zu sein.«

Dabei hatte sie bereits einen Bericht getippt, der zwar in einem vagen Ton gehalten war, aber doch alle relevanten Punkte abdeckte. Nur hatte sie ihn Beryl noch nicht gegeben. Sie stattete das Gesicht noch mit einem Schnurrbart und zwei Hörnern aus und sagte: »Langsam komme ich mir vor wie in der Schule: Hausaufgaben abliefern.«

»Ohne Schreibkram geht es nun mal nicht«, sagte Bernie. »Du warst schließlich bei der Polizei, du müßtest es wissen.«

»Ich weiß es ja auch«, gab Anna zu. »Bernie, warum warst du gestern beim Arzt?«

»Nur eine Routineuntersuchung«, sagte Bernie lächelnd. »Vernünftige Sache, in meinem Alter.«

»In deinem Alter!« schnaubte Anna.

»Die alte Ordnung schwindet«, sagte Bernie. »Und ich für meinen Teil gedenke, bei bester Gesundheit zu schwinden, jawohl.«

»Nun werd bloß nicht sentimental.«

»Sentimental?« sagte er. »Meinst du etwa, Plattfüße wären das Schlimmste, was einem alten Bullen zustoßen kann?«

»Ja.« Sie leckte ein Papiertaschentuch an und wischte sich das Gesicht vom Nagel.

»Du führst dich ganz schön kindisch auf«, sagte er, und seine Augen blitzten unter den schweren Lidern. »Jetzt gibt mir schon den Namen. Ich kümmere mich um deinen David Stamp, wenn du dich wie ein großes Mädchen benimmst und dem Alten sagst, was er wissen will.«

»Okay«, sagte Anna, und ihre Miene hellte sich auf. Sie ging zurück in ihr Büro und heftete den Bericht in den Standardordner ein. In einem kindischen Trotzanfall heftete sie die Seiten so zusammen, daß sich beim Umblättern die größtmöglichen Schwierigkeiten einstellen mußten.

Da Beryl nicht an ihrem Platz saß, versteckte Anna den Bericht unter zwei ähnlichen im Stapel. Wo sie nun schon einmal dabei war, suchte sie sich Seans Bericht für Mr. Kemal heraus. Wie sie befürchtet hatte, war er ihren Ermittlungen bei der Autowerkstatt in Südlondon nicht weiter nachgegangen, sondern hatte empfohlen, William Herridge keine verantwortungsvolle Tätigkeit zu übertragen. Beryl hatte den Bericht abgestempelt. Der Alte hatte Seans Ergebnisse anstandslos akzeptiert.

»Verdammter Mist!« schimpfte Anna halblaut. Sie griff sich die Akte und versteckte sie hinter Beryls Diskettenbox. Beryls haarige rosa Strickjacke, die über der Rückenlehne des Stuhls hing, sah aus wie ihre Doppelgängerin. In einem Anflug von Bosheit heftete Anna sie am Sitz fest.

»Also das war wirklich kindisch«, flüsterte sie und ging mit einem unterdrückten Lachen hinaus.

Bernie legte gerade den Telefonhörer auf, als sie in sein Büro kam.

»Tja«, sagte er. »Dein David Stamp.«

»Ja?«

»Tot.«

»Was?«

»Das hat der Typ jedenfalls behauptet«, sagte Bernie. »Nierenversagen, vor ungefähr sechs Monaten, im ...« Er warf einen Blick in seine Notizen. »... im Royal Free Hospital.«

»Was für ein Typ?« fragte Anna, die Beryls Strickjacke sofort vergessen hatte. »Das kann nicht stimmen. Es machen doch immer noch Leute Geschäfte mit ihm.«

»Tatsächlich?« Bernie sah zu ihr hoch. »Ich habe es mir einfach gemacht, ich habe beim Hausmeister angerufen. Dem habe ich dann erzählt, ich müßte bei ihm persönlich etwas abgeben, und gefragt, wann ich ihn wohl am besten erreichen könnte. Und der Typ hat gesagt: ›Das können Sie sich abschminken. Der beguckt sich längst die Gänseblümchen von unten.‹ Er hat gesagt, die Wohnung stände leer. Soweit er wüßte, hätten Mr. Stamps Erben sich bis jetzt nicht weiter darum gekümmert.«

»Dann erkundige ich mich am besten sofort im Krankenhaus«, sagte Anna.

»Tu das.« Bernie nickte. »Da hat dich einer veräppelt.«

Anna rief das Royal Free Hospital an, und obwohl die Todesursache dort als »renales Versagen« bezeichnet wurde, lief es doch auf dasselbe hinaus. David Stamp war seit sechs Monaten tot. Sie rief Lara Crowther an.

»Aber das ist ja unglaublich«, sagte Lara. »Ich meine, ich habe zwar nicht persönlich mit ihm gesprochen, deshalb habe ich Sie ja auch engangiert, aber ich weiß, daß die Bank einen Brief oder ein Schreiben von ihm bekommen hat. Anscheinend war nichts daran auszusetzen.«

»Ist das schon länger als sechs Monate her?« fragte Anna.

»Ich weiß nicht«, gab Lara zu. »Ich werde mich erkundigen.«

»Moment noch«, sagte Anna. »Wenn sich bei Ihrer Nachfrage herausstellt, daß der Brief erst nach seinem Tod geschrieben wurde, handelt es sich um Urkundenfälschung, und der Bank bleibt nichts anderes übrig, als die Polizei hinzuzuziehen.«

»Genau.«

»Tja, aber wer ist der Briefschreiber? Ich gehe jede Wette ein, daß es Sonia Casey war, die Frau, die die Garden-Party-Modelle verscherbelt und mit Hugh Fellows unter einer Decke steckt, der die Sachen ebenfalls unter die Leute bringt.«

»Dann fliegen sie endlich auf«, sagte Lara.

»Schon, aber wollen Sie wirklich, daß Hugh Fellows nicht mehr nach England zurückkommt? Wenn Sonia auffliegt, geht es Hugh auch an den Kragen. Und wenn Sonia ihn warnt, bleibt er bestimmt in den Staaten. Tut er das, sehen wir Cyn ebenfalls nicht wieder.«

»Falls sie überhaupt noch zusammen sind«, überlegte Lara laut. »Nun ja, vielleicht kann ich bei der Bank etwas erfahren, ohne jemanden wissen zu lassen, daß der Konkursverwalter tot ist.«

»Klingt gut«, sagte Anna. »Ich meine, wenn da jemand ein krummes Ding gedreht hat, wenn es Urkundenfälschung war oder etwas in dieser Richtung, müßten Sie es der Bank und den anderen Gläubigern eigentlich mitteilen, weil die vielleicht die Polizei einschalten wollen. Zumindest müßte so schnell wie möglich ein neuer Konkursverwalter eingesetzt werden. Aber wenn Sie nicht wollen, daß Hugh Fellows untertaucht ...«

»Eben«, fiel Lara ihr ins Wort. »Dann bleibe ich auf der Information hocken, bis wir wissen, woran wir sind.«

»Richtig.«

»Richtig«, sagte Lara und unterbrach die Verbindung.

37

Auf dem Heimweg kaufte Anna sich einen Krapfen. Der Puderzucker klebte ihr an den Lippen fest und schien sie im kalten Wind wundzuscheuern. Die neue Stahltür wandte der Straße ihr ausdrucksloses Gesicht zu. Mit ihr sah das Haus häßlich und abweisend aus.

Selwyn war im Laufe des Tages entlassen worden, und Anna schaute auf einen Sprung zu ihm hinein, um ihn wissen zu lassen, daß er ein Trottel war. Zu ihrer Verärgerung trug er eine selbstgefällige Miene zur Schau. Er bildete sich ein, ein großartiges Zeichen gesetzt zu haben. Quex, der unten bei ihm war, hatte leise und eindringlich auf ihn eingeredet, wodurch sich Selwyn nur noch wichtiger vorkam.

Oben leuchtete die rote Anzeige des Anrufbeantworters im Dunkeln. Anna machte Licht und spulte das Band zurück. Eine Frauenstimme sagte brüsk: »Hier spricht Sonia Casey. Hinsichtlich unserer Unterhaltung von gestern, wenn Sie weitere Informationen benötigen, können Sie mich auf einen Drink im Deerbourne Arms in der Englands Avenue treffen. Ich werde dort bis sieben Uhr auf Sie warten.«

Anna schaute auf die Uhr. Ihr blieben vierzig Minuten, um zu der Kneipe zu kommen. Im Kühlschrank fand sich etwas Käse, und sie machte sich rasch ein Brot. Quex mußte sich schon selbst versorgen. Sie schrieb ihm eine kurze Nachricht: »Mußte nach Belsize Park – ein Notfall. Bin wahrscheinlich so gegen ...« Aber Quex kam herein, während sie noch daran saß.

»Himmel, Gesäß und Nähgarn, was für ein Tag!« sagte er. Doch als er sah, was sie schrieb, schluckte er einen Kommentar herunter und sagte nur: »Ah ja, das perfekte Ende für einen perfekten Tag. Paß auf dich auf, Leo. Bis später dann.«

Anna sagte: »Ehrlich, es tut mir leid. Aber der Auftrag, an dem ich arbeite, kommt gerade richtig ins Rollen.«

»Das dachte ich mir schon«, sagte er traurig. »Aber das wirkliche Leben auch.« Er streckte die Pranke nach ihr aus und zerwuschelte ihr die Haare. »Nun geh schon. Wir reden, wenn du wieder da bist.«

Anna ging.

Das Deerbourne Arms befand sich in einem Neubau, doch mit dunklen Holzbalken und rotem Plüsch hatte man versucht, der Kneipe einen gediegenen Anstrich zu geben. Unechte Gaslampen erhellten gemütliche Nischen. In einer davon erspähte Anna Sonia, die mit einem Vertretertypen plauderte. Der Mann hatte ihr offenbar einen Drink spendiert und versuchte nun, aus seiner Großzügigkeit Kapital zu schlagen. Sonia verscheuchte ihn mit einer lässigen Handbewegung und der Bemerkung »erst die Arbeit, dann das Vergnügen«. Sie schlug die schönen Beine übereinander und sah sogleich geschäftsmäßig aus.

»Ich bin froh, daß Sie kommen konnten«, sagte sie förmlich. »Als Sie gestern an mich herantraten, war ich müde und nicht besonders zugänglich. Ich muß mich entschuldigen. Hinterher ist mir allerdings schon bald klargeworden, daß ich etwaige Mißverständnisse besser gleich aufgeklärt hätte.«

Anna bemerkte, daß Sonia sich für diesen Anlaß ganz besonders fein zurechtgemacht hatte: Sie trug ein anthrazitfarbenes Wollkostüm mit einer weißen Rüschenbluse. Sie verkörperte den Stil, den die Frauenzeitschriften als angemessen für eine geschäftliche Unterredung vorschrieben, sah dabei aber auch noch feminin aus. Tüchtigkeit gepaart mit einem Hauch von Verführung.

Anna, die mittlerweile selbst Grund genug hatte, vorsichtig an die Sache heranzugehen, sagte: »Ja, unsere Bekanntschaft hatte einen etwas unglücklichen Start. Aber nach so vielen unbeantworteten Briefen und Anrufen sind meinen Vorgesetzten bezüglich Mr. Stamps Fähigkeiten doch leider erhebliche Bedenken gekommen.«

»Ich arbeite nur aushilfsweise für Mr. Stamp«, sagte Sonia,

deren schiefergraue Augen Annas Blick suchten. »Daher bin ich so gut wie gar nicht mit Konkursverfahren befaßt. Ich kann Ihnen allerdings mitteilen, daß es ihm gesundheitlich sehr schlecht geht.«

»Davon habe ich gehört.« Wenn Sonia, ohne mit der Wimper zu zucken, einen solchen Unsinn verbreiten konnte, konnte Anna es schon lange.

»Auch stehe ich nicht in direkter Geschäftsverbindung mit der Firma, welche die Strickmodelle verkauft, für die Sie sich gestern so interessierten. Wie ich Ihnen jedoch versprach, habe ich mich mit dem Direktor der Firma in Verbindung gesetzt, die die fraglichen Artikel auf legale Weise erworben hat.«

»Ich danke Ihnen für Ihre raschen Bemühungen«, murmelte Anna.

»Es war mir ein Vergnügen.« Sonia nippte an ihrem Drink und stellte dann gelassen ihr Glas zielgenau in die Mitte des Bierdeckels. »Leider hält er sich zur Zeit in Neuseeland auf, aber er hat mich ermächtigt, Ihnen Einsicht in die Kaufpapiere zu gewähren. Ich habe mir erlaubt, Kopien der relevanten Unterlagen anfertigen zu lassen, da Sie sie gewiß an Ihre übergeordnete Stelle weiterleiten wollen.«

»Sehr rücksichtsvoll«, sagte Anna anerkennend.

Sonia beugte sich vor und nahm von der Sitzbank eine schwarze Aktenmappe, die sie neben sich gelegt hatte.

Sie öffnete sie und holte einen Packen Papiere heraus.

»Die Originale kann ich Ihnen nicht überlassen«, sagte sie. »Aber vielleicht möchten Sie trotzdem einen Blick hineinwerfen.«

Anna warf einen Blick hinein, und soweit sie etwas davon verstand, lagen echte Verkaufsurkunden vor ihr, datiert auf einen Termin, als David Stamp noch gelebt hatte. Es hatte nicht den Anschein, als ob sie frisiert worden waren. Die Firma, die die Modelle gekauft hatte, wurde unter dem nichtssagenden Namen C und H Moden geführt.

Sie sagte: »Nun. Es sieht so aus, als ob die Firma C und H Moden ein gutes Geschäft gemacht hat.«

»Ich weiß nicht, wie die Einigung über den Preis zustande gekommen ist«, sagte Sonia ruhig. »Wie schon gesagt, ich bin mit dem Geschäftsführer lediglich befreundet. Aber ich weiß, daß die Modebranche eine sehr schnellebige ist. Ein Modell, das ursprünglich sehr kostspielig gewesen sein mag, ist oft im nächsten Jahr schon nichts mehr wert.«

»Darin kenne ich mich nicht aus«, sagte Anna. »Ich wollte mich nur vergewissern, daß die Artikel, die Sie gestern verkauft haben, rechtmäßig erworben wurden.«

»Ich hoffe, diese Belege werden Sie zufriedenstellen.« Sonias gelassene Miene war eine Spur zu selbstgefällig.

Anna sagte: »Oh, davon bin ich überzeugt. Und vielen Dank noch einmal, daß Sie sich so schnell wieder bei mir gemeldet haben.« Sie gab ihr die Originale zurück. »Und würden Sie bitte – wie heißt er noch gleich? Ihr Bekannter?«

»Mr. Fellows.«

»Ja, würden Sie bitte Mr. Fellows unterrichten, daß wir ihm für seine Unterstützung dankbar sind?«

»Gewiß.« Sonia zog den Reißverschluß ihrer Aktenmappe zu und stand auf. Sie streckte die Hand aus, Anna schlug feierlich ein. Sonias offener, klarer Blick imponierte ihr nicht wenig.

Mehrere Männer verrenkten sich die Hälse, als Sonia das Deerbourne Arms verließ – sie sah so frisch aus, so feminin und vor allem, so überaus selbstsicher.

»Neuseeland!« knurrte Anna. Hatte Sonia gelogen? Oder hatte Hugh Sonia belogen? Anna tippte auf Sonia, jeden Pfennig hätte sie auf sie gesetzt. Sie trank ihr Tonicwater aus. Wenn Lügen eine olympische Disziplin wäre, hätte Sonia die Goldmedaille verdient.

38

Bevor sie am Abend ins Bett ging, suchte Anna sich ihren alten, schwarzen Trainingsanzug, einen dicken, marineblauen Pullover und schwarze Basketballschuhe heraus. Um auf Nummer Sicher zu gehen, wechselte sie auch noch die Batterien in der Taschenlampe aus. Es wäre ihr lieber gewesen, diese Vorbereitungen geheimhalten zu können, aber dafür war die Wohnung zu klein. Außerdem wich Quex nicht von ihrer Seite.

Ein paar Stunden vorher war sie mit zwei Pizza Vier Jahreszeiten nach Hause gekommen. Es war Quex' Lieblingspizza und so hatte er seine und die Hälfte von Annas Pizza in Rekordzeit vertilgt. Außerdem hatte sie Selwyn eine Pizza Tonno mitgebracht, aber Quex sagte ihr, daß Selwyn ein Beruhigungsmittel eingenommen hatte und früh schlafen gegangen war. Also putzte er auch noch die Tonno zum größten Teil weg und stellte den Rest in den Kühlschrank, fürs Frühstück. Quex' Frühstück war etwas, was Anna nicht gern mit ansah.

Es gab auch Dinge, die er nicht gern mit ansah.

»Was machst du da?« fragte er, als sie eine in Segeltuch eingeschlagene Rolle Werkzeug in die Innentasche ihrer Jacke schob. »Wohin gehst du?«

»Frag mich nicht«, sagte Anna leichthin. »Stell dir einfach vor, ich gehe auf Nachtschicht. Ich werde mich bemühen, dich nicht zu wecken.«

»Ist mir doch scheißegal, ob du mich weckst oder nicht!« polterte er. »Ich will wissen, wo du hingehst und was du vorhast.«

»Es hat mit dem Auftrag zu tun.«

»Ich weiß, daß es mit dem verdammten Auftrag zu tun hat! Was ist denn daran eigentlich so Besonderes? Normalerweise gehst du nicht mitten in der Nacht aus dem Haus, und noch dazu als Einbrecher verkleidet.«

»Ist schon vorgekommen.«

»Nicht, wenn ich da war.« Quex hockte sich auf die Bettkante und starrte sie an. »Was ist los mit dir?« fragte er. Und als sie nicht antwortete: »Weiß eigentlich dein Mr. Brierly darüber Bescheid?«

»Langsam gehst du mir auf die Nerven«, sagte Anna. »Schließlich mische ich mich auch nicht in deine Angelegenheiten.«

»Vielleicht interessieren dich meine Angelegenheiten einfach nicht.«

»Quex«, sagte Anna plötzlich. »So geht das nicht.«

»Was geht so nicht?«

»Mit dir. Daß du hier wohnst.«

»Oh doch, es geht«, sagte er. »Zumindest könnte es funktionieren, wenn du nicht ständig den Problemen aus dem Weg rennen würdest. Du gibst mir keine Chance.«

Das Telefon klingelte. Anna ging ins Wohnzimmer und ließ Quex im Schlafzimmer sitzen.

Lara sagte: »Hi. Der Mensch von *Florida-Technics* hat gerade angerufen. Hugh Fellows ist Richtung Süden gefahren, nach Sarasota. Er hat sich ein Zimmer in einem Motel genommen. Der Mensch sagt, er behält ihn im Auge, bis er sich nicht mehr vom Fleck rührt. Ich habe ihn gefragt, ob Hugh am Flughafen abgeholt worden ist, aber er sagte, nein. Er hat weder eine Frau noch sonst jemand mit ihm zusammen gesehen.« Sie klang aufgeregt.

Anna sagte: »Schön. Wenn Cynthia irgendwo in der Nähe ist, wird sie schon früher oder später zum Vorschein kommen. Mittlerweile bin ich an Rechnungs- und Quittungskopien herangekommen, die beweisen, daß David Stamp im Auftrag von Garden Party einer Firma mit Namen C und H Moden Waren verkauft hat. Der Laden scheint in Ordnung zu sein, aber ich dachte mir, Sie sollten sich die Unterlagen besser doch einmal ansehen.«

»C und H Moden?« fragte Lara. »Noch nie gehört.«

»Einer der Geschäftsführer ist Hugh Fellows. H könnte für Hugh stehen.«

»C für Chris.« Lara seufzte. »Ich sehe schon, worauf Sie hinauswollen. Okay, bringen Sie mir die Sachen.«

»Wann?«

»Jetzt gleich.«

Anna warf einen Blick auf die Schlafzimmertür.

39

Lara trank Milch und schnitt Grimassen. Tief in einem Ohrensessel in der Hotellobby versunken, sah sie aus wie eine ehrwürdige Matrone. Dazu fehlte ihr nur noch ein Kaschmirschal und eine bestickte Fußbank.

»Sie haben die Waren billig bekommen«, sagte sie und sah Anna über den Rand ihrer Lesebrille hinweg an. »Aber nicht unverschämt billig.«

»Ich habe überlegt«, sagte Anna zögernd, »ob David Stamps Bücher und diese Belege wohl überhaupt übereinstimmen.«

Lara schaute wieder hoch. »Sie meinen, er könnte seine eigenen Aufzeichnungen gefälscht haben?«

»Tja«, begann Anna. »Er durfte seine Unkosten in Rechnung stellen und eine Aufwandsentschädigung für die Zeit, die ihn Garden Party gekostet hat. Wenn er belegen könnte, daß der Verkauf der Konkursmasse nur, sagen wir, eintausend Pfund erbracht hat, daß aber seine Zeit und Mühe ebenfalls mit tausend Pfund zu Buche schlagen, hätte er nichts an die Gläubiger abführen müssen, nicht wahr? Hätte jemand Fragen gestellt, hätte er lediglich beweisen müssen, daß Einnahmen und Ausgaben sich in etwa die Waage hielten. Aber was in seinen Büchern steht und was er tatsächlich an Barem bekommen hat, könnte ganz erheblich auseinanderklaffen.«

»Aber der Mann ist tot«, meinte Lara.

»Ja, aber dieser Handel wurde vor seinem Tod abgewickelt.«

»Und wie wollen Sie das beweisen?«

»Vielleicht gibt es ja gar nichts zu beweisen«, sagte Anna. »Aber ein Versuch könnte nicht schaden.«

»Sie wollen sich sein Büro vornehmen?«

»Ja.«

»Heute nacht?« Lara nahm die Brille ab und rieb sich die Augen. »Versprechen Sie sich etwas davon?«

»Es könnte sich lohnen. Garden Party war wahrscheinlich nicht das einzige Konkursverfahren, mit dem er zu tun hatte. Ich möchte wissen, warum niemand erfahren hat, daß er tot ist. Ich möchte wissen, ob jemand die Geschäfte unter seinem Namen weiterführt.«

»Warum? Mir geht es doch nur um Garden Party.«

»Und um C und H Moden«, erinnerte Anna sie. »Nehmen wir einmal an, Garden Party wäre nur die Spitze eines Eisbergs. Nehmen wir an, Hugh, Chris und Sonia kassieren bei allen Konkursverfahren mit ab. Ich wollte sowieso vorschlagen, daß wir C und H Moden von einer Wirtschaftsdetektei überprüfen lassen.«

»Dabei können Sie auf mich zählen«, sagte Lara. »Aber ich will nicht, daß Sie sich in diese Konkursproblematik verrennen.«

Sie sahen einander einen Augenblick an, bevor Lara fortfuhr. »Natürlich wäre es interessant zu erfahren, ob Hugh, Chris und Sonia krumme Dinger drehen, wie Sie es eben geschildert haben. Aber wenn Sie vorhaben, in das Büro des Konkursverwalters einzubrechen, steige ich aus. Wie riskant ist es?«

»Das weiß ich noch nicht«, gab Anna zu.

»Dann lassen Sie es bleiben«, sagte Lara bestimmt. »Ich bezahle Sie nicht dafür, daß Sie etwas Ungesetzliches tun. Auf gar keinen Fall. Haben wir uns verstanden?«

»Ja.«

Lara grinste Anna über den Rand ihres Glases an. »Na dann, viel Glück«, sagte sie.

Es war schön, in der Nacht allein unterwegs zu sein. Nur wenige Autos fuhren durch die nassen Straßen, Scheibenwischer mühten sich mit dem Regen ab, Reifen schleuderten das Wasser der Pfützen an den verstopften Gullys hoch.

Anna stellte den Peugeot zwischen einigen parkenden Wagen ab und wartete. Sie konnte den Eingang zwischen dem Feinkostgeschäft und der Tabakwarenhandlung kaum ausmachen. Keines der beiden Schaufenster war erleuchtet, und bis zur nächsten Straßenlaterne waren es einige Meter. Nach einem Hintereingang hatte sie sich bereits umgesehen, aber es gab keinen.

Sie kurbelte das Fenster einen Spalt herunter, damit die Scheiben nicht beschlugen, und machte sich auf eine lange Wartezeit gefaßt. Es regnete stetig, und es gab keine Anzeichen dafür, daß es in nächster Zeit aufhören würde. Nur sechs Wagen kamen in fünfzehn Minuten vorbei. Nichts rührte sich auf dem Gehsteig.

Es wurde kälter. Anna stieg aus dem Peugeot und lief durch den Regen zum Eingang. Die Tür war alt. Gut. Sie war verzogen. Gut. Es gab zwei Schlösser. Schlecht. Das eine war ein Schnappschloß. Gut. Das andere ein Einriegelschloß. Schlecht. Keine Alarmanlage.

Für das Einriegelschloß brauchte sie fünf Minuten, für das Schnappschloß fünf Sekunden. Anna schlüpfte hinein. Ihr Puls raste, und ihre Hände waren schweißnaß. Plötzlich stellte sie fest, daß ihr die Arbeit wieder Spaß machte.

Sie knipste die Taschenlampe an, schirmte den Lichtkegel mit der Hand ab und schlich nach oben. Auf makabre, kitzelnde Art machte es Freude, das zu tun, was man nicht tun durfte. Heimlich. Es war die Krönung persönlicher Freiheit. Warum vor einem Einbruch haltmachen? Hatte man erst gegen eine Regel verstoßen, konnte man genausogut gleich alle übertreten.

Während sie vor David Stamps Bürotür auf dem Boden kauerte, das Werkzeug neben sich auf dem Teppich, wurde es Anna plötzlich schwindelig. Sie hatte das Gefühl, im nächsten Augenblick das letzte Tau zu kappen, das sie noch mit Anstand und Ehrlichkeit verband.

Sie riß sich zusammen.

»Stell dich nicht so an«, knurrte sie vor sich hin. Schließlich wollte sie nur eine Tür öffnen. Sie war auch früher schon durch verbotene Türen gegangen. Sie schob ihre Beklemmung beiseite und nahm sich das Schloß vor. Es kam darauf an, daß keine Kratzer zurückblieben. Einbrechen ist ein Kinderspiel, wenn man auf Beschädigungen nicht zu achten braucht. Aber Anna wollte keine sichtbaren Spuren hinterlassen.

Als die Tür aufging, fand sie sich in einem vollgestopften Vorraum wieder, der mit zwei Plastikstühlen und einem winzigen Tischchen möbliert war. Es roch staubig und verlassen. Dahinter lag David Stamps Büro. Anna ging hinein.

Sie knipste die Taschenlampe aus und trat zuerst ans Fenster. Die Jalousie sah aus, als wäre sie seit einem Jahr nicht mehr angerührt worden. Zum Glück war sie heruntergelassen. Anna mußte die Lamellen auseinanderdrücken, um einen Blick auf die Straße werfen zu können. Ein Wagen fuhr vorbei, er hielt nicht an. Niemand ging bei dem dichten Regen spazieren. In den Geschäften und Wohnungen auf der gegenüberliegenden Straßenseite brannte nirgendwo Licht.

Anna blieb eine Minute ruhig stehen, bis sie sich gesammelt und auf die Geräusche des Gebäudes eingestellt hatte. Es war der ideale Tatort: das Arbeitszimmer eines Toten, klein, aber gut ausgestattet, direkt neben Sonias eigenem Büro. Sogar eine Liege stand herum, vielleicht noch aus der Zeit, als David Stamp sich nachmittags hatte hinlegen müssen.

Der Schreibtisch war aufgeräumt und erst vor kurzem abgestaubt worden. Alles war tipptopp in Ordnung. Irgend jemand mußte die Miete, Telefon- und Stromrechnungen bezahlen. Anna suchte nach einem Scheckheft, konnte aber keines finden. Sie begann vorsichtig mit der Untersuchung der Akten, aber obwohl sie alphabetisch geordnet waren, fand sie keine Unterlagen über Garden Party.

Auf dem Schreibtisch fand sie in einem alten Karteikasten ein Register, in dem Garden Party erwähnt wurde, samt Daten und einer Aktennummer. Aber sonst nichts. Wahllos pickte sie einen Namen aus dem Register heraus, Avalon, und fand die dazu gehörige Akte im Regal. Avalon hatte Gartenmöbel vertrieben und war vor fünf Jahren pleite gegangen. Die nächste Firma auf der Liste, nach deren Akte sie suchte, Fantasy Packaging, fehlte. Sie begann, systematisch die Namen im Register mit den Akten im Regal zu vergleichen. Insgesamt fehlten von den sechzehn Namen vier, einschließlich Garden Party. Sie schrieb sich die Namen in ihr Notizbuch.

Sie schaute auf die Uhr: zehn vor fünf. Plötzlich überkam sie das unsinnige Gefühl, sich schon viel zu lange in dem Büro aufgehalten zu haben. Statt den Schreibtisch und die Regale weiter zu durchsuchen, machte sie sich daran, zu überprüfen, ob auch alles, was sie angefaßt hatte, wieder an seinem Platz stand. Sie reckte sich gerade, um einen Karton zurechtzurücken, als ein Geräusch sie blitzschnell zur Taschenlampe greifen ließ. Sie knipste sie aus.

Es war ein elektronisches Piepsen, wie von einer Armbanduhr mit Weckfunktion. Es piepste viermal. Ein Gerät im Büro hatte sich eingeschaltet. Der Schweiß rann ihr über die Rippen. Auf das Piepsen folgte ein leises, mechanisches Surren, das ungefähr sechzig Sekunden dauerte. Noch vier Piepser. Stille.

Anna hielt den Atem an, aber es kam nichts mehr. Als es ihr schließlich zu dumm wurde, wie eine Statue im Dunkeln zu stehen, knipste sie die Taschenlampe wieder an. Nichts im Büro schien sich verändert zu haben.

Hastig suchte sie unter der Decke die Zimmerecken ab, aber es war nichts zu finden. Hätte es eine Überwachungsanlage gegeben, hätte Anna sie auch bei der ersten raschen Durchsuchung des Büros finden müssen.

Was sie übersehen hatte, war das Telefaxgerät. Sie fand es auf einem kniehohen Plastiktischchen zwischen Schreibtisch und Wand, ein schönes, cremefarbenes Gerät, das ihr eine Papierzunge entgegenstreckte.

Die Nachricht lautete: »SONNY MACHT MÜDE MÄNNER MUNTER! Hallo, Schatz. Aufregende Zeiten, was? Ich habe es mir auf dem Flug noch mal überlegt und bin inzwischen auch der Meinung, daß es vernünftiger wäre, unterzutauchen, bis wir völlig sicher sind, daß die Luft wieder rein ist. Laß es mich wissen, wie du mit der bewußten Dame zurechtgekommen bist. Du bist so klug, Süße. Ich verlasse mich voll und ganz auf dich. Sorge dafür, daß man uns in Mailand keinen Strich durch die Rechnung macht, und schon hast du mich wieder, bevor du mich überhaupt vermissen konntest.«

Die Nachricht war flüchtig getippt, mehrere Leerzeichen fehlten. Anna schrieb sie sich ab. Dann ging sie, die Tür sorgfältig hinter sich abschließend.

Sie hatte es geschafft. Sie tänzelte zum Peugeot, sie fühlte sich wie befreit, sie hatte kein schlechtes Gewissen. Beinahe hätte sie laut gelacht. Der kleine Wagen schnurrte durch die leeren Straßen, und im Handumdrehen hatte sie die Fahrt hinter sich. Deshalb fand sie es auch um so erstaunlicher, daß Müdigkeit und Depressionen über sie hereinbrachen wie ein Regenschauer, kaum daß sie zu Hause angekommen war. Nur mit Mühe konnte sie sich die Treppe hoch ins Bett schleppen.

40

Quex rüttelte sie um halb neun wach.

»Telefon«, sagte er. »Deine holde Klientin.«

»Was?« Ihr war schwindelig, sie hatte geträumt, daß sie flog.

»Telefon«, wiederholte er. »Raus aus den Federn.« Er sah zerzaust aus, sein Kinn schimmerte bläulich.

Als Anna zum Telefon gestolpert war, hörte sie Lara sagen: »Verdammt, sie haben ihn verloren. Ist denn das zu glauben? Die Agentur, die mir meine Anwältin empfohlen hat, die Detektive, die angeblich die allergrößten sind, und jetzt haben sie ihn verloren. Was, zum Teufel, denken die sich eigentlich? Ausgerechnet in so einem Kuhkaff. Wie kann man denn einen Mann in Sarasota aus den Augen verlieren?«

Sie sprach es aus wie »Sauer Soda«. Anna rieb sich die Augen und versuchte, sich zu konzentrieren.

»Was ist passiert?« fragte sie.

»Der Detektiv hat gesehen, wie er sich in einem Motel ein Zimmer genommen hat. Er hat ein bißchen gewartet, und dann ist dieser Vollidiot einen Happen essen gegangen. Als er zurückkam, stand Hughs Wagen nicht mehr auf dem Parkplatz.«

Quex erschien in der Schlafzimmertür. Er hatte sich ein Handtuch um die Hüften geschlungen und sah nicht besonders gut gelaunt aus.

»Was machen wir jetzt?« fragte Lara.

Quex stakste durch das Wohnzimmer in die Küche, und Anna hörte, wie er Wasser in den Kessel füllte.

»Wußte Hugh, daß er verfolgt wurde?« fragte sie.

»Der Detektiv schwört, daß er keine Ahnung hatte«, sagte Lara. »Aber wenn das so ist, wieso hat er sich dann aus dem Staub gemacht?«

»Hoffen wir, daß es nur an einer durchgehangenen Matratze gelegen hat«, sagte Anna. »Womöglich konnte er einfach das Zimmer nicht leiden.« Ihre Jacke hing über der Sofalehne, das Notizbuch schaute aus der Tasche.

»Momentchen«, sagte sie und holte es. Quex stakste zurück ins Badezimmer. Er sah sie nicht an.

Am Telefon sagte sie: »Kurz vor Mitternacht Ortszeit USA hat Hugh Sonia ein Fax geschickt. Kann Ihr Mann in Florida eine Telefaxnummer zurückverfolgen?«

»Das möchte ich ihm geraten haben«, sagte Lara grimmig, und

nachdem Anna ihr die Nummer durchgegeben hatte, fügte sie hinzu: »Gott sei Dank, wenigstens ein Hoffnungsschimmer«, und hängte ein.

»Keine Ursache«, sagte Anna, während sie den Hörer auflegte. Allmählich gewöhnte sie sich an Laras abrupte Telefonmanieren.

Das Wasser kochte, also machte sie den Tee und ließ ihn ziehen. Sie stöpselte das Telefon neben dem Bett ein, legte sich wieder hinein und wartete auf Laras Rückruf. Sie konnte hören, wie Quex im Bad herumplanschte. Er sang nicht dabei. Mit dem Telefon im Arm döste sie ein.

Quex weckte sie mit einer Tasse Tee. Rasiert und angezogen sah er besser gelaunt aus. Er setzte sich ans Fußende des Bettes und grinste sie an.

»Schön austrinken, mein Spatz«, sagte er. »Du kommst zu spät zur Arbeit. Keine Widerrede. Drei Stunden Schlaf sind mehr als genug für ein schon ziemlich erwachsenes Mädchen.«

»Du kannst mir mal im Mondschein begegnen«, sagte Anna. Der Tee war stark und bitter, er hatte zu lange gezogen.

»So gefällst du mir«, sagte Quex. »Die alte Kämpferin. Ist sie mir etwa dankbar dafür, daß ich ihr den Tee ans Bett bringe, obwohl sie hinter schwedischen Gardinen hätte aufwachen können? Gott bewahre. ›Du kannst mir mal im Mondschein begegnen!‹ Ich frühstücke mit Selwyn, und wenn mir das nicht bis ans Ende meiner Tage den Appetit verschlägt, bin ich für den Rest des Tages nicht da. Du brauchst also nichts zu kochen, und aufzubleiben brauchst du auch nicht.« Er ging, und Anna schlief wieder ein.

Als Lara zurückrief, war es halb zwölf. Sie sagte: »Comcheck meldet sich in ein, zwei Stunden bei Ihnen.«

»Wer?« Anna bemühte sich, ausgeschlafen zu klingen.

»Comcheck«, sagte Lara. »Die arbeiten ständig für mich. Eine Wirtschaftsdetektei. C und H Moden. Alles, was Sie wissen wollen: Firmenanschriften, Aktionäre, Dachgesellschaften, Umsätze. Sie brauchen nur zu fragen, okay?«

»Okay.« Anna kniff die Augen zusammen und versuchte, sich munter zu fühlen.

»Haben Sie sonst noch etwas auf dem Herzen?« fragte Lara. »Ich bin nämlich in Heathrow, und Sie können mich heute nicht mehr erreichen.«

»Sie fliegen nach Hause?«

»Sicher«, sagte Lara. »Das wußten Sie doch.«

Anna hatte es vergessen.

Lara sagte: »Ethan Callow von *Florida-Technics* habe ich ebenfalls Ihre Nummer gegeben. Ach ja, und der Brief, den die Bank von David Stamp bekommen hat, ist erst vier Monate alt. Ich glaube, das war's. Mein Flug wird schon aufgerufen. Ich muß los.« Sie ging.

Anna putzte sich die Zähne, während sie ein Bad einließ. Sie hatte das Gefühl, sich im Zeitlupentempo zu bewegen, während draußen alles mit rasender Geschwindigkeit ablief. Aber nach einem langen, heißen Bad ging es ihr schon besser.

Die Wohnung, die ihr immer zu klein vorkam, wenn Quex da war, bekam wieder ihre angemessene Größe, und im Haus war es friedlich. Sie legte eine Kassette von Sting ein und kochte sich zwei Eier.

Wenn man nicht mehr klar denken kann, sagte sich Anna, ist es das beste, sich eine Liste zu machen: Dinge, die erledigt, Fragen, die gestellt werden müssen. Sie klappte ihr Notizbuch auf und schrieb als Überschrift »Hugh Fellows, C und H Moden« hinein, dann hielt sie inne. Wenn C und H Moden nun gar keine richtige Firma war? Dann würde diese Überprüfung auch nichts ergeben. Egal. Sie schrieb: Adresse? Dann fiel ihr der Junge aus dem Reisebüro ein. Er hatte ihr die Adresse und Telefonnummer bereits gegeben. Sie blätterte zurück und fand sie. Parson's Green.

Sie schrieb: »Liquidität?« und hielt erneut inne. Was wollte sie eigentlich genau wissen? Aktionäre. Richtig, das war es. Waren Sonia Casey und Chris Garden Aktionäre oder Teilhaber? Nein.

Sonia konnte sie vergessen. Sie wußte, wo sie Sonia finden konnte, und ihr Interesse an ihr wurde ihr allmählich selbst zu persönlich. Es entwickelte sich zu einem Spiel, bei dem Anna unbedingt gewinnen wollte. Derjenige, um den sie sich eigentlich kümmern sollte, war Chris Garden.

»Nicht abschweifen«, ermahnte sie sich, da klingelte das Telefon.

Ein Mann sagte: »Anna Lee? Mrs. Crowther hat mich ermächtigt, die Ergebnisse einer Betriebsüberprüfung von C und H Moden an Sie weiterzuleiten. Sind Sie soweit? Ja? Bei C und H Moden handelt es sich um ein Privatunternehmen, gegründet am 21. März 1985. Firmensitz: Lumbley Road 85a, Parson's Green, London. Geschäftsführer: Hugh Fellows. Letzte Steuererklärung: vergangenes Jahr. Stammkapital eintausend Pfund, aufgeteilt auf eintausend Stammaktien von je einem Pfund. Ausgabe gegen bar, fünf Stammaktien. Dachgesellschaft: keine.«

»Moment!« sagte Anna, die krampfhaft mitschrieb.

»Ich bin doch nicht etwa zu schnell für Sie?« mokierte sich der Mann. Er fuhr in einem Ton fort, als ob er es mit einem geistig zurückgebliebenen Kind zu tun hätte. »Namen der Direktoren: H. Fellows und C. Garden.«

»Volltreffer!« juchzte Anna.

»Wie bitte?«

»Nichts. Fahren Sie fort.«

»Namen der Hauptaktionäre: H. Fellows – zwei, C. Garden – zwei, S. Casey – eine. Angaben über Belastungen oder Schuldverschreibungen, keine. Ausstehende Kosten . . .«

»Moment«, unterbrach ihn Anna noch einmal. »Haben Sie C. Gardens Adresse?«

»Wie bitte?«

»Direktor und Hauptaktionär«, sagte Anna. »C. Garden. Seine Adresse.«

»Oh«, sagte der Mann. »Mrs. Crowther hat uns nur um eine Betriebsüberprüfung gebeten.«

»Mir hat sie gesagt, Sie würden mir jede Information liefern, die ich benötige.«

»Also gut, also schön«, sagte der Mann widerwillig. »Ich rufe zurück.«

Es gibt also tatsächlich Leute, dachte Anna zufrieden, die einen noch langweiligeren Job haben als ich. Angestellte von Firmen, deren einzige Aufgabe es war, Informationen über andere Firmen zu beschaffen. Im Vergleich dazu kam sie sich mit ihrer Sicherheitsberatung fast vor wie auf dem Spielplatz. Sie machte sich ein Töpfchen Mango- und Papayajoghurt auf.

Der Mann von Comcheck rief sie mit der Information zurück, daß C. Garden unter der Geschäftsanschrift von C und H Moden geführt werde, zumindest sei das zum Zeitpunkt der Firmengründung so gewesen, und seither hätten sie keine Adressenänderung verzeichnet. Das war höchst interessant, weil Chris Garden 1985 noch in Oakleigh gewohnt hatte und mit Penny verheiratet gewesen war. Es war auch enttäuschend, da Anna einfach nicht glauben konnte, daß Chris sich mit Hugh eine Wohnung teilen sollte. Vielleicht diente sie beiden nur als Postanschrift.

Sie fragte, ob außer dem Geschäftssitz noch andere Adressen bekannt seien. Er sagte, er habe keine dahingehenden Informationen. Sie fragte, ob entweder C. Garden oder H. Fellows mit ausländischen Firmen in Verbindung ständen, vor allem in Sarasota, Florida, und in Mailand, Italien. Er sagte, er könne das ermitteln, doch es werde etwas dauern. Er müsse vorher die enormen Kosten für solch aufwendige Nachforschungen mit Mrs. Crowther abklären.

Als er, fast kläglich, fragte, ob Anna auch die restlichen Ergebnisse der Betriebsüberprüfung hören wolle, die er vorbereitet habe, bat sie ihn um einen Ausdruck. Sie behielt es wohlweislich für sich, aber sein Fachchinesisch über Belastungen und Schuldverschreibungen sagte ihr rein gar nichts. Und sie brauchte die Angaben schwarz auf weiß, wenn sie sie jemand anderem zur

Analyse vorlegen wollte. Sich mit dem Mann von Comcheck zu unterhalten, war wie ein Gespräch mit der telefonischen Kochrezeptdurchsage: Von Geben und Nehmen keine Rede.

Sie schnappte sich ihren Mantel und floh, bevor womöglich noch jemand anrief, um sie mit einem Haufen Informationen einzudecken, die sie nicht verstand.

41

Die Lumbley Road war fest in den Händen der Stadterneuerer. Die Gebäude wurden von Gerüsten gestützt und mit Zu-verkaufen-Schildern zusammengehalten. Das Haus Nummer 85 sah frisch renoviert aus, aber das Nachbarhaus hatte zugenagelte Fenster. Die Bretter waren mit Plakaten zugeklebt und mit Graffiti beschmiert. In mädchenhafter Schönschrift stand da zum Beispiel: »Ich heiße Bille. Ich nehm' die Pille. Wenn du mir ein Bier spendierst, dann mach ich killekille.« Darunter stand: »Willie heiß ich. Auf die Bille scheiß ich. Sie hält noch nicht mal stille und ist eine wandelnde Bazille.« Es gab Anschläge, die zu Rockkonzerten, Bürgerinitiativen und Versammlungen einluden. Mit der Spraydose hatte jemand anders darüber gesprüht: »Was für 'ne Bille? Was für'n Willie?« Und ein hilfreicher Mensch hatte die Telefonnummer vom Aids-Notruf des St. Stephen's Hospital dazugekritzelt.

Das Haus Nummer 85 hatte drei Türklingeln. Anna probierte ihr Glück mit allen dreien, aber niemand machte ihr auf. Sie ging in die Schreibwarenhandlung am Ende der Straße, aber die Frau hinter dem Ladentisch sagte, sie liefere keine Zeitungen nach Nummer 85, außerdem könne sie sich sowieso keine Namen und Gesichter merken. Sie trug eine Brille mit dicken Gläsern und ein Hörgerät. Sie sagte, alle ihre Stammkunden seien im Laufe der letzten zwei Jahre weggezogen. Anna fragte sie nicht, wie sie das dann überhaupt wissen konnte.

Die Lösung für ihr Problem war natürlich im Telefonbuch zu finden, und Anna wunderte sich, daß sie nicht schon zu Hause darauf gekommen war. In der nächsten Telefonzelle schlug sie zuerst Chris Garden und dann in den Gelben Seiten C und H Moden nach. Unter C. Garden gab es mehrere Einträge, aber für C und H Moden nur einen. Es war eine Adresse in Wandsworth, gleich auf der anderen Themseseite. Das sollte ich mir mal näher ansehen, dachte Anna. Sie sprang in den Wagen und fuhr nach Süden.

Bis in die Bedwick Street waren die Sanierer noch nicht vorgedrungen. Ein Gebrauchtwagenhändler hatte sich auf einem weitläufigen Gelände breitgemacht. Hondas und Toyotas standen dicht an dicht, so daß es fast unmöglich war, die Wagentüren aufzumachen. Gelbe Plastikfähnchen flatterten in der kalten Brise und verfingen sich im Maschendrahtzaun. Daneben stand ein halbzerfallenes Gebäude mit einem Kebab-Imbiß im Erdgeschoß, die oberen Stockwerke waren zum Abriß freigegeben. Es war der Tag für die Müllabfuhr, und in der ganzen Straße türmten sich rings um die Laternenpfähle schwarze Müllsäcke zu Bergen auf.

Nach dem Gebrauchtwagenhändler kam ein kleines Lagerhaus. In Augenhöhe war in schwarzer und roter Schrift C und H Moden an das breite Garagentor gepinselt worden. Doch darüber stand, noch teilweise sichtbar, Fantasy Packaging.

Anna stieg aus dem Wagen und ging durch den schmalen Hof. Der Lieferanteneingang war verschlossen, aber an der Seite führte eine Tür in ein Büro. Von dort aus gelangte man durch einen Flur ins Lager. Jemand trällerte »Girls just wanna have fuhun« zur Musik aus dem Radio. Die Stimme kam schrill und schief durch die dünne Wand.

Anna lugte um die Tür und sah einen stahlblauen Kittel und einen Wust hennaroter Haare auf einen Kistenstapel zustolpern. Die Frau packte eine Ladung Kartons auf den Stapel und drehte sich um, um Nachschub zu holen. Der Turm stürzte ein.

»Ach, du gequirlte Scheiße«, sagte die Frau. »Ach, du turbogequirlte Scheiße!«

Anna sagte: »Entschuldigen Sie, ich suche Charlotte.«

»Verpiß dich!« sagte die Frau. »Außer, du willst mit anpacken. Ich hab' die Schnauze gestrichen voll, hier mutterseelenallein vor mich hin zu malochen.«

»Was machen Sie denn da?« fragte Anna, sie kam mit hilfsbereiter Miene hinter der Tür hervor.

»Für den *Playboy* posieren«, sagte die Frau. »Was dachten Sie denn, was ich mache?«

»Für den *Playboy* posieren«, sagte Anna und hob einen Karton auf.

»Sie haben eine Freundin fürs Leben«, sagte die Frau und sammelte zwei weitere Kartons auf. »Die Ladung wird um fünf abgeholt.«

Die Pappkartons waren nicht sehr schwer, sie trugen die Aufschrift »Cara Cosmetics USA«. Jeder einzelne war an Style File in Sarasota, Florida, adressiert. Anna hatte die Anschrift samt Postleitzahl bald auswendig gelernt, denn es gab ungefähr siebzig Kartons, die auf einer provisorischen Laderampe neben dem Liefereingang aufgestapelt werden mußten.

»Spediteure sind doch die letzten Saftsäcke«, sagte die Frau. »Denen muß man immer nach der Pfeife tanzen. Und wenn du mal nicht fertig bist, wenn die fertig sind, dann machen sie einem Feuer unterm Hintern.« Sie richtete sich auf und wischte sich eine Korkenzieherlocke aus den Augen. »Ich heiße übrigens Coral. Soll ich Ihnen was sagen? Ich habe seit dem Frühstück mit keiner Menschenseele mehr ein Wörtchen geredet, und da war es auch bloß mein Alter, und aus dem kommt morgens ungefähr soviel raus wie aus einem verstopften Wasserhahn. Und soll ich Ihnen noch was sagen? Weihnachten vor einem Jahr habe ich am Band gearbeitet, Industriehandschuhe hab' ich gemacht im Akkord, und da hab' ich mir gedacht, Scheißspiel, ich will doch nicht bis an mein Lebensende an einer Maschine versauern. Aber eins kann ich Ihnen flüstern, und das kostet Sie nicht mal was, so was Stinklangweiliges und Furztrockenes wie diesen Job hier hat die Welt noch nicht gesehen.«

»Was stört Sie denn daran?« Anna besah sich einen aufgeplatzten Karton etwas näher. Er war voll von glänzenden Dosen, pink, weiß und schwarz, die »Cara Verjüngungsgel« enthielten.

»Fragen Sie lieber, was mich nicht daran stört«, sagte Coral. Sie gab Anna eine von den bunten Dosen. »Da. Können Sie haben. Taugt zwar nichts das Zeug, riecht aber gut. Hinterher sieht Ihr Gesicht immer noch aus wie der Pflaumenkuchen von meiner Tante Edna. Jedenfalls bei mir ist das so. Aber vielleicht altere ich auch nur schneller, als ich mich verjüngen kann.« Sie machte eine bitterböse Miene, als ob sie ihr Gesicht als persönlichen Feind betrachtete. Anna fiel nichts Außergewöhnliches daran auf.

»Dieser Job«, sagte Coral. »Also, zum einen ist mal die verdammte Verdrahtungsmaschine im Arsch. Eigentlich sollen die Kartons zu viert zusammengedrahtet werden. Aber Sam, das blöde alte Pickelgesicht, ist natürlich heute nicht angetanzt, als er gehört hat, daß Mr. Furzkopf Fellows nicht da ist. Und jetzt kann ich mich allein abrackern und zusehen, daß die Lieferung rausgeht. Mir steht die Arbeit bis hier oben, und dann noch obendrein der beschissene Schreibkram. So läuft es hier am laufenden Band. Charlotte wie weiter?«

»Was?«

»Sie haben gesagt, Sie suchen eine Charlotte.«

»Ach so, Charlotte«, sagte Anna. »Charlotte Brown. Ich dachte, sie würde hier arbeiten. Fantasy Packaging hat sie gesagt.«

»Das war vor der Sintflut, Kindchen. Fantasy Packaging ist schon ewig den Bach runter. Dann hat diese Firma den Laden übernommen und mit den Restposten ihre eigenen Artikel eingepackt. Bye-bye Fantasy, bye-bye Charlotte Brown. Noch ein paar Tage wie heute, und es heißt auch bye-bye Coral. Hier geht es zu wie im Irrenhaus. Das Zeug kommt an, wird in Kartons verpackt, wird wieder abgeholt. Mal ist der Obergrapscher da, mal ist er dort. Der andere Häuptling ist dauernd im Ausland, und mit Sam, dem alten Pickelgesicht, kann man ungefähr soviel anfangen wie mit einem Türklopfer aus Schokolade. Außerdem brauche ich auch mal jemand zum Quatschen.«

»Aber trotzdem«, sagte Anna. »Es hätte noch schlimmer kommen können.« Sie schraubte das Töpfchen Verjüngungsgel auf und schnupperte daran. »Stellen Sie sich vor, Sie hätten den ganzen Tag nur mit Sülzaalen zu tun.«

»Ist mir doch scheißegal, was in den Kartons drin ist.« Coral hockte sich auf die Laderampe. »Wenn man arbeitet, geht es einem schließlich nicht um das blöde Produkt, oder? Um die Kohle geht es einem und um die nette Gesellschaft. Was machen Sie eigentlich so?«

»Ich?« Anna rieb sich den Handrücken mit dem jadegrünen Gel ein. »Ich sitze in der Zentrale von einem Taxiunternehmen. Diese Woche habe ich Nachtschicht.«

»Na, da haben wir's ja. So was würde mir Spaß machen. Da hat man immer jemand, mit dem man über Funk ein Schwätzchen halten kann, oder?«

Anna sagte: »Das Zeug kitzelt auf der Haut.«

»Ja.« Coral grinste. »Ich sage immer, es ist eine Verschwendung, es sich nur ins Gesicht zu schmieren.«

»Sie haben ja eine Phantasie wie ein Müllschlucker«, sagte Anna beeindruckt.

»Das sagt mein Alter auch immer.« Coral machte ein erstauntes Gesicht. »Um ehrlich zu sein, das Zeug ist gar nicht mal so übel. Das Make-up habe ich schon von vorne bis hinten durchprobiert, und von den Diätpillen habe ich auch schon welche genommen. Dann habe ich noch ein paar Kleider und den einen oder anderen Pullover mitgehen lassen. Immerhin lohnt es sich bei manchen Sachen, daß man sie mitgehen läßt. Was will man mehr? Mit Industriehandschuhen konnte ich noch nie viel anfangen.«

»Woher kommen die Sachen?« fragte Anna.

»Aus Italien«, sagte Coral. »Wenn Sie mich fragen, ist das so ein billiges Zeug, das die Italiener mit der Kneifzange nicht anpacken würden. Es kommt in schäbigen alten Kisten hier an, wir packen es in unsere hübschen Kartons um und schwuppdich! Schon haben wir die edle Cara Cosmetic Serie, exklusiv für den Yankeemarkt hergestellt. Es ist kaum zu glauben, worauf die Leute reinfallen. Bei uns geht jede Menge Schrott durch, Restposten, Ausschußwaren, kopierte Modelle aus Korea. Man braucht es bloß in einen schönen Karton zu stecken und sagen, es ist von den Franzosen oder Italienern und schon reißen es einem die armen Blödmänner aus der Hand.«

»Da sehen Sie mal, wozu eine schöne Verpackung gut ist«, sagte Anna.

»Ja, kann man wohl sagen«, stimmte Coral zu. »Unser Obergrapscher hatte schon den richtigen Riecher – Schrott einkaufen, Klasse verkaufen. Und dazwischen stecken die beiden sich ganz schön was weg. Nur schade, daß für mich nicht auch ein paar Kröten mehr abfallen.«

»Nur der Oberboß und sein Partner?« fragte Anna. Sie wollte das Gespräch auf den Partner lenken, weil sie sich plötzlich fragte, ob sie sich nicht vielleicht doch geirrt hatte. Womöglich stand C. Garden gar nicht für Chris. Womöglich stand das C. für Cynthia.

»Das sind mir vielleicht zwei Freier«, sagte Coral fröhlich. »Obergrapscher und Oberglupscher. Der eine glotzt bloß, ohne Anfassen, aber der andere hat Hände, mit denen ist er schneller bei der Sache als ein Gyno ... Gynkä ... als ein Frauenarzt, wenn Sie wissen, was ich meine.« Sie seufzte. »Männer über Vierzig«, fuhr sie fort. »Selbst haben sie nichts mehr am Laufen, deshalb geilen sie sich an uns Mädels auf. Widerlich, sag' ich immer, aber das Essen schmeckt einem um so besser, wenn man sie sich ständig vom Leib halten muß. Es geht eben nichts über Männer in den Vierzigern, finden Sie nicht? Blödere Armleuchter findet man selten.«

»Es ist dasselbe wie mit Familienvätern«, hakte Anna weiter nach.

Coral nickte so heftig, daß ihre Löckchen wippten. »Das sind überhaupt die Besten«, sagte sie. »Das sind die mit dem schlechten Gewissen, da kann man sie packen. Dabei geben meine beiden Oberaffen noch nicht mal zu, daß sie Familie haben, nie im Leben, aber dem heiligen Christophorus, dem konnte man es meilenweit gegen den Wind ansehen.«

»Christophorus?«

»Ja. Mr. Garden. ›Sagen Sie ruhig Chris zu mir‹, der Oberglupscher. Der läßt sich so leicht keinen Appetithappen entgehen. Nur ein kleines Abenteuer, die Alte zu Hause braucht ja nichts davon zu wissen. Aber irgendwann kommt für jeden Mann der Tag, wo er nicht mehr nur Ehemann, Vater und Steuerzahler sein will. Und das ist der Zeitpunkt, wo man sie sich angeln kann, das können Sie mir glauben. Wenn sie seit Urzeiten nichts mehr zum Lachen gehabt haben, wenn sie gar nicht mehr genau wissen, wie das geht. Aber für ein paar Nachhilfestunden lassen sie gern mal ein paar Scheinchen springen.«

Anna lachte, und Coral fiel ein, sie hatte eine kehlige, dreckige Lache. »Er ist schon ein rechter Bananenwichser, der Oberglupscher, aber dafür ist er auch die meiste Zeit in Italien. Was soll's also? Vino und Signorinas. Hält ihn bei Laune. Der andere ist schon ein härterer Brocken. Den kann ich auf den Tod nicht ausstehen. Leidet an Wundbrand am Herzen. Mich sollte es nicht wundern, wenn sich herausstellen würde, daß es ihn heiß macht, Leuten weh zu tun.«

42

Anna fuhr um die Ecke und hielt an. Sie nahm ihr Notizbuch heraus und schrieb sich ein paar Namen auf. Beim Zurückblättern stieß sie auf den Eintrag »F. J. P. Autowerkstatt« und eine mit Bleistift danebengekritzelte Adresse. Sie starrte einen Moment darauf, dann ließ sie den Wagen an.

Die F. J. P. Autowerkstatt war der Alptraum eines jeden Schriftenmalers. Es gab Reklameschilder für alles und jedes – Windschutzscheiben, Auswuchten, TÜV-Vorbereitung, Batterien, Benzin – in wahllos durcheinandergewürfelten Schriftarten. Anna fragte im Büro nach der Buchhaltung und wurde zu einem Hinterzimmer mit einer Milchglastür weitergeschickt. Sie klopfte an und trat ein. Ein junger Mann hing krumm wie ein Kleiderbügel vor einem Bildschirm. Er tippte noch ein paar Wörter in die Tastatur, bevor er den Kopf hob.

»Ja?« sagte er und sah sie aus wäßrigblauen Augen an.

»Anna Lee«, sagte Anna. »Ich habe Sie neulich angerufen. Es ging um die Kreditüberprüfung eines gewissen William Herridge. Sie sagten, Sie hätten vielleicht Informationen für mich, aber Sie haben sich nicht mehr gemeldet.«

»Tatsächlich?« sagte er. »Ich meine, tatsächlich nicht?«

»Es ging um einen Satz Gürtelreifen, die offenbar nicht bezahlt wurden. Ihr Betrieb hat den Kunden bei der Kreditauskunft auf die schwarze Liste setzen lassen.«

»Hm«, sagte er und warf einen traurigen Blick auf den Bildschirm. »Vielleicht war ich das gar nicht. Ich meine, in den letzten vier Jahren hatten sechs Leute diesen Job hier.«

»Aber es handelt sich doch nur um eine Nachfrage«, sagte Anna. »Ich möchte einfach gern wissen, was passiert ist.«

»Warum?«

»Weil es merkwürdig ist. Wie ich schon sagte, habe ich William Herridge überprüft. Er soll befördert werden, und sein Chef möchte wissen, ob er zuverlässig ist. Nun, er ist ein äußerst zuverlässiger Mensch. Er zahlt regelmäßig seine Hypothekenraten, seine Grundsteuer, Einkommenssteuer, die Kreditkartengebühren. Immer alles termingerecht. Nur diese eine Rechnung steht offen. Das paßt nicht zu ihm. Es bedeutet, daß er mit keinem einzigen Mietkaufunternehmen im ganzen Land Geschäfte machen kann, und es bedeutet, daß er nicht befördert wird.«

»Warum fragen Sie nicht bei der Kreditauskunft nach?« Erneut ein trauriger Blick auf den Bildschirm.

»Hab' ich schon«, antwortete Anna geduldig. »Aber für die ist alles sonnenklar. Sie sagen, F. J. P. hätte ein Risiko gemeldet, und sie verhielten sich dementsprechend.«

»Es ist nur so«, sagte der Mann und kratzte sich den vorzeitig kahl gewordenen Kopf. »Es könnte ein bißchen dauern. Als Sie das letzte Mal anriefen, hatte ich das Schuldenprogramm bestimmt schon aufgerufen.«

»Ich kann warten.«

»Tja, aber es ist schon halb sechs durch, und meine Frau hat ihre Cousine und deren Verlobten heute abend zum Essen eingeladen. Sie will, daß ich pünktlich zu Hause bin.« Er hatte nicht die Absicht, ihr zu helfen.

Anna sagte: »Aber das ist doch ziemlich schlimm für William Herridge, finden Sie nicht?«

»Kann schon sein«, sagte er und schaltete den Bildschirm aus.

»Ich meine, ein kleiner Fehler wie dieser ...«

»Es muß nicht unbedingt ein Fehler gewesen sein«, verteidigte er sich.

Anna wartete ab.

»Wissen Sie was?« sagte der Mann seufzend. »Ich rufe es gleich morgen früh ab und melde mich dann bei Ihnen.«

»Prima. Danke«, sagte Anna. »Machen Sie sich eine Notiz, ja? Ich kann mir denken, wieviel Sie zu tun haben.«

»Ach so, na schön.« Mit den langen Fingern tastete er nach einem Bleistift. Anna hatte den Eindruck, daß er ein wenig aus der Übung war. »Herridge. Mit oder ohne d?«

43

Gleich um die Ecke von der Autowerkstatt und nicht weit entfernt von C und H Moden gab es ein Maklerbüro. Anna parkte den Wagen. Nach ein paar Stunden in dieser Gegend hatte sie das Gefühl, daß die Nachbarschaft hier schäbig genug war, um noch billig wohnen zu können. Plötzlich hatte sie keine Lust mehr, sich auf dem Immobilienmarkt nach oben zu orientieren. Er glich einer Leiter ohne Ende. Sie wollte in einem der schmutzigen kleinen Viertel in London wohnen, wo man sein Auto aufbocken konnte, ohne daß die Nachbarn die edlen Nasen rümpften. Sie wollte eine Kneipe, kein Bistro, einen Buchmacher und ein Café, wo man Würstchen, Speck, Spiegeleier und Bohnen mit zwei Scheiben Brot bekam, kein Tofu und keine Sojabohnenquiche. Sie wollte einen Laden an der Ecke, wo sich die Frauen morgens die Flasche Milch zum Frühstück in Pantoffeln und Lockenwicklern holen konnten.

Der Makler sagte, er werde ihren Namen auf die Computerversandliste setzen. Er setze große Hoffnungen in die Wohngegend. Er habe das Gefühl, es gehe mit ihr aufwärts. Anna seufzte und fuhr nach Hause.

Quex kam erst nach elf Uhr heim, als Anna schon fast ins Bett gehen wollte. Sie hörte ihn vor der Tür mit Selwyn streiten. Selwyn wollte offenbar noch auf einen Schlummertrunk mit nach oben kommen, aber Quex ließ ihn nicht. Erleichtert hörte sie ihn sagen: »Leg dich ins Bett, alter Junge. Wir sehen uns morgen früh.« Dann machte er die Tür auf.

Seine Nase war kalt, als er sie küßte. »Guten Tag gehabt?« fragte er sachlich. »Hast du noch ein bißchen Schlaf gekriegt?«

Während sie sich die Zähne putzte, hörte sie, wie er sich auszog, und als sie ins Schlafzimmer kam, sah sie, daß er zur Abwechslung seine Sachen ordentlich weggehängt und die Schuhe unter das Bett gestellt hatte. Er hatte auch die Zahnpastatube wieder zugeschraubt. Anna hörte Alarmsirenen schrillen. Aber der Zauber dauerte an. Quex war ruhig und rücksichtsvoll an diesem Abend: Er erkundigte sich nicht nach ihren Absichten, und er fragte sie auch nicht, womit sie tagsüber beschäftigt gewesen war. Er stahl ihr nicht die Bettdecke. Sie entspannte sich und schlief ein.

Um zwei Uhr in der Früh läutete das Telefon.

Anna wälzte sich an den Apparat und jonglierte mit dem Hörer. Lara sagte: »Ich brauche Sie hier. Ich habe Ihnen einen Flug gebucht. Sie können das Ticket am Schalter abholen. Sie kommen mit demselben Flug wie Hughie, mittags von Gatwick.«

»Wann?« Anna öffnete die Augen, das erleuchtete Zifferblatt des Weckers starrte sie an. »Wohin?«

»Sauer Soda«, sagte Lara. »Habe ich Sie geweckt? Sie haben doch einen Reisepaß, nicht wahr? Okay, dann gehen Sie als erstes zur Bank und besorgen sich ein paar Travellerschecks. Sie werden sie nicht brauchen, weil ich Sie sowieso abhole, aber die Leute von der Einwanderungsbehörde sehen so etwas immer gern.«

Quex knipste die Nachttischlampe an und setzte sich auf.

Anna sagte: »Augenblick. Ich komme nicht ganz mit.« Sie setzte sich ebenfalls auf und starrte mit leerem Blick auf den Kleiderschrank.

Lara sagte: »Was ist los? Wenn Sie Angst vor Ihrem Chef haben, dem sage ich morgen Bescheid. Wenn es das Geld ist, das ist alles geregelt. Das Ticket liegt für Sie bereit. Sie müssen bloß noch herkommen.

»Das ist doch lächerlich«, sagte Anna. »Sie brauchen jemanden, der sich da drüben auskennt.«

»Einen, der sich auskennt, habe ich schon«, sagte Lara. »Jetzt brauche ich Sie. Hören Sie, ich rufe in einer halben Stunde noch mal an. Bis dahin sind Sie sicher wach.«

»Nicht...«, sagte Anna, aber Lara hatte aufgelegt.

»Was ist los?« fragte Quex.

»Gute Frage. Das war Lara Crowther. Sie braucht mich in den Staaten.«

»Wozu denn das, um Himmels willen?« Er rieb sich heftig die Augen. Seine Haare waren zerwühlt.

»Keine Ahnung«, sagte Anna. Sie schwang die Beine aus dem Bett.

»Wohin willst du?«

»Ich stöpsele das Telefon ins Wohnzimmer um. Sie ruft in einer halben Stunde noch einmal an. Ich will dich nicht stören.«

»Bleib hier. Wann erwartet sie dich?«

»Keine Ahnung«, sagte Anna. »Hört sich an wie morgen.«

»Morgen!« brüllte Quex.

Anna zuckte zusammen.

»Das ist doch einfach lächerlich!« donnerte er.

»Wieso?« fragte sie querköpfig.

»Du willst doch wohl nicht wirklich fliegen?«

»Schrei mich nicht so an!«

»Ich schreie dich nicht an!« brüllte er.

Anna stand auf und nahm das Telefon mit ins Wohnzimmer. Dort war es kalt. Sie zündete das Gasfeuer im Kamin an und schlüpfte in ihren Mantel. Quex stand bibbernd in der Tür.

Er sagte: »Tut mir leid, ich wollte dich nicht anschreien. Möchtest du eine Tasse Tee?«

Anna, die mit dem Telefon auf dem Schoß auf dem Läufer vor dem Feuer saß, sagte: »Warum gehst du nicht wieder ins Bett? Wir brauchen doch nicht beide zu warten.«

Quex ging barfuß in die Küche und setzte den Kessel auf.

Er sagte: »Wie lange würdest du weg sein?«

Anna atmete tief durch, sie war fest entschlossen, nicht die Beherrschung zu verlieren. »Woher soll ich das wissen?« fragte sie. »Wie lange dauert ein Auftrag normalerweise, Quex? Kannst du mir das vielleicht sagen?«

»Schrei mich nicht an.«

»Ich schreie dich nicht an, aber wenn ich nach Sarasota muß, dann muß ich eben nach Sarasota. Ich weiß auch nicht, für wie lange.«

»Du mußt überhaupt nirgendwo hin«, sagte Quex.

Anna zuckte mit den Schultern, und er ging in die Küche, um den Tee zu kochen. Er kam mit zwei Tassen und einer Packung Schokoladenkekse zurück.

»Ich weiß, daß ich mir keinen ungünstigeren Zeitpunkt hätte aussuchen können«, sagte er. Mit zwei Bissen hatte er den ersten Keks verschlungen und kaute schon, fast bedauernd, am zweiten. Anna klammerte sich an ihre Tasse und hoffte, daß das Telefon klingeln würde.

Quex seufzte. »Eigentlich wollte ich dir jetzt noch nichts sagen. Ich will dich nicht drängen. Aber ich habe einiges erledigt, und heute, oder vielmehr gestern, habe ich mich mit meinen Mietern geeinigt. Sie ziehen nächste Woche aus.«

Er nahm sich den nächsten Keks. Anna starrte auf das Muster des Läufers.

»Herrschaftszeiten, Leo!« rief er. »Ich mußte einfach etwas tun. Selwyn dreht langsam durch, und du steckst den Kopf in den Sand. Die Wohnung ist groß genug. Du wirst Selwyn gar nicht bemerken.«

»Das soll wohl ein Witz sein«, sagte Anna barsch.

»Hör mir mal zu«, sagte Quex. »Du hast dir meinen Vorschlag noch gar nicht angehört. Du hast dich entschieden, ohne zu überlegen. Du sagst, es funktioniert nicht, aber das liegt doch nur daran, daß wir hier nicht genug Platz haben. Wir haben noch nie zusammengelebt. Bis jetzt sind wir nur miteinander gegangen. Ich war nicht oft hier. Die meiste Zeit war ich im Ausland. Nun, das schien dich nicht zu stören. Mir war es auch recht. Aber ich habe keine anderen Bekanntschaften gehabt. Ich weiß nicht, wie es mit dir war, und ich will es auch gar nicht wissen. Worauf ich hinaus will, ist folgendes: Als mein Vater starb, hat sich für mich einiges geändert. Es bedeutet nicht nur, daß meine Zeit auf den

Ölfeldern vorbei ist. Ich habe außerdem erkannt, daß wir es miteinander versuchen sollten. Wir hatten doch noch nie eine Chance, Leo. Wir haben es überhaupt nicht probiert. Und hier haben wir wirklich keine Chance. Es ist schlicht und einfach zu eng.«

»So einfach ist es nicht«, begann Anna, obwohl es in gewisser Weise so einfach eben doch war: Während er geredet hatte, war das Wohnzimmer auf Schuhkartongröße zusammengeschrumpft.

»Natürlich nicht«, stimmte Quex zu. »Aber sieh es doch mal so – ich werde nicht die ganze Zeit da sein. Das Gut in Irland wird viel Zeit in Anspruch nehmen, du wirst also viel allein sein, wenn du das willst. Und du weißt doch genau, was mit Selwyn los ist: Es sind die letzten Zuckungen vor den Wechseljahren, mehr nicht. Noch vor Weihnachten ist er wieder mit Bea zuammen, du wirst schon sehen.«

»Ich glaube nicht, daß Bea ihn zurückhaben will«, sagte Anna.

Quex machte ein erstauntes Gesicht. »Natürlich wird sie das wollen«, sagte er. »Sie sind schließlich schon mehr als zehn Jahre verheiratet.«

»Eben.«

»Warum reden wir eigentlich über Bea und Selwyn?« fragte Quex.

»Du hast sie doch ins Gespräch gebracht.«

»Und du benutzt sie, um nicht über uns reden zu müssen.«

»Ich benutze nichts und niemand«, fauchte Anna. »Ich warte lediglich auf einen Anruf. Aber eigentlich hast du nicht ganz unrecht, zwei Uhr in der Früh ist wirklich nicht die richtige Zeit, um etwas so Wichtiges zu besprechen.«

»Aber morgen bist du nicht mehr da«, sagte Quex. »Ich will ja gar keine Antwort von dir. Ich möchte nur, daß du es dir überlegst. Bitte.«

»Na schön.«

Quex seufzte. »Ich meine, laß es dir in aller Ruhe durch den Kopf gehen, als wäre es das Problem von jemand anderem.«

Das Telefon klingelte.

44

Der Flughafen Tampa roch nach Raumspray und Orangen. Die britischen Touristen hatten sich in Charlotte, Nord-Carolina, bis aufs T-Shirt entblättert und scharten sich nun verschüchtert in kleinen Grüppchen um das Gepäckband; Mäntel, Anoraks und Pullover lagen wie abgestreifte Häute um sie herum. Alle sahen benommen und verletzlich aus.

Annas Reisetasche glitt auf sie zu. Sie hob sie vom Band und hinkte zum Ausgang. Sie hatte steife Knie, und ihre Füße waren geschwollen.

Europäer sind so sehr daran gewöhnt, daß es draußen kälter ist als drinnen, daß sich ihr Weltbild mit einem Schlag völlig verkehrt, wenn sie aus dem Flughafengebäude in die milchwarme Nachtluft Floridas hinaustreten. Die automatischen Türen glitten seufzend hinter ihr zu, und Anna stand etwas ratlos vor einer Reihe glänzender großer Wagen.

»Hi!« sagte Lara. »Guten Flug gehabt? Ohne Mantel hätte ich Sie fast nicht wiedererkannt. Packen Sie die Tasche in den Kofferraum, dann können wir fahren.«

Anna nahm verschwommen wahr, daß es sich bei dem Wagen um einen weißen Mercedes handelte, und auch Lara selbst erschien ihr wie ein Schemen in Elfenbein- und Aquamarintönen. Sie war um einiges präsenter als in England, die Haare waren heller, der Akzent ausgeprägter, und wenn sie nicht auch wesentlich mehr Parfüm aufgelegt hatte, mußte der Wagen, genau wie der Flughafen, nach Raumspray riechen. Sie fädelte sich geschickt in den fließenden Verkehr ein und bog in die Spur zur Flughafenausfahrt ein.

»Ich bin ja ständig unterwegs«, sagte Lara. »Deshalb bin ich daran gewöhnt. Ich habe festgestellt, solange ich mich mit meinem Rücken vorsehe, ist alles in Ordnung. Wenn mit dem Rükken etwas nicht stimmt, bin ich die ersten Tage immer fix und fertig. Man muß ständig Wasser trinken, wenn man durch die Zeitverschiebung nicht ganz aus dem Rhythmus kommen will.«

Die Straße schwang sich in einer riesigen Achterbahnschleife über Tampa hinweg.

»Manche Leute behaupten, ohne die Vitamine im Orangensaft ginge gar nichts«, sagte Lara. Es sah fast aus, als ob sie gar nicht lenkte, sondern lediglich hinter dem großen Lenkrad saß. »Aber eigentlich kommt es nur auf die Flüssigkeitszufuhr an. Ich reise nie ohne eine Literflasche Mineralwasser. Und ohne mein Stützkissen natürlich auch nicht.«

Vierspurig ergoß sich der lückenlose Verkehrsfluß auf einem langen Damm geradewegs ins Meer hinein. Zu beiden Seiten schimmerte schwarzes Wasser. Es war eine überwältigende Straße, die sich in ihrem Verlauf offenbar weder vom Land noch vom Meer beeinflussen ließ. Wenn, logisch betrachtet, die kürzeste Verbindung zwischen zwei Punkten eine Gerade ist, dachte Anna, müssen amerikanische Ingenieure beängstigend logische Menschen sein.

»Ja, wo ein Wille ist, ist auch ein Weg«, pflichtete Lara ihr bei. »Ihr Briten wart im letzten Jahrhundert genauso. Aber dann ist euch wohl die Puste ausgegangen.«

»Vielleicht ist uns auch nur der Platz ausgegangen«, sagte Anna müde.

Lara lachte. »Die Vereinigten Staaten sind ein großes Land«, sagte sie. »Es wird Ihnen hier gefallen.«

Anna dachte das gleiche. Schon jetzt kam ihr England winzig, eng und voller Hindernisse vor, während die USA ein Land waren, in dem die Straßen schnurgerade verliefen, sogar quer über das Meer führten, und wo man nicht drei Stunden in einem Flughafen warten mußte, bis das Gepäck auftauchte.

»Sie fragen sich vermutlich, warum ich Sie unbedingt hier haben wollte«, sagte Lara. »Ich habe Ihnen ja schon am Telefon erzählt, daß wir Hugh gefunden haben. Zumindest wissen wir, wo er das Fax aufgegeben hat, nämlich bei einer Firma, die europäische Kleider und Kosmetikartikel importiert.«

»Style File?« fragte Anna. Sie war froh, daß wenigstens ihr Gedächtnis sie nicht im Stich gelassen hatte.

»Woher wissen Sie das?«

»Ich habe C und H Moden gefunden, und es scheint sich dabei lediglich um ein Lagerhaus zu handeln, wo sie die Waren einsammeln, neu verpacken und dann weiterversenden. Anscheinend betätigt sich Chris Garden in Italien als Einkäufer, während Hugh Fellows hier drüben den Verkauf übernimmt. Sie hatten gerade eine Lieferung aus Italien da, die nach Florida verschickt werden sollte.«

»Das hätten Sie mir sagen müssen.«

»Sie haben mir nur Ihre New Yorker Nummer gegeben. Ich wollte keine Nachricht hinterlassen, weil ich nicht wußte, inwiefern Sie die Geschichte an die große Glocke hängen wollen.«

Der Wagen wurde langsamer, und Anna sah, daß sie sich einem hellerleuchteten Straßenabschnitt näherten, der wie ein Grenzübergang aussah. Mautschalter deckten alle sechs Spuren ab. Lara mußte nur kurz abstoppen. Sie warf ein paar Münzen in einen Behälter und gab wieder Gas.

Sie sagte: »Morgen früh können Sie mit Ethan Callow sprechen. Er kann sich kein rechtes Bild davon machen, was Hugh eigentlich vorhat.«

Sie fuhren wieder aufs Meer hinaus. Vor ihnen stieg die Straße in einem atemberaubenden Bogen an, der von zwei angestrahlten Segeln gekrönt wurde. Die Segel entpuppten sich als optische Täuschung, es waren lediglich Stahltrossen, die an zwei schlanken Masten befestigt waren, an denen die Brücke aufgehängt war. Anna hatte noch nie etwas Vergleichbares gesehen. Sie schloß die Augen. Es erschien ihr undenkbar, daß ausgerechnet sie in einem Land, das solche Brücken bauen konnte, etwas Sinnvolles zustande bringen sollte.

»Hören Sie noch zu?« fragte Lara. »Ich kann es mir auch bis morgen aufsparen, wenn Sie wollen?«

»Wäre vielleicht besser«, stimmte Anna zu. »Ich glaube, ich habe mein Gehirn in Gatwick gelassen.«

In der Nacht träumte sie von der Brücke. Ihr Wagen, der Peugeot, ein winziges Wägelchen zwischen den emporragenden Kabeln, starb knapp unterhalb der höchsten Steigung der Brücke ab. Langsam begann er zurückzurollen. Sie konnte die Bremse nicht finden. Es gab ein Dutzend Pedale, aber keines von ihnen verlangsamte den Wagen. Der Wagen wurde immer schneller. Sie riß an der Handbremse und hielt sie auch schon in der Hand. Hilflos raste sie rückwärts die Steigung hinunter.

Schweißgebadet wachte sie auf. Es war drei Uhr morgens, acht Uhr zu Hause. Zeit aufzustehen. Sie knipste das Licht an. Das Hotelbett fühlte sich an, als ob es aus Plastik wäre. Das Unterbett hatte einen Gummirücken. Das Kopfkissen war aus Schaumgummi. Kein Wunder, daß sie schwitzte.

Sie stand auf und ging ins Badezimmer, um sich zu waschen. Sie war von Spiegeln umgeben, und im Neonlicht sah sie gelblich blaß aus. Als sie wieder im Schlafzimmer war, drehte sie die Klimaanlage eine Stufe höher. Jetzt konnte sie bestimmt nicht mehr einschlafen. Sie legte sich aufs Bett, lauschte dem dumpfen Dröhnen des Gerätes und schlief ein.

45

Während Anna am nächsten Morgen ihren frisch gepreßten Orangensaft trank, stellte sie fest, daß das legendäre amerikanische Frühstück doch nicht nur eine Erfindung von aufschneidenden Globetrottern war. Es gab Pfannkuchen und Ahornsirup, Speck und Eier und dünnen Kaffee, soviel sie wollte.

Das Hotel war hermetisch abgedichtet, das Licht war künstlich, die Luft war künstlich. Lara, die harmonisch in Weiß und Zitronengelb gekleidet war, saß Anna gegenüber und trank koffeinfreien Kaffee, während Anna aß.

»Unser Plan sieht folgendermaßen aus«, sagte Lara. »Wir wollen Sie auf Manatee Key unterbringen. Insgesamt gibt es drei dieser kleinen Inseln – San Isabel Key, Manatee Key und Coquina Key. Ethan ist sich zu fünfundneunzig Prozent sicher, daß Hugh auf einer davon ein Haus hat. Es sind alles Urlaubsorte da unten. Sie geben sich als britische Touristin aus, okay? Eine Freundin von mir hat in Manatee ein Ferienhaus, das sie mir zur Verfügung stellt. Dort gibt es einen Tennisclub, Swimmingpool, Restaurant, Sie dürften es also recht wohnlich finden.« Sie schaute auf die Uhr. »Ethan müßte gleich da sein.«

Anna sagte: »Aber was soll ich eigentlich für Sie tun?«

»Cyn finden. Machen Sie sich an sie heran. Überreden Sie sie, wieder nach Hause zu kommen.«

»Es heißt zwar, man soll einem geschenkten Gaul nicht ins Maul schauen«, sagte Anna. »Aber ich kenne sie doch gar nicht. Sie kennen die ganze Familie und Hugh ebenso. Wäre es nicht erheblich weniger umständlich, wenn Sie selbst ...«

»Natürlich. Aber wie Sie schon sagten: Ich kenne Hugh, und Hugh kennt mich. Er hat für mich gearbeitet, und als ich ihn entlassen habe, war er ziemlich wütend. Ich will ihn nicht sehen. Es wäre nicht ratsam, mich persönlich einzumischen. Hugh kann widerspenstig und unausstehlich sein. Er hat etwas gegen mich.«

»Na schön«, sagte Anna.

»Außerdem muß ich mich um meine Geschäfte kümmern. Spätestens morgen früh muß ich wieder in New York sein.«

»Wie soll ich die Sache anpacken?« fragte Anna. »Ich weiß überhaupt nichts von Cyn. Ich weiß nicht, wie sie mit ihrer Mutter ausgekommen ist ...«

»Oh«, begann Lara, doch dann hielt sie inne. Ein kleiner

Mann in einer himmelblau schimmernden Windjacke kam auf ihren Tisch zu.

»Hi, Ethan. Das ist Anna«, sagte Lara.

Ethan nahm seine dunkle Brille ab und gab Anna die Hand. Mit den haarlosen dicken Bäckchen und der blauen Kleidung sah er wie ein Baby aus.

»Hi, Anna«, sagte er und nahm sich einen Stuhl. »Guten Flug gehabt? Ich wollte schon immer mal nach London. Sind Sie zum ersten Mal hier drüben?«

Eine ältere Kellnerin tauchte auf, und Ethan bestellte einen Kaffee. Die Bedienung trug ein knalliges pinkfarbenes Kleid, und Anna hatte plötzlich das Gefühl, daß die drei Amerikaner in Geschenkpapier eingewickelt waren. Ethan Callow sah anders aus, als sie erwartet hatte.

Lara sagte: »Was gibt es Neues, Ethan?«

»Wir haben ihn bis über die Bay Bridge verfolgt, Ms. Crowther«, sagte Ethan. »Er hat schon alle drei Zufahrten zu den Inseln benutzt, aber meist hat er es auf die Bay Bridge abgesehen. Wissen Sie, warum? Er steigt dort in ein anderes Auto um. Gleich hinter der Brücke gibt es eine Bar. Er fährt auf den Parkplatz, geht in die Bar und kommt nicht wieder zum Vorschein. Gleich hinter der Bar befindet sich ein Einkaufszentrum, und ich schätze, daß er die Hintertür nimmt, in einen anderen Wagen steigt, und ab geht die Post. Allerdings kann ich nicht verstehen, wieso der Kerl zu solchen Manövern greift.«

»Wahrscheinlich weiß er, daß Sie ihm folgen«, sagte Lara.

»Mein Wort darauf, er hat keine Ahnung davon, Ms. Crowther. Gestern abend hat ihn ein Kollege übernommen, und wir benutzen nie zweimal hintereinander dasselbe Fahrzeug. Was ist er eigentlich für ein Mensch?«

»Ein zwielichtiger«, sagte Anna.

»Nun, er könnte in irgendwelchen Schwierigkeiten stecken«, sagte Lara fast gleichzeitig. »In London ist er nämlich in krumme Geschäfte verwickelt. Anna hat ihn ein bißchen unter die Lupe genommen. Aber das interessiert uns nur am Rande. Wir müssen wissen, wo er wohnt.«

»Daran arbeiten wir ja gerade«, sagte Ethan. Sein Kaffee kam. Er rührte sich Kaffeeweißer und Süßstoff hinein.

»Aber dadurch sieht der Auftrag jetzt doch etwas anders aus«, fuhr er fort. »Ich möchte nicht, daß womöglich einer von meinen Leuten in eine Sache hineinschlittert, auf die er nicht vorbereitet ist.«

»Wie denn?« sagte Lara. »Sie kommen doch gar nicht in seine Nähe. Sie brauchen nicht einmal mit ihm zu reden. Wir wollen nur wissen, wo er wohnt.«

»Okay«, sagte er. »Hauptsache, wir wissen beide, woran wir sind.«

Lara sagte: »Ich bringe jetzt Anna nach Manatee. Aber ich möchte, daß Sie mit ihr in Verbindung bleiben. Sobald sie Hughs Adresse haben, geben Sie uns Bescheid, ja?«

»Wird gemacht, Ms. Crowther.« Er trank seinen Kaffee aus. »Nett, Sie kennengelernt zu haben, Anna. Wenn Sie etwas brauchen, rufen Sie mich bitte an.« Er drückte Anna seine Visitenkarte in die Hand und ging.

»Ich weiß nicht recht«, sagte Lara zweifelnd. »Er ist so langsam.«

»Es sind ja erst zwei Tage«, erinnerte Anna sie. »Und er konnte auch nicht wissen, daß Hugh Räuber und Gendarm spielen wollte.«

»Nein«, stimmte Lara ihr zu. »Kommen Sie, brechen wir auf.«

Anna, die noch nicht einmal wußte, wie das Wetter draußen war, hatte nichts dagegen einzuwenden.

Sie wurde nicht enttäuscht. Die Sonne strahlte, das Meer war blau. Kleine Boote dümpelten auf dem Wasser, und große Wagen glitten wie Schiffe über die lange Brücke zu den Keys. Jedes zweite Gebäude beherbergte einen Club: Belvedere Club, Cottonwood Club, San Isabel Key Club. Sie standen weitab von der Straße hinter Reihen von Palmen und weiten Rasenflächen, sie hatten Rokokotore und Säulen. Zu beiden Seiten der Straße lagen Golfplätze.

»Spielen Sie Golf?« fragte Lara, und Anna schüttelte den Kopf.

»Die Gegend hier ist zu flach für ein interessantes Spiel«, fuhr Lara fort. »Aber zum Lernen ist sie ideal. Gefällt es Ihnen bis jetzt?«

»Kann man wohl sagen«, versicherte Anna ihr. »Es sieht hier genauso aus wie auf den Ansichtskarten, von denen ich schon immer so begeistert war. Vielleicht erzählen Sie mir lieber etwas über Cynthia Garden, bevor ich noch ganz vergesse, warum ich eigentlich hier bin.«

»Cynthia, na gut«, sagte Lara. Der weiße Mercedes schnurrte mit siebzig Stundenkilometern fast geräuschlos die Straße entlang.

»Cyn war ein ziemlich durchschnittlicher Teenager«, sagte sie schließlich. »Zumindest kam sie mir so vor. Ich fand sie weder außergewöhnlich klug noch außergewöhnlich schön. Sie konnte gut mit Gästen umgehen. Aber mit fünfzehn wurde sie ein bißchen fülliger und fing an, sich für Kleider und Jungen zu interessieren. Ich habe mich oft über sie geärgert, weil sie ständig etwas von Penny wollte. Sie ist nie auf den Gedanken gekommen, daß Penny nicht einfach alles stehen und liegen lassen konnte, nur um sie ins Kino, in die Disco oder zum Einkaufen zu chauffieren. Sie hat nicht eingesehen, daß es Pennys Arbeit war, der sie alles zu verdanken hatte. Sie fand das Leben auf dem Land langweilig. Sie hat sich beklagt, daß sie nie jemand kennenlernte. Genau wie ihr Vater.«

»Nicht gerade Ihr Lieblingskind«, sagte Anna.

»Vernarrt war ich jedenfalls nicht in sie«, gab Lara zu. »Aber ich habe selber nie Kinder gehabt, vielleicht habe ich sie deshalb einfach nicht verstanden. Wahrscheinlich kommen solche Reibereien in den meisten Familien vor. Mir ging es schließlich in erster Linie um Penny, und ich hatte den Eindruck, daß sowohl die Tochter als auch der Herr Gemahl Ansprüche an sie stellten, denen sie einfach nicht gerecht werden konnte.«

»Und wie haben Cyn und Hugh Fellows sich kennengelernt?«

»Auf einer Party, als ich Hugh meinen Designern vorstellte. Wir tranken Tee draußen im Garten. Hugh hat seinen Charme spielen lassen, und Penny und der Herr Gemahl verstanden sich auf Anhieb prächtig mit ihm. Ich kann mich nicht mehr genau erinnern, aber ich glaube, Cyn kam später hinzu. Sie hat keinen bleibenden Eindruck hinterlassen.«

»Und später?«

»Das kann ich nicht sagen. Hugh war bestimmt noch ein paarmal für mich in Oakleigh. Danach ist er wahrscheinlich immer hingefahren, wenn er Lust dazu hatte.«

»Was sagt Penny dazu?«

»Bis alles auseinanderbrach, hat sie kaum mal ein Wort über ihn verloren. Ich wußte nicht, daß er öfter zu Besuch war. Hätte ich es geahnt, hätte ich sie vermutlich gewarnt.«

»Wovor?«

Lara antwortete eine Weile nicht. Der Verkehr wurde dichter, bis er schließlich ganz zum Erliegen kam. Kurz vor einer Brücke mußten sie anhalten. Eine Schranke senkte sich über die Straße, ein Rotlicht blinkte. Auf der anderen Seite der Bucht konnte Anna die Hochhäuser von Sarasota aus dem Dunst ragen sehen. Sie wirkten meilenweit entfernt, unerreichbar. Zur Rechten lag der Golf von Mexiko, von dem aus eine einsame Yacht auf die Brücke zusteuerte.

Lara sagte: »Es ist so, ich wußte, daß Hugh nicht ganz astrein war. Natürlich konnte ich nicht ahnen, daß er wirklich krumme Dinger drehte, aber er hat immer erwartet, daß ihm der Erfolg in den Schoß fällt. Er wollte schnell reich werden, wogegen an sich nichts auszusetzen ist. Aber ich bin schon lange im Geschäft. Ich habe einen guten Ruf zu verlieren.« Sie beugte sich vor und drehte das Radio an. Eine Männerstimme sagte: »Nur einen Tag lang. Lassen Sie sich diese Gelegenheit nicht entgehen. Gewaltige

Preisnachlässe beim Möbelkauf!« Sie knipste es wieder aus und lehnte sich zurück. Langsam klappte die Brücke in zwei Teile.

Lara sagte: »Im nachhinein ist man immer klüger. Finden Sie es nicht auch sonderbar, wie unausweichlich einem die Vergangenheit später vorkommt? Ich meine, alles, was ich Penny vor zwei Jahren hätte sagen können, hätte sich sehr verschwommen und gehässig angehört. Aber wenn ich zurückblicke, glaube ich fast, ich habe alles ganz genauso kommen sehen.«

Die Yacht tuckerte genau zwischen den beiden Brückenteilen hindurch und hielt auf Sarasota zu.

»Penny hat mir erzählt, daß sie keine Ahnung hatte. Überhaupt keinen Verdacht«, sagte Lara. »Als Cyn plötzlich weg war, dachte sie, sie wollte ihren Vater in London besuchen. Penny hatte den ganzen Tag im Atelier gearbeitet. Cyn war am Morgen wie jeden Tag zur Schule gegangen. Am Abend kam sie nicht nach Hause. Sie ist überhaupt nicht wieder nach Hause gekommen. Als schließlich alles herauskam, erfuhr Penny von der Schule, daß Cyn schon seit Monaten ab und zu den Unterricht geschwänzt hatte. Vor ihren Freundinnen hatte sie damit angegeben, daß sie mit einem älteren Mann nach Mexiko durchbrennen wollte, um da zu heiraten. Penny sagt, daß ihr das keiner geglaubt hat. Sie hatte nämlich die Angewohnheit, sich ständig in Szene zu setzen.«

»Sie sind verheiratet?« fragte Anna. »Und Sie reden von ihr wie von einem kleinen Schulmädchen.«

»Ich weiß nicht, ob sie verheiratet sind«, rief Lara aus. »Es kümmert mich einen Dreck, was sie gemacht haben und was nicht.«

»Aber wenn sie verheiratet sind«, sagte Anna, »kann ich sie doch nicht einfach überreden, nach Hause zu kommen. Wie alt ist sie überhaupt?«

»Nicht alt genug«, blaffte Lara. »Wenn die Kleine ihr eigenes Leben ruinieren will, ist das ihre Sache. Aber was sie aus Penny gemacht hat, kann ich einfach nicht hinnehmen.«

Anna drehte sich zur Seite, um sie anzusehen. An dem glatt geschminkten Gesicht ließ sich nichts ablesen. Nur die Stimme klang rauh. Die Brückenteile klappten herunter, die Schranke ging hoch. Lara ließ den Wagen an, und sie fuhren weiter.

»Wie ich es hasse, auf diese verdammten Boote zu warten«, sagte Lara.

Was, zum Teufel, will ich eigentlich hier? dachte Anna. Quex hatte recht. Lara hatte sich von einer Laune leiten lassen, sie hatte sich das Ganze nicht gründlich genug überlegt. Sie verlangt, daß ich mich in das Leben fremder Leute einmische, und dazu hat sie nicht das Recht. Aber während sie schweigend über Manatee Key fuhren, mußte Anna zugeben, daß auch sie selbst es überhaupt nicht durchdacht hatte. Außerdem war es ihr Beruf, sich in das Leben von Fremden einzumischen.

Verstohlen tastete sie in der Brusttasche nach ihrem Paß und dem Rückflugticket. Bei dem Blick in Laras verschlossenes Gesicht kam es ihr klüger vor, sich eine Fluchtroute offenzuhalten.

Lara war ihre Bewegung nicht entgangen, sie schaute kurz herüber. Anna sagte: »Es dürfte nicht allzu schwer sein, Chris Garden aufzuspüren.«

»Wen?«

»Chris«, sagte Anna. »Den Herrn Gemahl. Meine Quelle bei C und H Moden hat mir verraten, daß er sein Lager in Mailand aufgeschlagen hat.«

»Gut, aber erst, wenn ich mit Cyn fertig bin«, sagte Lara kurz angebunden.

Anna lehnte sich zurück und sah aus dem Fenster.

Lara lenkte ein. »Er geht bestimmt nicht mehr zu Penny zurück«, sagte sie. »Aber man sollte ihn dazu zwingen, etwas Verantwortung zu übernehmen. Er muß sich mit ihr in Verbindung setzen, sie müssen die Lage klären.«

»Finden Sie es nicht auch eigenartig«, meinte Anna, »daß sowohl ihr Mann als auch ihre Tochter abgehauen sind, ohne ein Wort zu sagen? Bis ich bei C und H war und mit jemandem geredet habe, der ihn in letzter Zeit noch gesehen hat, dachte ich, er wäre vielleicht tot.«

»Tatsächlich?« Lara klang belustigt. »Das hätte die Lage dann endgültig geklärt.«

Anna warf ihr einen scharfen Blick zu.

Lara sagte: »Hören Sie, keiner von beiden, weder Cyn noch der Herr Gemahl, gibt einen Dreck um Penny. Sie haben sie nach Strich und Faden ausgenommen, und als das Geschäft pleite machte und die Quelle nicht mehr sprudelte, sind sie verduftet. So einfach ist das. Als Vater war er sowieso eine Niete. Der einzige Mensch, der in dem Haus jemals etwas für einen anderen übrig hatte, war Penny.«

»Aber ein bißchen mehr steckt doch dahinter«, sagte Anna. »Schließlich verkaufen Chris und Hugh immer noch ihre Modelle. Das kommt mir vor wie reine Bosheit.«

»Könnte sein«, sagte Lara fast gleichgültig. »Aber vielleicht sind sie erst auf die Idee gekommen, noch einmal abzukassieren, als sie den Konkursverwalter kennengelernt haben. Hören Sie, Anna, vergessen Sie den Konkurs. Ich habe Sie hergeholt, damit Sie sich um Cyn kümmern, und wenn Sie nichts dagegen haben, werden wir genau das tun.«

46

Die Tennisanlage von Manatee Key scharte sich wie ein Dorf um das Clubhaus und zehn Tennisplätze. In der Mitte gab es eine runde Verkehrsinsel mit einem Springbrunnen, der die Beete aus roten Weihnachtssternen mit Wasser versorgte und von dem aus strahlenförmig Wege zu den Häusern abgingen. Die Häuser waren aus Holz, recht hoch und cremefarben gestrichen. Sie sahen nagelneu aus.

Lara lenkte den Wagen langsam die Straße hinunter, die zum Meer führte. Das Haus, vor dem sie anhielt, sah aus wie alle anderen: Es hatte eine auf antik getrimmte Tür, die etwas versetzt neben der Garage ins Haus ging, zwei Schatten spendende Palmen im Vorgarten und zwei Stockwerke über der Garage. Lara schloß auf. Von einer kleinen Diele aus führte eine Treppe hinauf ins Wohn- und Eßzimmer. Der Raum wurde von einer riesigen Schiebetür aus Glas beherrscht, durch die man eine herrliche Aussicht aufs Meer hatte.

Auf Anna, die etwas anderes erwartet hatte, machte es nicht den Eindruck eines Zuhause, und falls dort tatsächlich jemand lebte, mußte es erst kürzlich renoviert worden sein. Es erinnerte sie an Bilder, die sie aus Illustrierten kannte: Alle Stücke waren aufeinander abgestimmt. Die Tische waren aus Glas, der Stoffbezug des langen, niedrigen Sofas paßte zur Tapete. Die japanischen Farbdrucke an den Wänden harmonierten mit den Seidenblumengestecken auf den Regalen und in den Nischen.

»Hübsch, was?« sagte Lara und ließ den Blick durch das Zimmer gleiten. »Hier nebenan ist die Küche, mit allen Schikanen ausgestattet, Spülmaschine, Kühlschrank, Eiswasserkühler, Waschmaschine, Trockner.«

Sie führte Anna eine Treppe höher. Oben gab es zwei Schlafzimmer und zwei Bäder.

»Welches?« fragte Anna.

»Welches Sie wollen.«

»Und Ihrer Freundin macht das nichts aus?«

»Meiner Freundin? Ach, was. Sie kommt nur ab und zu hierher. Wahrscheinlich will sie in der Wohnung nur ihren Lebensabend verbringen. Sie hat noch andere Immobilien.«

Anna suchte sich das größere der beiden Zimmer aus, das auf den Golf hinausging. Vor dem Hintergrund des frischen Anstrichs und der neuen Möbelstoffe sah ihre Reisetasche recht schäbig aus. Als sie sich unvermittelt in einem der vielen großen Spiegel erblickte, kam sie sich ebenfalls schäbig vor.

Lara hatte offenbar den gleichen Gedanken. Sie sagte: »Sie können etwas Farbe im Gesicht vertragen.«

Sie gingen wieder nach unten. Da Lara sie noch immer kritisch musterte, setzte Anna sich mit dem Rücken zum Licht.

Lara sagte: »Auf dieser Insel stinkt es nach Geld.«

Es klang fast wie eine Warnung, und Anna rutschte unruhig auf dem Stuhl hin und her. Lara atmete tief durch. »Hören Sie«, sagte sie. »Wenn Sie hier nicht auffallen wollen, sollten Sie vielleicht ein bißchen Tennis spielen und sich auch äußerlich entspannen. Im Clubhaus kann man Freizeitkleidung in Hülle und Fülle kaufen. Sie werden ein paar Tage hier bleiben müssen, wie lange genau, weiß ich auch nicht, aber ich möchte nicht, daß Sie ins Gerede kommen.«

Anna sagte: »Hugh Fellows wohnt vielleicht gar nicht auf dieser Insel. Und vielleicht ist Cynthia gar nicht mehr mit ihm zusammen.«

»Stimmt«, gab Lara zu. »Aber da ich Sie nun einmal hierher verschleppt habe, können Sie genausogut das Beste daraus machen.« Sie stand auf. »Kommen Sie«, sagte sie. »Jetzt sehen wir uns erst mal Ihren Wagen an, und dann bringe ich Sie ins Clubhaus und stelle Sie unserer Geschäftsführerin vor.«

Der Wagen stand in der Garage, ein weißer Ford Tempo mit Hertz-Plaketten. Der Schlüssel steckte im Schloß.

»Wenn Sie einen größeren wollen«, sagte Lara, »tauschen Sie ihn einfach um.«

Vielleicht lag es ja nur an der Zeitumstellung, aber Anna hatte das Gefühl, völlig den Boden unter den Füßen zu verlieren. Während sie im Mercedes die wenigen Meter zum Clubhaus zurücklegten, hätte sie beinahe laut losgelacht. Sie war tatsächlich nur die Beifahrerin, vollkommen passiv. Ihre Chancen, bei der Suche nach Cynthia aktiv werden zu können, standen schlecht. Wie sollte sie jemand finden, den sie nicht kannte, wie sollte sie an einem Ort suchen, den sie ebenfalls nicht kannte? Die Tatsache, daß Lara anscheinend von ihr erwartete, daß sie sich in einem luxuriösen Haus einrichtete, mit der Geschäftsführerin des Tennisclubs anfreundete und unter eine Menge gutbetuchter Leute mischte, machte die ganze Angelegenheit nur noch lächerlicher. Was dachte sich Lara eigentlich, wofür sie sie bezahlte? In der Garage stand ein Wagen mit sage und schreibe fünfhundert Kilometern auf dem Tacho, und Anna konnte ihn »umtauschen«, wenn er ihr nicht gefiel. Sie merkte, daß sie wie eine Schwachsinnige vor sich hin grinste.

Das Clubhaus war im Kolonialstil erbaut, es hatte eine Veranda, die rings um das ganze Gebäude lief. In seinem Schatten standen weiße Gartenmöbel, einige Menschen im weißen Tennisdreß saßen an den Tischen und tranken Erfrischendes aus Dosen und Pappbechern.

Lara führte sie ein paar Stufen hinauf in einen kühlen Laden. Ein schmaler Gang zwischen Ständern mit Sport- und Freizeitkleidung führte zu einer Theke, hinter der drei Frauen standen. Eine von ihnen, eine Frau von etwa sechzig Jahren, kam auf sie zu.

Lara sagte: »Ich warte auf Elaine.«

Elaine telefonierte. Den Hörer hatte sie sich zwischen Kinn und Schulter geklemmt, damit sie während des Gesprächs noch einen Pullover zusammenfalten konnte. Sie sagte gerade: »Wissen Sie, wenn Sie Frank anrufen, kann er Ihnen gleich Bescheid sagen. Wenn ich Frank anrufe, erreiche ich ihn womöglich nicht. Oder ich erreiche ihn doch, und kann Sie dann nicht mehr erreichen ... ja, der Platz ist reserviert ... morgen früh, acht Uhr dreißig ... ja, ich rate Ihnen wirklich, Frank selbst anzurufen ... Okay. Auf Wiederhören.« Sie legte auf, klappte ein dickes Buch auf und schrieb etwas hinein. Gleichzeitig sagte sie, fast ohne hochzusehen: »Sie sind gewiß Ms. Crowther. Was kann ich für Sie tun?«

Lara sagte: »Ich möchte Ihnen Anna vorstellen, sie wohnt in Nummer siebzehn.«

Hinter einem Ständer mit Jogginganzügen rief jemand: »Elaine, wo haben Sie denn die Zwölfer?«

Elaine sagte: »Weiter rechts. Hallo, Anna, sind Sie zum ersten

Mal bei uns?« Sie war klein, dunkel und hatte sprühende Augen. »Sie braucht nie im Leben eine Zwölf«, sagte sie mehr zu sich selbst. »Sie wohnen also in Nummer siebzehn. Es wird Ihnen hier bestimmt gefallen. Möchten Sie auch Tennis spielen?«

Lara sagte: »Ich wäre Ihnen dankbar, wenn Sie Anna ein paar Partien vermitteln könnten. Es wäre auch gut, wenn ich für sie ein Konto einrichten könnte. Sie wird eine Ausrüstung und noch ein paar andere Sachen brauchen.«

»Wie Sie wünschen, Ms. Crowther.« Elaine musterte Anna kurz, aber scharf. »Sie brauchen wahrscheinlich Größe zehn, würde ich sagen. Die Teile mit grauen Preisschildern sind um vierzig Prozent herabgesetzt. In welcher Klasse spielen Sie?«

Lara sagte: »In England haben sie keine Spielklassen, aber ich schätze sie in etwa auf drei-fünf ein.«

Anna fühlte sich wie ein kleines Mädchen, das mit seiner Mutter einkaufen ging.

»Gut, Anna. Es ist hier nämlich so«, begann Elaine, wurde aber von einem alten Mann in weißen Shorts unterbrochen, der auf die Theke zugeschlendert kam und sagte: »Wo haben Sie die Griffbänder, Elaine?«

Anna fragte sich, womit eigentlich die anderen Frauen ihr Geld verdienten. Elaine bei der Arbeit zuzusehen, war fast so aufregend, wie einen Jongleur bei seinen Kunststücken zu bewundern.

Elaine sagte: »Sehen Sie, Anna, weil Sie innerhalb der Anlage wohnen, sind Sie automatisch Mitglied. Ich kann Ihnen also eine Partie vermitteln, aber ich möchte Sie nicht mit Mitgliedern zusammenbringen, für die Sie womöglich zu gut sind. Andersherum wäre es natürlich auch nicht schön für Sie. Also schlage ich vor, Sie spielen erst einmal mit einem unserer Trainer, der Sie dann in die für Sie passende Kategorie einstufen kann.«

»Das wäre fein«, sagte Lara. »Heute noch?«

Elaine klappte ein anderes Buch auf. »Um vier Uhr ist etwas frei geworden. Wäre Ihnen das recht? Am besten kommen Sie um halb vier wieder, damit ich Ihnen noch einen Schläger und so weiter geben kann. Okay?«

Anna sagte: »Vielen Dank.«

In diesem Moment füllte sich der Laden plötzlich mit Männern und Frauen, die Elaine begrüßten und die Waren betasteten.

»Seitenwechsel«, sagte Lara. »Gehen wir einen Happen essen. Ich muß bald zurück aufs Festland.«

Das Restaurant lag hinter den Umkleidekabinen und Duschen, hinter der Sauna, der Bar und den Büros. Panoramafenster führten auf der einen Seite zum Swimmingpool hinaus, auf der anderen auf einen Tennisplatz. Der Pool war leer.

Lara bestellte sich einen Salat mit Spinat und Schinken. Anna bestellte sich aus Neugier ein STS, nur um zu sehen, was das war. Sie hatte keinen Appetit, ihr Gewissen machte ihr zu schaffen.

Schließlich sagte sie: »Hören Sie, diese Sache hier muß Sie doch ein Vermögen kosten, und dabei wissen Sie noch nicht einmal, ob überhaupt etwas dabei herauskommt.«

»Überlassen Sie die Entscheidung ruhig mir«, sagte Lara. »Ich beurteile Sie als realistischen, vernünftigen Menschen. Wenn Sie Cynthia nicht zurückholen können, können Sie uns wenigstens sagen, wie es ihr geht. Es bringt Penny um den Verstand, daß sie nichts von ihr hört. Sicher, das könnte auch ein einheimischer Detektiv erledigen. Aber Cyn ist Engländerin, und Sie sind auch Engländerin, deshalb wäre es mir lieber, wenn Sie mit ihr reden würden. Wenn Sie es nicht schaffen, haben wir eben Pech gehabt. Dann ist für Sie wenigstens ein schöner Urlaub dabei abgefallen.«

»Was ist mit der Konkursmasse von Garden Party?« fragte Anna. »Soll ich mich weiter darum kümmern?«

»Könnten Sie machen«, sagte Lara. »Nur interessehalber. Wir haben ja bereits festgestellt, daß C und H sie aufgekauft hat. Wie moralisch es bei dem Verkauf zugegangen ist, weiß ich nicht, aber bezahlt haben sie die Waren. Jetzt müssen wir uns auf Pennys verdammte Familie konzentrieren.«

»Ihnen ist es gleichgültig, was Hugh Fellows hier sonst noch vorhat?«

»Falls er überhaupt etwas vorhat.«

»Oh, ganz bestimmt«, sagte Anna. »Ethan Callow weiß das auch.«

»Nun, egal, was es ist, halten Sie sich da raus«, sagte Lara. »Ich möchte nicht, daß Sie in irgend etwas verwickelt werden. Ihre Aufgabe ist rein sozialer Natur.«

»Sie sind der Boß«, sagte Anna. Der Satz brannte ihr schon den ganzen Tag auf der Zunge. Lara nickte.

Das STS entpuppte sich als ein Sandwich mit Speck, Tomaten und Salat, das so dick war, daß es mit einem Zahnstocher zusammengeklammert werden mußte. Bei seinem Anblick bekam Anna sofort einen Bärenhunger. Draußen in der heißen Sonne konnte sie einen sehnigen, braungebrannten Tennislehrer bei der Arbeit sehen. Neben ihm stand ein mit gelben Bällen gefüllter Einkaufswagen. Perfekte Schläge, dachte sie, während sie an die Stümper aus dem Battersea Park denken mußte.

Sie fragte: »Was hat Mr. Brierly gesagt, als Sie ihm erzählt haben, daß ich komme?«

Lara zuckte die Achseln. »Man sollte ihn öfter mal daran erinnern, daß derjenige, der bezahlt, auch bestimmen darf, wo es langgeht.«

Anna grinste. Sie wünschte, sie hätte das Gespräch mithören können.

Lara sagte: »Vielleicht sollten Sie ihn noch mal anrufen, um zu hören, ob er sich inzwischen wieder beruhigt hat.«

Schlagartig war Anna das Grinsen vergangen.

47

Das Meer sah aus wie ein blaues, gepflügtes Feld. Anna saß auf der Veranda und erledigte ihre Telefongespräche. Die Sonne fiel durch den dichten Sichtschutz und wärmte ihr die Beine.

Mr. Brierly sagte: »Das war unverantwortlich von Ihnen, Miss Lee, ganz und gar unverantwortlich. Letztendlich bin schließlich ich es, der Ihr Gehalt bezahlt, nicht Mrs. Crowther. Das sollten Sie nicht vergessen. Und sie sollte nicht vergessen, daß es zwischen unseren Ländern einen Zeitunterschied von fünf Stunden gibt, und mich nicht noch einmal um vier Uhr morgens aus dem Bett holen. Und was den Fall selbst angeht, so wurde er mir als Nachforschung über das Verschwinden verschiedener Strickwaren beschrieben. Von verschwundenen Personen war nicht die Rede. Ihr Mangel an Aufrichtigkeit ist beklagenswert.«

Um sich von Mr. Brierlys Breitseite zu erholen, brauchte Anna eine Tasse Tee. Aber die Schränke in der makellosen Küche waren leer. Dagegen mußte sie etwas tun. Inzwischen rief sie erst einmal Quex an.

Er sagte: »Schön, daß du anrufst. Ich habe mir schon Sorgen gemacht.«

»Brauchst du nicht«, sagte Anna. »Wenn du mich hier sehen könntest. Es ist wie ein Palast im Paradies.«

»Platz genug für zwei?« fragte er, nur halb im Spaß.

»Platz genug für zwei Familien«, antwortete sie seiner humorvollen Hälfte.

»Na gut, aber melde dich wieder«, sagte er. »Und handele dir keinen Ärger ein, ja?«

»Ach was, du kennst mich doch.«

»Eben«, sagte er. Er klang deprimiert. »Ich vermisse dich.«

»Versuch es mal im Fundbüro.« Aber über die alten Witze konnte Quex nicht mehr lachen, und neue wollten ihr nicht einfallen.

Sie erkundete die Küche. Mit Ausnahme von Eiswürfeln im Überfluß fand sie nicht einen eßbaren Bissen. Selbst Salz- und Pfefferstreuer waren leer. Es sah so aus, als hätte hier noch nie jemand gelebt. Waschpulver und Spülmittel fehlten ebenfalls. Sie weitete ihre Suche aus. Die Bettwäsche sah ebenfalls aus, wie gerade erst gekauft. Die Seife war neu. Aber es gab keinen Reiniger, um das Badezimmer oder die Dusche zu putzen. Sie machte sich eine Liste. Es war Zeit, eine Testfahrt mit dem Wagen zu unternehmen und das Geschäftsviertel von Manatee Key kennenzulernen, falls es denn überhaupt eines gab.

Das Bay Plaza Einkaufszentrum befand sich am nördlichen Ende der Insel, kurz vor der Brücke nach Coquina und kurz nach einem Fahrdamm zum Festland. Unzählige Parkplätze vor unzähligen Läden. Die Auswahl war verwirrend groß, und Anna hätte Stunden mit dem Einkaufen verbringen können, wenn sie nicht um halb vier verabredet gewesen wäre. Aber alles war leicht zu finden und übersichtlich angeordnet, und auf Schritt und Tritt fielen ihr Unterschiede zu London auf. Der unerhörte Luxus, einen Parkplatz zu finden. Das glatte, gesunde Aussehen der Kunden. Man mußte nicht Schlange stehen. Die alten Leute hatten keine Zahnlücken. Es gab kaum Hunde oder Kinder.

Als letztes kaufte sie sich eine Landkarte und fuhr dann zum Tennisclub zurück. Von nun an galt es, sich einzufügen und anzupassen, wie Lara es ausgedrückt hatte. Und dazu gehörte als erstes, ihre Spielstärke beurteilen zu lassen.

Aber dafür mußte sie sich zunächst als Clubmitglied verkleiden, was ohne Elaine ein sehr teures Unterfangen gewesen wäre. Mit ihrer Hilfe wurde es nur ein einigermaßen kostspieliges Vergnügen. Elaine nahm sie kurz in Augenschein, während sie gleichzeitig telefonierte und einen Stapel Reebok-Schuhe mit Schnürsenkeln versah, und schickte sie von einem Sonderangebot zum nächsten. Andere Mitglieder waren kaum zu sehen. Gartensprenger berieselten sanft alle Plätze, bis auf die beiden, die dem Clubhaus am nächsten lagen.

Anna setzte sich auf die Westseite der Veranda neben einen großen roten Getränkeautomaten mit der Aufschrift »Enjoy Coca-Cola« und wartete. Die Sonne schien ihr in die Augen. Auf dem hintersten Platz unterrichtete ein großer blonder Mann mit lauter Stimme neun Kinder, von denen einige so aussahen, als ob sie kaum den Schläger halten konnten, so jung waren sie noch. Eine Gruppe von Eltern oder Großeltern schaute ihnen aus dem Schatten her zu.

Die Trainerstunde auf Platz eins ging zu Ende. Der Mann mit den perfekten Schlägen sagte: »Sie haben oben im Norden zuviel Squash gespielt, Freddy. Wir müssen Ihnen erst wieder abgewöhnen, aus dem Handgelenk heraus zu spielen. Ansonsten sind Sie gut in Form.«

Sein Opfer, ein Mann mittleren Alters mit langem Rumpf und kurzen Beinen, murmelte etwas, was Anna nicht verstand, und begann, die Bälle aufzusammeln. Sie hatte nicht den Eindruck, als ob er gut in Form wäre. Er sah eher so aus, als ob er gerade bei strömendem Regen einen Marathonlauf absolviert hätte.

Anna ging über die grasbewachsene Böschung hinunter zum Platz. Der ältere Mann legte die Brille in den Einkaufswagen und sagte: »Tolles Training, Lewis.«

Lewis sagte: »Bis morgen.« Er wandte sich Anna zu. »Sie müssen Anna sein, habe ich recht?« Er gab ihr die Hand. Sie war trocken, und er selbst sah tadellos aus.

»Sie sind aus London?«

»Stimmt.«

»Ich war schon ein paarmal drüben«, sagte er. »Wegen Wimbledon. In Bristol habe ich auch schon gespielt.«

»Und woher kommen Sie?« fragte Anna. Die USA konnten es nicht sein.

»Ballarat«, sagte er und lachte.

»Australien?« fragte Anna. »Na, das erklärt einiges. Ich habe Ihnen vom Restaurant aus zugesehen, und Sie haben mich sehr an Ken Rosewall erinnert.«

»Tatsächlich?« sagte er. »Nun ja«. Der Vergleich schien ihm nicht zu mißfallen. »Dann wollen wir uns mal einschlagen.«

Anna, die noch nie mit einem Profi gespielt hatte, war zunächst etwas verlegen, doch nach ein paar Ballwechseln begann es ihr Spaß zu machen. Lewis konnte den Ball beliebig schnell an jede beliebige Stelle plazieren. Er wollte sie nicht schlagen. Er wollte sie noch nicht einmal aus dem Rhythmus bringen, sondern er gab ihr statt dessen einen vor. Da er sie nicht in Bedrängnis brachte, war sie für jeden ihrer Fehler selbst verantwortlich.

Der Platz war in einem ausgezeichneten Zustand, der neue Schläger fantastisch, und in der strahlenden Nachmittagssonne kamen Anna die Bälle so groß wie Grapefruits vor. Nichts erinnerte an Battersea Park. Das einzige, was ihr zu schaffen machte, war der Schweiß. Sie hatte zunächst nicht bemerkt, wie schwül es war. Aber schon bald war sie tropfnaß. Als ihre halbe Stunde vorbei war, hatte sie schrecklichen Durst und hätte eine weitere halbe Stunde im Wäschetrockner vertragen können. Lewis' Hand war noch immer völlig trocken.

»Okay, Anna«, sagte er, als sie die Bälle aufgesammelt hatte. »Elaine teilt Sie dann ein, wenn ich mit ihr gesprochen habe.«

Anna hätte ihn beinahe gefragt, in welche Spielklasse er sie einstufen würde, aber da er es ihr nicht von sich aus sagte, verkniff sie es sich lieber. Die Antwort sollte sie nie erfahren. Drei riesige Teenager warteten schon neben dem Platz, sie hüpften herum, als ob in ihren Adern die Hormone und überschüssigen Vitamine siedeten.

»Na, wie war's?« fragte Elaine, als sie in den kühlen Laden kam. Sie hängte gerade Shorts und Röcke weg. In der Ecke bespannte ein anderer muskulöser, blonder Mann einen Schläger.

»Toll«, sagte Anna.

»Bißchen anders als in England«, sagte der blonde Mann. »Ich war mal drüben, da hat es in einer Tour geregnet.«

Elaine sagte: »Sie sehen erledigt aus. War die halbe Stunde

zuviel für Sie?« Sie sah aus, als ob sie sich im stillen köstlich amüsierte.

»Er macht einem ganz schön Beine«, sagte Anna.

»Lew ist der Beste«, sagte Elaine. »Er ist schwer in Ordnung.«

Diese Bemerkung schien auf den großen blonden Mann abgezielt zu sein. Er verzog das Gesicht. Selbst seine Gesichtsmuskeln wirkten überentwickelt.

»Sind Sie mit Ms. Crowther verwandt?« fragte Elaine.

»Nicht direkt«, sagte Anna.

»Ich dachte nur.« Elaine hängte ein Hemd auf einen Bügel.

»Elaine muß immer alles wissen«, sagte der blonde Mann. »Sie hat noch nie einen Namen oder ein Gesicht vergessen. Was sie nicht weiß, muß sie herauskriegen.«

»Mrs. Feiffer holt um halb fünf den Schläger ab«, sagte Elaine. »Sollten Sie sich nicht ein bißchen ranhalten?«

48

Als Anna aus der Dusche kam, klingelte das Telefon. Sie ging im Schlafzimmer an den Apparat.

Elaine sagte: »Hi. Ich habe Sie in einer Partie mit Sabine Mueller, Betsy Hicks und Marcia Gold untergebracht. Halb neun morgen früh. Okay?«

»So schnell?« sagte Anna, während sie versuchte, das Wasser aus den Haaren nicht auf den Teppichboden tropfen zu lassen.

»Normalerweise ist Carol Biermann ihre Doppelpartnerin, aber sie muß morgen nach Naples. Es macht Ihnen hoffentlich nichts aus, hier und da einzuspringen.«

»Natürlich nicht«, sagte Anna. »Schönen Dank auch.«

»Keine Ursache. Wissen Sie, manche Leute bilden sich ein, sie könnten sofort in eine Partie fest einsteigen, aber die Plätze sind meistens voll belegt. Jeder will am Vormittag spielen, und die meisten Mitglieder haben schon ihre Partner fürs Doppel. Aber wenn Sie nichts dagegen haben auszuhelfen, kann ich Sie immer irgendwo unterbringen, wenn jemand ausfällt. Ich muß Ihnen auch sagen, daß wir ein, zwei Mitglieder haben, mit denen keiner gerne spielt – sie mogeln nämlich. Sie machen mich noch wahnsinnig, weil sie sich immer Partner aussuchen, die nicht mit ihnen spielen wollen. Vielleicht könnten Sie mir den Gefallen tun und ab und zu in die Bresche springen. Aber Sie dürfen nicht glauben, daß ich Sie ausnutzen möchte. Ich habe Ms. Crowther versprochen, mich um Sie zu kümmern und will es mir auf keinen Fall mit ihr verderben.«

»Kennen Sie sie näher?«

»Ich habe sie gestern zum ersten Mal gesehen. Aber sie kennt den Geschäftsführer der Immobiliengesellschaft, die unsere Anlage geplant und gebaut hat. Soweit ich weiß, besitzt sie im Norden einige Boutiquen und jede Menge Immobilien, stimmt das?«

»Ja, sie hat wirklich einigen Einfluß«, sagte Anna. »Aber man kann trotzdem gut mit ihr auskommen. Sie kümmert sich um ihre Freunde.«

»Das dachte ich mir auch«, sagte Elaine. »Sie soll nicht denken, daß ich Sie ausnutze.«

»Keine Sorge. Von mir bekommt sie jedenfalls keine Klagen zu hören.«

»Okay. Dann bis morgen früh, halb neun. Und machen Sie sich keine Gedanken, dieses Spiel gehört nicht zu der fiesen Sorte.«

»Danke«, sagte Anna und legte auf. Sofort klingelte das Telefon wieder. Diesmal war es Ethan Callow.

»Ich will die Brücken zu den Keys überwachen lassen«, sagte er. »Wenn wir jetzt nicht Nägel mit Köpfen machen, dauert es noch Tage, und ich schätze, Ms. Crowther will so bald wie möglich Ergebnisse sehen. Ich habe nicht genug Leute, aber wenn Sie aushelfen wollen, könnten wir die Sache vielleicht heute abend noch über die Bühne bringen.«

»Was soll ich machen?« fragte Anna. »Sie dürfen nicht vergessen, daß ich mich hier überhaupt nicht auskenne.«

»Ich weiß. Ich dachte, ich könnte Sie da postieren, wo Hugh Fellows gestern abend die Autos gewechselt hat. Bis jetzt hat er dieselbe Nummer noch nie zweimal hintereinander abgezogen, deshalb kann es durchaus sein, daß Sie nicht viel zu tun bekommen. Aber ich möchte trotzdem auf Nummer Sicher gehen.«

»In Ordnung.«

»Okay. Dann hören Sie jetzt gut zu. Die Bay Bridge finden Sie am Nordende von Manatee Key. Kurz vor der Brücke gibt es eine Bar namens Gulf Tides und dahinter liegt der Parkplatz vom Bay Plaza Einkaufszentrum.«

»Da war ich heute nachmittag«, warf Anna ein.

»Tatsächlich? Oh, gut. Warten Sie auf der nordöstlichen Seite des Parkplatzes, nicht weit von der Rückfront von Gulf Tides. Wenn der Typ die Bar durch den Hintereingang verläßt und auf den Parkplatz kommt, müßten Sie ihn sehen, richtig? Er kennt Sie doch nicht, oder?«

»Nein.«

»Was für einen Wagen fahren Sie?«

Anna sagte es ihm.

»Okay«, sagte Ethan. »Dann seien Sie etwa ab sechs Uhr am Einkaufszentrum, und warten Sie, bis ich komme. Ein Autotelefon haben Sie nicht?«

»Nein.«

»Es könnte nämlich eine lange Warterei werden.«

»Das macht mir nichts«, sagte Anna. Sie war froh, daß sie endlich etwas tun konnte, statt immer nur Tennis zu spielen und sich einzugewöhnen.

»Sie arbeiten natürlich nicht für mich«, sagte Ethan. »An sich sollte ich Ihnen nur Informationen liefern. Aber ich glaube, Ms. Crowther hat keine Ahnung, worauf sie mich da angesetzt hat.«

Anna fönte sich die Haare, zog sich an und packte ihre Tennissachen von der Waschmaschine in den Trockner. Sie hatte keinen

Hunger, aber sie nahm sich eine Tüte Kartoffelchips für unterwegs mit.

Es war noch früh, aber sie wollte erst ein bißchen durch die Gegend fahren, um sich ortskundig zu machen. Die Sonne ging unter, und der Himmel über dem Golf überzog sich mit atemberaubenden Gelb- und Türkistönen. Sie fuhr Richtung Norden, am Bay Plaza Einkaufszentrum vorbei, und sah links von der Straße Gulf Tides, ein niedriges Holzhaus mit eigenem Parkplatz. Auf einem Schild stand: »Steak und Ale. Hummer spezial. Happy Hour 5–6. Dienstags bis samstags Livemusik: Royal Shaft.«

Sie fuhr über die Brücke nach Coquina Key und kam auf einen schmalen Küstenstreifen, von dem aus sie sowohl den Golf von Mexiko als auch die Sarasota-Bucht überblicken konnten. Sie bog von der Straße ab und hielt im sandigen Gelände an, wo einige Wohnmobile und Pkws unter Casuarinakiefern abgestellt waren.

Sie ging zum Strand. Es war Ebbe, und der blasse, nasse Sand erstreckte sich vor ihr. Die Sonne hing als große orangene Kugel tief am Himmel. Ein paar Pelikane zogen mit trägem Flügelschlag nach Süden, die Umrisse ihrer großen Köpfe sahen prähistorisch aus. Angler beugten sich über die Geländer der Brükkenzufahrt.

Es war ein Augenblick für Verliebte. Anna ging rasch zum Wagen zurück, wendete und fuhr zum Einkaufszentrum.

Während sie wartete, studierte sie die Landkarte. Im Radio sang Marty Robbins: »Down in the west Texas town of El Paso...« Es war ein Country-music-Sender, und als Tammy Wynette anfing D-I-V-O-R-C-E zu trällern, drehte Anna weiter, bis sie Aretha Franklin R-E-S-P-E-C-T singen hörte. Sie grinste und beugte sich wieder über die Karte.

Die drei Keys waren lang und schmal. Eine Hauptverbindungsstraße führte von der südlichsten Spitze von San Isabel bis zum nördlichsten Punkt von Coquina. San Isabel war anscheinend die am dünnsten besiedelte Insel. Dort waren die meisten Golfplätze und Yachtclubs zu finden. Auf Manatee gab es mehr Wohnsiedlungen und Industriegebiete, aber sie wirkten gut geplant und weiträumig. Im Vergleich dazu machte Coquina mit seinem Straßengewirr einen leicht unordentlichen Eindruck. Es war auch das einzige Key, auf dem es öffentliche Badestrände gab.

Als es dunkel wurde, gingen die Lichter auf dem Parkplatz an. Die kleinen Läden schlossen, und der Verkehr sammelte sich vor den Supermärkten. Die Stelle, die Anna sich ausgesucht hatte, war bald völlig verlassen.

Um zehn vor sieben, als Anna die Tüte mit den Kartoffelchips fast leergegessen hatte, löste sich eine Gestalt aus dem Schatten hinter der Bar und zwängte sich durch die Hecke zwischen den beiden Parkplätzen. Es war Ethan Callow. Anna machte ihm die Beifahrertür auf, und er stieg ein.

Er sagte: »Der Typ scheint auf der Straße nach Tampa zu sein, hier kommt er also in nächster Zeit nicht vorbei. Sollen wir inzwischen etwas trinken?«

Sie gingen durch den Hintereingang in die Bar, die eine lange, hufeisenförmige Theke hatte. Auf der einen Seite des Raumes standen Tische um eine Tanzfläche herum. Die andere war etwas gemütlicher eingerichtet. Essen konnte man in einem Nebenzimmer. In der ganzen Bar waren Fernsehapparate aufgestellt, auf denen eine Basketballübertragung lief, doch der Kommentar war in dem Stimmengewirr und dem Dröhnen der Countrymusic kaum zu verstehen.

»Der Kerl kommt ganz schön in der Gegend rum«, sagte Ethan. Er bestellte zwei Sodawasser. »Wollen Sie mir nicht verraten, was er in London so treibt?«

»Hat Ms. Crowther Ihnen das nicht erzählt?«

»Sie hat nur gesagt, daß Hugh Fellows mit einem Mädchen durchgebrannt ist, das sie aufspüren lassen will. Stimmt das?«

»Ja.«

»Sehen Sie, sie ist immer auf Achse«, sagte Ethan. »Nie ist sie da, wenn man sie braucht. Ich habe mit ihrer Anwältin in New York gesprochen, und die sagt im Grunde immer dasselbe: Ms. Crowther bekommt, was sie will. Sie sagt, Ms. Crowther würde sich bestimmt nicht in eine wirklich gefährliche Sache verwickeln lassen.«

»Den Eindruck habe ich auch«, sagte Anna. »Aber Hugh Fellows hat vor ein paar Jahren für sie gearbeitet, und er hat tatsächlich Dreck am Stecken.«

»Können Sie nicht etwas deutlicher werden?« fragte Ethan. »Es ist nämlich so, ich überlege mir ernsthaft, ob ich nicht lieber aussteigen sollte.«

»Es sieht folgendermaßen aus«, begann Anna etwas unsicher. Sie wußte nicht genau, wieviel sie ihm erzählen sollte. »Er hat zwei Partner, mit denen zusammen er eine kleine Firma betreibt, die C und H Moden heißt. Anscheinend kaufen sie für einen Apfel und ein Ei Konkursmassen auf und verscherbeln das Zeug dann weiter.«

»Und C und H hat mit Style File zu tun?«

»Genau«, sagte Anna. »Als ich bei C und H war, wurde gerade eine Lieferung Kosmetikartikel für Style File fertig gemacht.«

»Die Faxnummer, die Sie Ms. Crowther gegeben haben, gehört zu Style File. Dadurch konnten wir den Typ wieder aufspüren, nachdem wir ihn anfangs verloren hatten. Aber was ist denn nun eigentlich faul an der Sache?«

»Tja«, sagte Anna. »Betrug. Es geht nicht ganz mit rechten Dingen zu, wie sie an ihre Waren kommen. Sie kriegen die Sachen über einen Konkursverwalter, der wahrscheinlich nicht ganz astrein ist beziehungsweise war. Inzwischen ist er nämlich tot, und sie machen unter seinem Namen weiter.«

»Ist das alles?«

»Soweit ich weiß, ja.«

»Das hört sich ja gar nicht so dramatisch an«, meinte Ethan und rieb sich mit der fleischigen Hand das Babygesicht. »Aber ich kann Ihnen nur eins sagen, hier drüben geht es jedenfalls nicht nur um einen läppischen Betrug. Das habe ich gleich am Flughafen gerochen. Zuerst tut er so, als ob er nach Lakeland will, aber dann fährt er wieder zurück. Er hält sich nur im dichten Verkehr auf, geht hinter anderen Fahrzeugen in Deckung, als ob ihm das im Blut liegt. Der Typ leidet an Verfolgungswahn. Er fährt wieder nach Süden, nimmt sich in Sarasota ein Zimmer. Ich denke, ich habe ihn. Aber kaum drehe ich mich nur einmal um, ist er verschwunden. Im Motel hat er sich als britischer Tourist, Mr. Colin Dredge, eingetragen. Was gibt es denn da zu lachen?«

»Colin Dredge ist ein englischer Kricketspieler.«

»Was Sie nicht sagen.« Ethan machte ein beleidigtes Gesicht. »Hat er in London Verbindungen zu Sportlerkreisen?«

»Soweit ich weiß, nicht«, sagte Anna. Sie überlegte, ob eventuell Sonia Casey in die Kategorie Sportskollege fiel. Wahrscheinlich nicht.

»Weil er hier nämlich mit Sportlern verkehrt«, sagte Ethan. »Gestern hat er Besuch bekommen. Suarez schwört, daß der Mann Assistenztrainer bei den Bradenton Bucks ist. Das ist eine Collegemannschaft, Football.«

»Suarez?«

»Rule Suarez, ein Mitarbeiter.« Ethan sah auf seine Uhr. »Ich müßte ihn eigentlich anrufen.« Er stand auf und drückte seine molligen Hüften um den Tisch herum. Er blieb etwa fünf Minuten weg. Im Fernsehen lief mittlerweile eine Querfeldeinrallye, für die sich aber niemand zu interessieren schien. Hinter der Theke stimmten Musiker ihre Instrumente.

Ethan kam zurück. Er sagte: »Heute abend tut sich nichts mehr. Er ist nach Miami geflogen. Wir haben jemand bei ihm in der Maschine.«

»Der hüpft durch die Gegend wie ein Floh«, knurrte Anna. Sie stand auf und folgte Ethan zur Hintertür.

Er sagte: »Und Sie sind sich sicher, daß er nicht mit Sportartikeln handelt?«

»Nein, ich bin mir ganz und gar nicht sicher«, sagte Anna. Plötzlich war sie sehr müde. »Er könnte genausogut mit Nashornhörnern handeln. Aber gesehen habe ich nur Strickwaren und Verjüngungsgel.«

»Was Sie für Einfälle haben«, sagte Ethan, als sie in die warme Nachtluft hinaustraten. »Wir bleiben in Verbindung, ja?«

49

Wieder war es drei Uhr morgens, als Anna schweißnaß und mit hämmerndem Herzen aufwachte. Sie öffnete das Fenster und hörte das Meer träge seufzen. Die Wände schienen die Hitze und eine namenlose Angst zurückzuwerfen. Sie wusch sich in dem gekachelten, verspiegelten Badezimmer das Gesicht und lief barfuß nach unten, um sich eine Tasse Tee zu machen. Der Mond kam ihr näher vor als zu Hause.

Aber Punkt halb neun stand sie mit drei älteren Frauen auf dem Tennisplatz und versuchte, gegen die Sonne aufzuschlagen. Auf dem Platz nebenan spielten unter großem Gejohle vier alte Männer, die alle an Knien, Fußgelenken und Ellenbogen bandagiert waren. Nicht einer von ihnen sah jünger aus als fünfundsiebzig, aber ihre Gesichter waren braungebrannt und jungenhaft. Soweit das Auge reichte, sah man Tennisspieler, und die Parklücken waren bis auf den letzten Platz mit langen, schnittigen Autos besetzt.

Die drei Frauen in Annas Doppelpartie kannten einander gut. Sie war froh, daß sie mit Lara im Park gespielt hatte, so konnte sie sowohl die Freundlichkeit als auch den Willen zum Sieg leichter durchschauen. Die Frauen waren hier, um Spaß zu haben und sich Bewegung zu verschaffen, aber es verstand sich von selbst, daß das Gewinnen Spaß machte, das Verlieren hingegen nicht. Der Faktor, daß ein Spiel auch als solches Spaß machen konnte, schien in dieser Rechnung nicht vorzukommen. Bei jedem Seitenwechsel drehte sich das Gespräch am Wasserspender um Dinnerpartys und Schlafzimmerrenovierungen, aber auf dem Platz kannte man kein Pardon.

Anna konzentrierte sich darauf, sich nicht zu blamieren. Was ihr an Erfahrung als Doppelspielerin fehlte, machte sie durch gute Beinarbeit wieder wett.

Niemand schien sich besonders für sie zu interessieren, nur einmal sagte Marcia Gold am Wasserspender: »Wie ich höre, sind Sie in der Modebranche tätig, Anna?«

»Eigentlich nicht«, antwortete Anna und dachte sich schnell eine Lüge aus.

Aber das hätte sie sich sparen können. Das Thema war nur deshalb aufgekommen, weil die Frauen sich gerade über Kleider unterhielten, nicht etwa weil sie sich für Anna interessierten.

Doch so wenig Neugier legte nicht jeder an den Tag. Auf dem Weg zum Duschen und Umkleiden wurde Anna von dem blonden Mann angesprochen, den sie zuletzt beim Schlägerbespannen gesehen hatte. »Sie wetzen sich noch die Beine ab, wenn Sie sich nicht vorsehen. Das wäre wirklich eine Schande.«

Die Haare waren gebleicht, stellte Anna fest. So paßten sie besser zu den Muskelpaketen und den abgeschnittenen Jeans.

»So was wie Sie kriegen wir nicht oft zu sehen«, fuhr er fort. »Meistens laufen hier nur Frischvermählte oder Halbtote rum. Was sind Sie?«

»Halbvermählt«, sagte Anna herablassend.

»Das glaube ich gern«, sagte er. »Geben Sie mir Bescheid, wenn Sie sich einsam fühlen. Nachts ist hier einiges los, was ich Ihnen zeigen könnte.«

»Danke«, sagte Anna. »Aber ich bin nicht einsam.« Sie war klitschnaß und konnte nur noch an eines denken: die Dusche.

Als sie jedoch nach oben kam, klingelte das Telefon.

»Hi«, sagte Elaine. »Die drei Damen möchten morgen gerne wieder mit Ihnen spielen. Paßt Ihnen das?«

»Sicher«, sagte Anna. »Danke. Es war ein schönes Spiel.«

»Habe ich Ihnen das nicht gleich gesagt? Jedenfalls haben sie nach Ihnen gefragt, also müssen Sie ihnen wohl ebenfalls gefallen haben.« Sie hielt inne. »Tony findet Sie auch schnuckelig.«

»Wer ist Tony?« Anna fühlte sich alles andere als schnuckelig.

»Sie haben gerade mit ihm gesprochen.«

»Er hat sich nicht vorgestellt«, sagte Anna. Elaine hat wohl einen Röntgenblick, dachte sie. Das Gespräch hatte nicht in Sichtweite des Clubhauses stattgefunden.

»Er hat einen gewissen Ruf«, erklärte Elaine. »Da Sie mit Ms. Crowther befreundet sind, wollte ich Ihnen das lieber gesagt haben.«

»Was für einen Ruf?«

»Einen ganz bestimmten«, sagte Elaine. »Aber es liegt bei Ihnen. Ich will mich nicht einmischen.«

»Nur keine Sorge«, sagte Anna.

»Okay. Dann bis morgen, halb neun?« Elaine legte auf.

Nachdem Anna geduscht hatte, ging sie an den Strand. Sie ließ die Fenster offen, damit sie hören konnte, ob das Telefon klingelte. Sie streckte sich in einem der Liegestühle aus, die unterhalb der Kaimauer standen. Sie hatte leichten Muskelkater in den Waden, und sie fragte sich, wieviel Salz sie wohl ausgeschwitzt haben mochte.

Vom Golf wehte eine laue Brise herüber, und die Palmenwedel raschelten leise. Ein paar Strandläufer stelzten vorbei, und ein Kormoran trocknete auf einem Wellenbrecher sein Gefieder.

Anna überlegte, ob das Wasser wohl warm genug zum Schwimmen war. Später, so beschloß sie, würde sie von der Mauer hineinspringen und die Temperatur prüfen. Doch bis dahin machte sie erst einmal die Augen zu und drehte ihr Gesicht in die Sonne.

Ein kalter Schatten fiel über den Liegestuhl. Sie blickte hoch und sah oben auf der Mauer einen Mann stehen.

Er sagte: »Sie sollten nicht in der Sonne schlafen, wenn Sie nicht daran gewöhnt sind.«

»Ich habe nicht geschlafen.« Aber als sie auf die Uhr schaute, sah sie, daß mehr als eine Stunde vergangen war. Benommen setzte sie sich auf. Der Mann hob sich als schwarzer Umriß von der Sonne ab. Der Himmel blendete sie.

»Rule Suarez«, sagte er. »Ich arbeite für Ethan Callow.« Er gab ihr die Hand. »Ethan meint, Sie hätten gern gewußt, wo Hugh Fellows steckt.«

50

Sie nahmen Rules Buick. Er hielt sich an die vorgeschriebene Geschwindigkeit, sehr entspannt lenkte er den Wagen, der linke Ellenbogen ragte aus dem Fenster. Sie fuhren Richtung Norden, über die Brücken nach Coquina. Die Straße wurde von Motels, Bars und Geschäften gesäumt. Der Verkehr wurde allmählich dichter.

»Er hat ein Haus am Pier Drive«, sagte Rule. »Im Norden der Insel, direkt am Wasser.«

»Ich dachte, er wäre gestern abend nach Miami geflogen«, sagte Anna. Sie warf einen Blick auf sein Profil. Er war schwer gebaut, fast wie ein Sportler, hatte wellige Haare und einen Schnurrbart. Seine Haut sah nicht nur braungebrannt, sondern eher schon wettergegerbt aus.

»Er ist wieder zurück«, sagte er knapp. »Seit heute morgen. Er war wohl müde, diesmal konnte man ihn leicht verfolgen.«

»Waren Sie mit in der Maschine?« fragte sie.

»Nein«, sagte er und fuhr schweigend weiter. Anna fragte sich, wie es wohl sein mochte, mit ihm zusammenzuarbeiten. Sehr gesprächig war er jedenfalls nicht, das stand fest.

An der Nordspitze der Insel stießen sie auf eine Querstraße. Gegenüber ragte ein hölzerner Pier ein paar hundert Meter in die Bucht hinein. Am Ende thronte einsam über dem Wasser ein Restaurant. »Bad Billy's« stand auf dem Schild. »Kaffee, Meeresfrüchte, Fischsuppen, Bier. Frische und gefrorene Köder.« Auf dem Pier waren vereinzelt Angler und Pelikane zu sehen.

Rule bog nach links ab und folgte der Küstenstraße. Zu beiden Seiten standen Häuser, die meisten waren ziemlich alt. Einige hatten Schilder, die verrieten, daß sie zum Verkauf oder zur Miete angeboten wurden. Manche waren von breitblättrigem wilden Wein überwuchert, andere waren ordentlich gepflegt.

Rule bremste den Wagen leicht ab und deutete mit dem Daumen aus dem Beifahrerfenster. Das Haus, auf das er Anna aufmerksam machte, war aus Zedernholz gebaut, es stand auf Stelzen, zwischen denen sie auf eine weite Dünenlandschaft sehen konnte. Unter dem Haus parkte ein Thunderbird. Kein Mensch war zu sehen. Sie fuhren langsam vorbei. Die Straße machte einen Bogen, und direkt in der Biegung stand, außer Sichtweite des Hauses, der weiße Kombi eines Fernsehreparaturdienstes. Rule hielt daneben an.

Ethan Callow stieg aus dem Kombiwagen und kam an Rules Fenster. Er sagte: »Er ist da drin.« Heute trug er einen himmelblauen Freizeitanzug. Er fuhr fort: »Da unten führt ein Weg zum Strand.« Er zeigte darauf. »Von dort aus kommt man von hinten an das Haus heran. Hast du ihr von Miami erzählt?«

»Noch nicht«, sagte Rule.

»Dann tu das. Mal sehen, was sie dazu meint.«

Rule fuhr noch ein Stück weiter und parkte den Buick im Schatten einer dichten Kiefer. Er nahm ein Fernglas und ein kleines Sprechfunkgerät aus dem Handschuhfach. Bevor er es wieder zuklappte, erblickte Anna einen kurzen, schwarzen Revolver. Allmählich fühlte sie sich sehr unbehaglich.

Nachdem er den Wagen abgeschlossen hatte, gingen sie Richtung Strand. Auf dem Weg dorthin kam sie sich vor wie in einem Tunnel, so dicht war das Laubdach, das die Bäume bildeten. Am Ende leuchtete blendend weißer Sand. Anna dachte an den Revolver und an amerikanische Krimis. Womöglich war die Fiktion des einen die Wirklichkeit des anderen. Wenn das der Fall sein sollte, war sie zur falschen Zeit in der falschen Begleitung am falschen Ort.

Soweit sie sehen konnte, hatte er wenigstens keine Waffe bei sich. Da er nur einen leichten Blouson und eine weiße Sommerhose trug, wäre ihr das sicher aufgefallen. Aber sie wollte keine voreiligen Schlüsse ziehen. Was sie an ihm für entspannt und zuverlässig gehalten hatte, erschien ihr nun als Härte und Gleichgültigkeit.

Sie kamen aus dem Tunnel heraus und standen am Strand. Er erstreckte sich meilenweit nach beiden Seiten, erst bauschige Dünen, auf denen spärliches Gras und Strandhafer wuchsen, dann der ebene Sand hinunter zum Wasser.

In Europa wäre ein vergleichbarer Strand an einem solchen Tag überfüllt gewesen, überall hätten Sonnenanbeter in der Hitze geschmort. Hier hingegen war kaum ein Mensch zu sehen. Einige Spaziergänger schlenderten in Zweier- und Dreiergrüppchen am Wasser entlang. Einige wenige, deren neonfarbene Badesachen vom makellosen Weiß des Sandes abstachen, lagen in der Sonne. Ansonsten sah es aus wie auf einer Ansichtskarte aus den Flitterwochen.

»Sehr redselig sind Sie nicht gerade«, beendete Rule das lange Schweigen.

»Sie aber auch nicht«, gab Anna zurück. Sie hatte nicht das Gefühl, daß sie gut mit ihm auskommen würde.

»Ich höre lieber zu.«

»Ich auch«, sagte Anna. Sie stapften durch die Dünen.

»Pech«, sagte Rule schließlich. »Da wird wohl kaum ein anständiges Gespräch zustande kommen.«

Der trockene Sand machte das Laufen mühsam, er rutschte weg, und die Füße fanden keinen Halt. Anna spürte, wie ihr der Schweiß über die Rippen rann.

Nach einer Weile ließ Rule sich in den Sand fallen. Er schaltete das Sprechfunkgerät an und murmelte: »Geschafft.«

»Verstanden«, murmelte jemand zurück. Rule schaltete das

Gerät aus. Er nahm die Sonnenbrille ab. Für einen so dunklen Typ hatte er erstaunlich blaue Augen. Er drehte sich auf den Bauch und robbte wie ein Scharfschütze mit dem Fernglas zur Kuppe der Düne hoch. Anna, die mit dem Rücken zu ihm im Sand saß, paßte auf, daß sich niemand von hinten anschlich. Es war eine automatische Vorsichtsmaßnahme, doch obwohl sie Anna durch und durch vertraut war, fühlte sie sich dadurch nicht wohler in ihrer Haut. Sie war sich noch nie so fremd und so fehl am Platze vorgekommen.

»Wollen Sie auch mal?« fragte Rule nach ein paar Minuten. Er rutschte nach unten und gab ihr das Fernglas. Sie krabbelte nach oben und legte sich in die Kuhle, die sein Körper hinterlassen hatte. Sie war sehr heiß, als ob der Sand nicht nur die Sonne, sondern auch seine Körperwärme gespeichert hätte. Sie rutschte an eine kühlere Stelle. Er saß auf demselben Fleck, wo sie gesessen hatte, und kaute an einem Grashalm.

Das Haus war ein Bungalow auf acht Stelzen. Auf der dem Meer zugewandten Seite lief über die ganze Breite eine Veranda. Casuarinakiefern schirmten es vor den Blicken der Nachbarn ab. Wie blinde Augen warfen die Fenster das Licht zurück.

Während sie hinübersah, glitt eine Glastür auf und eine Frau trat auf die Veranda. Einen Augenblick lang hielt sie das Geländer umklammert und starrte aufs Meer hinaus. Sie trug ein weites T-Shirt, das ihr bis zu den Knien ging, und eine Sonnenbrille. Sie sah älter aus, als Cynthia ihr beschrieben worden war. Selbst mit Hilfe des Fernglases war Anna sich nicht sicher, ob sie es war.

Die Frau stieg die Treppe hinunter und verschwand in den Dünen. Als sie wieder zum Vorschein kam, war sie mit ein paar zusammengeklappten Stühlen bepackt. Außerdem hatte sie sich mit einiger Mühe einen bunten Sonnenschirm unter den Arm geklemmt. Sie lehnte den Schirm an die Treppe und brachte die Stühle nach oben. Sie trug sie ins Haus. Dann holte sie den Sonnenschirm, und die Glastür glitt zu.

»Ich glaube, sie reisen ab«, sagte Anna.

»Scheiße«, sagte Rule. »Wie kommen Sie darauf?«

»Sie hat die Möbel ins Haus gebracht.«

»Scheiße«, sagte Rule noch einmal und knipste das Sprechfunkgerät an.

Anna behielt das Haus im Auge, während Rule leise in das Sprechfunkgerät sprach.

»Tut sich was?« fragte er.

»Nichts.«

»Haben Sie sie gut sehen können?«

»Nicht gut genug.«

»Haben Sie ihn gesehen?«

»Nein.«

Die Mittagssonne lastete wie eine schwere Decke auf ihr. Niemand verließ das Haus.

Schließlich sagte Rule: »Er hat sich in Miami mit ein paar großen Nummern aus der Unterwelt getroffen. Die Namen würden Ihnen nichts sagen, aber sie gehören zu einer Bande, die Geld mit Spielcasinos macht und Verbindungen nach Kolumbien hat. Abschaum.«

Anna wußte nicht, was sie sagen sollte. Sie wischte sich den Schweiß von der Oberlippe und stellte die Schärfe des Fernglases nach.

»Haben Sie gehört?« fragte Rule. »Ist das die Information, auf die es Ms. Crowther abgesehen hat? Oder ist das für Sie womöglich alles gar nicht so neu?« Sein Ton war unverkennbar feindselig. Anna konnte nicht anders, sie mußte lachen.

»Das ist nicht komisch«, sagte Rule. »Die Mitarbeiter von *Florida-Technics* haben schließlich zum Teil Frau und Kinder.«

»Ich kann nicht mehr«, sagte Anna. »Meinen Sie etwa, ich wäre hier, wenn ich das gewußt hätte? Wenn ich Ihnen zuhöre, komme ich mir vor wie im Kino.«

»Ich schütte Ihnen bloß reinen Wein ein«, sagte er noch immer feindselig.

Anna rutschte von der Düne nach unten und gab ihm das

Fernglas. »Dann fliege ich mit der nächsten Maschine Richtung Heimat«, sagte sie. »Haben Sie Ms. Crowther von Miami erzählt? Was hat sie dazu gemeint?«

»Soll das Ihr Ernst sein? Die Frau hat uns von Anfang an zum Narren gehalten. Wir haben ihr oft genug gesagt, daß es hier nicht nur um ein durchgebranntes Töchterlein geht.«

»Für sie aber doch. Verdammt noch mal, sie ist eine angesehene Geschäftsfrau. Mein Boß hat sie gründlich überprüft. Ihrer etwa nicht?«

»Natürlich«, sagte Rule steif. Sie starrten sich an. Die Feindseligkeit beruhte auf Gegenseitigkeit. Anna konnte seine Augen nicht sehen.

Das Sprechfunkgerät knisterte, und Rule wandte sich ab, um die Verbindung aufzunehmen. Als er sich wieder umdrehte, sagte er: »Sie sind unterwegs.«

Er stand auf und wischte sich den Sand von der Hose. Sie machten sich auf den langen Rückweg zum Auto.

51

»Sehen Sie, es ist so«, sagte Rule. Er biß in ein Stück Pizza, aber er sah nicht hungrig aus. »Es war einmal ein Mann, nennen wir ihn Billy. Seine Frau wollte sich scheiden lassen, und er saß in der Patsche, böse in der Patsche. Sie verlangte zuviel – Unterhalt für sich, Unterhalt für die Kinder. Und unser Billy, tja, er hielt sich für einen hartgesottenen Kerl. Er hetzte seiner Frau einen Schläger auf den Hals. Der sollte ihr einen Denkzettel verpassen und zwar in dem Büro, in dem sie arbeitete. Damit sie zurücksteckt. Nur, als der Kerl in das Büro kam, war die Frau gerade nicht da. Und der Schläger verpaßte statt dessen der Sekretärin einen Denkzettel. Weil die Beschreibung der Frau nämlich auch auf sie paßte, und der Schläger keine der beiden Ladies je zuvor gesehen hatte.« Er biß noch ein Stück Pizza ab.

Anna wartete. Vor ihr auf dem Armaturenbrett lag ein Hähnchenfleischsandwich, aber sie hatte ebenfalls keinen Hunger. Die Klimaanlage lief auf Hochtouren.

»Und jetzt kommt der springende Punkt«, fuhr Rule fort. »Das Büro, in dem die Frau arbeitete, gehört zur Entwicklungsgesellschaft für einen großen Hotelkomplex. Genau hier auf den Keys. Sie werden den Klotz schon gesehen haben. Aber das Geld für den Bau, das Geld kam aus Miami. Von einem Kartell, das ein bißchen expandieren wollte. Die Typen, von denen ich hier rede, das sind keine miesen Kleindealer. Diese Typen lassen die miesen Kleindealer für sich arbeiten. Daneben haben sie aber auch noch Rechtsanwälte, Steuer- und Finanzberater, die ihnen sagen, wie sie ihr Geld am besten anlegen. Und es geht um viel Geld: Hotels, Eigentumswohnungen. Alles völlig legal. Aber...«

Er trank einen Schluck Cola aus der Dose und starrte noch immer durch die Windschutzscheibe aufs Meer hinaus. »Aber«, fuhr er fort, »das Geld stinkt trotzdem, und die Typen, um die es hier geht, sind ganz, ganz große Fische. Worauf ich hinaus will, ist folgendes: Billy dachte, es wäre eine Familienangelegenheit. Er dachte, er könnte den Unterhalt ein bißchen kürzen. Und seinen Fehler hat er erst bemerkt, als ihm jemand den Hinterkopf weggepustet hat, direkt neben seinem eigenen Swimmingpool. Da gab es keinen Billy mehr. Okay?«

Über dem Meer kreiste eine Seeschwalbe, dann tauchte sie ins Wasser. Als sie wieder aufstieg, glitzerte der gefangene Fisch silbrig in der Sonne.

»Okay?« wiederholte Rule. »Haben Sie mich verstanden?«

»Laut und deutlich«, sagte Anna.

»Herzlichen Dank, gnädige Frau«, sagte Rule. »Ich dachte schon, ich rede mir hier umsonst den Mund fusselig.«

»Was wollen wir dann eigentlich noch hier?« fragte Anna. »Wieso sitzen wir hier beim Mittagessen und warten darauf, daß Ihr Boß uns sagt, wo sich unsere sogenannte ›Familienangelegenheit‹ versteckt hält? Warum bin ich nicht längst beim Kofferpakken? Warum sind Sie nicht unterwegs zu Frau und Kindern?«

»Weil ich weder Frau noch Kinder habe«, seufzte Rule. »Weil wir beide für zwei Arschlöcher arbeiten«, sagte er. »Und weil wir beide Geld verdienen müssen.«

»Sie vielleicht«, fauchte Anna. Sie bekam langsam Kopfschmerzen. »Was machen Sie in Ihrer Freizeit? Krimidrehbücher schreiben? ›Keine Bewegung, du Penner‹ – so etwas in der Richtung?«

Rule seufzte wieder. Er sagte: »Sie haben es immer noch nicht kapiert, was?«

»Was soll ich nicht kapiert haben, verdammt noch mal? Daß Hugh Fellows mit dem organisierten Verbrechen zu tun hat? Und daß Sie auf Ihrem Hintern sitzen und Pizza essen, weil ein Mann nun mal ein Mann ist und tun muß, was er tun muß?« Sie beugte sich vor und biß kräftig in ihr Sandwich. Ein Klacks Mayonnaise landete auf ihrem Bein.

»Für mich ist das hier ein Auswärtsspiel«, sagte sie. »Und es geht wirklich um Bandenkriminalität, im Ernst?«

»So sieht es aus«, sagte Rule. »Ich hatte Sie im Verdacht, Sie wüßten das längst. Aber vielleicht haben Sie wirklich keine Ahnung. Ich will Sie nur warnen, seien Sie vorsichtig.«

Auf dem Pier schlenderte eine fette Familie, die an wandelnde Ostereier erinnerte, langsam zum Restaurant.

Anna sagte: »Und was machen Sie nun wirklich in Ihrer Freizeit?« Sie wollte ihre Unhöflichkeit wieder gutmachen.

»Ich gehe angeln«, sagte Rule. »In jeder freien Minute.« Er zeigte auf den Horizont. »Weit draußen. Da sieht man kein Land. Da sieht man keinen Menschen. Da muß man nicht reden. Okay?«

»Okay«, sagte Anna. Schweigend aß sie das Sandwich auf.

Das war nur eine Geschichte, dachte sie, als sie ihre Essensreste zusammensuchte. Es muß nicht unbedingt schlimmer kommen, als es sowieso schon ist. Sie ging durch den Sand und warf den Müll in einen Abfalleimer. Pelikane dösten im Schatten des Piers auf dem Wasser.

Als sie sich umdrehte, sah sie, daß Rule am Autotelefon ein Gespräch führte. Bis sie eingestiegen war, hatte er den Buick bereits angelassen. Sie fuhren Richtung Süden.

»Manatee Key«, sagte er. »Ein Motel. Sieht so aus, als ob er sie da absetzt.«

Nach einer Weile sagte Anna: »Die Geschichte mit Billy, woher wissen Sie, daß es eine Bandensache war?«

Es dauerte noch länger bis Rule sagte: »Ich war derjenige, der damals die Scheidung bearbeitet hat, für die Frau. Ich war derjenige, der Billy gefunden hat, auf dem schon die Ameisen herumkrabbelten. Ich war derjenige, den sie einschüchtern wollten. Genügt Ihnen das?«

Er war wütend, aber man merkte es nur seiner Stimme an. Die großen Hände lagen scheinbar locker um das Lenkrad. Anna hoffte, sie würden nahe genug am Tennisclub vorbeikommen, daß sie in ihren eigenen Wagen umsteigen konnte.

52

Das Sand Dollar Motel warb mit einem beheizten Swimmingpool, Shuffleboard, Farbfernsehern und Langzeitapartments. Von der Straße aus sah man lediglich ein zweistöckiges Gebäude auf beiden Seiten des Parkplatzes. Den Thunderbird konnte Anna nicht entdecken.

Sie fuhren langsam vorbei und hielten vor einem Laden an, der Little General hieß. Ethan Callow trank Kaffee aus einem Pappbecher. Er warf den Becher weg und kam an die Fahrertür.

Er redete über Rule hinweg mit Anna. »Wenn Sie nichts dagegen haben«, sagte er, »fahren wir zu Ihnen. Auf der Hauptstraße redet es sich nicht besonders gut.«

Bis zur Tennisanlage hatten sie noch etwa zwei Kilometer zu

fahren. Nur die beiden Trainer waren auf dem Platz. Lew schien sechs Frauen mittleren Alters einen Vortrag zu halten. Zwei von ihnen standen auf der Clubhaustreppe. Gerade Zahlen, dachte Anna im Vorbeifahren. Alle treten immer nur in Paaren auf.

Auf einem der leeren Plätze fegte Tony, unterstützt von einem mageren Bürschchen, die Asche von den weißen Linien. Er hob die Hand ironisch zum Gruß, als sie Rule und Ethan ins Haus ließ.

Im Wohnzimmer hockten die beiden sich brav Seite an Seite auf das Sofa. Wäre Rule ein Brite, dachte Anna, hätte er sich die durchgestylte Inneneinrichtung gründlich angesehen und dann den Kommentar abgegeben: »Über Geschmack läßt sich nicht streiten.« Doch so nahm er nur eine Packung Zigaretten heraus und fragte: »Stört es Sie, wenn ich rauche?«

Ethan machte ein etwas beleidigtes Gesicht.

Da sich unter den Kristallglasobjekten kein Aschenbecher fand, gab Anna ihm eine Untertasse. Ethan stand auf und öffnete das Fenster zur Veranda. Das Telefon klingelte.

Quex sagte: »Hallo, Süße. Ich versuche schon seit Stunden, dich zu erreichen. Wie geht's, wie steht's?«

»Nun, es läuft langsam an«, sagte Anna. Rule steckte sich eine Zigarette an und blies den Rauch in Richtung eines japanischen Drucks.

»Wann kommst du nach Hause?« fragte Quex, und seine Stimme klang dünn und weit weg.

»Ich kann im Moment nicht reden«, sagte Anna.

»Du hast Gesellschaft?«

»Genau. Ich rufe dich später zurück.«

»Falls du die Zeit dafür findest«, sagte Quex. »Wer weiß, vielleicht hast du ja Glück.«

»Ich rufe zurück«, sagte Anna. »Bitte.«

Quex legte auf.

Ethan sagte: »Ich habe zwei Jungs am Strand. Wenn wir ein

gutes Foto kriegen und Sie die Kleine identifizieren können, ist unser Auftrag erledigt. Ich hoffe bloß, es ist die richtige, weil wir Hugh Fellows nämlich nicht weiter verfolgt haben. Hat Rule Ihnen von Miami erzählt?«

Anna nickte.

Ethan redete weiter. »Ich meine, in manche Geschichten mischen wir uns aus gutem Grund nicht ein. Das habe ich auch Ms. Crowther gesagt. Wir erledigen den Auftrag, das versteht sich von selbst, aber sie muß wissen, daß die Kerle, um die es hier geht, keinen Spaß verstehen.«

»Wenn es das richtige Mädchen ist«, sagte Rule, »sind Sie auf sich gestellt.«

Anna nickte noch einmal.

»Das könnte man auch anders ausdrücken«, sagte Ethan.

»Möchte jemand Kaffee oder Tee?« fragte Anna. Sie wünschte sich, die beiden Fremden würden ihre babyfarbenen Jacken anziehen und verschwinden. Auf der Stelle. Sie wollte Quex anrufen und gemütlich über den Umzug plaudern, oder über das Blumengießen, oder über Selwyns neuestes Abenteuer.

»Nicht für mich«, sagte Ethan. »Ich habe noch zu tun. Aber ich melde mich dann.«

Er stand auf und sah Rule an. Rule zog noch einmal an seiner Zigarette und drückte sie dann in der Untertasse aus. Er erhob sich langsam.

»Schade. Keine englische Teatime«, sagte er mit einem affektierten Akzent. »Hätte zu gern mal ein Täßchen gekostet.«

»Ein andermal«, sagte Anna, die ihm höflich die Tür aufhielt und sich nur mit Mühe beherrschen konnte, ihm keinen Tritt in das stramme Hinterteil zu verpassen, als er hindurchging.

Sie wartete, bis die beiden Autos weggefahren waren, dann ging sie in die Küche und setzte das Wasser auf, um sich selbst einen Tee zu kochen. Der blöde Hammel konnte sie kreuzweise. Aber die Untertasse mit dem Zigarettenstummel räumte sie nicht weg. Dadurch sah die Wohnung ein bißchen lebendiger aus.

Wenigstens roch es jetzt nicht mehr nur nach blumigem Raumspray.

Sie rief bei sich zu Hause an. Das Telefon klingelte zwanzigmal. Niemand nahm ab. Sie rief bei Selwyn an. Niemand nahm ab. Sie wählte sogar Quex' Nummer in Fulham. Das Wasser kochte.

Sie brühte den Tee in der Kaffeekanne auf und rief dann Lara Crowther in New York an. Ms. Crowther war in einer Besprechung. Sie wählte die Nummer von *Brierly Security.*

Jenny sagte: »Anna Lee! Mann, was haben Sie für ein Glück. Wie ist es da drüben?«

»Spitze«, sagte Anna düster. »Können Sie mich bitte mit Bernie verbinden?«

»Sie sind bestimmt schon knackig braun«, fuhr Jenny fort. »Beryl spuckt Gift und Galle.«

»Sagen Sie ihr nicht, daß ich angerufen habe«, bat Anna. »Ich wollte nur Bernie sprechen.«

»Sie ist bei seiner Lordschaft«, sagte Jenny. »Was treiben Sie denn so? Sind die Kerle schön knackig, wie in Miami Vice?«

»Ich bin am anderen Ende von Florida«, erklärte Anna.

»Ja, aber haben Sie schon jemand kennengelernt?« fragte Jenny, mit besonderer Betonung auf das Wort »kennengelernt«.

»Hier gibt es einen appetitlichen Tennislehrer«, sagte Anna. Sie wußte selbst nicht, warum sie sich auf das alberne Spielchen einließ. »Aber er ist Australier.«

»Ein Tennislehrer«, hauchte Jenny. »Ich spare sofort auf ein Ticket, fange gleich damit an. Das hört sich einfach fantastisch an.«

»Ist es auch«, sagte Anna. »Kann ich jetzt Bernie sprechen? Transatlantikgespräche kosten ein Vermögen.«

»Transatlantikgespräche«, wiederholte Jenny beeindruckt.

Es klickte und knackte ein paarmal in der Leitung, dann sagte Bernie: »Hallo, Kindchen. Was kann ich für dich tun an diesem verregneten Nachmittag?«

»Ach, eigentlich ist es gar nicht so wichtig«, sagte Anna. »Aber kurz bevor ich abgereist bin, habe ich noch mal bei der Buchhaltung von der Werkstatt hereingeschaut, bei der William Herridge eine Rechnung offenstehen hat. Der Mensch hat gesagt, er würde seine Unterlagen durchgehen und mich zurückrufen, aber ...«

»Augenblick mal«, fiel Bernie ihr ins Wort. »William Herridge?«

»Du weißt doch, die Überprüfung, an der seine Beförderung hängt. Ich habe daran gearbeitet, bevor Mr. B. meine ganzen Fälle Sean übergeben hat. Und der ist nicht weiter drangeblieben.«

»Was du nicht sagst«, meinte Bernie.

»Kannst du für mich anrufen?« fragte Anna. »Bei der Buchhaltung, meine ich. Die Einzelheiten müßtest du in meinem Schreibtisch finden. Es läßt mir keine Ruhe mehr, weil ich doch am nächsten Tag weg mußte und selbst nicht mehr drangeblieben bin.«

»Wird erledigt«, sagte Bernie. »Und was hast du nun wirklich auf dem Herzen? Fühlst du dich einsam?«

»Natürlich nicht«, sagte Anna.

»Du hast nur ein schlechtes Gewissen wegen William Herridge?«

»Herridge mit d«, sagte Anna.

»Ich weiß, wie man Herridge schreibt«, sagte Bernie, und er klang so nah, als wäre er im Zimmer nebenan. »Wenn du dir sonst noch was von der Seele reden willst, ruf mich heute abend zu Hause an. Da kann uns wenigstens Beryl nicht belauschen.«

»Liebe Grüße an Syl«, sagte Anna noch, dann legte sie auf.

Sie nahm den Tee mit auf die Veranda und setzte sich mit dem Gesicht zur Sonne und zum Meer. Eine Stunde später versuchte sie erneut, Lara zu erreichen, aber sie war immer noch in einer Besprechung. Quex meldete sich auch nicht.

Anna spülte und trocknete die Tasse ab. Sie wusch und trocknete die Tennissachen. Sie machte sich Notizen. Als sie noch einmal anrief, war Lara nach Hause gegangen und Quex immer noch nicht zurück. Sie wählte Laras Privatnummer, erreichte aber nur den Anrufbeantworter.

Sie schaltete den Fernseher an. Sie schaltete ihn wieder aus. Sie drehte das Radio an. Es lief ein Oldie-Programm, Mick Jagger sang »Moonlight Mile«. Anna schaute in den Kühlschrank. Sie fand nichts, was ihr Appetit machte.

»Oh, I am sleeping under strange, strange skys«, sang Mick Jagger.

Anna drehte das Radio aus. Sie machte die Verandatür zu und holte ihre Handtasche.

53

Im Clubhaus machte Elaine gerade den Laden zu. Bar und Restaurant waren noch geöffnet.

Sie fragte: »Wollen Sie heute abend hier essen? Wenn Sie eine Abwechslung brauchen, versuchen Sie's bei Eva's, ein Stück weiter die Straße runter. Essen Sie gern italienisch?«

Anna bestätigte, daß sie liebend gern italienisch aß.

Nachdem Elaine die ausgeklügelte Alarmanlage angeschaltet hatte, gingen sie hinüber in die Bar. Es war nicht viel los, und alle Aschenbecher waren sauber.

Elaine sagte: »Das war aber ein schnuckeliger Kerl, der Sie heute morgen abgeholt hat.« Sie bestellte sich eine Cola, Anna nahm ein Bier.

»Lew meint, er wäre ein Jockey«, fuhr Elaine fort. »Ich meine, er ist ein Bulle.«

Am anderen Ende der Theke knabberten Lew und der blonde Trainer gesalzene Erdnüsse. Lew grinste zu ihnen herüber.

»Er ist der Freund eines Freundes«, sagte Anna. »Wir haben zusammen Mittag gegessen, am Pier auf Coquina.«

»Bei Bad Billy's,« fragte Elaine. »Ist ein hübsches Fleckchen Erde, aber das Essen ist einfach grauenhaft? Ist er ein Bulle?«

»Davon hat er mir nichts gesagt«, antwortete Anna. »Er ist ein Bekannter von Ms. Crowther, also nehme ich an, er ist auch in der Modebranche tätig. Er hat nur übers Angeln geredet.«

»Lew hat ein Boot. Nehmen Sie mich dagegen. Mir wird schon schlecht, wenn ich ein Boot nur sehe. Aber mit Polizisten komme ich gut aus. Fanden Sie ihn nicht auch schnuckelig?«

»Wie kommen Sie darauf, daß er Polizist ist?«

»Bullen haben so eine bestimmte Art, sich umzuschauen«, sagte Elaine. »Als ob hinter ihnen immer etwas lauert. Sehen Sie, er ist nur in den Laden gekommen und hat mich gefragt, wo er Sie finden könnte. Ich hab' also gar nicht viel mit ihm geredet. Aber ich dachte mir, der ist ganz schön schnuckelig, und dann dachte ich mir, jede Wette, daß er ein Bulle ist.«

»Sie glaubt, daß er Polizist ist, weil sie ihn schnuckelig findet«, sagte Lew, der hinter Elaines Barhocker getreten war. »Oder sie findet ihn nur schnuckelig, weil sie ihn für einen Polizisten hält. Sie steht nämlich auf Bullen.«

»Stimmt überhaupt nicht!«

»Dann eben auf schnuckelige Bullen«, sagte Lew. »Wenn sie auf mich hören würde, wäre sie längst auf Tennislehrer umgestiegen. Gehen wir essen?«

»Okay«, sagte Elaine und rutschte von ihrem Barhocker.

Sie gingen durch die Tür hinaus, die zum Swimmingpool führte. Das Licht brannte, und das Becken schimmerte türkis in der Abenddämmerung. Ein Mann und eine Frau zogen langsam und geduldig ihre Bahnen.

Anna warf einen Blick in das Restaurant. Einige Tische waren schon besetzt. Wieder nur Paare, dachte sie und beschloß, es woanders zu probieren.

Sie ging zum Haus zurück, um den Wagen zu holen, doch als sie dort angekommen war, hatte sie keinen Hunger mehr. Statt dessen machte sie lieber einen Spaziergang ans Wasser.

Die Sonne war schon fast untergegangen, sie färbte den Horizont blutrot. Das Meer war schwarz und indigofarben, wo die winzigen Wellen an den Strand liefen, hatte es einen zarten Spitzensaum.

Anna sprang von der Kaimauer und wanderte Richtung Norden. Bis zum Sand Dollar Motel waren es etwa zwei Kilometer. Sie war sich nicht ganz sicher, ob sie es überhaupt erkennen würde, wenn sie davorstand.

Doch diesen Gedanken hätte sie sich sparen können. Eine graue Gestalt trat unter den schwarzen Palmen und Kiefern hervor, und Rule sagte: »Sie können wohl auch keine Ruhe geben, hm?«

Er sprach leise, doch hinter dem Sichtschutz aus Strandhafer konnte sie ausgelassene Stimmen hören. Sie roch auch den Rauch und Bratenduft von einem Grillfest.

»Tut sich was?« fragte sie.

»Gar nichts.« Er führte sie durch den trockenen Sand in den Schutz einiger Kiefern. »Hugh ist weg, und sie ist seitdem nicht mehr zum Vorschein gekommen.«

Das Motel war hufeisenförmig um einen Swimmingpool herum angelegt. Im Licht der Bogenlampen sah das Gras künstlich grün wie ein Billardtisch aus, und das Becken glitzerte wie buntes Glas.

Das Zimmer, das Hugh angemietet hatte, lag im Erdgeschoß, es war von allen Apartments dem Meer am nächsten. Die Verandatür führte gleich in den Sand hinaus, und von da aus waren es durch den Strandhafer bis zum Wasser nur ein paar Schritte zu gehen.

Die Vorhänge waren zugezogen, aber das flackernde blaue Licht ließ darauf schließen, daß der Fernseher lief.

Rule sagte: »Er hat sie ohne Auto sitzenlassen. Sie kann nicht weg, es sei denn, er holt sie wieder ab. Vorne hält ein Kollege die Augen nach ihm offen.«

Anna setzte sich in den Sand und die Kiefernnadeln. Sie lehnte sich mit dem Rücken an einen Baumstamm. Zur Rechten flüsterte das Meer, zur Linken wurde die Grillparty immer ausgelassener.

Nach einer Weile sagte sie: »Warum nennt man Sie Rule?«

»Weil Raoul zu schwer auszusprechen ist«, sagte er.

»Waren Sie bei der Polizei?«

»Ja. Sie auch?«

»Ja.«

Inzwischen war der Mond aufgegangen, er schien genau über dem Meer auf dem Rücken zu liegen. Rule war nur einer von vielen Schatten in der Dunkelheit. So gefiel er ihr besser.

Eine halbe Stunde später ging das flimmernde blaue Licht aus. Rule schlich sich davon. Als er zurückkam, sagte er: »Ich glaube, sie ist ins Bett gegangen.«

Sie saßen schweigend da und warteten. Anna betrachtete die silberne Straße zum Mond. Eine weitere halbe Stunde verging, dann sagte Rule: »Wer ist sie? Falls es überhaupt die Richtige ist.«

»Cynthia Garden«, sagte Anna. »Oder möglicherweise auch Cynthia Fellows. Sie ist mit ihm durchgebrannt, als sie noch minderjährig war. Seitdem ist ihre Mutter am Durchdrehen.«

Der Baumstamm drückte ihr in den Rücken. Sie machte es sich bequemer.

»Einmal abgesehen von Ihnen und Ihrem Kollegen«, sagte sie, »wird das Motel sonst noch von irgendwem beobachtet?«

»Nein.«

»Was halten Sie von seiner Versteckspielerei?« fragte sie. »Weiß man eigentlich, ob er tatsächlich verfolgt wird?«

»Nein. Meinen Sie, wir ziehen die falschen Schlüsse?« Seine Stimme klang wieder feindselig.

»Nein«, sagte Anna rasch. »Es ist nur eigenartig, daß er sich hier so völlig anders benimmt als in London.«

Sie dachte daran, wie Hugh in der Schlange auf den 31er Bus gewartet hatte, wie die Frauen ihn angeschmachtet und einander in die Rippen gestoßen hatten. Sie seufzte und wollte gerade fortfahren, als eine andere Schattengestalt leise raschelnd durch die Kiefernnadeln kam.

Jemand fragte: »Rule?«

»Hier«, sagte Rule. »Du bist spät dran.« Er stand auf. »Unsere Ablösung«, erklärte er Anna. »Kommen Sie, ich setze Sie zu Hause ab.«

Sie gingen ein Stück am Strand entlang und stapften dann über ein unbebautes Grundstück zur Straße.

Anna sagte: »Ist einer von Ihnen noch mal in dem Haus in Coquina gewesen?«

Rule sah sie an. »Woran denken Sie?« fragte er.

»Ich war nur neugierig«, sagte sie. »Ich mache mir Gedanken, warum sie abgereist sind und was sie wohl alles zurückgelassen haben.«

»Ja«, sagte er. »Aber das werden wir nicht herausfinden. Ethan war froh, daß er Hugh laufen lassen konnte. Unsere große Chefin will, daß wir die Finger von ihm lassen.«

Sie stiegen in den Buick. Rule setzte sie am Tor der Tennisanlage ab.

Tennisspieler waren anscheinend keine Nachtschwärmer. Vor dem Clubhaus standen kaum noch Wagen, und die meisten Wohnungen sahen dunkel und verlassen aus.

Sie ging ins Haus und steuerte als erstes das Telefon an. Laras Anrufbeantworter plapperte ihr immer noch dieselbe Nachricht vor, und als sie bei sich zu Hause anrief, hörte sie ihre eigene Stimme, daß sie nicht zu sprechen sei. Quex war offenbar in der Zwischenzeit dagewesen und hatte daran gedacht, das Gerät einzuschalten. Oder er war da und wollte nicht mit ihr reden.

Anna machte sich ein Töpfchen Kartoffelsalat auf und kochte sich eine Kanne Tee. Während sie aß, starrte sie auf das Telefon. Warum wich Lara ihr aus?

Sie spülte Teller und Tasse ab, atmete tief durch und rief Penny Garden in Oakleigh an.

Es dauerte ein wenig, doch schließlich meldete Penny sich. Sie klang verschlafen und wußte nicht gleich, wer Anna war. Als es ihr wieder einfiel, wurde sie munter. Zumindest klang sie fast normal.

»Larry sagt, daß Sie Cyn gefunden haben«, sagte sie. »Wie geht es ihr? Was macht sie?«

»Nicht so hastig«, fiel Anna ihr ins Wort. »Hugh Fellows lebt mit einer jungen Frau zusammen, bei der es sich um Cynthia handeln könnte. Aber ich habe sie mir noch nicht richtig ansehen können, also machen Sie sich lieber noch keine allzu großen Hoffnungen.«

»Bitte, sie muß es einfach sein«, sagte Penny beschwörend, als ob Anna die Macht besäße, einem fremden Mädchen die Identität ihrer Tochter aufzuzwingen. »Sie können sich nicht vorstellen, wie das ist – diese Ungewißheit. Sie haben selber keine Kinder, nicht wahr? Man kann sie nicht einfach so gehen lassen – sie nie wiedersehen – nicht wissen, ob sie leben oder tot sind.«

»Erzählen Sie mir etwas über Ihre Tochter«, bat Anna. »Sagen Sie mir, was passiert ist.«

»Ich dachte, Larry hätte Ihnen das erzählt.«

»Sie hat mir einiges erzählt«, sagte Anna. »Aber ich glaube, Sie hat nie viel auf Cynthia geachtet, bevor sie verschwand.«

»Das stimmt«, rief Penny. »Für sie war meine Familie immer nur eine Ablenkung. Sie hält mich für eine ›Künstlerin‹.« Das letzte Wort sprach sie so zynisch aus, daß es fast grausam klang.

»Sie hat ja überhaupt keine Ahnung«, fuhr sie fort. »Sie hatte auch nie Kinder. Sie kann Cyn nicht einmal leiden. Sie haßt Chris. Sie will gar nicht, daß die beiden wiederkommen.«

»Aber sie bezahlt mich dafür, daß ich Cynthia finde«, widersprach Anna.

»Nur weil ich nicht arbeiten will.«

Anna gab es einen Ruck. Nicht arbeiten wollen und nicht arbeiten können waren zwei sehr verschiedene Dinge.

»Sie glauben doch nicht etwa, sie will, daß Cyn zurückkommt?« fuhr Penny fort. »Mein Gott, ich kann mich noch genau daran erinnern, wie Larry eines Nachmittags herfuhr und Cyn Geld gegeben hat, damit sie verschwindet. Ich habe es erst erfahren, als sie zum Abendessen zurückkam. Larry hatte sie abgefangen, als sie aus der Schule kam, und sie wieder weggeschickt. Sie ist ins Café gegangen, wo sich gewöhnlich die Halbstarken treffen, und sie hat sich prächtig amüsiert. Aber sie war damals erst zwölf. Ich war furchtbar wütend auf Larry.«

»Erzählen Sie mir, wie Cyn und Hugh sich kennengelernt haben«, bat Anna.

»Das war ein paar Jahre später – wir waren alle in meinem Atelier«, sagte Penny. »Larry hatte Hughie mitgebracht, weil Chris und ich ihn kennenlernen sollten. Wir sahen uns ein paar Zeichnungen für die Frühjahrskollektion an. Cyn kam gerade von einem Einkaufsbummel mit einer Schulfreundin zurück, sie hatte sich einen Rock und ein Oberteil gekauft. Sie hatte die neuen Sachen gleich angezogen. Und sie kam in mein Atelier geplatzt und hat gerufen: ›Na, wie gefalle ich euch?‹ Damals war sie ein bißchen punkig, Sie wissen schon, sie stand auf Anti-Mode, und sie sah, wie soll ich sagen? Sie sah komisch aus. Larry fand ihren Aufzug grauenhaft. Aber Larry hat sowieso einen furchtbar konventionellen Geschmack.«

»Erinnern Sie sich noch, wie Hugh reagiert hat?«

»Ich glaube, er hat nur gelacht. Ich wäre nie auf den Gedanken gekommen, daß er pädophil veranlagt ist.« Penny klang gehässig. »Wenn ich ihn durchschaut hätte, hätte ich ihm das Herz herausgeschnitten.«

»Sie wissen nicht, wann das mit den beiden anfing?«

»Ich weiß überhaupt nichts. Sie war ein ganz normaler Teenager. Ich habe mir das meiste hinterher aus den Berichten ihrer Freundinnen zusammengereimt, aber ich weiß immer noch nicht, wie und wann es mit den beiden angefangen hat. Ich dachte, Hugh käme nach Oakleigh, um Chris und mich zu besuchen. Mit Chris habe ich über die Sache nie sprechen können, weil er ja auch verschwunden ist. Er ist einfach gegangen. Hat gesagt, er wolle mehr vom Leben. Seitdem habe ich nichts mehr von ihm gehört. Kein Brief, kein Anruf, nicht das geringste Lebenszeichen.«

»Überhaupt nichts?« fragte Anna. Sie wußte nicht, wieviel sie Penny sagen sollte. »Was hat Lara Ihnen erzählt?«

»Nichts. Nichts über Chris. Haben Sie ihn etwa auch gefunden?«

»Nun, nicht direkt«, sagte Anna. »Aber ich habe gehört, er sei in Italien.«

»In Italien?«

»Ja. Soweit ich weiß, kauft er dort die Waren ein, die Hugh dann verkauft.«

»Ist ihm denn alles egal?« schrie Penny. »Wie kann Chris immer noch mit Hugh Geschäfte machen? Cyn ist schließlich auch seine Tochter.«

»Ich weiß nicht«, sagte Anna. »Was meinen Sie?«

»Ich?« sagte Penny, erstaunt, daß sie nach ihrer Meinung gefragt wurde. »Manchmal habe ich das Gefühl, daß die Beziehung zu Larry mir meine Familie entfremdet hat.«

Nun war Anna erstaunt. »Was meinen Sie damit?« fragte sie.

»Nichts«, sagte Penny. »Nichts Bestimmtes.« Sie legte auf. Anna hatte ein flaues Gefühl im Magen.

54

Lara hatte gesagt, sie hätten sich im Garten kennengelernt. Penny behauptete, es wäre in ihrem Atelier gewesen. Vielleicht hatte niemand richtig darauf geachtet, wann Cyn Hugh zum ersten Mal begegnet war.

Kurz bevor Anna einschlief, dachte sie noch darüber nach, wie wenig Erwachsene eigentlich über das Leben ihrer Kinder wissen, und umgekehrt. Sie träumte von einem großen Haus, in dem die Menschen, die oben wohnten, keine Ahnung hatten, daß im Keller eine Zwergenfamilie hauste.

Punkt drei Uhr wachte sie auf, sie fühlte sich munter und unternehmungslustig. Die Probleme mit der Zeitverschiebung mußten doch zu etwas gut sein, dachte sie sich, nachdem sie sich eine halbe Stunde ergebnislos im Bett herumgewälzt hatte. Sie stand auf, zog sich an und holte den Tempo aus der Garage. Sie konnte genausogut jetzt nach Coquina fahren. Die Straße war leer. Sie hatte das Gefühl, der einzige wache Mensch auf der Welt zu sein. Ein leichter Dunst war vom Meer ins Landesinnere gezogen, und die Luft war feucht.

In Pier Drive hielt sie den Wagen kurz vor dem Haus auf Stelzen an und ging im Dunkeln darauf zu. Nur mit Mühe konnte sie das Haus und die Treppenschräge zur Veranda ausmachen. Sie umrundete es einmal und noch einmal. Nichts rührte sich. Selbst das Meer schien den Atem anzuhalten.

Sie knipste die Taschenlampe an, schirmte den Lichtkegel fast völlig mit der Hand ab und schlich die Treppe hoch.

Sie war nicht die erste Besucherin. Sie brauchte nur einmal kurz mit der Taschenlampe über die Fliegendrahttür zu fahren, um zu sehen, daß sie aufgeschlitzt worden war. Sie schwang auf, als sie sie berührte. Sie knipste die Lampe aus. Das Schloß war aufgebrochen worden, die Glastür ins Haus glitt auf. Sie ging langsam ein paar Schritte hinein, bis sie an einen zugezogenen Vorhang kam.

Vor oder zurück? Schlau sein und umkehren, hätte Rule bestimmt gesagt.

Anna ging weiter, sehr langsam, sehr vorsichtig schob sie den Vorhang zur Seite. Die Luft war verbraucht und roch muffig. Als sie sich vergewissert hatte, daß sie allein war, knipste sie die Taschenlampe wieder an. Sie stand vor einer Szene der Verwüstung.

Das Zimmer war nach allen Regeln der Kunst auseinandergenommen worden. Sessel und Sofas lagen auf dem Rücken, die

Füllung hing heraus. Der Teppichboden war hochgerissen worden, die Dielenbretter aufgestemmt.

In den beiden Schlafzimmern bot sich ihr ein ähnlicher Anblick. Die Wandverkleidungen waren losgebrochen worden, Zimmerdecken und Lichtanschlüsse waren ebenfalls übel zugerichtet.

Im Badezimmer fehlte der Deckel vom Spülkasten, die Decke war völlig zerstört. Bestimmt hatte jemand da oben den Wassertank kontrolliert.

In der Küche brauchte sie die Taschenlampe nicht, die Kühlschranktür stand offen. Das Licht spiegelte sich in den Wasserpfützen, die aus dem abtauenden Gefriergerät kamen und auf denen matschige Cornflakes schwammen.

Es war kein sinnloser Vandalismus. Es war das Ergebnis einer systematischen Suche, vor der nicht einmal das Gebäude selbst verschont worden war.

Man war fündig geworden.

Zwei leere Kartons lagen auf dem Boden. Beide trugen den Aufdruck Cara Cosmetics. Neben den Kartons lagen drei leere Töpfchen. Anna hob eines davon auf. Auf dem Etikett stand »Cara Enthaarungscreme«. Aber der Tiegel war völlig leer – keine Reste einer Creme, ob nun zur Enthaarung oder zu sonst etwas. Drei saubere Töpfchen. Aber die Kartons waren aufgerissen worden. Also mußten sie etwas enthalten haben. Und dieses Etwas fehlte nun.

Anna wischte das Töpfchen, das sie in der Hand hielt, mit dem T-Shirt-Zipfel ab.

Sie verließ das verwüstete Haus und fuhr zitternd zum Tennisclub zurück.

Soviel also zu den Problemen mit der Zeitverschiebung. Mitten in der Nacht in einem fremden Land konnte einem bei solchen Unternehmungen leicht das Herz stehenbleiben.

55

»Sie spielt nicht Tennis«, erzählte Betty Hicks von ihrer Tochter. »Aber sie ist im Leichtathletikteam ihres Colleges. Sie läuft die achthundert Meter. Man ist dort sehr leistungsorientiert. Die nehmen längst nicht jeden auf.«

Die anderen murmelten beifällig. Sie standen nach Spielende um den Wasserspender herum. Anna saß im Schatten, sie fühlte sich in etwa so leistungsorientiert wie ein gebrauchter Teebeutel.

»Mein Sohn«, sagte Marcia. »Monty, der Medizinstudent, ihr wißt doch? Er hat in der High School viel Basketball gespielt. War in der Schulmannschaft. Aber im College ist das etwas ganz anderes. Die Gegner sind größer, die Mitspieler verdanken ihre Studienplätze oft einem Sportstipendium. Da hat er lieber aufgehört. Ich kann mir denken, daß es im Vergleich dazu in der Leichtathletik mancherorts noch recht gemächlich zugeht. Da stehen die Kinder nicht so sehr unter Druck, weil es weder Prämien noch Sponsoren gibt.«

Vom Trainingsplatz her hörte Anna Lew brüllen: »Schneller, Dave! Beweg dich. Hau drauf!« Wieder einmal wurde ein riesenhafter Teenager unter den Augen seiner stolzen Großeltern durch die Mangel gedreht.

Annas Partnerinnen überließen den Platz einem uralten gemischten Doppel, Anna ging nach Hause, um zu duschen und sich umzuziehen. Es hieß, daß Carol Biermann wieder zurück erwartet wurde. Anna hoffte, daß sie einen Tag Pause machen konnte. Ihre Muskeln fühlten sich schlaff an, wie ausgeleierte Sprungfedern. Der frühe Arbeitsbeginn um drei Uhr morgens hatte ihrem Kräftehaushalt nicht sonderlich gut getan.

Es klingelte an der Tür, als sie aus der Dusche kam. Als sie aus dem Fenster sah, entdeckte sie Rule, der mit verschränkten Armen an seinem Buick lehnte und sich das Spiel auf dem nächstgelegenen Platz anschaute. Er sah so lässig aus, daß er fast gelangweilt wirkte. Anna wickelte sich in ein Handtuch ein und lief nach unten, um ihn hereinzulassen.

»Sie spielen Tennis?« fragte er, als er ihr ins Wohnzimmer folgte.

Anna zog das Handtuch fester. Sie fand es nicht sehr angenehm, halbnackt die Tür zu öffnen. Das Telefon klingelte.

Lara sagte: »Sie haben gestern abend in Oakleigh angerufen.« Sie klang wütend. »Ich lasse es nicht zu, daß Sie Penny belästigen. Sie hat auch so schon genug am Hals. Ich habe Sie engagiert, damit Sie ihr bei ihren Problemen helfen, und nicht, damit Sie sie noch größer machen.«

»Tatsächlich?« sagte Anna. Rule setzte sich. Sie drehte ihm den Rücken zu. »Ich habe Sie deswegen gestern vier- oder fünfmal angerufen und mehrere Nachrichten hinterlassen. Ich habe nicht genug Informationen. Ich hatte von Anfang an nicht genug Informationen. Ich hätte schon längst mit Penny reden sollen.«

»Was hat sie gesagt?« quäkte Lara. »Sie ist seelisch am Ende – die meiste Zeit redet sie dummes Zeug.«

»Sie redet kein dummes Zeug«, sagte Anna sachlich, um ihre Wut niederzukämpfen. »Das einzige, was dumm ist, ist Ihre Weigerung, die Warnungen über die Vorgänge hier unten ernst zu nehmen.«

»Sie haben also mit Ethan Callow gesprochen. Der Mann leidet an Verfolgungswahn. Das ist eine Berufskrankheit. Ich dachte, wenigstens Sie hätten soviel Grips im Kopf, das zu merken.«

»Hat er Ihnen erzählt, daß Hugh gestern umgezogen ist?«

»Nein.«

»Ist er aber, und das Haus, aus dem er ausgezogen ist, wurde letzte Nacht völlig auf den Kopf gestellt – aufgebrochen und verwüstet. Das waren keine Amateure. Die Leute von *Florida-Technics* wissen genau, wovon sie reden.«

Lara sagte nichts. Anna hörte Rule aufstehen. Sie drehte sich zu ihm um. Sie sagte: »Fällt Ihnen dazu vielleicht etwas ein, Ms. Crowther?«

Lara schwieg.

»Sie haben mich schließlich hierher gelockt, und jetzt sitze ich hier wie ein Affe auf dem Schleifstein, ohne Informationen und...«

Lara hängte ein.

Anna legte behutsam den Hörer auf die Gabel. Sie sagte: »Anscheinend haben wir es mit einer Art Kommunikationsstörung zu tun. Mit anderen Worten: Die Alte kriegt die Zähne nicht mehr auseinander.« Sie stampfte wütend nach oben, um sich anzuziehen, und fühlte sich gleichzeitig albern. Im Badetuch war sie noch nie zur Höchstform aufgelaufen.

Als sie wieder nach unten kam, stand Rule auf der Veranda und schaute hinter einem Boot her, das einsam am Horizont entlangfuhr. Sie setzte Wasser auf und machte Tee.

Von der Veranda aus sagte Rule: »Sie hat Sie wohl auch an der Nase herumgeführt. Ethan hat mir erzählt, daß er sie gestern abend ebenfalls nicht erreichen konnte.«

Anna nahm den Tee mit nach draußen und stellte die Kanne auf einen kleinen Glastisch. Mit den Händen in den Hosentaschen sah Rule ihr beim Eingießen zu.

»Ich habe Ihnen ein paar Fotos mitgebracht«, sagte er. »Schauen Sie mal, ob Sie jemanden identifizieren können.« Er blickte mißtrauisch in seine Teetasse.

Anna sah sich die Bilder an. Sie zeigten Cynthia Garden. Ohne die große Sonnenbrille konnte man die weiten grauen Augen, die breiten Wangenknochen und die flache Stirnpartie ihrer Mutter erkennen. Offenbar sammelte sie Muscheln. Die Schatten waren lang. Insgesamt gab es zwanig Aufnahmen. Cynthia ging mit einer Plastiktüte auf die Kamera zu. Sie trug Shorts und ein Rugbyhemd. Auf einigen Bildern spülte sie etwas im Meer ab. Und auf den letzten beiden sah sie fast genau in die Kamera.

»Das ist sie«, sagte Anna. »Damit wäre ich dann wohl auf mich allein gestellt.«

»Wir hatten Glück«, sagte Rule. »Ein Schwarm Ibisse war früh am Morgen am Strand, und der Kollege mußte nur so tun, als ob er die Vögel knipsen wollte.«

»Falls ich überhaupt noch hierbleibe«, sagte Anna. »Ich hätte nicht übel Lust, den ganzen Krempel hinzuschmeißen.«

»Stimmt das, was sie von dem Haus in Pier Drive erzählt haben?« fragte Rule.

»Ich hätte sogar sehr große Lust dazu«, sagte Anna. »Ich habe zwar zu meiner Zeit schon für so manchen Drachen gearbeitet, aber die Frau schlägt sie alle um Längen.«

Das Telefon klingelte schon wieder. Rule sagte: »Das Haus in Pier Drive – sie waren tatsächlich letzte Nacht noch einmal da?«

»Ja«, sagte Anna und ging zum Telefon.

Lara sagte: »Anna, es tut mir leid. Ich muß mich entschuldigen. Ich kann mir vorstellen, was Sie jetzt von mir denken.« Sie klang völlig anders als vorher. Ihre Stimme war gedämpft, der Ton beherrscht.

»Ich habe Sie gestern nicht zurückgerufen, weil ich bei meiner Mutter war«, fuhr Lara fort. »Sie ist dreiundachtzig und gesundheitlich nicht ganz auf der Höhe. Das soll keine Entschuldigung sein, aber wenn ich die Beherrschung verloren habe, lag das zum Teil daran, daß ich vor Sorge um sie kaum noch klar denken kann.«

»Es spielt keine Rolle«, sagte Anna.

»Doch, und ob. Sie haben recht – ich habe nur das eine Ziel im Kopf, mit Cyn Kontakt aufzunehmen, deshalb habe ich die anderen Gesichtspunkte außer acht gelassen. Aber wenn Hugh in eine böse Sache verwickelt ist, eilt es um so mehr, daß wir sie da herausholen. Das sehen Sie doch sicher ein. Sie ist schließlich erst siebzehn oder achtzehn? Wissen Sie, wo sie ist? Haben Sie sie schon identifiziert?«

»Einer von Mr. Callows Mitarbeitern ist gerade bei mir«, teilte

Anna ihr mit. »Er hat ein paar Fotos mitgebracht. Keine Frage, es ist Cyn.«

Lara seufzte. »Gut«, sagte sie. »Und was ist nun gestern passiert? Sie haben die beiden gefunden, und dann sind sie abgehauen?«

»Sie haben Hugh aufgespürt, aber ich war mir nicht sicher, ob die Frau, die er bei sich hatte, die richtige war. Und er ist nur so lange geblieben, bis er gepackt hatte. Dann waren sie wieder weg.«

»Und wo sind sie jetzt?«

»Wo Hugh steckt, weiß ich nicht. Aber Cynthia ist in einem Motel, nicht weit von hier. Er hat sie abgesetzt und ist weggefahren. Ich weiß nicht, ob er zwischendurch mal wieder da war. Mr. Callow will mit Hugh nichts mehr zu schaffen haben, und seit gestern abend kann ich ihm das nicht verdenken.«

»Sie sind tatsächlich zu dem Haus zurückgegangen?«

»Ja.«

»Und es war durchsucht worden?«

»Ja, und zwar gründlich.«

»Sie dürfen solche Risiken nicht eingehen«, sagte Lara. »Das geht vielleicht in London, wo Sie sich auskennen, aber nicht hier. Sie dürfen sich nicht so weit vorwagen. Konzentrieren Sie sich auf Cyn. Wir müssen sie hier rausholen.«

»Womöglich will sie aber gar nicht weg«, sagte Anna. »Nach allem, was Sie mir erzählt haben, könnte sie verheiratet sein. Darauf wollte ich hinaus, als ich vorhin sagte, daß ich nicht genug Informationen habe. Davon haben Sie mir erst vor ein, zwei Tagen etwas erzählt. Sie und Mrs. Garden reden über Cyn, als ob sie ein kleines Mädchen wäre, das von einem Sittenstrolch entführt wurde. So mag es Ihnen vielleicht vorkommen, aber die Tatsachen sehen anders aus.«

»Tja, dann müssen Sie die Tatsachen eben selbst ausgraben«, sagte Lara. »Ich kenne sie nicht. Aber daß man etwas nicht weiß, entschuldigt noch lange keine unterlassene Hilfeleistung. Und es ist nun mal eine Tatsache, daß Cyn noch ein Teenager, Hugh dagegen schon in den Vierzigern ist. Ich finde, das könnte durchaus darauf hindeuten, daß er sie unter Druck gesetzt hat. Und wenn Hugh in Schwierigkeiten steckt, braucht Cynthia wahrscheinlich ebenfalls Hilfe. Wir müssen es versuchen. Meinen Sie nicht, daß wir es versuchen müssen?«

»Wahrscheinlich«, sagte Anna. »Aber letzten Endes müssen wir ihr die Entscheidung überlassen.«

»Richtig«, sagte Lara, sie klang zufrieden. »Der Meinung bin ich auch. Und ich rede noch mal mit Ethan Callow – nur damit Sie eventuell Rückendeckung bekommen, falls es nötig werden sollte. Ich meine«, fügte sie hastig hinzu, »wenn er die Finger von Hugh lassen will, soll mir das recht sein. Aber falls die beiden sich noch einmal aus dem Staub machen, brauchen Sie vielleicht Hilfe, um sie wiederzufinden. Kann ich sonst noch etwas für Sie tun?«

»Ich brauche Geld«, sagte Anna. »Ich habe mir überlegt, selbst in das Motel zu ziehen.«

»Erledigen Sie das per Kreditkarte. Ich erstatte Ihnen die Unkosten.« Lara hielt inne. »Sie haben doch hoffentlich eine Kreditkarte?« Unvermittelt wie immer legte sie auf.

Annas Tee war kalt geworden, sie goß sich eine frische Tasse ein.

Rule sagte: »Umwerfend finde ich Ihren englischen Tee nicht gerade. Übel ist er nicht, aber auch nicht umwerfend.«

Die Sonne fiel auf die Veranda. Anna setzte sich und schloß die Augen.

Rule sagte: »Also fliegen Sie wohl doch nicht nach Hause.«

»Heute jedenfalls noch nicht«, sagte Anna. »Wo wohnen Sie? In Tampa?«

»Sie hat sie überredet, was?«

»Sie hat an mein Verantwortungsgefühl für die holde Maid in Not appelliert.«

»Holde Maid, hm?« sagte Rule. Er hatte die Füße hochgelegt

und die Hände im Nacken verschränkt. »Ich probiere noch eine Tasse. Vielleicht gewöhnt man sich ja daran.«

Anna goß ihm nach. Hätte es nur Tennis und Sonnenschein gegeben, wäre das Leben wunderbar gewesen. Selbst das Gefühl der Trägheit wäre eine Wonne gewesen.

»Was haben Sie in Pier Drive entdeckt«, fragte Rule.

»Ein Chaos. Wieso? Ich dachte, Sie wollten nichts davon wissen.«

»Ich mag unbeantwortete Fragen nicht. War es groß oder klein?«

»Ich würde sagen, sie haben entweder ein großes Teil oder jede Menge Kleinzeug gesucht. Sie haben den Putz von den Wänden geschlagen, sie sind durch die Decke gegangen, sie haben den Fußboden aufgestemmt. Vielleicht können Sie sich jetzt ein Bild machen.«

»Haben Sie eine Vermutung?«

»Es war etwas, was Hugh sich per Luftfracht aus England hat schicken lassen, in Kisten mit Cara Enthaarungscreme.«

Rule setzte sich auf und nippte an seinem Tee. Anscheinend konnte er sich doch nicht daran gewöhnen, er stellte die Tasse halbvoll wieder ab.

»Wo ist sein Lagerhaus«, fragte Anna. »Ist das schon unter die Lupe genommen worden?«

»Soll ich Ihnen sagen, was ich denke?«

»Was? Drogen?«

»Der Typ, mit dem er in Miami verabredet war, hat angeblich damit zu tun.«

»Aber«, sagte Anna, »das Zeug kommt aus Italien. In London wird es nur umgepackt. Drogen von Mailand nach Miami – kommt mir ein bißchen verdreht vor. Die falsche Richtung.«

»Stimmt.«

»Hat Hugh hier drüben ein Vorstrafenregister?«

»Nein. Das haben wir überprüft.« Rule stand auf. »Ich muß los«, sagte er unvermittelt.

Anna sah ihn verdutzt an.

»Darf ich Ihnen einen Rat geben?« sagte er. »Gehen Sie Hugh Fellows aus dem Weg. Die Adresse von seinem Lagerhaus gebe ich Ihnen nicht. Sonst kommen Sie womöglich noch auf die Idee, selbst mal einen Blick hineinzuwerfen. Es war schon riskant genug, noch einmal zum Pier Drive zu fahren. Wenn Sie sich unbedingt an die Kleine ranmachen müssen, seien Sie auf der Hut, ja?«

In der Tür drehte er sich noch einmal um. »Ich wohne in St. Pete«, sagte er. »Sie können mich jederzeit über die Agentur erreichen.« Er ging.

56

Anna trug sich im Sand Dollar Motel unter dem Namen Ann Johnson ein. Gesehen hatte Hugh sie zwar nie, aber er hatte ihren Namen bestimmt von Sonia Casey gehört.

Die Frau im Büro hatte beigefarbenes Haar und saß hinter einem Schild mit der Aufschrift: Mrs. Katheryn Katz, Rezeption. Ihre Brille baumelte ihr an einer Kette auf der Brust, und sie schien es gar nicht gern zu sehen, daß Ann Johnson keinen Ehemann vorweisen konnte.

»Ich für mein Teil würde nicht gern solo verreisen«, sagte sie kritisch. Und als sie Anna das Apartment zeigte, fügte sie hinzu: »Natürlich sind wir eigentlich ein Familienmotel.«

Annas Apartment lag im Erdgeschoß des Hauptgebäudes hinter einer Dusche, einem Wohnzimmer mit Kochnische und einer Veranda. Im Vergleich zu dem Haus im Manatee Tennisclub wirkte es eng und ein wenig schäbig. Anna fühlte sich sofort wohl darin.

Sie öffnete die Glastür zur Veranda. Draußen standen Liegen und Klappstühle um den Pool herum. Menschen lagen wie gestrandete Wale in der Sonne. Am Nichtschwimmerende planschten und kreischten ein paar Kinder, und in der Mitte des Beckens ließ sich eine Frau auf dem Rücken treiben.

Cynthia war nicht unter den Sonnenanbetern zu sehen.

Nachdem Anna sich Shorts und ein T-Shirt angezogen hatte, ging sie nach draußen. Sie umrundete den Pool und wanderte hinunter an den Golf.

Cynthia war am Strand, sie lag bäuchlings auf einer Liege. Sie war sehr braun. In ihrer Nähe harkte ein muskelbepackter junger Mann in Shorts Kiefernnadeln und angespülten trockenen Seetang zusammen. Er trug kein Hemd und ließ seine Brustmuskeln spielen, aber vergebens: Cynthia beachtete ihn nicht. Sie drehte sich zur Seite und sah Anna voll ins Gesicht. Anna winkte einem anderen Motelgast und ging weiter am Strand entlang.

Winzige bunte Muscheln lagen verstreut im Sand. Anna sammelte ein paar auf. Schon bald glich dieser Zeitvertreib einer kleinen Schatzsuche. Das langsame Gehen, der Blick nach unten, das rasche Bücken nach hübschen Farben und seltsamen Formen schlug sie völlig in seinen Bann.

Auf dem Rückweg wusch sie ihre Schätze am Meer ab. Cynthia lag auf einen Ellenbogen gestützt da und las ein Taschenbuch.

»Wissen Sie vielleicht, wie die heißen?« fragte Anna und hielt ihr einige Muscheln auf der offenen Hand hin.

Cynthia lüftete ihre Sonnenbrille und sagte: »Coquinas, Venusmuscheln und Kammuscheln.« Sie klang gelangweilt.

»Ich dachte, Coquina wäre ein Ort«, sagte Anna.

»Er ist nach der Muschel benannt«, erklärte Cyn. »Sehen Sie da die Blasen aufsteigen, wo die Wellen zurückgehen? Das ist der Atem der Coquinas. Da, wo die Vögel im Sand picken. Wo kommen Sie her?«

»Aus London«, sagte Anna. »Und Sie?«

»Ach, ich war schon überall«, sagte Cyn. »Ich komme eigentlich nirgendwo her. Meine Eltern waren bei der Armee – wir haben überall gelebt. Sind Sie länger hier?«

»Nur ein paar Tage«, sagte Anna. »Hier kann man wunderbar Urlaub machen.«

»Mein Mann hat hier geschäftlich zu tun«, sagte Cyn. »Deshalb ist es für uns kein richtiger Urlaub. Haben Sie ein Auto?«

»Ja.« Cynthia kam Anna allmählich sonderbar vor, in ihrer Stimme lag der Ton ›Ich habe schon alles gesehen‹, aber der Blick in ihren Augen war der eines Kindes, das einen gestohlenen Schatz hinter dem Rücken versteckt – eine Mischung aus Angst, Schuld und Triumph.

»Mein Mann ist nämlich mit unserem Wagen unterwegs«, fuhr Cyn fort, »und ich kann nicht einkaufen fahren.«

»Ich wollte sowieso ins Bay Plaza Einkaufszentrum«, sagte Anna. »Sie können gern mitkommen, wenn Sie möchten.«

»San Isabel Circle ist besser.« Cyn stand auf. Ihre Bewegungen waren steif. »Kommen Sie, ich zeige es Ihnen.«

Anna fragte sich, ob Cyn wohl Bauchschmerzen hatte; bei den ersten Schritten ging sie leicht vornüber gebeugt, bevor sie sich aufrichtete. Sie trug einen Badeanzug in Silber, Pink und Blau, unten und oben sehr weit ausgeschnitten – die Sorte, die fast nie mit Wasser in Berührung kommt. Anna fand, daß ihr das Gespür für Farben fehlte, das ihre Mutter auszeichnete.

»Wie heißen Sie eigentlich?« fragte Cyn.

»Ann«, sagte Anna.

»Serena«, sagte Cynthia.

»Ich ziehe mir nur rasch was über, und wir treffen uns dann auf dem Parkplatz.«

Der Muskelmann mit dem Rechen kam zu ihnen herüber und sagte: »Wenn Sie irgendwo hinwollen, kann ich Sie fahren, wenn ich hier fertig bin.«

»Nein, danke vielmals«, sagte Cyn mit snobistischem Akzent. Sie rauschte an ihm vorbei und ging über die Veranda in ihr Apartment, die Fliegendrahttür zog sie hinter sich zu. Anna lief in ihr Zimmer, um sich umzuziehen.

Sie wartete im Wagen, der Motor lief, die Klimaanlage arbeitete auf vollen Touren. Als Cynthia erschien, trug sie ein knallgelbes Strandkleid mit einem Schlitz bis zur Hüfte. Es ließ viel braungebrannte Haut sehen. Sie hatte sich sorgfältig geschminkt und sah ungefähr zehn Jahre älter aus.

»Was ist denn das für ein Typ, der mit den Muskeln?« fragte Anna, als sie sich in den Verkehr Richtung San Isabel einfädelte.

»Wir könnten bei Cool Katie's etwas zu Mittag essen«, sagte Cynthia. »Ich habe einen Riesenhunger.« Sie hörte sich an wie ein Kind, das einen Ausflug macht. »Ich habe schon ewig nichts Anständiges mehr zu essen bekommen. Ich koche nicht gern, und Hugo geht nicht gern aus. Und dann fährt er einfach auf Geschäftsreise und läßt mich hier sitzen, meilenweit von den tollen Einkaufszentren entfernt.«

»Wie lange sind Sie schon verheiratet?« fragte Anna und bremste ab, weil ein älterer Herr in einem Cadillac vor ihr einscherte.

»Fast zwei Jahre«, sagte Cynthia. »Aber Hugo will mich immer noch am liebsten ganz für sich behalten.« Sie wedelte mit den Fingern und schürzte bescheiden die Lippen.

Ihre Antwort klang so gekünstelt, daß Anna fast die Galle hochkam.

Schweigend fuhren sie am Manatee Tennisclub vorbei.

Cynthia warf einen Blick auf ihre kleine goldene Armbanduhr. »Man fährt hier so furchtbar langsam«, jammerte sie. »Sie würden doch sicher auch lieber ein bißchen auf die Tube drükken, was?«

Anna wußte einfach nicht, was in Cyn vorging. Es hörte sich fast so an, als ob sie die Engländerin nur spielte – die typische Engländerin aus einem Theaterstück der dreißiger Jahre.

Sie fuhren von Manatee nach San Isabel hinüber, und Cynthia blickte gelangweilt aus dem Fenster auf die hellgrünen Golfplätze, die an ihnen vorbeizogen.

»Burt Reynolds wohnt hier«, sagte sie munter. »Viele Stars haben Wohnungen auf den Inseln. Mein Mann, müssen Sie wissen, ist nämlich Produzent – so eine Art Impresario. Er arbeitet momentan gerade an einem Filmprojekt. Als wir uns kennenlernten, war ich noch an der Schauspielschule.«

»Sie sind Schauspielerin?« murmelte Anna ratlos.

»Ich habe noch viel Zeit«, sagte Cynthia. »Ich erhole mich gerade von einer schweren Operation. Beinahe wäre ich sogar dabei gestorben.«

»Was hatten Sie denn?«

»Ein Loch im Herzen«, sagte Cynthia. »Normalerweise wird so etwas schon im Kindesalter festgestellt, aber wir waren ja solche Zigeuner, deshalb hatten wir nie einen richtigen Hausarzt. Und meine Mutter hat mich sehr vernachlässigt, sie hat nie gemerkt, daß mir etwas fehlte.«

»Wie traurig«, sagte Anna verdutzt.

»Die Ärzte in Mexiko waren großartig«, fuhr Cynthia fort. »Einige der besten Ärzte der Welt praktizieren in Mexiko City. Wir haben in Mexiko City geheiratet. Mein Mann hat dort einen Film gedreht. Die ganzen Stars sind zu unserer Hochzeit gekommen.«

57

»Köstliche Salatteller«, stand auf dem Schild. »Krabbencocktails spezial!«

Cynthia hatte es sich doch noch anders überlegt und als Treffpunkt zum Mittagessen Mario's Marina vorgeschlagen, wo die Tische draußen unter einer Markise standen und die Fischsuppe nach dem Diesel vom nahegelegenen Tankdock roch. Auf dem Schild dort stand: »Nur Treibstoff. Parken verboten. Rauchen verboten.«

Während Anna wartete, setzte ein haushohes Boot mit einem Wald aus Angelruten und Antennen rückwärts in die Tankbucht. Das Boot hieß M. T. Pockets.

Anna mußte lange auf Cynthia warten. Als sie endlich auftauchte, verschwand sie fast hinter einer Ladung von Einkaufstüten, die alle aus teuren Boutiquen stammten.

»Ich kaufe mir so gerne etwas Neues zum Anziehen«, sagte sie. »Sie auch? Es ist herrlich, sich alles kaufen zu können, was einem gefällt. Meine Eltern waren zwar wohlhabend, aber furchtbar geizig. Sie haben mich sehr kurzgehalten.«

Sie bestellte sich gefüllte Shrimps, Pommes frites und einen gemischten Salat. Anna staunte, welche Mengen sie verputzen konnte. Die großen Portionen waren im Nu verschwunden. Aber wenigstens konnte sie beim Essen nicht reden. Zum Abschluß genehmigte sie sich noch einen Eisbecher mit heißer Schokoladensoße, während Anna, von der Hitze etwas mitgenommen, immer noch ihre Fischsuppe löffelte.

»Ich kann essen, soviel ich will«, sagte Cynthia. »Ich nehme kein Gramm zu.«

Sie ging zur Toilette. Als sie nach einer Viertelstunde noch nicht zurück war, folgte ihr Anna. Cynthia lehnte bleich und etwas wackelig am Waschbecken.

»Ich mußte brechen«, sagte sie und klang beinahe stolz. Auf ihrer Oberlippe glitzerten Schweißperlen.

»Was fehlt Ihnen?« fragte Anna. Sie ließ kaltes Wasser über ein Papierhandtuch laufen und gab es Cynthia, damit sie sich das Gesicht abtupfen konnte.

»Ich habe mich von meiner Operation noch nicht wieder ganz erholt«, sagte sie. »Ich wäre fast gestorben. Habe ich Ihnen das schon erzählt? Gut, daß ich einen Termin beim Arzt habe.«

»Wann?«

Cynthia sah auf die Uhr. »Wenn ich mich nicht beeile, komme ich zu spät«, sagte sie.

»Sie haben mir gar nicht erzählt, daß Sie einen Termin haben.«

»Wieso sollte ich auch?« sagte Cyn barsch. »Sie sind schließlich nicht meine Mutter.«

»Ihr Chauffeur bin ich aber auch nicht, da haben Sie sich geschnitten«, fauchte Anna. »Ich habe Sie lediglich aus Nettigkeit zum Einkaufszentrum mitgenommen. Vielleicht erinnern Sie sich noch.«

»Es tut mir leid«, sagte Cyn ruhig. Sie sah Anna lange und abschätzend an. »Ich habe in letzter Zeit große Schmerzen.« Sie lächelte tapfer. »Sie sind sehr freundlich gewesen. Aber wenn Sie gehen wollen, ich komme schon allein zurecht. Das bin ich gewöhnt.«

Anna starrte sie an. Höchstwahrscheinlich hatte sie sich tatsächlich übergeben. Das war nicht gelogen. Bestimmt nicht. Cynthia schlug die goldbraunen Wimpern nieder. Auf ihrer glatten Stirn stand der Schweiß.

»Nun?« fragte sie, ohne aufzublicken.

Anna sah sich in einem der vielen Rauchglasspiegel, sie war größer, gerader, stärker als Cynthia, das arme Würstchen. Die große Schwester, dachte sie traurig. Immer bin ich für alle nur die große Schwester.

Sie sagte: »Ich bringe Sie schon zum Arzt. Aber kommen Sie mir nicht mehr so dumm daher, okay?«

Den Arzt gab es tatsächlich, und Cynthia hatte sogar einen Termin. Anna setzte sich ins Wartezimmer und las unter den Augen eines Filmsternchens, das sich als Arzthelferin verkleidet hatte, zwanzig Minuten im *Smithsonian*. Auf der anderen Seite des Korridors hatte ein Kieferchirurg seine Praxis, durch die Glastüren am Eingang kamen Patienten und gingen, deren Lächeln ohnehin makellos war.

Der Arzt schien ein ganz gewöhnlicher Allgemeinmediziner zu sein, kein Psychiater, wie Anna halb erwartet hatte. Sie wurde sich einfach nicht schlüssig, ob Cynthia nun geistig gestört war oder ob sie sich selbst nur auf alberne, überhebliche Weise neu erfand. Bei Teenagern kam das öfter vor, sie erfanden sich eine Persönlichkeit, die besser zu ihren Gefühlen paßte als zu den Tatsachen, wenn die Tatsachen selbst unerträglich waren.

Sich selbst neu zu definieren, war eine Art von Freiheit, die in einem fremden Land noch leichter war. Wenn niemand da war, der einen daran erinnerte, wer man wirklich war, konnte man der sein, der man sein wollte.

Aber was auch immer mit Cynthia los sein mochte, für Anna wurde dadurch alles noch schwieriger.

Anna spielte nicht mehr im Sandkasten, für Spinnereien hatte sie nichts übrig. Sie konnte nicht abschätzen, was Cynthia tun würde, wenn man sie mit der Wahrheit konfrontierte.

Dein Mann steckt böse in der Klemme, wollte Anna ihr sagen. Deine Mama hat mich hergeschickt, damit ich dich nach Hause hole. Willst du mitkommen? Ja oder nein?

Wußte Cynthia überhaupt etwas von Hugh? Es gab keine Antwort darauf.

Anna dachte über Hugh nach. Obergrapscher hatte man ihn genannt. Er war Sonia Caseys Liebhaber. Die Mädchen, die in der King's Road für ihn arbeiteten, wurden rot, wenn sie ihn sahen. Lara sagte, er sei ein Tier. Cynthias Mutter sagte, er sei ein »Privatschulschnösel«. Er war kein ehrlicher Mann. Er hatte gefährliche Verbindungen nach Miami. Sein Haus war fachmännisch auf den Kopf gestellt worden.

Er war mit Cynthia verheiratet. Oder etwa nicht? Wie würde er reagieren, wenn jemand versuchte, ihm seine Frau wegzunehmen? Er wußte wenigstens, daß er mit dem Feuer spielte – Cynthia hingegen wußte es vielleicht nicht.

Da kam, als ob sie ihn hergezaubert hätte, Hugh Fellows in das Wartezimmer.

Anna sah ihn kurz und verdutzt an, bevor sie sich wieder in den *Smithsonian* vertiefte. Er sprach ein paar Worte mit der Sprechstundenhilfe, dann trat er neben Annas Stuhl. Er räusperte sich. Anna blickte höflich hoch.

Er sagte: »Wie ich höre, waren Sie so freundlich, meine Frau herzubringen.« Sehr galant, sehr mondän.

»Hallo«, sagte Anna. »Gern geschehen. Ich mußte sowieso zum Einkaufen fahren.«

»Ich wußte, daß sie einen Termin hatte.« Er setzte sich zu ihr.

»Ich bin extra deshalb zurückgekommen, aber da war sie schon weg. Sie hat bestimmt gedacht, ich hätte es vergessen.« Sein Lächeln war so einnehmend, daß es seinen harten, neugierigen Blick fast vergessen machte. »Wohnen Sie auch im Sand Dollar Motel?« fragte er.

»Seit heute früh«, sagte Anna. »Hier ist der Strand besonders schön, nicht wahr?«

»Herrlich«, sagte er. »Zum Glück hat sich das noch nicht weit herumgesprochen. Wie haben Sie davon erfahren?«

»Nun, Bekannte in Sarasota haben mir erzählt, wie wunderschön die Keys sind. Ich bin vorbeigefahren, und das Motel sah mir ausnahmsweise so aus, als ob ich es mir leisten könnte.«

»Ein glücklicher Zufall.« Wieder lächelte er wie ein Schauspieler.

»Das kann man wohl sagen«, antwortete Anna begeistert. Ihr Mund stand grinsend offen, aber ihre Hände waren schweißnaß. Harmloses Touristengeplauder, bloß nichts sagen, was einen mißtrauischen Mann noch mißtrauischer machen konnte. Sie sah in seine kalten Augen, und ihr fiel Corals Diagnose wieder ein: »Wundbrand des Herzens«.

»Sie hören sich an, als kämen Sie aus London«, bemerkte er treffend.

»Stimmt, aus Shepherd's Bush. Und Sie?« Sie mußte fragen. Gar kein Interesse wäre genauso verdächtig wie zuviel Neugier.

»Ursprünglich komme ich aus Dorset. Aber ich habe schon überall auf der Welt gelebt.«

»Ich bin zum ersten Mal in den USA.« Aus dem Augenwinkel sah sie die Praxistür aufgehen. Sie drehte den Kopf gerade noch rechtzeitig, um den Ausdruck tiefster Bestürzung über Cynthias Miene huschen zu sehen, als sie Hugh erblickte.

Anna redete weiter. »Irgendwie war es für mich die letzte Gelegenheit herüberzukommen«, sagte sie.

»Darling!« rief Cynthia. »Ich hatte dich gar nicht erwartet. Wie schön!«

»Das dachte ich mir«, sagte Hugh. Er stand auf und drückte ihr einen Kuß auf die Wange. »Wir müssen uns irgendwie mißverstanden haben.« Sein Arm schlang sich um ihre Schultern, ihr Arm schlang sich um seine Hüften – ein Bild der Harmonie.

Anna sagte: »Dann gehe ich wohl besser.« Sie stand auf.

Aber sie verließen die Praxis gemeinsam.

Hugh sagte: »Darling, deine Bekannte erzählte mir gerade, daß es womöglich ihre letzte Gelegenheit ist, die Staaten zu bereisen.«

»Tatsächlich?«

»Du hast uns noch gar nicht bekannt gemacht«, sagte er vorwurfsvoll. Süßes, vergeßliches, kleines Frauchen.

»Wie dumm von mir«, sagte sie. Sie sah so aus, als müsse sie die Zähne zusammenbeißen, damit sie nicht klapperten. »Hugh, darf ich vorstellen ... das ist Ann.« Sie mußte ihr Gedächtnis durchforsten, damit ihr der Name wieder einfiel.

»Angenehm.« Seine Hand war warm, der Griff ausdauernd.

»Na dann«, sagte Anna. »Nett, Sie kennengelernt zu haben.« Die grelle Nachmittagssonne stand tief am Himmel. Sie ging auf ihren Wagen zu, doch schon nach wenigen Schritten hatte Cynthia sie eingeholt.

Sie sagte: »Meine Einkäufe sind noch bei Ihnen im Wagen. Ich möchte nur zwei Tüten mitnehmen, bitte. Hugh soll nicht wissen, wieviel ich ausgegeben habe.« Flüsternd und hastig redete sie auf Anna ein.

Hugh hatte sie eingeholt. »Geheimnisse?« fragte er jovial.

»Darling, du darfst mir nicht böse sein. Wir waren einkaufen. Ann wollte etwas einkaufen. Und da habe ich mir auch ein paar Kleider gekauft, nur um ihr Gesellschaft zu leisten.«

»Warum sollte ich böse auf dich sein?« fragte er und lächelte Anna zu.

»Er hält mich für extravagant.«

»Aber natürlich tue ich das«, sagte er liebevoll. »Dazu bin ich ja schließlich da.«

Anna sagte: »Warum sortieren wir die Sachen nicht im Motel aus?« Sie wollte nicht vor Hugh den Kofferraum aufmachen. Mit Cynthias »paar Kleidern« war er randvoll. »Ich muß erst die Tüten auspacken, um Ihre Teile zu finden«, fuhr sie fort. »Und das würde ich lieber nicht hier machen.«

»Okay«, meinte Cynthia. Sie hakte sich bei Hugh unter. Anna konnte nicht sagen, ob sie erleichtert war oder nicht.

Als sie losfuhr, standen sie immer noch Arm in Arm – Cynthia in dem gelben Strandkleid, Hugh in einem eleganten, leichten Sommeranzug – ein reizendes Paar.

Beim Fahren drehte sie den Kopf hin und her, um die Verspannung im Hals zu lockern. Sie fuhr zweimal um den San Isabel Circle herum, um sich zu vergewissern, daß Hugh ihr nicht folgte, dann erst kehrte sie zum Motel zurück.

Wie extravagant Cynthia wirklich gewesen war, wurde ihr erst klar, als sie die ganzen Einkäufe in ihr Zimmer schleppte und unten in dem eingebauten Kleiderschrank verstaute. Es waren Dutzende von Tüten und Schachteln, die Auswahl reichte von Unterwäsche bis zu Make-up, von Schuhen bis zu Ohrringen im Wert von Hunderten, wenn nicht gar Tausenden von Dollar.

Freßsucht, dachte sie, als ihr wieder einfiel, wie schnell Cynthia ihr Mittagessen hinuntergeschlungen hatte.

Anna räumte die Lebensmittel ein. Wahrscheinlich bedeutete es nur, daß Cyn die Sachen ersetzen wollte, die sie in Pier Drive zurückgelassen hatte. Schließlich war sie nur mit zwei Koffern abgereist. Aber warum hatte sie dann Angst, Hugh davon zu erzählen? Denn daran konnte es keinen Zweifel geben. Cyn hatte Angst vor Hugh.

Anna machte sich in der winzigen Kochnische eine Tasse Tee. Jetzt hatte sie zwei Küchen, während sie in London möglicherweise schon bald keine einzige mehr besaß.

Die Palmen und Kiefern warfen lange Schatten über den Swimmingpool. Alle Schwimmer und Sonnenanbeter waren ins Haus gegangen, nur der Muskelmann war noch damit beschäftigt, die Stühle ordentlich zusammenzustellen. Während Anna ihm dabei zusah, dachte sie über Hughs plötzliches Erscheinen in der Arztpraxis nach. Nehmen wir mal an, der Muskelmann hat nicht einfach nur ein Auge auf Cynthia geworfen, dachte sie; nehmen wir mal an, er ist ihr Aufpasser.

Wenn Cyn etwas labil wäre, hätte Hugh dann nicht jemand angeheuert, der sie im Auge behielt, der sie zum Arzt fuhr? Und als Cyn dann unerwarteterweise mit einer Fremden wegfuhr, hätte ihr Aufpasser dann nicht sofort Hugh verständigt?

58

Es wurde langsam kalt, und die Luft war klamm. Zum ersten Mal seit ihrer Ankunft brauchte Anna einen warmen Pullover. Sie schloß die Glastür und sah hinter der Scheibe dem Muskelmann weiter bei der Arbeit zu.

Er hatte sich inzwischen ein T-Shirt übergezogen und fischte den Swimmingpool mit einem großen Netz ab. Lange Muskelstränge traten auf dem Rücken hervor, wenn er sich bückte.

Während er arbeitete, wuchs Annas Sorge. Was, wenn Cyn und Hugh womöglich nicht zurückkamen? Was, wenn Hugh die neugierige Anna Lee aus London mit der netten, hilfsbereiten englischen Touristin Ann Johnson in Verbindung gebracht hatte? Er war mißtrauisch genug, ihr alles zuzutrauen. Vielleicht hätte sie sich besser Jane nennen sollen. Bei Ann fiel einem doch leicht Anna ein.

Was, wenn Lara vergaß, ihr die Kosten für die Motelrechnung zu erstatten? Wenn sie wieder zu Hause war, brauchte Anna jeden Penny, den sie besaß, für den Umzug. Plötzlich konnte sie sich überhaupt nicht mehr vorstellen, was sie eigentlich in einem Motel auf Manatee Key, USA, trieb, wo doch daheim in London so viele drängende Probleme auf sie warteten. Quex hatte recht – sie trieb sich lieber in der Weltgeschichte herum, als sich mit ihren eigenen Problemen auseinanderzusetzen. Womöglich versuchte Quex gerade in diesem Augenblick, sie im Tennisclub zu erreichen.

Mister Muskelprotz war fertig mit dem Fischen. Er legte das Netz neben ein Häuschen, das so aussah, als ob es einen Generator beherbergte, und schaltete die Außenbeleuchtung an. Eine Wolkenbank türmte sich am Horizont auf, sie verdeckte den Sonnenuntergang, und die Dämmerung war an diesem Abend grau und düster. Die Lampen rings um den Swimmingpool schienen das letzte Tageslicht auszulöschen.

Ein blauer Reiher stelzte vom Strand herauf, blieb auf einem Bein stehen und starrte ins Nichts. Überall in den Apartments des Motels gingen die Lichter an. Cynthias Fenster konnte Anna nicht sehen, weil es aufs Meer hinausging. Sie ging ins Schlafzimmer hinüber, von wo aus sie den Parkplatz überblikken konnte. Es standen zwar viele Wagen da, aber kein Thunderbird – was nicht viel zu bedeuten hatte. Hugh besaß mehr als ein Auto.

Während sie aus dem Fenster sah, kam der Muskelmann auf dem Weg vom Swimmingpool neben dem Parkplatz heraus. Er schien sich ebenfalls für die Wagen zu interessieren. Doch schon bald schloß er einen grauen Pritschenwagen auf, schwang sich ins Führerhaus und fuhr davon.

Anna verließ das Apartment und wanderte zum Strand hinunter. Es wurde diesig, und es herrschte Ebbe. Bei Cynthia brannte kein Licht. Fröstelnd kehrte sie wieder um.

Im Dunkeln beobachtete sie vom Schlafzimmer aus den Parkplatz. Ein Pärchen nach dem anderen stieg, für den Abend herausgeputzt, in seinen Wagen und fuhr davon. Die Frau vom Empfang machte das Büro zu. Sie fuhr ebenfalls.

Es konnte nicht anders sein. Sie hatte Hugh mißtrauisch gemacht. Er hatte noch ein anderes Versteck. Sie mußte wieder ganz von vorn anfangen.

Scheinwerfer glitten über den Parkplatz. Ein hellbrauner

Toyota Camray suchte sich eine Lücke. Hugh und Cynthia stiegen aus.

Anna ließ die Gardine fallen. Sie lief ins Wohnzimmer und sah einen Augenblick später Hugh über den Weg kommen. Cynthia trottete traurig hinterdrein. Sie verschwanden um die Ecke.

Etwa zehn Minuten später kam Hugh allein zurück. Wieder lief Anna ins Schlafzimmer hinüber. Sie sah, wie er in den Toyota stieg und wegfuhr.

Kaum waren seine Rücklichter verschwunden, da hörte sie jemand an die Glastür klopfen. Cynthia stand auf der Veranda. Anna machte ihr auf.

»Ich kann nicht lange bleiben«, sagte Cynthia atemlos. »Er kommt wieder.« Das gelbe Kleid sah schlabberig und schmuddelig aus, und Cynthia selbst machte ebenfalls einen leicht ramponierten Eindruck.

Anna nahm sie mit ins Schlafzimmer und leistete ihr Gesellschaft, während sie in den Tüten und Schachteln herumkramte.

»Oh, Gott«, stöhnte Cynthia. »Was soll ich nur machen?«

Anna sagte: »Sie brauchen doch vor Ihrem Mann keine Angst zu haben, Täubchen.«

»Sie kennen ihn nicht«, sagte Cynthia. Sie richtete sich mit einem scharlachroten Cocktailkleid in der Hand auf. »Wie finden Sie das? Toll, was? Warum, ach, warum habe ich bloß so viele Sachen gekauft?«

»Sie sollten nicht hier sein«, sagte Anna. »Das ist einfach nicht richtig.«

»Sie verraten ihm doch nichts, nein?«

»Ich meine, Sie sollten nicht mit jemandem verheiratet sein, vor dem Sie Angst haben.«

Cynthia suchte sich ein rosafarbenes, schimmerndes Etwas heraus. »Das verstehen Sie nicht«, sagte sie. »Es war die große Liebe. Es war wie bei Abelard und Eloise, Dante und Beatrice. Die ganze Welt war gegen uns. Und das ist sie immer noch.«

»Was meinen Sie damit?« fragte Anna. »Sie haben doch immerhin noch Ihre Familie, oder nicht?«

»Helfen Sie mir«, jammerte Cynthia. »Ich weiß nicht, was ich machen soll. Suchen Sie einfach zwei Kleider aus. Ich kann mich nicht entscheiden. Ich habe ihm doch gesagt, daß es nur zwei Kleider waren, nicht wahr? Und hören Sie, Sie können sich aussuchen, was Sie wollen, wenn Sie die restlichen Sachen für mich wieder zurückbringen. Ich habe kein Auto, und er läßt mich beobachten. Er gönnt mir gar nichts. Er ist schlimmer als...«

Sie brach ab und ließ sich schwer auf das Bett fallen.

»Oh, verdammt«, stöhnte sie. »Die verdammten Pillen machen mich fertig. Ich wäre besser auf meinem Zimmer geblieben.«

»Was für Pillen?«

»Beruhigungsmittel. Er gibt mir Beruhigungsmittel.«

»Wann war das?«

»Vor zehn Minuten oder so. Glaube ich. Ich sollte im Bett sein. Er kommt zurück, wußten Sie das?«

»Sie haben es mir erzählt«, sagte Anna. Sie nahm sich zwei Kleider, ein gestreiftes und ein blaues, und stopfte sie in eine Plastiktüte. »Trollen Sie sich lieber, solange Sie sich noch auf den Beinen halten können.«

»Das wäre wohl am besten«, stimmte Cynthia ihr zu, blieb aber sitzen. »Aber eigentlich geht es mir ganz gut. Sonst geht es mir nie gut, nur kurz vor dem Schlafengehen. Ich habe nichts Böses getan. Ich habe keine Schuld. Wissen Sie, was mir eine Freundin in Mexiko gesagt hat? ›Für eine glückliche Kindheit ist es nie zu spät.‹ Ist das nicht herrlich? Dabei war sie schon ganz schön alt, fünfunddreißig mindestens.«

»Das ist ein schöner Gedanke«, sagte Anna. »Aber wann kommt Hugh zurück?«

»Keine Ahnung«, sagte Cynthia. Sie legte sich zurück, den Kopf stützte sie in die Hand. »Das weiß ich nie. Er sagt mir nichts.

Er macht, was er will. Und ich mache auch, was er will. Ich tue immer, was die Leute von mir wollen. Nur dann wollen sie es plötzlich nicht mehr. Aber das ist doch nicht meine Schuld, oder? Wenn einer sagt, er will etwas, und ich mache es, und dann überlegt er es sich anders, ist das doch nicht meine Schuld, oder?«

»Vielleicht sollten Sie zur Abwechslung mal das tun, was Sie selbst wollen«, schlug Anna vor. Sie stand da mit der Plastiktüte in der Hand und lauschte auf den Parkplatz hinaus.

»Ich weiß aber nicht, was ich will«, sagte Cynthia verträumt. »Das einzige, was ich wollte, ist, daß jemand mich liebt. Etwas ganz für mich allein.«

»Die Liebe«, fügte sie in einem leisen Kleinmädchensingsang hinzu. »Und dann ist alles so schmutzig. Er hat gesagt, ich wäre sein ein und alles. Ich wäre jung und unverdorben. Und ich habe gesagt, wenn du etwas Junges und Unverdorbenes suchst, warum schläfst du dann mit meiner Mutter? Und er hat gesagt, er hätte es nur gemacht, damit er besser an mich herankommt. Aber das hat er mir erst hinterher erzählt, als ich wieder nach Hause wollte. Es ist alles so schwierig, schwierig und schmutzig.«

»Ach, du großer Gott!« sagte Anna, weil es sich tatsächlich nach einer schwierigen und schmutzigen Geschichte anhörte. »Haben Sie ihm das geglaubt? Ich meine, vielleicht hat er sich das ja auch nur ausgedacht, damit Sie nicht wieder nach Hause gehen.«

Cynthia schloß die Augen. »Ich glaube ihm. Meine Mutter hat mir nie etwas Eigenes gegönnt. Ich war ihr immer nur im Weg. Das ist die Geschichte meines Lebens – ich bin immer nur im Weg.« Ihr Ellenbogen gab nach, und sie rollte auf die Seite. Ihre Augen öffneten sich einen Spalt, und sie lächelte rührselig.

»Nie zu spät für eine glü-hückliche Ki-hindheit«, murmelte sie und steckte den Daumen in den Mund.

»Kommen Sie, Mädchen«, sagte Anna. »Zeit, zu gehen.«

Cynthia kniff die Augen fest zu.

»Kommen Sie!« Anna rüttelte sie. »Einen schlechteren Ort,

um in die Heia zu gehen, hätten Sie sich nicht aussuchen können.«

Cynthia schlief tief und fest.

Scheinwerfer glitten durch den Vorhang. Anna hob die Ecke an und sah durch den Spalt Hugh aus dem Auto steigen. Er trug einen Pizzakarton. Sie ließ den Vorhang fallen. Es war keine Zeit mehr, Cynthia in ihr eigenes Apartment zurückzubringen.

59

Sie zählte langsam bis zehn. Dann schnappte sie sich Handtasche und Schlüssel. Sie zog Cynthia hoch. Sie war so schlaff wie eine Stoffpuppe, nur hundertmal schwerer.

Anna ließ sie wieder los. Sie rannte hinaus zum Wagen und öffnete die hintere Tür. Lief zurück, packte Cynthia und wuchtete sie sich ungeschickt über die Schultern. Von der Last niedergedrückt, taumelte sie aus dem Motelzimmer. Cynthia rutschte ihr unaufhaltsam vom Rücken.

Es war alles umsonst: Hugh kam atemlos um das Haus gerannt.

Er sagte: »Was zum Teufel machen Sie da?«

Erwischt.

»Und wo zum Teufel haben Sie gesteckt?« fuhr Anna ihn wütend an. »Ihre Frau ist krank.«

War man erst einmal erwischt worden, log man am besten, daß sich die Balken bogen.

Hugh rannte auf sie zu. Er warf sie gegen den Wagen und riß ihr Cynthia von den Schultern. Cynthia glitt zu Boden und lag ihnen zu Füßen.

»Hallo«, nuschelte sie.

»Was machen Sie da?« schrie Anna, eingezwängt zwischen Hugh und dem Wagen. »Ihre Frau ist zusammengebrochen. Ich wollte sie ins Krankenhaus bringen.«

»Ach, ja?« sagte er ruhig. »Was für ein Krankenhaus? Wo? Wie wollen Sie denn ein Krankenhaus finden? Sie sind doch angeblich nur eine harmlose Touristin.«

Er riß den Arm hoch und versetzte ihr einen harten Schlag gegen den Hinterkopf. Sie stieß mit dem Ellenbogen zurück.

Aber er war zu nah, er stemmte sich gegen ihren Rücken, und die Wucht des Stoßes verpuffte.

Er riß ihr die Beine weg und warf sie mit dem Gesicht nach unten auf den Kofferraum.

»Daß sie mir eine Frau schicken, hätte ich nicht gedacht«, sagte er. Mit der einen Hand packte er in ihr Haar und drückte ihr Gesicht auf das kalte Metall. Mit der anderen begann er sie abzutasten.

»Nehmen Sie die Finger weg!« brüllte Anna. War denn niemand da?

»Das ist der angenehme Teil der Arbeit«, sagte er und ließ sich Zeit. »Nett von ihnen, daß sie mir ein Mädchen geschickt haben.« Seine Hand glitt weiter. »Ich stehe auf Mädchen«, sagte er mit haßverzerrter Stimme.

»Noch nicht einmal bewaffnet«, sagte er.

»Sie irren sich!« schrie Anna, und ihre Zähne kratzten gegen den Lack. »Niemand hat mich geschickt.«

Seine Hand steckte zwischen ihren Beinen. Anna verdrehte die Hüften, zog die Beine an und trat zu. Alles war falsch. Sie hatte kein Gleichgewicht, keinen Halt, keine Stahlkappen auf den Schuhen. Sie erreichte nur eins: Die Hand verschwand. Die andere riß noch fester an ihren Haaren und verdrehte ihr den Hals.

»Miststück!« zischte er. »Halt still!« Er riß ihr den Kopf an den Haaren hoch und knallte ihn gegen das Metall.

»Sie machen einen Fehler«, brüllte sie.

»Ich mache keine Fehler«, flüsterte er und schlug sie noch einmal mit dem Gesicht auf den Kofferraum.

Anna hörte auf, sich zu wehren.

»Schon besser so«, sagte er. »Ich habe Frauen lieber, wenn sie stillhalten.«

Cynthia sagte: »In Mexiko City war es schöner.« Ihre benommene Stimme schien unter dem Wagen hervorzukommen.

»Wirklich«, sagte Anna. »Das ist alles ein Mißverständnis.« Ihr Gesicht fühlte sich heiß und verquollen an. Die Zähne taten ihr weh.

»Wo sind Ihre Freunde?«

»Was für Freunde?«

Sie spürte, wie er sich bewegte. Eine eisige Spitze drang ihr in den Hals.

»Ein Messer«, klärte er sie auf. »Direkt neben Ihrer Halsschlagader. Stellen Sie sich hin. Ganz langsam.«

Anna stellte sich hin. Sehr, sehr langsam.

Während sie sich aufrichtete, sah sie den schwarzen Umriß eines Autos, ohne Licht glitt es durch die Einfahrt des Parkplatzes. Sie dachte: Ein Zeuge.

Hugh sagte: »Die bilden sich doch nicht etwa ein, sie könnten durch Sie an mich herankommen?«

Cynthia lag schlafend auf dem Asphalt. Er trat ihr gegen den Kopf. Der schwarze Wagen glitt langsam näher heran. Warum hatte er kein Licht an?

Hugh sagte: »Sie können ihnen ausrichten, daß ich sowieso mit ihr fertig bin. Sie können sie haben. Bestellen Sie ihnen, ich arbeite nur noch für mich.«

Er sah den schwarzen Wagen erst, als er schon mitten auf dem Parkplatz war. Er wirbelte herum. Anna fühlte das Brennen der Klinge. Sie riß sich los, taumelte zurück und fiel über Cynthias Beine.

Die hintere Tür schwang auf, bevor der Wagen anhielt. Ein Mann stieg aus. Er legte an. Zielte.

Anna wälzte sich auf die Seite.

Ein Schuß fiel.

Anna sprang auf, packte Cynthia bei den Beinen und zog, so

fest sie konnte. Sie taumelte nach hinten, auf das Motelzimmer zu. Cynthia rutschte hinter ihr her.

Ein zweiter Schuß dröhnte. Etwas Schwarzes, Nasses klatschte ihr gegen die Brust. Sie fiel rückwärts durch die Tür.

Noch ein Ruck. Cynthia rutschte über die Schwelle. Anna schlug die Tür zu.

Sie hievte Cynthia hoch und schlug sie fest auf beide Backen.

»Hugh? Was ist?« sagte Cynthia. »Haben wir ein Gewitter?«

»Kommen Sie!« schrie Anna. Sie schlang Cynthia den Arm um die Taille, hob sie hoch und zerrte sie aus dem Schlafzimmer.

Es gab ein ohrenbetäubendes Krachen, die halbe Tür zersplitterte und verschwand. Ein schartenartiges Loch tat sich in der gegenüberliegenden Wand auf.

Anna taumelte durch das Wohnzimmer, über die Veranda, durch die Gittertür. Sie schleppte Cynthia über Teer, über nassen Zement.

Der Swimmingpool war grell erleuchtet. Es gab kein Versteck.

Sie packte Cynthia fester und rannte los, furchtbar langsam stolperte sie zwischen den Liegestühlen hindurch, am Pool entlang. Ins Dunkle, zum Golf.

Cynthia, die auch etwas tun wollte, angesteckt von der Panik, noch nicht ganz wach. Cynthia, schwer, hilflos, taumelte durch den Sand.

Weinend stieß Anna Cynthia ins Meer. Um sie wach zu bekommen. Um sich selbst die Eingeweide und den Urin aus der Kleidung zu waschen.

60

Cynthia saß in dem seichten Wasser. »Mir tut der Rücken weh«, sagte sie.

»Ruhe«, zischte Anna. »Keinen Muckser.«

Sie watete tiefer hinein. Der Schleim und die Splitter, die

einmal Hugh gewesen waren, klebten an ihr. Einige der Splitter hatten den Stoff zerfetzt und sich ihr in die Haut gebohrt. Sie erbrach sich in die Wellen. Auch das kam zurück.

Sie sprang zur Seite. Das Seewasser brannte rings um ihren Hals.

»Mir ist kalt«, sagte Cynthia aus dem Dunkeln.

Anna kämpfte sich auf die Stimme zu. Sie war nicht getroffen worden. Sie dachte, sie wäre angeschossen worden. Aber sie war nicht getroffen worden. Anna war nicht angeschossen worden. Cynthia war nicht angeschossen worden. Nur Hugh. Hugh war getroffen worden.

Das ist es, was passiert ist, dachte sie. Das Wasser zerrte an ihren Beinen. Das ist passiert. Sie haben Hugh erschossen.

Lichter. Im Motel brannten Lichter. Hatte niemand die Polizei gerufen?

»Man hat auf uns geschossen«, sagte Cynthia nicht weit von ihr. Gottlob war es sehr dunkel im Wasser. Anna streckte die Hand aus und fand Cynthias lebenswarme Hand.

»Alles in Ordnung?« flüsterte sie.

»Mein Rücken ist ganz aufgescheuert«, jammerte Cynthia. »Und mir ist kalt.«

»Pst«, sagte Anna. Cynthias Stimme hallte schrill durch die nächtliche Stille.

Warum war es so still? Wo blieben die Sirenen, die aufgeregten Schreie?

»Kommen Sie«, sagte Anna. »Schnell.«

Sie führte Cynthia an der Hand aus dem Wasser und dann am Strand entlang.

»Rennen Sie doch nicht so«, keuchte Cynthia. »Mir geht es dreckig. Wohin wollen wir denn?«

»Weg von hier«, sagte Anna.

Die Kugel hatte die halbe Moteltür weggerissen – eine Kugel, die für Anna oder Cynthia bestimmt gewesen war, für Anna und Cynthia. Hugh war ja schon tot.

Cynthia stolperte. Ihre Hand war eiskalt. Die Nacht war schwarz, und Anna hatte das Gefühl, daß sich ihr der Nebel wie eine Folie aufs Gesicht drückte.

»Was ist passiert? Wo ist Hugh?«

»Auf uns ist geschossen worden«, sagte Anna, die Cynthia fieberhaft vorwärtstrieb. Sie selbst brannte vor Energie, blitzschnell bewegte sie sich vorwärts. Warum war Cynthia nur so langsam?

»Um Gottes willen«, ächzte Cynthia. »Warum denn?«

»Ich weiß es nicht.« Sie blieb mit dem Fuß hängen, an einem Stück Treibholz vielleicht, sie schlug hin und riß Cynthia mit sich.

Sie rappelte sich wieder hoch.

Cynthia sagte: »Dann kommt die Polizei. Wenn Hugh die Polizei sieht, kommt er nie wieder zurück.«

»Nein«, stimmte Anna ihr zu und lachte laut los.

»Was gibt es da zu lachen?«

»Nichts.« Anna würgte es wieder im Hals.

»Kommen Sie!« sagte sie und half Cynthia auf die Beine. Sie schaute zurück. Der Nebel drückte ihr gegen die Augäpfel. Sie hörte nichts bis auf das Klatschen und Schlagen des Meeres. Wenn die See nur einen Augenblick lang still gewesen wäre, hätte sie lauschen können, ob sie verfolgt wurden.

»Hören Sie«, sagte Cynthia. »Sirenen.«

Aus der Ferne näherte sich ein Jaulen und Heulen, das wie eine Horde Gibbons klang.

»Kommen Sie«, drängte Anna.

Sie stolperten weiter wie zwei wahnsinnige Jogger, ihr Atem ging pfeifend und stockend.

Schlüssel, dachte Anna. Hausschlüssel. Sie hatte sie in der Tasche. Die Autoschlüssel... Während sie durch den Sand hasteten, versuchte sie, Ordnung in das Chaos in ihrem Kopf zu bringen. Die Autoschlüssel waren im Wagen. Sie hatte sie hineingelegt, bevor sie Cynthia holen wollte, bevor Hugh zurückkam.

Der Wagen stand auf dem Motelparkplatz. Andere Schlüssel. Schlüssel für die Wohnung in London. Sie waren in ihrer Tasche. Die Tasche war im Wagen. Der Wagen stand auf dem Parkplatz.

Was war sonst noch in der Tasche? Was hatte sie bei sich gehabt, was Ann Johnson mit Anna Lee und dem Haus im Manatee Tennisclub in Verbindung brachte? Sie konnte sich nicht erinnern.

Cynthia war müde, sie versuchte sich zu beeilen, doch sie bekam kaum noch die Füße hoch.

»Wie weit ist es noch?« fragte sie.

»Nicht mehr weit. Hier in der Nähe ist ein Haus. Da können wir uns ausruhen.«

Aber nicht sehr lange – nicht, wenn jemand ihre Tasche gefunden hatte und in der Tasche etwas gewesen war. Nicht, wenn jemand den Mietwagen bis zum Tennisclub zurückverfolgte. Auf wen waren die Papiere ausgestellt?

Früher oder später würde auch die Polizei auftauchen. Das machte nichts.

»Ich glaube, das macht nichts«, sagte Anna laut.

»Was?«

»Nichts.« Vor der Polizei hatte Anna keine Angst.

Cynthia hatte Angst vor der Polizei. Anna hatte Angst vor demjenigen, der sie von oben bis unten mit Hughs Blut und Knochen bespritzt hatte.

Mit der linken Hand streifte sie an der Kaimauer entlang.

»Hier«, sagte sie. »Hier rauf.«

61

»Sehen Sie sich mein Kleid an! Es ist völlig hinüber«, sagte Cynthia.

»Nehmen Sie ein heißes Bad«, schlug Anna vor.

Cynthia zitterte wie ein defekter Motor, ihre Lippen schimmerten blau.

»Schön ist es hier«, sagte sie. »Wo sind wir?«

»Duschen Sie sich erst mal. Ich koche uns einen Tee und suche Ihnen etwas zum Anziehen heraus.«

Anna drückte Cynthia einen Packen frischer Handtücher in den Arm und ließ sie im Gästezimmer zurück.

In ihrem Badezimmer riß sie sich das Hemd vom Leib. Hughs Blut war nur noch als ausgewaschener Fleck zu sehen, aber Kragen und Schultern waren scharlachrot von ihrem eigenen Blut. Sie hatte einen sauberen Schnitt um den Hals, dicht bei der Halsschlagader. Brust und Bauch sahen zerschrammt und wund aus. Ihr Gesicht war hohl und ihre Augen riesig.

Sie stellte sich ein paar Minuten unter die heiße Dusche und sprang dann schnell wieder hinaus. Der Schnitt am Hals hatte wieder zu bluten begonnen.

Sie wickelte ein Handtuch herum und schlüpfte rasch in Jeans und Sweatshirt. Im anderen Badezimmer hörte sie Wasser rauschen.

Sie rannte nach unten und wählte Laras Privatnummer. Laras Stimme sagte: »Lara Crowther ist im Moment nicht zu sprechen. Aber wenn Sie eine Nachricht hinterlassen möchten ...«

Anna fluchte. Nach dem Signalton sagte sie: »Es ist ein Notfall eingetreten. Rufen Sie mich an, sobald Sie das Band abgehört haben.« Ihre Stimme klang wie splitterndes Glas.

Sie rief bei *Florida-Technics* an. Die Frau, die sich mit »Nachtdienst« meldete, weigerte sich, ihr Rules Privatnummer zu geben. Sie notierte sich Annas Nummer und versprach ihr, daß Mr. Suarez sie umgehend zurückrufen würde.

Anna setzte den Kessel auf. Sie konnte nicht stillsitzen. Sie rannte nach oben. In der Nachttischschublade fand sie ihren Paß und die Brieftasche mit Führerschein und Versicherungskarte. Sie hatte ins Sand Dollar Motel nichts mitnehmen wollen, was Hugh hätte mißtrauisch machen können.

Während sie wieder nach unten rannte, steckte sie sich Paß und Brieftasche ein. Auf halbem Wege blieb sie stehen. Flugtikket und Geld. Sie lief wieder nach oben und holte die Travellerschecks und das Kuvert mit dem Ticket.

Das Wasser kochte immer noch nicht. Das Telefon blieb stumm. Cynthia war immer noch im Badezimmer. Die Welt ließ sich sehr viel Zeit damit, auf Annas Notfall zu reagieren.

Sie rief bei *Brierly Security* an. Es würde zwar niemand dort sein, aber sie konnte eine Nachricht auf dem Anrufbeantworter hinterlassen. Sie wollte Mr. Brierly warnen, daß Schwierigkeiten im Anzug waren. Vielleicht brauchte sie einen Anwalt, auf jeden Fall brauchte sie einen anderen Unterschlupf. Cynthia brauchte...

Noch während sie sprach, fiel ihr etwas ein. Sie wollte das Telefon nicht benutzen, für den Fall, daß Lara oder Rule vielleicht versuchten durchzukommen. Sie legte rasch auf.

Es läutete sofort.

»Rule?« fragte Anna.

»Elaine«, sagte Elaine. »Ich habe schon früher versucht, Sie zu erreichen, aber Sie waren wohl aus. Für morgen habe ich kein Spiel für Sie, aber ich brauche noch eine Frau für ein gemischtes Doppel übermorgen.«

»Es tut mir leid«, sagte Anna, sie fragte sich, wer von ihnen beiden wohl verrückt war. »Ich glaube nicht, daß ich das einrichten kann.«

»Schade«, sagte Elaine. »Übrigens, heute nachmittag hat jemand nach Ihnen gefragt. Ein junger Kerl. Sah aus wie ein Bodybuilder. Sie haben wirklich schnuckelige Besucher.«

»Wie hieß er?« fragte Anna. Ihre Nackenhaare stellten sich auf.

»Seinen Namen hat er mir nicht gesagt«, antwortete Elaine. »Aber ich kenne ihn vom Sehen, es wird wohl ein Einheimischer sein. Ich könnte Tony fragen – der macht doch auch dieses Hanteltraining.«

Anna dankte ihr. Ihre Hände zitterten so stark, daß sie den Hörer kaum wieder auf die Gabel legen konnte.

Sie brühte den Tee auf, das meiste Wasser landete sogar in der Kaffeekanne. Ein paar Spritzer fielen auf die Arbeitsplatte. Zukker für Cynthia: Cynthia stand vermutlich unter Schock, sie brauchte Zucker.

Oben suchte sie Cynthia eine Hose, einen Pullover und Unterwäsche heraus. Sie legte die Sachen auf das leere Bett und brachte dann den Tee ins Badezimmer.

Cynthia hatte sich in der kleinen Wanne so lang wie möglich gemacht, bis zum Hals steckte sie im dampfenden Wasser. Sie sah aus, als ob sie eingenickt wäre.

»Tee«, sagte Anna. »Aufwachen. Wir müssen bald weiter.«

»Ich dachte, mir würde nie wieder warm werden.« Cynthia machte die Augen auf und sah die Tasse Tee. »Haben Sie keine Cola da?« fragte sie.

»Süßer Tee«, verordnete Anna und stellte die Tasse in Cynthias Reichweite ab.

Loch im Herzen, dachte sie auf dem Weg nach unten. Daß ich nicht lache. Aber wenn es auch keine Spuren für eine Herzoperation gab, so hatte Cynthia doch zwei frische kleine Narben am Bauch. Sie wollte schon umkehren und sie danach fragen, als das Telefon klingelte.

Rule sagte: »Sie wollten mich sprechen?«

»Hugh Fellows ist heute abend vor dem Motel erschossen worden«, erzählte Anna.

»Ist er tot?«

»Kann man wohl sagen.«

»Okay«, sagte Rule. »Was soll ich tun? Stecken Sie in der Klemme?«

»Ja«, sagte Anna. »Ich war dabei, und Cynthia auch. Auf uns hat man auch geschossen. Ich habe Cynthia am Strand entlang in Sicherheit gebracht. Uns ist nichts passiert. Aber im Club hat sich jemand nach mir erkundigt. Wir können hier nicht bleiben. Aber mein Wagen steht am Motel.«

»Nicht so schnell«, sagte Rule. »Ich verstehe nur die Hälfte.«

»Haben Sie Bohnen in den Ohren?« fragte Anna wütend.

»Sie sind eine Zeugin, richtig?« sagte Rule, ohne auf ihren Einwurf einzugehen. »Wann ist das Ganze passiert?«

»Vor ungefähr ...« Sie sah auf die Uhr. Konnte das sein? «Vor ungefähr vierzig Minuten.« Es kam ihr vor wie vier Stunden – oder Sekunden.

»Tut mir leid«, sagte sie. »Ich hatte es wohl wirklich etwas eilig.«

»Stimmt«, sagte Rule. »Haben Sie schon mit der Polizei gesprochen?«

»Wir sind vorher schon abgehauen. Außerdem hat Cynthia Angst vor der Polizei – und – ach, du Scheiße!« Das hatte sie völlig vergessen. »Und Cynthia weiß noch gar nicht, daß Hugh tot ist.«

»Wie kommt das?«

»Sie hat geschlafen«, sagte Anna. »Hören Sie, dafür ist später immer noch Zeit. Die Polizei kann mich hier aufspüren, weil ich meinen Wagen und meine Handtasche am Tatort gelassen habe. Aber der springende Punkt ist doch der – wenn die Polizei das kann, dann kann es auch der Mensch, der auf mich geschossen hat. Sie haben selbst gesagt, daß das Profis sind.«

»Es wäre wohl besser, wenn Sie sich aus dem Staub machen würden«, sagte Rule. »Ich bin schon unterwegs.«

»Ich bestelle mir ein Taxi«, sagte Anna steif.

»Na klar«, sagte Rule. »Darum haben Sie mich wohl aus der Dusche geholt, um mir zu sagen, daß Sie sich ein Taxi nehmen. Ich sage Ihnen, ich bin schon unterwegs. Es kostet Sie nicht viel Zeit, auf mich zu warten. Holen Sie sich ein Taxi, wenn Sie unbedingt wollen, aber dann kennt wieder jemand Ihren Namen und kann Sie beschreiben.«

Anna biß sich auf die Lippe.

Rule sagte: »Also, keine Widerworte, okay? Machen Sie sich eine schöne Tasse Tee und warten Sie auf mich.« Er legte auf.

»Du kannst mich auch mal«, sagte Anna in den toten Hörer.

Warum hatte sie ihn überhaupt angerufen? Rule war nicht ihr Kumpel. Er war nicht auf ihrer Seite wie Bernie, Johnny, Phil und Tim, oder sogar wie Sean, der Waschlappen.

Was war er denn schon? Ein Kerl mit einer Kanone.

Sie konnte sich nicht auf ihn verlassen. Aber sie hatte keinen Menschen außer ihm.

Sie starrte auf die japanischen Schwertlilien.

Es war jemand auf der Treppe. Schritte.

Sie sprang auf, raste in die Küche und schnappte sich ein Messer. Sie wartete mit klappernden Zähnen darauf, daß die Tür aufging.

Nichts geschah.

Sie machte selbst die Tür auf. Niemand zu sehen.

Sie schlich sich auf Zehenspitzen zur Haustür. Sie war abgesperrt.

Die Tür zur Garage war ebenfalls abgeschlossen.

Oben durchsuchte sie jeden Raum. Sie waren leer. Die Fenster waren verriegelt.

In Zeitlupe zersplitterte noch einmal die Moteltür. Blutgeruch stieg ihr in die Nase.

Sie klopfte an die Badezimmertür. »Beeilen Sie sich!« rief sie. »Ziehen Sie sich an, und kommen Sie nach unten.«

»Bin schon unterwegs«, rief Cynthia schläfrig zurück.

In ihrem Zimmer stopfte Anna wahllos irgendwelche Sachen in die Reisetasche. Sie schleppte sie nach unten zur Haustür. Überprüfte noch einmal das Schloß. Ging wieder hoch in die Küche.

Ihr Tee stand kalt auf der Arbeitsplatte. Sie kochte neuen.

62

Anna zwang sich, stillzusitzen. Sie hielt die Tasse mit beiden Händen fest, damit der Tee nicht herausschwappte. Sie mußte die Zähne auseinanderzwingen, um trinken zu können. Willenskraft war alles, was sie dazu brauchte.

Mit Willenskraft ließ sich bei Zähnen und Teetassen etwas machen. Gegen die großen Dinge, wie Blut und Knochen und Löcher in Wänden, richtete sie nicht viel aus.

Cynthia erschien in der Tür. In Annas Sachen sah sie kleiner und schmaler aus. In der Hand hielt sie das zerrissene, dreckverkrustete, gelbe Strandkleid. Sie schaute sich in der Küche nach der Waschmaschine um und warf das Kleid hinein. Sie maß einen Becher Waschpulver ab und schaltete die Maschine an.

Anna sah ihr ungläubig zu.

»Es wird schon wieder werden«, sagte Cynthia. »Hier drüben gibt es wahnsinnig tolle waschfeste Stoffe.«

Die Waschmaschine brummte und summte.

»Alles in Ordnung mit Ihnen?« fragte Anna. »Geht es Ihnen wieder besser?«

Auf Cynthias Wange brannte ein roter Fleck. Vielleicht war das die Stelle, wo Hugh sie getreten hatte. Oder war Anna dafür verantwortlich?

Cynthia sagte: »Mein Rücken ist so komisch zerschrammt. Kann ich bald ins Bett? Ich bin so müde.«

»Wir warten auf einen Freund«, sagte Anna. »Hier können wir nicht bleiben. Möchten Sie noch Tee?«

»Tee trinke ich nur in England«, sagte Cynthia verächtlich. »Hier verstehen sie nichts davon. Sie sehen fürchterlich aus.« Sie starrte Anna an. »Wollte Ihnen jemand die Kehle durchschneiden?«

Anna faßte an das Handtuch. Sie hatte es völlig vergessen.

»Ich glaube, ich lege mich ein bißchen hin«, sagte Cynthia.

Aber sie wanderte ins Wohnzimmer und drehte den Fernseher an. Es wurde geschossen. Anna zuckte zusammen.

»Bonnie und Clyde«, rief Cynthia. »Mein Lieblingsfilm. Dabei muß ich immer weinen. Kommen Sie, schauen Sie mit.«

»Schalten Sie um«, sagte Anna. »Und drehen Sie leiser.«

»Ich kann doch nicht Bonnie und Clyde verpassen.«

»Versuchen Sie es!« Sie lief nach oben, um das durchgeweichte Handtuch zu wechseln. Kein Wunder, daß sie Blut riechen konnte.

Cynthia lag im Wohnzimmer auf dem Sofa und sah sich immer noch denselben Film an.

»Herrschaftszeiten!« sagte Anna und drehte den Fernseher aus. »Man hat gerade auf uns geschossen.«

»Na und?« brüllte Cynthia. »Das ist doch nichts Besonderes. Hier drüben ist jeder Mensch bewaffnet. Sie haben wohl überhaupt keine Ahnung, was?«

»Reden Sie keinen Stuß!« schrie Anna zurück.

»Und Sie haben mir nicht vorzuschreiben, was ich mir im Fernsehen ansehen darf. Sie sind schließlich nicht meine Mutter.« Es war das zweite Mal, daß sie das sagte.

Anna sagte: »Warum hat man auf uns geschossen? Was hat Hugh angestellt?«

»War Hugh auch dabei?«

»Ja.«

»Wo ist er jetzt?«

Du mußt es ihr behutsam beibringen, dachte Anna. Sie setzte sich neben sie. Alles, was ihr einfiel, war wie ein schlechter Witz: Alle Frauen mal hergehört! Wer noch einen lebenden Ehemann hat, vortreten! Nicht so hastig, Cynthia Fellows!

Anna schüttelte den Kopf, sie mußte wieder einen klaren Gedanken fassen. Sie war schon fast genauso irre wie Cynthia.

Cynthia sagte: »Hugh ist tot, nicht wahr? Dann hat es also ihn erwischt. Ich glaube, ich habe es gesehen, aber ich dachte, ich hätte es nur geträumt.«

»Es tut mir leid«, sagte Anna überflüssigerweise.

»Auge um Auge.« Cynthia stand auf und schaltete den Fernseher wieder an. »Eigentlich habe ich geträumt, ich hätte ihn erschossen. Wußten Sie, daß man keine Falten kriegt, wenn man seine Gefühle nie zeigt?«

Mittlerweile war es Anna so schwindelig, daß sie befürchtete umzukippen, wenn sie aufstand.

»Ich habe ihn doch nicht umgebracht, oder?« erkundigte Cynthia sich sachlich. »Nein, das dachte ich mir schon. Aber wissen Sie, man muß sich vorsehen mit dem, was man sich wünscht, vor allem hier drüben. In diesem Land bekommt man, was man sich wünscht – wenn man das nötige Geld hat.«

»Ich finde, Sie sollten wieder nach Hause gehen«, sagte Anna. »Ich glaube, Sie haben Schreckliches durchgemacht. Sie sollten nach Hause gehen und wieder Ordnung in Ihr Leben bringen.«

»Habe ich Ihnen schon erzählt, daß Hugh mein Baby getötet hat?« fragte Cynthia. »Es ist schon schrecklich, wenn man bekommt, was man sich wünscht, und man sich nicht so richtig entscheiden kann. Ich meine, man kann doch zwei ganz verschiedene Dinge zur gleichen Zeit wollen, nicht wahr? Ich wollte das Baby, aber es hätte mein Leben ruiniert. Ich war viel zu jung. Bei unserer Heirat war ich nämlich fast noch ein Kind. Habe ich Ihnen das schon erzählt?«

»Das weiß ich«, sagte Anna, sie dachte: Würde die wahre Cynthia Garden sich bitte melden! Sich mit Cynthia zu unterhalten, war so ähnlich, wie hintereinander eine Reihe falscher Telefonnummern anzuwählen. Mit Trauer, Wut und Hysterie hätte sie umgehen können, aber mit dieser Serie unangebrachter Reaktionen wußte sie nichts anzufangen. Anna konnte nur auf wesentlich konventionellere Gefühlsausbrüche reagieren. Sie war bereit, Cynthia zu trösten oder zu beschützen. Sie wollte Informationen von ihr. Aber Cynthia war wie ein Geldautomat, der »Moon River« spielte, statt Geldscheine auszuspucken.

Ihre Haut schimmerte gräulich unter der Sonnenbräune, sie

hatte schwarze Ringe unter den großen, grauen Augen, aber sie starrte Anna mit durchaus festem Blick an und plapperte in einem einigermaßen vernünftigen Ton vor sich hin. Es war unmöglich, zwischen Tatsachen und Hirngespinsten zu unterscheiden.

Ein Auftrag ist ein Auftrag, mehr nicht, dachte Anna. Sie mußte sich zwingen, ruhig sitzenzubleiben. Alles war solange relativ einfach, bis man sich auf die Menschen einließ. Finden Sie die Pullover. Na schön, sie hatte sie gefunden. Finden Sie heraus, wer sie verkauft. Kein Problem. Folgen Sie diesem Mann. Wird erledigt. Dafür gab es Techniken. Man konnte beobachten, abwarten und sich die Antworten auf die offenen Fragen selbst suchen.

Dann kam Cynthia des Weges wie ein wandelndes Bermudadreieck, und Profidetektive erlitten Schiffbruch, und handfeste Informationen verschwanden spurlos.

»Cynthia«, sagte Anna fest. »Wer war hinter Hugh her? Warum habt ihr euch versteckt?«

»Es war ein paramilitärischer Überfall«, sagte Cynthia, ohne den Bildschirm aus den Augen zu lassen. »Ich habe Ihnen doch erzählt, daß mein Vater bei der Armee war? Bei so einer unheimlichen Sondereinheit. Ich glaube, er und seine Freunde wollten Hugo eine Lektion erteilen. Früher war mein Vater Regimentschef, und Hugo war seine rechte Hand. Sie sind zusammen durch die ganze Welt gezogen, bis Hugo sich in mich verliebt hat. Seitdem waren wir auf der Flucht.«

»Hm«, sagte Anna. Trotz des lärmenden Fernsehers konnte sie langsam einen Wagen näherkommen hören.

»Es war ein tödliches Geheimnis«, sagte Cynthia. »Aber da Hugo nun auf so tragische Weise aus dem Leben gerissen wurde, steht es mir wohl frei, meine Geschichte zu erzählen.«

»Einen Augenblick.« Anna lief nach oben. Ohne im Gästezimmer das Licht anzuknipsen, schaute sie hinunter auf Rules Buick. Er stieg aus und hob den Kopf, damit sie sein Gesicht sehen konnte.

»Immer mit der Ruhe«, sagte er, als sie ihn eingelassen hatte. »Es ist niemand zu sehen. Ich habe mich vergewissert. Nur beim Motel ist die Hölle los. Da wimmelt es von Polizei.«

»Um die Polizei mache ich mir keine Sorgen«, sagte sie, während sie die Treppe zum Wohnzimmer hochstiegen.

»Wo ist das Opfer?«

»Hockt vor der Glotze.«

»Sie weiß es?«

»Tja«, antwortete Anna. »Gesagt habe ich es ihr, aber es scheint ihr nichts auszumachen.«

Rule starrte sie an und stieß die Wohnzimmertür auf.

Cynthia warf ihm einen Blick zu, dann stand sie auf. Sie schaltete den Fernseher aus und kam mit ausgestreckter Hand auf ihn zu.

»Hi«, sagte sie und begutachtete ihn von oben bis unten. »Ich heiße Cynthia. Kann ich Ihnen etwas anbieten – Tee, Kaffee, etwas Alkoholisches?«

Verdutzt stellte Anna fest, daß sie mit einem täuschend echt klingenden amerikanischen Akzent sprach: Sie hörte sich genauso an wie eine PanAm-Stewardeß.

Rule sagte: »Wir müssen los. Alles in Ordnung?«

»Sicher«, sagte Cynthia. »Warum nicht?« Sie legte eine Kunstpause ein. »Ich bin jetzt Witwe, wußten Sie das?« Sie lächelte traurig.

»Was Sie nicht sagen«, meinte Rule und sah Anna an.

Anna sagte: »Gehen wir.«

»Es ist sehr nett von Ihnen, daß Sie uns helfen«, murmelte Cynthia, wieder ins Englische gleitend. »Ich weiß nicht, was wir ohne Sie getan hätten.« Sie berührte Rule an der Hand, eine kleine Geste des Dankes und der Hilflosigkeit.

»Mein lieber Herr Gesangverein!« sagte Anna.

Auf dem Weg zum Wagen flüsterte Cynthia: »Man muß die Männer glauben machen, daß sie wunderbar sind, sonst helfen Sie einem nicht. Sie mit Ihrer großen Klappe werden es bei ihnen nie weit bringen.«

»Was sagt sie?« fragte Rule.

»Nichts«, sagte Anna und biß die Zähne zusammen.

»Eigentlich müßte ich Trauer tragen«, überlegte Cynthia laut. »Ein schlichtes Schwarz ist nie verkehrt.«

Sie wollte sich nach vorne zu Rule auf den Beifahrersitz setzen, aber Anna schob sie auf die Rückbank und befahl ihr, sich hinzulegen. Sie hatte das Gefühl, ihr Kopf wäre auf einem Kugellager montiert – er drehte sich unaufhörlich nach links und rechts, während sie vom Clubgelände fuhren. In jedem Schatten glaubte sie dunkle Autos und Heckenschützen lauern zu sehen.

»Beruhigen Sie sich«, sagte Rule.

Der Nebel sammelte sich wie Regen auf der Windschutzscheibe. Er schaltete die Wischer ein.

»Ich habe mir die Gegend angesehen, bevor ich zu Ihnen kam«, sagte er. »Die Luft ist rein, das können Sie mir glauben.«

Cynthia kam auf dem Rücksitz hoch und lehnte sich soweit nach vorne, daß sie fast Rules Kragen berührte. Sie fragte: »Wohin bringen Sie mich?«

»Zu Freunden, nach Bradenton«, sagte Rule.

»Hinlegen«, sagte Anna.

»Vom Autofahren wird mir immer schlecht«, warnte Cynthia sie heiter.

»Ein bißchen Musik gefällig?« fragte Rule. Er entschied sich für eine Bill-Joel-Kassette. Er drehte die Lautstärke hoch und schaltete die vorderen Lautsprecher aus.

»Ich habe auf dem Weg hierher den Polizeifunk abgehört«, sagte er zu Anna. »Nach Ihnen wird noch nicht gefahndet. Ich habe Ethan angerufen, ich mußte ihn ja wenigstens warnen. Außerdem hat er gute Beziehungen zur Polizei und kann uns vielleicht Informationen liefern.«

»Ich habe Billy Joel mal live im Konzert gesehen«, sagte Cynthia, die sich schon wieder nach vorne beugte und Rule jetzt regelrecht im Genick saß. »Hinterher bin ich in seine Garderobe gegangen. Der Mann knistert geradezu vor Energie – Wahnsinn! Sie erinnern mich ein bißchen an ihn. Nicht vom Aussehen her, aber ...«

»Hinlegen«, sagte Anna.

»Ich finde, Sie sehen viel besser aus«, fuhr Cynthia fort, ohne Anna zu beachten.

Anna drehte sich zu ihr um. »Legen Sie sich hin«, sagte sie. »Und halten Sie die Klappe!«

»Sie ist eifersüchtig«, sagte Cynthia zu Rule. »So ist das immer mit älteren Frauen. Sie sind eifersüchtig und machen uns nieder, weil wir das haben, was sie wollen.«

»Alles, was ich von Ihnen will«, fauchte Anna, »ist, daß Sie endlich die Schnauze halten!«

Rule sagte: »Legen Sie sich hin, Honey.« Cynthia gehorchte. Während sie sich anmutig ausstreckte, lächelte sie Rule im Rückspiegel zu.

»Meine Herren!« knurrte Rule mit zusammengebissenen Zähnen.

»Ich muß mit der Polizei reden«, sagte Anna. »Aber ich wollte nicht unbedingt auf sie warten.«

»Sie ist auch eine Zeugin«, sagte Rule und zeigte mit dem Daumen nach hinten.

»Tolle Zeugin«, sagte Anna. »Erstens war sie total weg vom Fenster, sie stand unter Drogen. Dann hat sie gesagt, sie hätte gedacht, sie selber wäre es gewesen. Und kurz bevor Sie kamen, hat sie behauptet, ihr Vater hätte es getan.«

»Ach, du Scheiße«, sagte Rule. Sich genau an die vorgeschriebene Höchstgeschwindigkeit haltend, fuhr er Richtung San Isabel.

»Was ist denn nun wirklich passiert?« fragte er nach einer Weile.

Anna holte tief Luft. »Wir drei waren auf dem Parkplatz«, sagte sie. »Hugh, sie und ich. Meine Tarnung war aufgeflogen. Er wußte, daß ich nicht nur eine harmlose Touristin war.«

»Woher?«

»Keine Ahnung. Aber ich kann es mir denken. Im Sand Dollar Motel hat ein Typ gearbeitet, der anscheinend auf Cynthia aufpassen sollte, und ich glaube, das ist derselbe Kerl, der sich im Club nach mir erkundigt hat.«

»Name?«

»Wir können sie ja mal fragen«, sagte Anna und deutete mit dem Daumen nach hinten. »Aber was sie uns erzählen wird, steht auf einem ganz anderen Blatt.«

»Weiter«, sagte Rule.

»Ich glaube, Hugh hat mich für einen der großen Fische aus Miami gehalten. Er hat so was angedeutet. ›Sagen Sie Ihnen, ich arbeite nur noch für mich‹, und ›Durch Sie können sie nicht an mich herankommen‹. Solche Sprüche hat er von sich gegeben.«

»Und dann?«

»Dann kam ein großer, schwarzer Wagen auf den Parkplatz gerollt, ohne Licht, mit abgeschaltetem Motor ...«

»Was für eine Marke?«

»Damit kann ich leider nicht dienen«, sagte Anna. »Mit amerikanischen Autos kenne ich mich nicht aus. Größer als der Buick hier. Mehr Motorhaube, mehr Kofferraum. Ziemlich eckig. Dunkle Scheiben. Er kam nicht aus der Gegend hier.« Wo kam nun plötzlich dieses Detail her? Anna schloß die Augen. Zur Tatzeit hatte sie doch überhaupt nichts gesehen. »Aus Connecticut«, sagte sie.

»Okay«, sagte Rule. »Und was dann?«

»Die hintere Tür auf der Beifahrerseite schwingt auf, ein Mann steigt aus. Schießt einmal. Muß ihn wohl verfehlt haben.« Sie sah auf ihre Hände und merkte, daß sie sich an ihre Knie klammerte wie an ein Geländer. Sie fuhr fort: »Mit dem zweiten Schuß hat er ihm den Schädel weggeschossen. Der dritte ging durch die Tür meines Motelzimmers. Was danach passiert ist, weiß ich nicht, weil ich abgehauen bin, mit ihr im Schlepptau. Ich glaube nicht, daß wir verfolgt worden sind. Schüsse habe ich keine mehr gehört.«

»Immer mit der Ruhe«, sagte Rule. Sie überquerten die Brücke zwischen Manatee und San Isabel. Die Räder holperten dumpf über das Metall.

»War das für Sie das erste Mal?« fragte Rule.

»Was?« Anna drehte sich nach Cynthia um. Sie schien zu schlafen.

»Zum ersten Mal unter Beschuß?«

»Ja. Es hat mich ein bißchen mitgenommen.«

»Ein bißchen mitgenommen«, wiederholte Rule. Er lachte.

»Tja, tut mir leid«, verteidigte sich Anna. »Ich habe nicht viele Einzelheiten mitbekommen.«

»Machen Sie sich keine Gedanken«, sagte Rule. »Sie haben sich nicht schlecht geschlagen.«

Er klang wie Lew beim Tennisunterricht.

63

Nancy wohnte in einem Neubaugebiet am Rand von Bradenton. Von der Straße aus war nur eine Mauer zu sehen. Doch wenn man erst hineingefahren war, wirkte die Siedlung wie eine kleine, verwinkelte Stadt, in der ein Haus wie das andere aussah.

Nancy war über einen Meter achtzig groß, schwer gebaut, aber schlank. Mit ihrer glatten Bubikopffrisur sah sie selbst im ausgebeulten Frotteebademantel so aus, als wäre sie das ideale Modell, um Sportgeräte vorzuführen.

»Wir haben mal zusammengearbeitet«, erklärte Rule nur. »Sie können heute nacht bei ihr schlafen.«

»Vielen Dank«, sagte Anna.

»Schon gut«, sagte Nancy, sie blickte von Anna zu Cynthia und wieder zurück. »Kein Problem.«

»Hat Rule Ihnen alles erzählt?« fragte Anna.

»Rule? Etwas erzählen?« Nancy kicherte. Rule zuckte die Achseln.

»Ich bin müde«, sagte Cynthia zu Rule.

»Gehen Sie ins Bett«, schlug er vor. Aber sie blieb stehen und wartete.

Nancy sagte: »Ich sehe mir lieber mal Ihren Hals an, Anna. Das Handtuch müssen wir wahrscheinlich losweichen.«

»Wie ist das passiert?« fragte Rule.

»Mir tut der Rücken weh«, meldete Cynthia sich zu Wort.

Das Blut war getrocknet, und Anna wußte, daß die Schnittwunde sich sofort wieder öffnen würde, wenn sie das Handtuch abnahm. Sie sagte: »Vielleicht sollten wir lieber zuerst die Polizei anrufen und auch Lara Crowther wissen lassen, was . . .«

»Nein, nein, nein!« schrie Cynthia.

Alle starrten sie an.

»Nein!« Cynthia lief zu Rule und klammerte sich an ihn. »Das dürfen sie nicht«, rief sie. »Sie wollen mich umbringen.«

»Wer?« fragte Rule und versuchte, seinen Arm loszumachen.

»Die da.« Cynthia zeigte auf Anna. »Sie hat mich entführt! Jetzt verstehe ich alles. Das Weib hat sie geschickt. Sie ist lesbisch!«

»Wer?« fragte Rule noch einmal.

»Lara Crowther. Sie hat meine Mutter verführt. Mich wollte sie auch verführen.« Cynthia klammerte sich an Rule wie an einen Baum im Wirbelsturm. »Ich habe Angst«, sagte sie. »Anna ist auch eine Lesbe. Sie stecken alle unter einer Decke. Sie hat mich gezwungen, ein Bad zu nehmen. Hugo hat mich vor ihr gewarnt. Er mußte es wissen. Er war mit ihr verheiratet.«

»Mit wem?« fragte Anna.

Cynthia preßte ihr Gesicht gegen Rules Schulter.

»Mit wem, Honey?« fragte Rule, er starrte Anna an.

»Lara Crowther.« Cynthia sah zu ihm auf, sie klimperte wild mit den Wimpern. »Es war eine Vernunftehe. Er hat sie nicht wirklich geliebt. Er wollte nur in Amerika bleiben.«

»Ist das wahr?« fragte Rule Anna.

»Weiß der Geier«, sagte Anna und zuckte ratlos mit den

Schultern. »Mir hat sie nichts davon gesagt. Sie hat mir nur erzählt, daß Hugh vor ein paar Jahren einige Zeit für sie gearbeitet hat.«

»Sie ist eine Lesbe, und sie haßt die Männer«, erklärte Cynthia Rule. »Sie ist eine Hexe, und sie hat den Auftrag, Männer zu kastrieren und junge Mädchen zu verführen und dafür zu sorgen, daß sie niemals Kinder haben können. Mit mir hat sie das auch so gemacht.«

»Läuft uns die Sache nicht allmählich aus dem Ruder?« fragte Nancy leise. »Warum gehen Sie nicht ins Bett... Cynthia, so heißen Sie doch? Oben habe ich ein Gästezimmer, das Bett ist schon gemacht.«

»Sehen Sie, was sie mit mir vorhaben?« schrie Cynthia. »Sie wollen Sie glauben machen, daß ich im Weg bin. Sie stecken mich ins Bett, und dann rufen sie die Hexe – und die Polizei, und dann werde ich abgeholt, und wir werden uns nie mehr wiedersehen.«

Einen Augenblick lang sagte niemand ein Wort, schweigend sahen Rule, Nancy und Anna einander an. Cynthia schmiegte sich noch immer an Rule, was ihm außerordentlich unangenehm zu sein schien.

Plötzlich grinste Nancy und sagte: »Na, dann kommen Sie mal mit, Anna. Ich habe eine Hausapotheke im Badezimmer. Soll ich nach Ihrem Hals sehen?«

»Ja, danke«, sagte Anna erleichtert. Sie hatte keine Ahnung, was sie mit Cynthia anstellen sollte. Nach Cynthias großer Szene fühlte sie sich wie gelähmt.

Nancy ging die Treppe hinauf, Anna folgte ihr.

»He, Leute«, sagte Rule. »Was soll ich denn jetzt machen?«

»Das Zauberwort heißt ›Honey‹«, sagte Anna müde. »Machen Sie das Beste daraus.«

»Vielen herzlichen Dank«, sagte Rule.

»Wir könnten zusammen durchbrennen«, schlug Cynthia ihm vor.

Auf halbem Weg nach oben hatte Anna, als sie noch einmal auf Cynthia hinunterblickte, plötzlich das Gefühl, nun die Gesamtbilanz von Cynthias bisherigem Leben gesehen zu haben: ihre Ängste, ihre Hirngespinste und ihre Manöver. Sie schüttelte den Kopf und ging weiter. Vielleicht waren das die Ängste, Hirngespinste und Manöver vieler Frauen, aber Cynthias waren außer Kontrolle geraten.

Anna war sehr, sehr müde.

64

»Sieht aus wie eine Schnittwunde«, sagte Nancy. Ihr Badezimmer war groß und hell und voller Spiegel.

»Vielleicht sollten Sie das besser nähen lassen.« Sie betastete ungeschickt die Verletzung.

»Es wird schon wieder werden«, sagte Anna. »Die Wunde ist sauber. Wenn wir die Ränder mit Heftpflaster zusammenkleben könnten ...«

»Okay«, sagte Nancy. »Sie hatten eine schlimme Nacht, was? Schön stillhalten.«

Im Spiegel sah Anna Nancy bei der Arbeit zu. Offenbar wußte sie, was sie tat.

»Die Kleine ist nicht ganz richtig im Kopf«, sagte Nancy. »Man könnte meinen, jeder Mensch wäre nur ein Statist in ihrem persönlichen Spielfilm. Dabei hat sie sich immer noch nicht ganz entschieden, wer überhaupt mitspielen soll.«

»Das haben Sie gut gesagt.« Anna war beeindruckt.

Rule kam, ohne anzuklopfen, herein. Anna schnappte sich ein Handtuch.

Nancy sagte: »Stillhalten.«

»Hast du irgendwas da, womit ich sie zum Schlafen bringen kann?« fragte Rule. »Ich habe sie ins Bett gepackt, aber sie hört einfach nicht auf zu reden.«

»Genau das hat Hugh Fellows auch gemacht«, sagte Anna. »Er hat sie mit Beruhigungsmitteln vollgepumpt.«

»Verdammt«, sagte Rule. »Na, vielleicht hatte er gar nicht so unrecht damit.«

»Im Schränkchen sind ein paar Pillen«, sagte Nancy.

Rule nahm die Tabletten heraus und ging. Er machte ein finsteres Gesicht.

Anna sagte: »Ich glaube, er denkt, wir haben ihm da etwas ganz Gemeines eingebrockt.«

»Nicht reden«, sagte Nancy. »Wenn Sie reden, bewegen Sie sich, und dann geht die Wunde wieder auf.«

Nach einer Weile sagte sie: »Es kann ihm eigentlich nur gut tun. Die denken doch immer, daß wir uns um Frauen und Kinder kümmern müssen. Wenn jemand Pflege braucht, kann man es getrost uns überlassen.«

Anna imponierte es sehr, wie Nancy sich um sie kümmerte. Sie fragte sich, ob sie wohl auch bei der Polizei gewesen war.

Anna sagte: »Es ist sehr nett von Ihnen, uns aufzunehmen.«

»Das meine ich ja gerade«, sagte Nancy und schnipselte ein Stück Heftpflaster von der Rolle. »Auf die Idee, zur Abwechslung mal einen seiner Kumpel anzurufen, kommt er gar nicht. Wie oft habe ich ihm das schon gesagt? ›Rule‹, habe ich gesagt, ›ich heiße Nancy, nicht Florence Nightingale.‹ Verstehen Sie mich nicht falsch, das hier geht schon in Ordnung, und wenn ich in der Klemme sitzen wüde, wäre Rule auch der erste, den ich um Hilfe bitten würde. Schön stillhalten, ich bin gleich fertig.«

Anna hielt still. Eigentlich hätte es weh tun müssen, doch sie spürte nichts. Anna fühlte sich überhaupt seltsam taub. Eine Zeitlang machte sie sich Sorgen, weil sie nichts fühlte, doch dann fand sie sich damit ab. Es hatte nichts zu bedeuten, nichts hatte noch etwas zu bedeuten. Sie sah ihr eigenes Blut auf Tupfern und Handtüchern, und es bedeutete ihr nichts. Es war einfach nur rot.

Als sie nach unten ging, trug sie einen weißen Verband wie ein

Hundehalsband um den Hals. Nancy hatte ihr ein Sweatshirt geliehen, das viel zu groß für sie war.

Nancy goß sich und Rule einen Scotch ein. Anna wollte nichts trinken.

Rule sagte: »Cynthia will nicht, daß wir die Polizei holen. Sie meint, wenn wir das täten, käme sie nie an Hughs Geld heran. Sie hat mir gerade fünfundzwanzigtausend Dollar angeboten, wenn ich sie nach Mexiko bringe.«

»Ich kenne da ein sehr gutes Reisebüro«, sagte Nancy und hockte sich zu ihm auf die Sessellehne.

»Eine reiche Witwe«, sagte Anna. »Wieviel Glück kann der Mensch sonst noch haben?« Sie fühlte sich etwas wohler, seit sie wußte, daß Rule eine Freundin wie Nancy hatte.

»Okay«, sagte Rule geduldig. »Aber wieviel von dem, was sie erzählt, können wir ernst nehmen?«

»Ich weiß es nicht«, sagte Anna. »Zum Teil erzählt sie Quatsch mit Soße, zum Teil klingt es einigermaßen wahr, zum Teil sind es Ausschmückungen.«

»Was meinen Sie damit?« fragte Nancy.

»Das ist schwer zu erklären«, sagte Anna langsam. »Als ich sie kennenlernte, war ich natürlich darauf gefaßt, daß sie mich belügen würde, was sie und Hugh angeht. Das hat sie auch gemacht. Aber es waren eigentlich keine Lügen, es waren eher verzerrte Fantastereien. Zum Beispiel hat sie mir erzählt, sie hätte gerade eine schwere Operation hinter sich – ein Loch im Herzen – und sie hat gesagt, sie sei krank. Nun, damals dachte ich, sie hätte sich einfach den Finger in den Hals gesteckt – nachdem sie das Mittagessen so heruntergeschlungen hatte, aber dann stellte sich heraus, daß sie tatsächlich einen Termin beim Arzt hatte. Und als sie dann heute abend in der Badewanne saß...«

»Sie haben sie also gezwungen zu baden?« fragte Rule.

»Seien Sie nicht albern, sie wollte ein Bad nehmen. Wir waren beide durchgefroren nach unserem Tauchgang im Meer.« Anna hielt inne. Schließlich hatte sie Cynthia ins Wasser gestoßen.

»Und dann im Bad?« hakte Nancy nach.

»Ich habe ihr eine Tasse Tee gebracht, und es war deutlich zu sehen, daß sie nicht am Herzen operiert worden war ... aber sie hatte zwei frische Narben am ... Ach, du großer Gott!«

»Was?« fragte Nancy.

»Ich kenne solche Narben. Ich glaube, sie ist sterilisiert worden. Sie ist erst achtzehn, und man hat sie sterilisiert.«

»Das ist ja grauenhaft«, sagte Nancy erschüttert.

»Und sie hat gesagt, Hugh hätte ihr Baby umgebracht ...« Anna hielt noch einmal inne. »Rule«, sagte sie. »Ich glaube, es wäre eine gute Idee, wenn wir herausfinden würden, ob Lara Crowther tatsächlich mit Hugh Fellows verheiratet war.«

»Sie meinen, die Dame ist vielleicht hinter seinen Moneten her?«

»Ich meine, wir sollten das auf jeden Fall überprüfen, bevor wir Lara sagen, wo wir sind.«

»Ich wußte ja gleich, daß da etwas faul ist«, sagte Rule mit einem eigenartig zufriedenen Blick.

»Ethan hat ihr doch Bericht erstattet, nicht wahr? Nachdem er das Haus im Pier Drive gefunden hatte. Und dann wurde es auf den Kopf gestellt. Ich habe ihr den Namen von dem Motel nicht gesagt, aber ...«

»Ethan schon«, sagte Rule. »Wissen Sie noch? Wir konnten sie nicht erreichen, nachdem Hugh Fellows aus Pier Drive ausgezogen war. Wir konnten ihr also erst einen Tag später Bescheid sagen, daß er abgereist war. Und jetzt ist sie wieder nicht zu erreichen. Sie meinen, sie könnte ihre Finger im Spiel haben?«

»Es ist nur eine Vermutung«, sagte Anna.

»Aber man sollte der Sache doch nachgehen.«

Nancy sagte: »Eigentlich dürfte ich mir das alles gar nicht anhören. Ich gehe ins Bett.«

»Nacht«, sagte Rule, ohne aufzublicken. »Wir könnten noch mehr Informationen über Ms. Crowther gebrauchen. Fällt Ihnen dazu was ein?«

»Immobilien«, sagte Anna. »Elaine hat mir erzählt, daß Lara mit dem Baulöwen befreundet ist, der die Tennisanlage gebaut hat. Sie haben doch gesagt, daß in vielen Immobilienprojekten auf den Keys schmutziges Geld steckt.«

»Richtig«, sagte Rule. »Und wir müssen endlich herausbekommen, in was für Geschäfte Hugh Fellows verwickelt war.«

Nancy sagte auf halber Treppe: »Was habt ihr mit der Kleinen vor? Ihr habt sie doch nicht etwa vergessen?«

»Nancy, Honey«, begann Rule.

»Nein«, sagte Nancy. »Nein, nein und nochmals nein. Dein Zauberwort zieht bei mir nicht. Die Kleine braucht ärztliche Hilfe und ein sicheres Versteck, und bei mir findet sie beides nicht, Kumpel.«

»Wir überlegen uns morgen früh etwas für sie«, sagte Rule und wandte sich wieder Anna zu.

»Es ist schon fast morgen früh«, stellte Nancy fest.

»Eigentlich sollte ich sie nach Hause bringen«, sagte Anna. »Aber ich kann nicht.«

»Warum nicht?«

»Sie hat keinen Paß«, sagte Anna. »Das wäre noch eine Idee, Rule. Wenn Hugh und Cynthia im Sand Dollar Motel unter falschem Namen abgestiegen sind, haben sie ihre Pässe vielleicht woanders versteckt. Zum Beispiel im Büro von Style File.«

»Ich habe mich schon gefragt, wann Sie darauf zu sprechen kommen«, sagte Rule. »Ich rede noch mal mit Ethan. Sonst noch was?«

»Der Typ, der im Sand Dollar arbeitet. Elaine hat gesagt, sie könnte vielleicht herausbekommen, wie er heißt. Wenn nicht, kann man immer noch im Motel nachfragen.«

»Privatdetektive!« rief Nancy empört und verschwand nach oben.

Anna wollte nicht an Cynthia denken. Cynthia war ein Opfer. Sie war ein mißbrauchtes, manipuliertes Kind. Man hatte ihr schreckliche Dinge angetan. Aber sie war auch eine schreckliche

Nervensäge. Und wenn Anna sie in den nächsten Tagen verstekken und irgendwie nach Hause bringen konnte, würde sie sie am Ende womöglich selbst noch mißbrauchen und manipulieren. Sie hatte bereits damit begonnen.

Cynthia war einfach für jeden Beteiligten ein Objekt: für Penny war sie die Tochter, mit der sie Lara unter Druck setzen konnte, für Lara war sie unnützer Ballast. Für Hugh... Anna wollte lieber keine Vermutungen darüber anstellen, was sie für Hugh gewesen war. Für Anna selbst war sie ein gewaltiges Problem.

Sie sagte: »Können wir Cynthia von der Polizei fernhalten?«

Rule antwortete nicht. Er hatte den Kopf in den Nacken gelegt und sich in Nancys himbeerrote Polster gelehnt, seine Füße waren übereinandergeschlagen. Es sah fast aus, als wäre er eingeschlafen.

»Wegen der Polizei habe ich auch so meine Sorgen«, fuhr Anna fort. »Ich wüßte nicht, was ich dem Beamten sagen sollte. Angeblich mache ich hier nur Urlaub. Ich darf hier eigentlich gar nicht arbeiten, dafür muß man schließlich eine Lizenz haben.«

Sie dachte eine Weile darüber nach, aber ihr Gehirn schien nichts Konstruktives mehr zustande bringen zu können.

Sie sagte: »Vielleicht wäre es am einfachsten, wenn Cynthia und ich uns abschieben lassen würden...«

Rule bewegte sich endlich doch noch. Er gähnte und sagte: »Wenn das der englische Sinn für Humor sein soll, mache ich mich lieber auf den Weg. Sie sollten versuchen, ein bißchen Schlaf zu bekommen.«

Er stand auf. »Ihre Tasche habe ich nach nebenan gestellt.« Er brachte sie in einen kleineren Raum neben dem Wohnzimmer und zeigte ihr, wie man das Sofa ausklappte.

»Sie kommen zurecht?« fragte er. »Wenn Sie wollen, kann ich bleiben.«

Die Schlafcouch sah plötzlich riesengroß aus.

Anna sagte: »Danke, es wird schon gehen.« Sie fühlte sich

wieder sehr unbehaglich, weil sie einerseits aus unerfindlichen Gründen nicht allein sein wollte, und weil sie andererseits wußte, daß sie ihn nur bitten mußte zu bleiben. Aber sie wollte nicht bitten.

Verlegen sagte sie: »Übrigens, vielen Dank auch für…«

»Schon gut«, sagte er rasch und ging hinaus.

Kurze Zeit später hörte sie die Haustür ins Schloß fallen.

65

Anna wachte in derselben Stellung auf, in der sie sich in der Nacht hingelegt hatte. Die Sonne stand schon fast im Zenit, und sie hatte sich sechs Stunden lang nicht gerührt. Nancy stellte ihr ein Glas frisch gepreßten Orangensaft neben das Sofa auf den Fußboden.

»Ethan Callow hat angerufen«, sagte sie. »Der Krankenwagen kommt in einer Stunde.«

»Der was?« Anna setzte sich auf, ihr Puls raste. »Ist Cyn etwas passiert?«

»Sie schläft noch. Es geht ihr gut, aber Ethan kennt irgendwo eine Privatklinik oder ein Sanatorium. Da ist sie sicherer.«

»Ich weiß nicht so recht«, sagte Anna zweifelnd. »Meinen Sie, sie kommt freiwillig mit?«

Draußen führte das gelbgrüne Gras hinunter zu einem Kanal, an dem drei Jungen angelten.

»Ihr wird wohl nichts anderes übrig bleiben«, sagte Nancy leise. Sie zuckte mit den Schultern und sah ebenfalls aus dem Fenster. Vom gegenüberliegenden Kanalufer aus beäugten zwei Reiher erwartungsvoll die Angelschnüre.

»Wahrscheinlich ist es so am besten«, sagte Anna und trank ihren Orangensaft.

»Wahrscheinlich«, sagte Nancy. Sie sahen sich nicht an.

Anna duschte und zog sich rasch an. Sie fühlte sich steif und schwerfällig. Sie schaute nicht in den Spiegel. Sie hatte noch Schwierigkeiten mit den Knöpfen, ihre Hände zitterten noch, und sie mußte sich zu den kleinsten Handgriffen zwingen. Sie hatte das Gefühl, sich beeilen zu müssen, als ob jemand hinter ihr her wäre. Sie atmete tief durch, um sich zu beruhigen.

Nancy stand, fluchend und vor sich hin schimpfend, in der Küche und briet Rühreier.

»Ich kann nicht kochen, und ich will nicht kochen«, sagte sie. »Vielleicht sollte ich die Küche zum Fitneßraum umbauen lassen. Wenn ich keine hätte, bräuchte ich mir nicht immer einzubilden, daß ich sie auch benutzen muß.« Die Eier klebten fest. »Verdammter Mist«, knurrte Nancy. »Stecken Sie schon mal das Brot in den Toaster, ja? Sie stellen sich mit der Kocherei garantiert nicht so blöd an wie ich, stimmt's?«

»Stimmt«, sagte Anna grinsend. »Dabei bin ich selber ein ziemlich hoffnungsloser Fall.« Das Gespräch mit Nancy tat ihr gut.

»Wenn man auf einem Gebiet nicht der Beste sein kann, muß man eben der Schlechteste sein«, sagte Nancy. »Halbheiten taugen nichts. Wollen Sie der Kleinen was nach oben bringen?«

»Wäre wohl besser«, sagte Anna. »Hoffentlich schmeißt sie mir den Teller nicht an den Kopf.«

»Keine Angst, Rule ist ja nicht im Haus. Sie waren nur solange die Feindin, wie er da war.«

»Meinen Sie?«

»Na, klar«, sagte Nancy. »Die arme Kleine ist doch total auf Männer fixiert. Ich weiß nicht, woher sie das hat, aber so ist sie nun einmal.«

»Für ihre Mutter scheint sie jedenfalls nicht besonders viel übrig zu haben.«

»Da haben Sie's«, sagte Nancy. »Sie hatte ihre ersten Erfolgserlebnisse, als sie die Mutter gegen den Vater ausspielte, und bei dieser Masche ist sie dann geblieben.«

Anna lachte.

»Was ist?« fragte Nancy.

»Sie können gut beobachten«, sagte Anna. »Nur Ihre Schlußfolgerungen sind ein bißchen voreilig.«

»So bin ich nun mal«, sagte Nancy. »Küchenpsychologie ist mein Spezialgebiet. Bei verbrannten Eiern kommt man ohne das nicht aus. Verdammt!«

Anna brachte eine Portion verbrannter Eier, Toast und Orangensaft nach oben ins Gästezimmer. Sie stellte das Tablett auf das Nachttischchen und zog die Vorhänge auf. Cynthia lag auf der Seite und schlief, die schimmernden Haare fielen ihr ins Gesicht.

»Frühstück«, sagte Anna. »Aufwachen.«

Cynthia reckte und streckte sich, bevor sie die Augen aufmachte.

»Ich habe geträumt«, sagte sie lächelnd und mit vom Schlaf rosigem Gesicht. »Ich war ein Delphin, und ich konnte in jede Richtung schwimmen, nach oben, nach unten, von links nach rechts, wie es mir gefiel. Ich konnte unter Wasser atmen – das Wasser war wie Luft.« Sie hielt inne und überlegte. »Eigentlich«, fuhr sie fort, »war das Wasser tatsächlich Luft. Komisch, was?«

»Schön«, sagte Anna und setzte sich zu ihr aufs Bett.

Cynthia nahm sich das Tablett und begann zu essen. Sie rümpfte die Nase, als sie die verbrannten Eier sah, aber sie aß sie trotzdem.

Anna sagte: »Sie werden bald abgeholt. Wir haben ein sicheres Versteck für Sie gefunden, wo Sie auch medizinisch betreut werden können.«

»Okay«, sagte Cynthia und aß weiter. Hinter den Haaren hervor beobachtete sie Anna.

»Nicht die Polizei«, sagte sie einige Minuten später.

»Nein«, sagte Anna. »Die Polizei wird nicht erfahren, wo Sie sind. Lara Crowther genausowenig und auch die Leute nicht, die gestern abend auf uns geschossen haben.«

»Okay«, sagte Cynthia noch einmal.

Sie ist ein erstaunlich gefügiger Mensch, dachte Anna verwundert. Sie gab zwar die merkwürdigsten Dinge von sich, tat aber offenbar immer, was man ihr sagte.

Anna sagte: »Wo haben Sie Ihren Paß, Cyn?«

Cynthia zuckte die Achseln.

»Wenn Sie hier in der Patsche sitzen, wäre es nämlich vernünftiger abzureisen.«

»Aber alleine will ich nicht fahren«, sagte Cynthia.

»Ich könnte Sie nach Hause bringen«, schlug Anna vor.

»Ich wollte schon immer mal gerne nach Frankreich.«

»Was ist mit Ihren Eltern?«

»Ich bin ein Waisenkind«, sagte Cynthia. »Hugo war mein Vater.«

Anna seufzte. »Sie haben eine Mutter in Oakleigh«, sagte sie müde. »Und soweit ich weiß, ist Ihr Vater irgendwo in Italien.«

»Sie haben wohl überhaupt keinen Stil, was? ›In der Patsche sitzen‹«, äffte sie Anna nach. »Manchmal reden Sie wie ein Penner.«

»Machen Sie sich nichts daraus«, sagte Anna und stand auf. »Dafür reden Sie die ganze Zeit, als ob Sie ein Spatzenhirn hätten. Wissen Sie wirklich nicht, wo Ihr Paß ist?«

»Ich habe keine Heimat«, verkündete Cynthia. »Ich brauche keinen Paß.« Sie machte ein Gesicht, als hätte sie einen äußerst klugen Satz von sich gegeben.

»Na dann, eins zu null für Sie«, sagte Anna und ging mit dem Tablett wieder nach unten. Fehler und Doppelfehler, dachte sie. Beim Schlagabtausch mit Cynthia konnte sie einfach nicht die Nerven behalten.

Das Problem war, daß Anna irgendwie für Cynthia verantwortlich war. In welcher Hinsicht genau, verstand sie selbst nicht. Bei einem Auftrag kam es immer auf den Klienten an, und nun, da sie ihrer Klientin nicht mehr vertrauen konnte, schien der ganze Fall auseinanderzubrechen.

»Ich bin immer nur so gut wie mein Klient es zuläßt«, erklärte sie Nancy trübsinnig in der Küche. »Wenn mein Klient böse

Absichten hat, wird das, was ich unternehme, ebenfalls böse enden. Aber das kann ich von vornherein nie wissen.«

»Vertrauen Sie sich selbst«, sagte Nancy unbekümmert. »Es wird alles gut werden, warten Sie's ab.«

»Wie können Sie das sagen?« fragte Anna. »Sie kennen mich doch überhaupt nicht. Sie glauben nur deshalb, daß ich in Ordnung bin, weil Rule mich hergebracht hat und weil Sie ihm vertrauen.«

»Das ist es nicht allein«, sagte Nancy. »Ich kann Leute instinktiv beurteilen.«

»Ich auch«, sagte Anna geknickt. »Und die Hälfte der Zeit liege ich falsch.«

»Na und? Dann liegen Sie doch die andere Hälfte der Zeit richtig.« Seit Nancy nicht mehr kochen mußte, hatte sich ihre Laune entschieden gebessert.

Trotzdem hatte Anna ein ungutes Gefühl. Cynthia sollte in irgendein unbekanntes Sanatorium verfrachtet werden, weil Anna keine Ahnung hatte, was sie sonst mit ihr anfangen sollte. Sie traf Entscheidungen, nur weil sie keinen anderen Ausweg wußte, Entscheidungen, zu denen sie nicht berechtigt war. Mit ihrer Klientin stimmte etwas nicht, und ihr Boß saß auf der anderen Seite des Atlantiks. Irgendwo, ganz in ihrer Nähe womöglich, lauerte jemand mit einer Waffe, der bereit war abzudrücken. Sie konnte nicht nachdenken. Statt dessen setzte sie sich hin und aß verbrannte Eier.

Es kam kein Krankenwagen, sondern eine Limousine. Mit ihrem glänzenden, cremefarbenen Lack und den dunklen Scheiben erinnerte sie eher an einen Ozeandampfer als an ein Auto, und Cynthia behandelte die beiden Pfleger, als wären sie ihre Privatchauffeure. Aber der Blick, mit dem sie sich noch einmal umdrehte, war benommen und verwirrt. Trotz der Maske, die sie zur Schau trug, kam sie Anna sehr verloren vor. Da nun, zumindest zeitweilig, jemand anders für sie verantwortlich war, konnte Anna es sich leisten, sie zu bemitleiden.

Als die Limousine langsam davonglitt, bemerkte Anna Rules Buick, der ein paar Häuser weiter am Straßenrand parkte.

Feigling, dachte sie verständnisvoll.

Ein paar Minuten später kam er ins Haus, die Hände hatte er in den Taschen vergraben, die dunkle Brille verbarg jegliche Gefühlsregung.

»Gut geschlafen?« fragte er sachlich. »Alles glatt gelaufen? Okay, dann fahren wir.«

»Wohin?« fragte Anna.

»Sie wollten sich doch Style File ansehen«, sagte er. »Das können Sie haben.« Cynthia erwähnte er mit keinem Wort.

Bei Tageslicht konnte Anna erkennen, daß die Siedlung, in der Nancy wohnte, erst zur Hälfte fertiggestellt war. Die bereits bewohnten Häuser machten einen durchaus schmucken Eindruck. In den Vorgärten rieselten die Rasensprenger, in den Höfen gab es Swimmingpools. Aber der Rest der Anlage jenseits des inneren Häuserringes sah wie eine Baustelle aus.

Rule bog auf die Hauptstraße zwischen Bradenton und Sarasota ein.

Er sagte: »Ms. Crowther war tatsächlich mit Hugh Fellows verheiratet. Sie hat vor etwa drei Jahren die Scheidung eingereicht, und er hat sie nach Strich und Faden gemolken.«

»Sie hat ihm Unterhalt gezahlt?«

»Das sagte ich doch gerade.«

Anna sah ihn an, aber er nahm den Blick nicht von der Straße.

»Er hatte eine Aufenthaltsgenehmigung«, fuhr Rule fort. »Und eine Arbeitserlaubnis. Mehr haben wir in New York und Washington bis jetzt nicht in Erfahrung bringen können.«

»Aber wenn er mit Cynthia verheiratet war«, sagte Anna. »Würden die Unterhaltszahlungen damit nicht hinfällig?«

»Falls Ms. Crowther davon wußte«, antwortete er. »Falls sie wirklich verheiratet waren.«

»Zumindest wußte sie, daß sie zusammen durchgebrannt waren.«

»Und ich möchte wetten«, sagte Rule. »Ich möchte wetten, daß sie schon früher versucht hat, ihn ausfindig zu machen. Durch irgendeine andere Agentur.«

»Aber ursprünglich sollte ich gar nicht nach Hugh suchen.«

»Nein, Sie sollten Cynthia suchen.«

»Noch nicht einmal das. Als ich sie kennenlernte, ging es um den Einbau einer Alarmanlage im Haus ihres Bruders. Dann sollte ich Nachforschungen über eine Konkursmasse anstellen, über Pullover, die Cynthias Mutter entworfen hat. Auf Hugh bin ich eher zufällig gestoßen.«

»Toller Zufall«, sagte Rule. »Ich würde sagen, man hat Sie ganz schön aufs Kreuz gelegt.«

»Aber ihre Gründe wirkten immer sehr glaubwürdig auf mich. Penny Garden kann oder will nicht mehr arbeiten, weil sie alles verloren hat. Lara Crowther ist wegen ihrer eigenen Kollektion auf ihre Details angewiesen. Sie glaubt, sie könnte Penny wieder dazu bringen zu arbeiten, wenn sie einen Teil ihrer Probleme für sie löst.«

»Was halten Sie von dem, was die Kleine über ihre Mutter und Ms. Crowther gesagt hat?« fragte Rule. »Ist da was dran?«

»Keine Ahnung«, sagte Anna. »Sie sind Freundinnen. Sie stehen einander sehr nahe. Und wenn schon, was soll's?«

»Hätte mich nur interessiert«, sagte Rule und sah weiter geradeaus. Sein Profil war starr wie eine Bronzemaske.

Längs des Highways waren so viele Neubauten aus dem Boden gestampft worden, daß man kaum unterscheiden konnte, wo Bradenton aufhörte und Sarasota anfing.

»Immobilien«, sagte Rule. »Wir haben mit dem Tennisclub angefangen, wie Sie vorgeschlagen haben. Ihr gehörten dort insgesamt drei Häuser, auch das, in dem Sie gewohnt haben. Aber die beiden anderen hat sie weiterverkauft.«

»Ich frage mich, warum Elaine mir das nicht erzählt hat«, sagte Anna. »Elaine schien sie überhaupt nicht zu kennen.«

»Sie besitzt eine Immobiliengesellschaft – Shiras Holding. Die hat sie von einem ihrer Ex-Ehemänner geerbt. Ihr Name muß in den Verträgen nicht unbedingt auftauchen. Der Baulöwe selbst, der Vorstandsvorsitzende, ist ein Mann namens Amos Farr. Soweit wir wissen, ist er auf dem Weg nach oben. Über die anderen Vorstandsmitglieder haben wir noch nichts in Erfahrung bringen können – wir hatten nicht die Zeit dazu.«

Während er redete, fuhr Rule von der Hauptstraße ab und bog ein paar Straßen weiter nach links ein.

»Sind Sie verheiratet?« fragte er plötzlich.

»Nein«, sagte Anna überrascht. »Wieso?«

Er steuerte den Vorplatz eines kleinen Gewerbekomplexes an und parkte im Schatten eines Lagerhauses.

»Auf der anderen Straßenseite«, sagte er. »Das weiße Gebäude. Das Schild kann man von hier aus nicht sehen.«

Anna beugte sich vor. Sie sah ein Zentrum für Sanitärbedarf und Badezimmereinrichtung, eine Wäscherei, ein Möbellager und das niedrige weiße Gebäude. Mehrere Wagen standen davor.

Rule nahm das Fernglas aus dem Handschuhfach und sah sich die Gebäude und Parkplätze an.

»Wir warten auf den Schlosser«, sagte er. Er lehnte sich zurück. Der Motor lief noch, und von der Klimaanlage bekam Anna eine Gänsehaut.

Ich bin in den USA, dachte Anna. Hier bricht man nicht einfach ein. Hier läßt man das von einem Schlosser erledigen. Dadurch bekam das Einbrechen ein beinahe achtbares Gesicht.

Trotzdem, je mehr Minuten verstrichen, desto schneller ging ihr Atem und desto feuchter wurden ihre Hände.

66

Trotz der Mittagshitze trug der Schlosser eine Strickmütze auf dem Kopf. Er war ein alter Mann, und seine Haut hatte die Farbe verbrannten Brotes. Er ging langsam über die Fersen, und seinen

Kugelbauch trug er wie eine Schwangere vor sich her. Mit den pensionierten älteren Herren, von denen Anna auf den Keys mehr als genug gesehen hatte, hatte er nichts gemein. Seine Zähne waren schwarz und stummelig, und Rule trug ihm den Werkzeugkasten, während er schnaufend und keuchend die Treppe zum Style-File-Büro hinaufstieg.

Seine Hände waren knotig und altersfleckig, aber die Tür hatte er im Nu geöffnet.

Sie kamen in einen Vorraum, in dem ein paar Sessel um ein Tischchen herumstanden. Der Schlosser öffnete eine weitere Tür, die in ein kleines Büro führte, und dann die nächste, durch die sie in einen dunklen, kalten Lagerraum gelangten.

»Sie warten besser vorne«, sagte Rule.

Der Schlosser zuckte mit den Schultern. »Sind ja Ihre Mäuse«, sagte er und latschte hinaus.

»Okay«, sagte Rule, als er gegangen war. »Was suchen wir eigentlich?«

»Den Lichtschalter«, sagte Anna. Sie tastete die Wand neben der Tür ab. Ihre Finger glitschten über den Anstrich. Sie wollte es so rasch wie möglich hinter sich bringen.

Der Schlosser steckte den Kopf durch die Tür und sagte: »Sie kriegen Gesellschaft. Ich denke, ich gehe lieber.«

Er knöpfte sich die Jacke auf? Anna wirbelte herum. War der Blödmann etwa bewaffnet?

»Vielen Dank für Ihre Hilfe, Mr. Smith«, sagte Rule jovial. »Wir werden wieder auf Sie zurückkommen, falls wir Sie noch einmal benötigen sollten.«

Anna konnte sich kaum noch auf den Beinen halten, sie ließ sich auf den Stuhl hinter dem Schreibtisch sinken. Sie merkte, daß sie auf eine elektrische Schreibmaschine starrte. Sie schaltete sie an.

Im Vorraum sagte eine Baßstimme: »Wo steckt Dredge? Ich habe allmählich die Schnauze voll.«

Rule kam rückwärts durch die Tür, gefolgt von einem Riesen im Trainingsanzug. Anna ließ den Blick nicht von Rules Händen.

Was hatte er vor? Der Riese sagte: »Gestern nachmittag, hat der Kerl gesagt. Er hat sich nicht blicken lassen. Entweder ich kriege das, wofür ich bezahlt habe, oder ...«

Bevor Rule etwas unternehmen konnte, hatte Anna die Initiative ergriffen. »Es tut mir sehr leid. Aber Mr. Dredge ist leider verhindert. Seine Frau ist erkrankt.«

Der Riese blieb wie angewurzelt stehen. Rule riß den Kopf herum und sah Anna an. Sie saß auf der Stuhlkante, die Finger lagen auf der Tastatur. Es war kein Papier in der Maschine, aber dem Riesen schien das nicht aufzufallen.

Sie sagte: »Können wir Ihnen vielleicht irgendwie behilflich sein, Mr. ...?«

»Äh ... Smith«, sagte er, den erstbesten Namen nennend. Er war Anfang Vierzig und massiv gebaut, mit Händen wie Vorschlaghämmer. Er wandte sich Rule zu. »Habe ich Sie nicht schon mal irgendwo gesehen?«

»Ich glaube, daran würde ich mich erinnern.« Rules Hände hingen locker herab.

Anna sagte: »Womit kann ich Ihnen dienen, Mr. Smith? Während der bedauerlichen, aber unvermeidbaren Abwesenheit von Mr. Dredge, bin ich vorübergehend mit der reibungslosen Abwicklung der laufenden Geschäftsvorgänge betraut. Allerdings sehe ich mich gezwungen, Sie um Nachsicht zu bitten, da ich in Angelegenheiten solcher Natur relativ unerfahren bin.«

»Sie sind wohl aus England, was?« fragte der Riese. Er sah Rule an. Rule zog die Augenbrauen hoch und zwinkerte ihm zu.

»Ich muß mit Dredge sprechen«, sagte der Riese unbehaglich. »Aber ich schätze, das kann warten.«

»Mr. Dredge hat mich gebeten, etwaigen Besuchern auszurichten, daß er morgen nachmittag Punkt fünfzehn Uhr wieder erreichbar sein wird«, sagte Anna. »Von dem Zeitpunkt an wird der Geschäftsbetrieb im normalen Umfang wieder aufgenommen. Darf ich Sie für morgen fünfzehn Uhr vormerken, Mr. Smith?«

»Na schön, von mir aus«, sagte der Riese und runzelte wütend die Stirn.»Und bestellen Sie ihm, es wäre besser für ihn, wenn er sich hier blicken ließe.« Er drehte sich um und schob Rule gegen die Wand, während er auf die Tür lossteuerte. Sie hörten ihn durch den Vorraum stampfen und die Tür zur Straße aufreißen.

»Sagen Sie ihm, es wäre besser für ihn«, brüllte er. Die Tür knallte zu.

»War das für heute der letzte Mr. Smith?« fragte Anna. Sie lehnte sich zurück. Von ihren Händen tropfte es auf die Schreibmaschine.

»Donnerwetter!« sagte Rule. »Ihr Akzent bringt mich um!«

»Erste Sahne, was? Dafür, daß ich zu blöd bin, den Lichtschalter zu finden, gar nicht übel.«

»Ich kümmere mich um das Licht«, sagte Rule. »Sie bleiben sitzen und regen sich ab.«

»Mr. Smith sah mir nicht gerade so aus, als ob er sich für europäische Mode interessiert«, bemerkte Anna. Sie rieb sich die Hände an den Beinen trocken.

Rule knipste das Licht im Lagerraum an. Ein Nissan Pathfinder stand vor dem Garagentor.

»Schau an«, sagte Rule.

»Ich möchte zu gern wissen, wo der Thunderbird abgeblieben ist«, sagte Anna. »Gestern abend ist er einen Toyota gefahren.« In ihren Ohren hörte es sich so an, als ob sie immer noch dummes Zeug vor sich hinplapperte.

»Ja«, sagte Rule und schaute sich um. Kisten und Kästen türmten sich an den Wänden, doch sein Blick blieb an einem Stahlschrank hängen, der an der Wand festgedübelt war. »Vielleicht holen wir lieber doch noch mal den Schlosser.«

Sie gingen ins Büro zurück, und Rule wählte eine Nummer. Während er wartete, sagte er: »Mr. Smith interessiert sich wirklich nicht für europäische Mode.«

Er sprach ein paar Sätze in den Hörer, dann legte er auf. »Sie wollen die Pässe?« fragte er und überließ ihr den Platz am Schreibtisch. Anna setzte sich und begann, die Schubladen zu durchsuchen.

»Kennt er Sie tatsächlich von irgendwoher?« fragte sie.

»Wer?«

»Mr. Smith.«

»Wenn er ein besseres Gedächtnis hätte, wüßte er, wer ich bin«, sagte Rule. »Ich habe in der High School bei ihm Football gespielt.« Er fing ebenfalls an, Schubladen und Schränke zu durchwühlen. »Coach Cairns«, sagte er. »Ein Schweinehund erster Güte.«

Anna hörte auf zu suchen und sah ihm zu. Er ging sehr methodisch vor. Mit den großen braunen Händen hob er Papiere hoch, legte sie wieder zurück und öffnete Schachteln.

»Ja«, sagte er. »Nachdem ich bei der Polizei aufgehört hatte, war ich auch eine Zeitlang Trainer. Damals hörte ich, er sei wegen irgendeiner Eintrittskartenmauschelei gefeuert worden. Das fand ich nicht gerade zum Weinen. Viele Jungs, die für ihn spielten, sind seinetwegen zu Schaden gekommen.«

Er hob einen Aktenkasten von einem oberen Regalbrett und brachte ihn zum Tisch. Anna bückte sich und machte sich über die nächste Schublade her.

»Man muß einiges einstecken können, wenn man Football spielen will«, fuhr Rule fort. »Sogar schon in der High School.« Er begann, den Inhalt des Kastens durchzugehen. »Aber die größeren Jungs sind nicht unbedingt härter im Nehmen als die kleineren. Vielleicht wachsen sie nur zu schnell. Das muß man wissen, wenn man Jugendliche trainiert. Mit manchen Jungs muß man Geduld haben.«

Anna glaubte nicht, daß im Schreibtisch noch etwas Interessantes zu entdecken war, aber sie suchte trotzdem automatisch weiter.

»An manchen Schulen«, sagte Rule, »in den meisten Stadtvierteln, da gibt es sonst überhaupt nichts – nur das Team. Und für manche Jungs ist das Team ebenfalls das einzige, was sie haben. Es ist ihre Eintrittskarte in ein besseres Leben.«

Er stellte den Kasten wieder ins Regal und nahm den nächsten herunter.

»Ein Coach hat eine Menge Macht«, sagte er mit dem Rücken zu Anna. »Er redet, du hörst zu. Er sagt: ›Mach das‹, und du machst es.«

»Was heißt das?« fragte Anna endlich.

»Was?«

»Worauf wollen Sie hinaus?«

Rule drehte sich zu ihr um. »Reimen Sie es sich zusammen«, sagte er. »Mittelchen aus Italien. Kontakte zur Drogenszene. Coach Cairns, der Mistkerl.«

Er war wütend. Trotz seiner überlegten Handgriffe und der ruhigen Stimme kochte es in ihm.

»Leistungssteigernde Drogen«, erklärte er geduldig. »Steroide, Muntermacher, Aufputschmittel. Zeug, von dem man Muskeln kriegt. Mittel, die einen bei einer Verletzung wieder hochpäppeln. Drogen, die einem schwer schaden können. Was ich wissen möchte – trainiert Coach Cairns immer noch Jugendliche?«

67

Eine Stunde später hatten sie alles gefunden. Was Rule suchte, lag im Stahlschrank. Was Anna suchte, lag im Nissan.

»Tja«, sagte Anna. Sie saß auf einer Kiste und baumelte ungeduldig mit den Beinen. »Jetzt wissen wir also Bescheid.« Die Suche hatte ihr zu lange gedauert.

»Jetzt wissen wir Bescheid«, wiederholte Rule. Er schnippte eine Zigarette aus der Packung und zündete sie an. Er hatte nicht die Absicht, sich hetzen zu lassen.

»Sehen Sie sich das an«, sagte er nüchtern. Anna sah es sich an.

Es sah aus wie der Vorratsschrank eines Apothekers. Es gab Kartons mit Vitaminpräparaten, Spritzen und Pipetten. Es gab Tablettenröhrchen, zum Teil noch in der Kosmetikverpackung. In den Tiegeln mit der Aufschrift »Hautcreme« fanden sich Fläschchen, deren Etiketten den Inhalt als Primobolin, Decoderobolin, Stanozolol, Dianabol und menschliche Wachstumshormone auswiesen.

»Ja«, sagte Rule. »Die armen Jungs sind für so einen Mistkerl wie Cairns nichts anderes als Material. Große, schnelle, aggressive Fleischpakete. Nur der Vorteil zählt. Nur der Vorsprung vor dem Gegner zählt. Viele von den Jungs haben schon mit zwanzig eine kaputte Leber. Ich habe von einem gehört, der gestorben ist, weil er sich irgendwelches Zeug direkt in die Schilddrüse gespritzt hat. Er dachte, so würde es schneller wirken. In die Schilddrüse, das muß man sich mal vorstellen.« Unbewußt griff Rule sich an den Hals. »Groß und stark wollen sie einen haben«, sagte er. »Wer nicht möglichst schnell groß und stark wird, ist eine Null.«

Grell beleuchtete das gelbe Neonlicht das Chaos, das sie angerichtet hatten – die aufgerissenen Kisten und Verpackungen, die Stoffe, Kosmetikartikel, Styroporchips, das Papier. Vor ihnen lagen die Überreste von Hugh Fellows' legalen und illegalen Unternehmungen. Alles, was sich billig einkaufen und mit Gewinn weiterverscherbeln ließ, plus ein Sortiment pervertierter Arzneimittel.

»Und wegen den paar Sachen hat man ihn über den Haufen geschossen?« sagte Anna, der nicht wohl in ihrer Haut war.

»Kommt drauf an«, sagte Rule. Er zog an der Zigarette und blies den Rauch langsam zur Decke. »Vielleicht ist er jemandem in die Quere gekommen.«

»Könnte sein.« Anna wußte nicht, welche Gründe hier drüben ausreichten, einen Menschen zu töten. »›Sagen Sie ihnen, ich arbeite nur noch für mich‹«, zitierte sie.

Das waren fast die letzten Worte gewesen, die Hugh noch von

sich gegeben hatte. Er hatte ihr ein Messer an die Kehle gesetzt und ihr eine Nachricht für Leute mitgegeben, die sie nicht kannte und nie kennenlernen wollte. Ein Fehler. Während er ihnen eine Nachricht schickte, schlichen sie sich von hinten in einem großen, schwarzen Auto an ihn ran. Ein schlimmer Fehler. Dabei war er so vorsichtig gewesen, er hatte sich nach allen Seiten abgesichert und sich immer einen Schritt vor seinen Gegnern gewähnt.

Sie warf einen Blick auf den Nissan Pathfinder. Er war ausgerüstet wie ein Wohnmobil, mit Kleidern für Hugh und Cynthia, Papieren, Pässen. Und Geld – einem Haufen Geld. In einer Kassette lagen Tausende von Dollar in bar und Reiseschecks. Auch Sparbücher und Kreditkarten fanden sich. Es war ein mobiles Sicherheitsnetz, ein Sammelbecken für alles, was Hugh brauchte, wenn er plötzlich verschwinden mußte.

Es könnte auch, dachte Anna, zum Sicherheitsnetz für sie selbst und Cynthia werden. Selbst wenn man Kreditkarten und Schecks nicht berücksichtigte, weil man dafür Hughs Unterschrift gebraucht hätte, blieb immer noch genug Geld übrig, um einen Bettbezug damit auszustopfen.

Sie musterte Rule nachdenklich. Rule beäugte sie ebenfalls. Er schien es nicht eilig zu haben. Die Spannung zerrte an Anna wie ein Drahtseil.

Sie fragte: »Warum ist die Polizei nicht hier?« Sie wollte ihn daran erinnern, daß sie sich auf feindlichem Gebiet befanden.

Rule knurrte. »Tja, nun«, sagte er. »Die Polizei untersucht den Mord an einem britischen Touristen namens Joseph King, sie kommt nicht gerade sehr zügig voran.«

»Joseph King?« Plötzlich mußte Anna lachen.

»Was?«

»Joseph King«, erklärte sie. »Joe King – *joking* – ein Witz.«

»Das soll wohl der berühmte englische Sinn für Humor sein, hm?« sagte Rule.

Anna baumelte weiter mit den Beinen und hielt den Mund.

Nach einer Weile sagte Rule: »Ihr Wagen wurde zusammen mit einigen anderen von Shiras Holding angemietet. Die Polizei weiß also auch nicht, wer Sie sind. Sie sucht nach einer Ann Johnson.« Er starrte sie mißtrauisch an. »Ann Johnson ist doch nicht etwa auch witzig gemeint?«

»Nein.«

»Und sie versucht, Joseph Kings junge Frau Serena ausfindig zu machen. Über das Motiv tappt man noch völlig im dunkeln. Der Polizei gefällt es nicht, daß es wie die Arbeit von Profis aussieht, sie aber das Opfer nicht kennt. Normalerweise sind bei so einem Anschlag die Hintergründe bekannt. Diesmal nicht.«

Er drückte seine Zigarette auf dem Zementboden aus und fuhr fort: »Von ›Serena King‹ gibt es eine brauchbare Personenbeschreibung, aber von Ihnen hat anscheinend kaum einer Notiz genommen. Von Ihnen gibt es nur eine sehr vage Beschreibung, die auf jeden zutreffen könnte.«

»Dann ist also im Tennisclub noch keine Panik ausgebrochen?«

»Nein.«

»Waren Sie zwischendurch mal drüben?«

»Nein, ich nicht«, sagte Rule. »Aber Ethan läßt die Anlage beobachten. Den Laden hier übrigens auch. Ethan ist nicht sehr glücklich.«

»Warum nicht?«

»Vielleicht, weil Ms. Crowther ihm ein paar Riesen schuldet.« Rule grinste. »Und jetzt überlegt er, ob sie vielleicht mit den großen Fischen in Miami unter einer Decke steckt, ob sie ihn nur benutzt hat, um Hugh Fellows zu erledigen. Er hat Angst, es sich mit der Polizei zu verscherzen. Das ist auch der einzige Grund, warum wir noch am Ball sind – Ethan will die ganze Geschichte möglichst vertuschen.«

»Hier liegen mehr als ein paar Riesen rum«, sagte Anna und deutete mit dem Kopf auf den Nissan. Das war es, was ihr am

Herzen lag. Sie versuchte, durch die dunklen Gläser hindurch in Rules Augen zu lesen. Nahm er die Brille eigentlich nie ab?

»Was hat er vor?« fragte sie. »Will er die Sachen der Polizei als Beweismittel übergeben?«

»Fragen Sie mich was Leichteres«, sagte Rule. »Hauptsächlich geht es ihm darum, eine saubere Weste zu behalten.«

»Gut«, sagte Anna. »Dann kapern wir jetzt den verdammten Nissan und sehen zu, daß wir hier wegkommen.«

Rule nahm die Sonnenbrille ab und musterte sie kühl aus seinen blauen Augen. »Sie sind doch wohl nicht etwa nervös?« fragte er.

»Natürlich nicht«, fauchte Anna.

68

»Sie sind in London aufgewachsen?« fragte Rule. Sie saßen im Schatten einiger Kiefern und sahen auf den Golf hinaus. Hinter ihnen standen Buick und Nissan ebenso einträchtig Seite an Seite. Unter den Bäumen waren zahlreiche Autos abgestellt. Es war ein öffentlicher Strand. Anna wünschte sich nur, im Schatten zu sitzen und die Spannung von sich abfallen zu lassen. Rule hingegen wollte reden.

»Ich weiß überhaupt nichts von Ihnen«, fuhr er fort. »Wenn Sie von hier wären, könnte ich Sie sofort richtig einschätzen.« Er lehnte sich nach hinten und stützte sich auf die Ellenbogen, dabei sah er sie nicht an.

»Ja, in London«, antwortete Anna. »Ich bin aus Dulwich, südlich der Themse.« Als ob ihm das irgend etwas sagen könnte.

»Dulwich«, sagte Rule. »Ist das eine noble Gegend?«

»Nein.«

»Sehen Sie, ich kann es Ihnen nicht anhören.«

»Aus Ihrer Art zu sprechen kann ich auch nichts heraushören.«

»Aber Sie waren bei der Polizei?«

»Ja.«

»Das wird dann wohl reichen müssen«, sagte Rule. »Und wie weiter?«

Anna betrachtete das träge schwappende Meer und die Pärchen, die in knallbunter Strandkleidung hin- und herspazierten. Sie streckte die Beine in die Sonne. Und wie weiter? Gute Frage. Sie wollte schlafen. Sie wollte nach Hause. Sie wollte die Uhr zurückdrehen bis zu dem Tag, an dem alles, was sie von Florida gekannt hatte, Sonne, Meer und frisch gepreßter Orangensaft gewesen waren – bevor ihr die Schädeltrümmer eines Mannes gegen die Brust geklatscht waren.

Wo der Schnitt vernarbte, brannte ihr der Hals. Sie faßte sich an den Verband und fröstelte.

»Tut's weh?« fragte Rule. Es schien, als hätte er gar nicht hingesehen.

»Nein«, sagte Anna. »Aber ich muß die ganze Zeit daran denken, und ich kann immer noch nicht glauben, wie es passiert ist.« Sie wollte ihn fragen, ob er schon einmal in eine Schießerei verwickelt gewesen war, und wenn ja, wie ihm danach zumute gewesen war. Aber irgendwie kam ihr die Frage zudringlich oder naiv vor, vielleicht auch beides.

Nach einer Weile sagte sie: »Rule, warum haben Sie bei der Polizei aufgehört?«

Er knurrte. »Es war ein Verkehrsunfall. Eines Nachts auf dem Interstate 75 – es hatte in Strömen geregnet – war ein Plymouth mit einem Laster zusammengestoßen, hinten saßen drei Kinder. Das Pärchen im Plymouth, na ja, die beiden waren übel zugerichtet, aber noch am Leben. Aber die drei Kinder ... eines von ihnen, ein Baby, konnten wir nicht einmal finden. Und als wir die Kleine dann doch fanden – das war am nächsten Morgen – da hing sie kopfüber in einem Busch. Sie war durch die Windschutzscheibe geschossen und so weit durch die Luft geschleudert worden, bis sie in dem Busch hängengeblieben war. Aber ohne ihre Arme. Die Arme hingen noch an der Windschutzscheibe.«

Er hörte auf zu reden und sah auf seine Hände. Dann sah er auf den Golf hinaus.

»Wenn man bei der Polizei ist«, sagte er schließlich, »weiß man nie, was einen erwartet, was man sich vielleicht ansehen muß. Ich wollte so etwas nie mehr sehen.«

»Ja«, sagte Anna. Vielleicht genügte es wirklich, wenn man wußte, daß der andere auch bei der Polizei gewesen war.

Nach einer langen Pause, in der kein Wort fiel, fragte sie: »Wenn ich noch einmal zum Tennisclub fahre, halten Sie mir dann den Rücken frei?«

»Was haben Sie denn da noch verloren?« fragte er.

»Ich habe meinen neuen Schläger vergessen«, sagte Anna. »Und ohne den fliege ich nicht nach Hause.«

Er lachte und stand auf. »Na, wenn Sie es mir nicht sagen wollen«, meinte er und streckte ihr die Hand hin, um ihr hochzuhelfen. Die Hand fühlte sich trocken und sehr warm an. Anna hielt sie nicht lange fest.

Sie nahmen Rules Auto, den Nissan ließen sie am Strand stehen. Während sie über die Manatee-Brücke auf die Keys zurückfuhren, sagte Anna: »Ich glaube nämlich, sie kommt mich suchen. Lara Crowther. Sie wird bestimmt wissen wollen, was passiert ist, und sie wird es persönlich von mir hören wollen. Ich habe mich nicht mehr gemeldet, seit ich gestern abend eine Nachricht auf dem Anrufbeantworter hinterlassen habe. Sie hat mich sicher zurückgerufen, sobald sie soweit war. Und als sie mich nicht erreichen konnte ...«

»Sie hat Ethan heute morgen angerufen«, sagte Rule. »Ethan hat ihr erzählt, er hätte Sie nicht gesehen, er wüßte von nichts.«

»Das haben Sie mir nicht gesagt.«

»Sie haben nicht gefragt.«

»Hat Ethan ihr irgend etwas über gestern abend erzählt?«

»Kein Wort.«

»Dann kommt sie«, sagte Anna. Plötzlich war sie felsenfest überzeugt davon.

Die Keys sahen aus wie immer. Langsam fuhren sie an Joggern, Radfahrern, Motels und Golfplätzen vorbei.

»Würde ich nicht machen«, sagte Rule schließlich.

»Was würden Sie nicht machen?«

»Ich an ihrer Stelle würde in New York bleiben und Ihren nächsten Schachzug abwarten.«

»Ich auch«, sagte Anna. Sie dachte über Lara nach und versuchte, sie zu begreifen. Sie dachte daran, wie tüchtig sie war, wie direkt, wie sie sich und andere beherrschte. War es das? Laras Drang, alles und jeden zu beherrschen? Sie dachte daran, wie widerstrebend Lara ihr Informationen gegeben hatte. Nur wenn Anna sich aufgeregt hatte, wenn sie den Job hatte an den Nagel hängen wollen oder wenn sie von sich aus aktiv geworden war, hatte Lara ihr freiwillig Informationen zukommen lassen. Lara benutzte die Informationen als Druckmittel, um Anna an den Job zu fesseln, um sie letzten Endes an sich selbst zu ketten.

Doch in erster Linie dachte sie an das Tennisspiel im Battersea Park. Wie Lara mühelos in Führung gegangen war, bis Anna sich zusammengenommen hatte, und dann, als Anna aufholte, hatte sie zu Ablenkungsmanövern gegriffen, hatte gehinkt, die Erschöpfte gemimt, den Schnürsenkel neu gebunden. Sie würde alles tun, damit sie die Oberhand behielt, damit Anna ihr nicht vom Haken gehen konnte.

Hatte sie es mit Penny Garden genauso gemacht? Hatte sie Penny von sich abhängig gemacht? Sie konnte es nicht ertragen, die Kontrolle über einen Menschen zu verlieren.

»Sie will ihre Autorität wieder geltend machen«, sagte Anna. »Sie will, daß ich auf sie eingehe. Und wenn ich das nicht tue, kommt sie hierher.«

»Sie wollen sie sehen?« fragte Rule neugierig.

»Ja«, sagte Anna. »Ich will Gewißheit haben.«

»Ha!« raunzte Rule. »Sie glauben, sie erklärt Ihnen etwas?

Wenn sie Hugh auf dem Gewissen hat, bindet sie Ihnen das doch nicht auf die Nase.«

Anna seufzte. »Wahrscheinlich nicht«, gab sie zu. »Aber mir geht es nicht um Beweise. Ich will nur Gewißheit haben ... für mich.«

»Die typische Polizistenkrankheit«, sagte Rule und fuhr schweigend weiter.

Kurze Zeit später sagte Anna: »Ich kann nicht verstehen, daß eine Dame wie Lara Crowther mit solchen Haifischen Geschäfte macht. Eine geachtete Frau wie sie. Ich kann das nicht begreifen.«

Rule schien diese Frage nicht sonderlich zu interessieren. »Investoren«, sagte er. »Große Investoren, kleine Investoren. Sauberes Geld, schmutziges Geld. Es geht immer nur ums Geld. Wenn man in ein Projekt einsteigen will, fragt man nicht lange, woher die anderen Partner ihr Geld haben.«

Der Manatee Key Tennisclub lag friedlich in der Nachmittagssonne. Die Rasensprenger berieselten die äußeren Plätze. Nur Lew arbeitete.

»Acht Stunden am Tag auf dem Tennisplatz«, murmelte Anna. »Und immer wie aus dem Ei gepellt.«

»Was?« fragte Rule.

»Lew. Er muß Beine aus Stahl haben.«

»Tolle Schläge«, sagte Rule, der sein Seitenfenster heruntergekurbelt hatte, um zuzusehen.

»In die Knie gehen!« rief Lew einer übergewichtigen Jugendlichen zu, die ans Netz zugeschnauft kam. »Beim Volley mußt du in die Knie gehen, du mußt dem Ball entgegengehen. Verstanden?«

Das Mädchen sagte nichts und schleppte sich so träge zur Grundlinie zurück, als ob sie nach einem Bett suchte. Neben dem Getränkeautomaten, im Schatten, sahen Eltern und Großeltern nachsichtig lächelnd zu.

Nachdem Rule den Wagen geparkt hatte, gingen sie zum

Clubhaus. Elaine packte gerade eine Lieferung Schläger aus und verkaufte gleichzeitig einer älteren Frau ein Tenniskleid in Neonpink.

»Handwarm waschen, handwarm trocknen«, sagte sie. »Tag, Anna, wo haben Sie denn gesteckt? Ms. Crowther hat angerufen, sie wollte wissen, wo Sie abgeblieben sind. Soll ich Ihnen das Kleid aufschreiben, Mrs. Adler?«

Anna wartete, bis sie die Rechnung geschrieben und die Ware in eine Tüte gesteckt hatte.

»Ich habe auch bei Ihnen angerufen«, sagte Elaine. »Ich hätte heute morgen ein Spiel für Sie gehabt, und dann meinte Ms. Crowther, sie könnte Sie auch nirgends finden.«

»Ich habe eine Freundin in Bradenton besucht«, erzählte Anna.

»Wie schön für Sie«, sagte Elaine mit einem Blick auf Rule. »Ich habe übrigens herausgefunden, wer der Bursche war, der sich gestern nach Ihnen erkundigt hat.«

Sie sah immer noch Rule an, ihre Augen leuchteten.

Anna grinste und sagte: »Darf ich bekanntmachen? Rule Suarez, Elaine.«

»Hallo«, sagte Rule.

»Sind Sie bei der Polizei?« fragte Elaine, ohne zu zögern.

»Ich war bei der Polizei«, sagte Rule.

»Sehen Sie?« sagte Elaine triumphierend. »Ich weiß es immer. Ich habe mir gleich gedacht, daß Sie bei der Polizei sind, nicht wahr, Anna?«

»Das stimmt«, sagte Anna.

»Aber Lew hat gemeint, Sie wären Jockey.«

»Jockey war ich auch mal«, sagte Rule.

»Was Sie nicht sagen«, rief Elaine. »Lew kommt aus Australien, deshalb tippt er bei den Leuten öfter daneben als ich. Ich wußte gleich, daß Sie bei der Polizei sind.«

»Elaine kennt jeden«, sagte Anna. »Wer war nun der Kerl von gestern?«

»Ich wußte doch gleich, daß ich ihn schon mal gesehen habe«, sagte Elaine. »Er arbeitet auf dem Key im Sand Dollar Motel. Haben Sie schon gehört, was da gestern passiert ist?« Sie bückte sich und holte eine Zeitung unter dem Ladentisch hervor. Die Schlagzeile lautete: TOURIST ERSCHOSSEN.

Elaine sprühte vor Aufregung. Sie wandte sich Rule zu und fuhr fort: »Angeblich soll es ein Bandenmord gewesen sein. Aber in den Nachrichten haben sie gesagt, er wäre nur ein harmloser britischer Tourist gewesen. Aber ich habe es Lew gleich gesagt. ›Lew‹, habe ich gesagt, ›wenn das wirklich ein Bandenmord war, hatte der Kerl auch Dreck am Stecken.‹ Stimmt's, oder habe ich recht?«

»Klingt logisch«, sagte Rule.

»Was ist nun mit dem Burschen, der nach mir gefragt hat?« warf Anna rasch ein.

»Dave Douglas heißt er, habe ich das noch nicht gesagt?« Elaine drehte sich wieder zu Anna um. »Wissen Sie, er und Tony gehen in dasselbe Fitneßstudio. Sie machen Bodybuilding. Ich dachte mir gleich, daß Tony ihn vielleicht kennt, weil er doch auch diese neue Mode mitmacht. Die Jungs färben sich jetzt alle die Haare blond, sieht ziemlich schnuckelig aus, wenn sie dazu noch knackig braun sind. Fast wie in Kalifornien. Sie haben doch bestimmt auch gemerkt, daß Tony sich die Haare gefärbt hat, was?

Na, jedenfalls hat dieser Dave Douglas früher im Holiday Inn Snacks verkauft, und ich schätze, daher kommt er mir bekannt vor. Aber dann gab es irgendwelche Schwierigkeiten, und sie haben ihn gefeuert. Und jetzt kümmert er sich im Sand Dollar Motel um den Pool und den Hof.«

»Was wollte er von mir?« fragte Anna.

»Tja, also das war ein bißchen komisch«, sagte Elaine. »Er wußte Ihren Namen nicht, aber er hat Sie Ann genannt und konnte Sie und Ihren Wagen beschreiben. Er sagte, er hätte Sie am Strand gesehen, und Sie hätten ihren Fotoapparat vergessen, was mir merkwürdig vorkam, weil ich Sie noch nie mit einem Fotoapparat gesehen habe. Ich habe Lew gefragt, und der meinte auch, er hätte Sie noch nie mit einer Kamera gesehen. Also dachte ich mir, der Kerl hätte es vielleicht auf ein Stelldichein abgesehen. Ich habe ihn lieber abgewimmelt und ihm nur gesagt, sie kämen ab und zu hier vorbei. Er könnte mir also seine Telefonnummer dalassen, damit Sie ihn eventuell zurückrufen könnten. Und dann habe ich ihm noch vorgeschlagen, er solle die Kamera doch dalassen, ich würde sie Ihnen dann geben. Das wollte er auch nicht. Jedenfalls habe ich ihm Ihren richtigen Namen nicht gesagt und die Nummer von Ihrem Haus auch nicht. Er sah zwar ziemlich schnuckelig aus, aber trotzdem, mit solchen Typen geben sich unsere Mitglieder für gewöhnlich nicht ab.«

»Danke«, sagte Anna erleichtert.

»Keine Ursache«, sagte Elaine. »Das war doch richtig, ja? Daß ich ihm nichts verraten habe?«

»Goldrichtig«, sagte Anna.

»Um wieviel Uhr war das?« fragte Rule.

»Mal überlegen«, sagte Elaine. »Muß irgendwann gestern mittag gewesen sein, vor eins. Bucky war gerade eingetrudelt, und der hatte um halb eins eine Trainerstunde.«

Rule sah Anna an, sie nickte.

»Ungefähr eine Stunde vorher bin ich mit Cynthia einkaufen gefahren«, sagte sie.

Elaine blickte von einem zum anderen, als ob sie einem Tennisball hinterhersah. Das Telefon klingelte.

Leise sagte Anna: »Ich glaube, er hat nur für Hugh gearbeitet. Als ich mit Cyn losgefahren bin, hat er bestimmt Hugh verständigt. Vielleicht hat er mich hier mal einbiegen sehen.«

Elaine sagte: »Ein Gespräch für Rule Suarez.« Sie reichte ihm den Hörer über den Ladentisch.

Nachdem Rule ein paar Minuten zugehört und das eine oder andere Wort eingeworfen hatte, legte er auf und sagte: »Das war Ethan. Die Lady will, daß wir Sie aufspüren. Sie meint, Sie wären vielleicht hier und würden nur nicht ans Telefon gehen. Sie will sofort Bescheid wissen, wenn wir Sie gefunden haben.«

69

»Sie sind also immer noch bei der Polizei«, sagte Elaine.

Rule stützte sich mit der großen braunen Hand auf den Ladentisch und sagte: »Elaine, ich vertraue Ihnen jetzt etwas an, okay? Früher war ich bei der Polizei. Jetzt bin ich Privatdetektiv. Genau wie Anna.«

»Ich wußte es!« sagte Elaine mit leuchtenden Augen. »Ich wußte es. Mann, muß das eine spannende Arbeit sein.«

Anna kniff kurz die Augen zusammen und fragte sich, was Rule sich eigentlich dabei dachte.

Er fuhr fort: »Ich darf Ihnen nicht sagen, woran wir zur Zeit arbeiten, Elaine. Das wissen Sie. Aber Sie könnten uns sehr behilflich sein. Wir gehen jetzt in Annas Wohnung und ...«

»Ich weiß«, sagte Elaine. »Ich rufe Sie an, wenn ich irgendein fremdes Gesicht sehe oder jemand nach Ihnen fragt.«

»Genau«, sagte Rule. »Sie kennen jeden, Sie wissen, welche Lieferanten erwartet werden. Das würde uns sehr helfen.«

»Wird gemacht«, sagte Elaine. »Kein Problem.«

»Vielen Dank«, sagte Anna. »Nur eines noch ...«

»Schon gut«, sagte Elaine. »Ich kann schweigen.«

»Selbst Ms. Crowther gegenüber«, sagte Rule. »Wenn sie hier auftaucht, Elaine, müssen wir es wissen. Nur wir drei, hm? Sie und ich und Anna, ja?«

Als sie wieder im Buick saßen, nahm Rule den Revolver aus dem Handschuhfach und steckte ihn in die Jackentasche. Anna wandte sich ab, als ob er etwas Anstößiges täte.

Er sagte: »Sind Sie sauer, oder was?«

»Natürlich nicht«, sagte Anna. »Aber erzählen Sie eigentlich immer jedem Menschen, daß Sie Detektiv sind?«

»Das ist manchmal das Klügste, was man machen kann«, sagte er nachdenklich. »Glauben Sie mir – ich kenne Elaine. Ich habe sie gerade zum ersten Mal gesehen, aber ich kenne sie besser, als ich Sie nach einem Jahr kennen würde. Das ist nicht böse gemeint – aber bei manchen Leuten genügt ein Blick, und man weiß, wie sie ticken.«

»Elaine findet Sie übrigens auch schnuckelig«, sagte Anna säuerlich. Rule grinste.

Den Wagen stellten sie in der Garage im Erdgeschoß ab, damit er von der Straße aus nicht zu sehen war. Rule ging als erster nach oben. Wahrscheinlich läuft er mit gezückter Knarre durch die Wohnung, dachte Anna, und springt mit Riesensätzen an den Türen vorbei, als ob das im Ernstfall etwas nützen würde. Niedergeschlagenheit machte sich bei ihr breit. Das Ganze war eine schlechte Idee gewesen, und sie konnte es sich nicht leisten, in einem Land, das sie nicht kannte, auf Ideen zu kommen.

»Kommen Sie?« rief Rule. »Hier ist keiner, nur ich.«

»Dann bleibe ich lieber in der Garage«, murmelte Anna.

»Was?«

»Ich schließe noch schnell die Garage ab«, sagte Anna, obwohl sie es längst getan und die Schlösser schon zweimal überprüft hatte.

Rule war in der Küche. Er sagte: »Sie haben Eier und Schinken im Kühlschrank. Ich brutzele uns schnell was zusammen. Sie haben doch bestimmt seit gestern nichts gegessen.«

»Ich habe bei Nancy gefrühstückt«, sagte Anna steif.

»Nancy hat Frühstück gemacht?« fragte Rule. »Und Sie sind trotzdem noch auf den Beinen? Was gab es denn?«

»Rührei«, sagte Anna, die sich plötzlich wieder sehr wohl fühlte. »Flambiertes Rührei«, fügte sie mit einem albernen Grinsen hinzu. Von dem Revolver war nichts zu sehen, und mit der Bratpfanne in der Hand wirkte Rule auf einmal wesentlich attraktiver.

Das Telefon klingelte, Anna ging hin. Rule hörte auf, mit der Pfanne herumzuklappern.

Martin Brierly sagte: »Machen Sie sich überhaupt keine Vorstellung davon, was ein Anruf in die Vereinigten Staaten kostet? Nein? Dann lassen Sie sich gesagt sein...«

»Sagen Sie es nicht«, fiel Anna ihm ins Wort. »Es wird zu teuer.« Und das Leben ist zu kurz, dachte sie, viel zu kurz.

»Ich muß schon bitten«, sagte er empört. Das Telefon verzerrte seine sonst so rauchige Stimme zu einem dünnen Quäken.

»Dürfte ich Sie vielleicht daran erinnern«, sagte er, »daß ich Sie aufgrund einer konfusen Nachricht Ihrerseits anrufe.«

Zum ermäßigten Nachttarif, dachte Anna, deren angeborene Schweigsamkeit sich durchgesetzt hatte.

»Und nicht nur das«, fuhr Martin Brierly fort. »Darüber hinaus mußte ich auch noch verzweifelte Telefonanrufe Ihrer Klientin beantworten, die offenbar nicht weiß, wo Sie abgeblieben sind. Fälschlicherweise hat sie angenommen, daß Sie als Mitarbeiterin dieser Agentur ständig mit uns Kontakt halten. Ich muß zugeben, daß ich diesem Irrtum ebenfalls erlegen war.«

»Dafür gibt es einen guten Grund«, sagte Anna. »Ms. Crowther ist als Klientin unzuverlässig. Ich glaube, daß sie mich und die Agentur mißbraucht hat. Sie hat uns verschwiegen, worum es ihr eigentlich ging. Letzte Nacht ist jemand erschossen worden und...«

»Erschossen, Miss Lee?« sagte Brierly. »In was, um Himmels willen, sind Sie da hineingeraten?«

»Ich habe lediglich versucht, die Tochter von Ms. Crowthers Freundin zu finden«, sagte Anna. »Nur die Tochter... Hören Sie, Mr. Brierly, worauf ich hinauswill: Lara Crowther ist nicht vertrauenswürdig.«

»Wenn ich mich recht entsinne, habe ich Ihnen das von Anfang an gesagt«, antwortete er selbstgefällig. »Von Anfang an ist sie mit Informationen mehr als zurückhaltend umgegangen.«

»Deshalb werde ich vielleicht Ihre Hilfe brauchen«, fuhr Anna stur fort. Etwas wie Verzweiflung stieg in ihr hoch. Er hätte sie fragen können, wie es ihr ging oder ob sie verletzt war. Statt dessen mußte sie sich seine eingebildeten Ich-hab-es-Ihnen-ja-gleich-gesagt-Sprüche und das Gejammere über die Telefonrechnung anhören. Dabei hatte er nicht einmal versucht, sie tagsüber zu erreichen.

»Ich kann mir nicht vorstellen, wie ich aus dieser Entfernung helfen soll«, sagte er. »Die Bredouille, in der Sie stecken, haben Sie sich zum größten Teil selbst zuzuschreiben.«

»Sie haben mich noch nicht einmal gefragt, was für eine Bredouille das überhaupt ist!« schrie Anna.

»Ihr Ton gefällt mir ganz und gar nicht«, sagte Martin Brierly. »Sie können von Glück sagen, daß ich so vorausschauend war, für Ihre Arbeit einen angemessenen Vorschuß zu verlangen.«

Anna knallte den Hörer auf die Gabel. »Verdammter Piesepampel«, sagte sie und blickte auf den strahlend blauen Golf hinaus. Sie ärgerte sich nur, daß sie es nicht gesagt hatte, als er noch am Apparat war – dann wäre die Sache wenigstens ein für allemal ausgestanden gewesen. Eine Zeile aus einem alten Song fiel ihr ein: »The tide is high and I'm moving on...«

Sie ging in die Küche, keines klaren Gedankens mehr fähig. Rule wendete gerade die Eier.

»Kaffee oder Bier?« fragte sie.

»Kaffee«, sagte er.

Sie füllte den Kaffee in die Maschine, während er Schinken und Eier auf die Teller füllte.

»Gut«, sagte sie mit vollem Mund. Er nickte.

»Wer war das?« fragte er.

»Mein Boß«, sagte sie.

»Was ist ein Piesepampel?«

Anna legte die Gabel aus der Hand. »Eine Beleidigung«, sagte sie. »Ein Ausdruck tiefster Verachtung.«

»Aha«, sagte Rule. »Essen Sie weiter.«

Sie aß weiter.

Er meinte: »Warum sagen Sie ihm nicht, daß er sich seinen Job an den Hut stecken kann?«

»Keine schlechte Idee«, stimmte sie zu. »Nur habe ich das dumpfe Gefühl, daß er mir gerade dasselbe zu verstehen geben wollte.«

»Aber Sie wissen es nicht genau?«

»Er ist irgendwie schwer zu durchschauen«, sagte Anna. Sie aßen schweigend zu Ende. Anna goß den Kaffee ein, und sie nahmen die Tassen mit ins Wohnzimmer. Das Schweigen war angenehm.

Nach einer Weile sagte Rule: »Ich wollte Sie noch etwas fragen.«

»Ja?« sagte Anna.

Das Telefon klingelte.

Elaine sagte: »Dave Douglas ist im Anmarsch. Er hat seinen Wagen so abgestellt, damit ich ihn nicht sehen kann, und er ist hinten ums Clubhaus herumgegangen.«

»Können Sie ihn jetzt sehen?« fragte Anna.

»Er ist hinter dem Haus«, sagte Elaine. »Soll ich mal nachschauen?«

»Nein«, sagte Anna. »Sie müssen für uns den Eingang im Auge behalten.«

»Gar nicht mal so unpraktisch, daß es nur einen Eingang gibt«, sagte Elaine. »Jetzt bin ich direkt froh, daß man die ganzen Mangroven nicht gefällt hat, obwohl wir jede Menge Bälle darin verlieren.«

»Stimmt«, sagte Anna. »Ich muß jetzt auflegen und Ausschau halten.«

»Am besten im Schlafzimmer«, sagte Elaine. »Vom kleinen Schlafzimmer aus kann man fast das ganze Gelände überblicken. Ist Rule noch bei Ihnen?«

»Ja, wollen Sie mit ihm reden?«

Elaine lachte und legte auf.

»Dave Douglas«, sagte Anna zu Rule. Sie lief nach oben in das kleine Schlafzimmer und bezog einen Schritt vor dem Fenster Posten. So konnte sie alles sehen, ohne selbst gesehen zu werden.

Wieder fiel ihr auf, wie sehr die Clubanlage einem Dorf ähnelte – mit den Häusern neben den Tennisplätzen und dem Clubhaus sah sie aus wie ein Marktplatz samt Kirche. Die Anlage stand für sich allein in einem dichten grünen Mangrovendickicht, nach Westen hin wurde sie vom Golf abgegrenzt. Ein kleines verschlafenes Dorf. Sowohl Lew als auch der andere Trainer waren auf dem Platz, aber Anna war zu weit entfernt, um etwas hören oder viel sehen zu können.

Rule kam nach oben und gab ihr sein Fernglas. Sie sah sich langsam das Gelände an. Lew unterrichtete eine dunkle, ernste Frau, die dazu neigte, die Bälle ins Aus zu schlagen.

Besonders aufmerksam betrachtete sie sich den Weg, der hinter dem Clubhaus heraufkam und an den Hauptplätzen entlang zum Strand verlief. Die Sichtblenden waren im Weg, aber nach ein paar Minuten hatte sie den Eindruck, daß sich hinter einer von ihnen etwas bewegte. Sie folgte der Bewegung und sah tatsächlich zwei muskelbepackte blonde Männer, die betont lässig dahinter hervorschlenderten und auf der Rückseite des Hauses, das den Tennisplätzen am nächsten war, verschwanden.

»Ja«, sagte sie. »Er ist da, mit Tony. Sie kommen.«

Sie überließ Rule das Fernglas und ging in das große Schlafzimmer, um Elaine anzurufen.

»Weiß Tony, daß wir hier sind?« fragte sie, als Elaine sich meldete.

»Er ist gerade erst gekommen«, sagte Elaine. »Er mußte im Baumarkt ein paar Schläuche besorgen.«

»Gut«, sagte Anna. »Hat er Schlüssel für die Häuser?«

»Hat er«, sagte Elaine. »Damit er den Putzfrauen aufschließen kann.«

»Danke«, sagte Anna. »Hauptsache, wir wissen Bescheid.«

Sie gab die Information an Rule weiter.

»Okay«, sagte Rule und ging nach unten. Anna blieb am Fenster und hielt weiter Ausschau.

Bald tauchte Tony auf, er war allein und hatte einen Besen bei sich. Er sah kurz zum Haus hoch und fing dann an zu fegen. Dabei schaute er sich ständig nach allen Seiten um. Schließlich nickte er, fegte aber weiter.

Anna grinste gequält. Sie zog sich die Schuhe aus und lief nach unten. Am Fuß der Treppe, neben der Wohnungstür, sah sie die Tür zur Garage einen Spaltbreit aufgehen.

»Einer«, sagte sie leise. »Er muß jeden Augenblick da sein.« Sie ging wieder nach oben. Im Wohnzimmer glitt sie hinter den Vorhang, kein richtiges Versteck, aber immerhin eine Zwischenlösung.

Zwei Minuten später hörte sie, wie die Wohnungstür aufging, dann kamen Schritte die Treppe herauf. Er ging zuerst in die Küche.

Wenn er überhaupt einen Funken Verstand besessen hätte, dachte Anna, würde er gesehen haben, daß hier kürzlich jemand gekocht hatte. Eigentlich hätte er Bescheid wissen müssen, nachdem er den ersten Fuß über die Schwelle gesetzt hatte. Doch er schien nichts zu merken. Er bewegte sich leise, aber nicht übervorsichtig.

Er kam ins Wohnzimmer und steuerte sofort den einzigen Schrank im Raum an. Er ging in die Hocke und öffnete die Tür.

Anna hatte Rule nicht hinter ihm herkommen hören, aber sie war überzeugt, daß er längst ebenfalls oben war. Während der blonde Mann noch in der Hocke saß, trat sie hinter dem Vorhang hervor und sagte: »Tag, Freundchen. Ich habe Sie nicht anklopfen hören.«

Er riß den Kopf so schnell herum, daß er sich beinahe den Hals verrenkt hätte. Anna gab dem Sofa einen plötzlichen Stoß, der ungebetene Gast landete auf dem Rücken.

Rule erschien in der Tür, die Hände in den Taschen.

»Scheiße!« sagte Mister Muskel.

»Bleiben Sie, wo Sie sind«, sagte Rule.

Anna warf ihm ein Kissen zu und sagte: »Machen Sie es sich bequem, aber rühren Sie sich nicht vom Fleck.«

Mister Muskel fing das Kissen auf und machte ein wütendes Gesicht.

»Legen Sie sich das Kissen hinter den Kopf«, sagte Rule gemächlich. »Und die Hände falten Sie schön auf der Brust, ja? Die Füße übereinanderschlagen. Gut so?«

»Leck mich!« sagte Dave Douglas. »Ich wollte den Wassertank inspizieren.«

»Schnauze«, sagte Rule. »Was ich hier in der Tasche habe, ist keine Banane.« Er drehte sich zu Anna um. »Wir haben einen Einbrecher auf frischer Tat ertappt. Wir dürfen unser Eigentum verteidigen. Das ist unser gutes Recht.«

Dave Douglas starrte auf Rules Tasche.

»He, Moment mal«, sagte er. »Ich habe doch überhaupt nichts angerührt. Der Hausmeister ist ein guter Freund von mir. Er hat mich reingelassen. Ich gehe ihm manchmal zur Hand.«

»Vorsicht«, sagte Anna. »Wir wissen Bescheid.«

»Blöde Schlampe«, sagte er. »Mit Ihnen habe ich nichts wie Scherereien.«

»Lassen Sie lieber die Dame in Ruhe«, sagte Rule. »Sie reden jetzt mit mir, also hüten Sie ihre Zunge.«

Alles schwieg. Dave starrte Rule an und ließ sich die Warnung durch den Kopf gehen. Er sah so verkrampft aus, wie es bei einem auf dem Rücken liegenden Menschen überhaupt möglich war. Sein weißes T-Shirt hob und senkte sich, so heftig keuchte er. Knapp über seinen Segeltuchschuhen pochte eine Ader. Seine Finger zuckten.

Rule seufzte. »Drehen Sie sich um«, sagte er. »Ich will Ihr Gesicht sehen, wenn ich Sie erledige.«

»Ich habe was gesucht«, sagte Dave hastig. Schweiß perlte ihm von der Stirn und lief ihm in die Ohren. »Mr. Dredge schuldet mir was. Es gehört mir. Sie haben es mitgenommen. Ich habe Sie nämlich bei Style File gesehen. Wir hatten eine Abmachung, Mr. Dredge und ich. Er schuldet mir was. Ich habe auf diese übergeschnappte Tussi aufgepaßt, ich habe für ihn aufgeladen, abgeladen. Er hat mir Stoff gegeben. Ich war so eine Art Verteiler, und ich habe Prozente bekommen. Jetzt, wo Sie ihn erledigt haben, gehört das Zeug mir, so sehe ich das. Aber, he, ich bin nicht gierig, ich kann auch für Sie arbeiten, genauso, wie ich für ihn gearbeitet habe, warum nicht? Aber ich brauche das Zeug. Ich muß an meine Kundschaft denken. Wenn die Jungs vom Bodybuilding keinen zuverlässigen Lieferanten mehr haben, gehen sie woanders hin.«

Nachdem er einmal angefangen hatte zu reden, wollte er gar nicht wieder aufhören. Sein Blick glitt hektisch zwischen Rule und Anna hin und her, die Sätze purzelten nur so aus ihm heraus.

»Sehen Sie, er hat mir gesagt, daß Sie hinter ihm her sind«, fuhr er fort. »Daß Sie ihm sein Geschäft wegnehmen und ihn abdrängen wollten. Das stimmt doch, ja? Auf dem Markt ist viel Geld zu machen. Ich meine, auf dem Markt ist jede Menge Geld zu machen. Ich habe die Kontakte, ich kenne die ganzen Jungs. Und der Markt wird ja immer noch größer – ganz junge Kerle kommen auf den Geschmack. Ich meine, he, wenn Sie mich für sich arbeiten lassen, könnten wir dick abkassieren. Und wenn Sie noch anderen Stoff unter die Leute bringen wollen, brauchen Sie es bloß zu sagen. Kein Problem.«

»Eines hätte ich gern gewußt!« sagte Rule sanft. »Trainiert Coach Cairns immer noch Jugendliche?«

70

»Ich könnte eigentlich im Nissan schlafen«, sagte Anna. Es wurde langsam dunkel, und sie hatte ein paar Bier getrunken. »Elaine geht bald nach Hause, und ich habe keine Lust, hier im Dunkeln herumzuhängen.«

»Sie müßten hier eigentlich sicher sein«, sagte Rule. »Höchstwahrscheinlich.« Er hatte ebenfalls etwas getrunken, was ihm jedoch nichts auszumachen schien. Anna war regelrecht entsetzt, wie rasch die beiden Dosen dünnes Bier bei ihr gewirkt hatten. Oder sie wäre vielmehr entsetzt gewesen, wenn sie sich nicht so entspannt gefühlt hätte. Sie konnte sich selbst nicht begreifen.

»Was heißt schon sicher?« meinte sie. »Und überhaupt, ›höchstwahrscheinlich sicher‹ ist mir nicht sicher genug.«

»Die kleine Ratte dachte doch tatsächlich, wir hätten Hugh beseitigt«, sagte Rule. »Also steckt er mit den Typen, die Hugh tatsächlich erledigt haben, nicht unter einer Decke.«

»Aber was ist mit Lara«, sagte Anna.

»Ich bringe Sie wieder zu Nancy«, sagte Rule. »Wir fangen einfach morgen früh noch mal von vorne an.«

»Wir haben den Nissan am Strand gelassen«, sagte Anna.

»Aber das ganze Zeug habe ich in meinem Wagen.«

»Sie hören sich an wie Dave Douglas«, meinte Anna. »Zeug!«

»Verdammter Piesepampel«, sagte Rule. Anna kicherte los. Er sah sie lächelnd an.

Anna sagte: »Sie wollten mich etwas fragen.«

»Was denn?«

»Ich weiß nicht. Kurz bevor Dave Douglas aufgekreuzt ist, haben Sie gesagt, Sie wollten mich etwas fragen.«

Das Telefon klingelte. Rule war zuerst am Apparat.

»Ja?« sagte er. Dann: »Okay, Elaine. Gute Arbeit.« Er legte auf.

»Weißer Mercedes«, sagte er zu Anna. »Ms. Crowther, meint sie. Ohne Begleitung, meint sie. Wie wollen Sie die Sache angehen?«

»Keinen blassen Schimmer«, sagte Anna. »Am liebsten würde ich voll draufhauen und die Bälle ganz knapp übers Netz schlagen, ich will sie laufen lassen und verhindern, daß sie einen Lob gegen die Sonne schlägt.«

»Geht es Ihnen gut?«

»Natürlich«, sagte Anna. »Ich will sie nach allen Regeln der Kunst fertigmachen.«

»Ich verstehe«, sagte Rule. »Es ist nur, daß Sie schon ein paar Bier intus haben, und jedesmal, wenn sie ›natürlich‹ sagen, scheinen Sie genau das Gegenteil zu meinen.«

Anna starrte ihn an. Er sagte: »Ich verziehe mich. Okay? Sie redet bestimmt nicht mit Ihnen, wenn sie denkt, daß Sie nicht allein sind.«

Er stand auf, und sie hörten unten eine Autotür schlagen.

»Aber gehen Sie nicht zu weit weg«, sagte Anna.

»Ich bin bei Ihnen«, sagte Rule. »Nur keine Angst.«

»Natürlich nicht«, sagte Anna. Und um ihre Beklemmung zu kaschieren, fügte sie noch hinzu: »Vergessen Sie Ihre Zigaretten nicht.«

Es läutete an der Haustür. Rule nahm die Zigaretten und ging. Sie wartete. Sie glaubte, daß er nach oben gegangen war, aber gehört hatte sie ihn nicht. Für einen so schweren Mann bewegte er sich erstaunlich leichtfüßig.

Es läutete noch einmal, und dann hörte sie, wie sich der Schlüssel im Schloß drehte. Sie lauschte. Nur eine Person kam die Treppe herauf.

Als Lara sie sah, blieb sie kurz stehen. Dann stellte sie die Handtasche auf den Couchtisch und legte die Schlüssel daneben.

»Hallo, Anna«, sagte sie. »Warum haben Sie mir nicht aufgemacht?«

»Es ist Ihr Haus«, sagte Anna. »Sie haben eigene Schlüssel. Sie können kommen und gehen, wann immer Sie wollen.«

»Da haben Sie recht«, sagte Lara. Sie setzte sich hin und schlug die Beine übereinander. Sie trug ein pink- und limonenfarbenes Seidenkleid. Die schmalen Falten im Rock rückte sie akkurat über dem Knie zurecht. »Nun?« sagte sie.

Anna sah sie abwartend an.

Sie hatte blaßgrünen Lidschatten aufgelegt, der ausgezeichnet zu ihren goldenen Haaren und der braunen Haut paßte. Eine farbige Frau, dachte Anna.

»Hören Sie«, sagte Lara. »Irgendwie befinden wir uns offensichtlich nicht ganz auf der gleichen Wellenlänge. Sie haben mir gestern abend eine dringende Nachricht auf dem Anrufbeantworter hinterlassen. Ich bin erst am frühen Morgen nach Hause gekommen, konnte mich also nicht eher melden. Als ich Sie zurückgerufen habe, waren Sie nicht zu erreichen. Ich habe bei *Florida-Technics* angerufen. Ich habe Elaine im Tennisclub angerufen. Ich habe sogar Ihre Agentur in England angerufen. Niemand hatte etwas von Ihnen gesehen oder gehört.«

»Also sind Sie hergekommen«, sagte Anna. »Warum?«

»Warum?« sagte Lara. »Weil ich dachte, daß Ihnen womöglich etwas passiert ist. Es klang, als ob Sie Schwierigkeiten hätten.«

»Wie lieb von Ihnen«, sagte Anna. »Aber wie Sie sehen, habe ich keine Schwierigkeiten. Gestern abend gab es ein bißchen Ärger, aber das war gestern abend.«

»Und?« sagte Lara.

»Und was?«

»Haben Sie etwas zu berichten?« fragte Lara geduldig. »Ich will nicht völlig umsonst hergeflogen sein.«

»Wie wär's mit einem Kaffee?« sagte Anna. »Er ist gleich gemacht.«

»Hören Sie, es tut mir leid, daß ich Sie nicht sofort zurückgerufen habe«, sagte Lara. »Wenn Sie deshalb sauer auf mich sind.«

»Ich bin nicht sauer«, sagte Anna. »Wo waren Sie denn gestern abend?«

»Wie bitte?« fragte Lara empört.

»Wieder bei Ihrer Mutti?« fragte Anna höflich. »Geht es der Ärmsten wieder besser?«

»Zufälligerweise habe ich tatsächlich meine Mutter besucht.« Lara runzelte die Stirn.

»Das könnte ich nachprüfen?« fragte Anna. »Diesen Besuch könnten drei unabhängige Zeugen bestätigen?«

»Ich verstehe gar nichts mehr«, sagte Lara. »Warum sind Sie nur so feindselig?«

»Feindselig?« wiederholte Anna. »Das bilden Sie sich ein.«

»Jetzt weichen Sie mir doch nicht immer aus«, fauchte Lara. »Wenn Sie etwas zu sagen haben, dann sagen Sie es gefälligst.«

Anna machte ein ratloses Gesicht. »Ich habe Ihnen nichts zu sagen«, antwortete sie. »Schließlich sind Sie doch zu mir gekommen, nicht umgekehrt.«

»Ich bezahle Sie dafür, daß Sie mir Bericht erstatten«, sagte Lara. Sie wurde langsam wütend.

»Oh, nein, da irren Sie sich«, sagte Anna, und sie dachte: Fünfzehn – null. Es hatte eine Weile gedauert, aber manchmal brauchte man eben auch für ein winziges Pünktchen sehr viel Geduld.

»Was soll das heißen?« sagte Lara. »Ich bin Ihre Klientin.«

»Oh, nein, da irren Sie sich«, wiederholte Anna. »Die Zeiten sind vorbei.«

»Es ist erst vorbei, wenn ich es beende, keine Minute vorher«, sagte Lara wütend. »Also, wo ist Cynthia?«

»Ich weiß nicht«, sagte Anna.

»Was soll das heißen, Sie wissen es nicht?«

»Ich weiß es eben nicht«, sagte Anna freundlich. »Sie haben mir nicht verraten, wo sie sie hingebracht haben.«

»Wer hat sie weggebracht?« fragte Lara. Sie sah mitgenommen aus.

»Sie haben sich nicht vorgestellt«, sagte Anna.

»Sie waren es, Sie haben sie weggebracht«, rief Lara. »Die anderen waren es nicht.«

»Jetzt kommen wir der Sache ja endlich näher«, sagte Anna erleichtert. »Dreißig – null.«

»Sind Sie verrückt geworden?« schrie Lara. »Was ist nur in Sie gefahren?«

»Ich beherzige nur den guten Rat, den Sie mir mal gegeben haben«, sagte Anna.

»Und wie soll der lauten?«

»Sie haben mir erklärt, daß man die mentale Seite des Spiels nicht vernachlässigen darf. Ich höre Ihnen immer aufmerksam zu. Ich bin eine große Verehrerin von Ihnen.«

»Dabei ging es um Tennis«, sagte Lara.

»Oh, nein, Sie haben gesagt, es ginge um meine ganze Lebenseinstellung. Das Spiel endete unentschieden. Wissen Sie noch? Sie haben gesagt, ich hätte eigentlich gewinnen müssen, das Unentschieden käme für mich einer Niederlage gleich. Demnach hätte ich Sie gewinnen lassen. Weil ich die mentale Seite des Spiels außer acht gelassen habe.«

»Du großer Gott!« sagte Lara. »Das war doch nur ein Spiel.«

»Ist das nicht eigentlich mein Spruch?« fragte Anna. »Das sagt doch normalerweise der Verlierer, oder nicht?«

»Wovon reden Sie eigentlich?« sagte Lara gequält. »Ich wollte doch lediglich von Ihnen wissen, wo Cynthia ist. Ist das zuviel verlangt? Was soll ich Penny sagen? Die arme Frau. Hat sie nicht schon genug durchgemacht?«

»Ah, der alte Trick mit dem Schnürsenkel«, sagte Anna anerkennend. »Warum reiben Sie mir nicht gleich noch Ihr armes altes Mütterlein unter die Nase, wo Sie schon einmal dabei sind? Kommen Sie Lara, Cynthia ist doch nur ein Punkt in dem Spielchen, das sie mit Penny treiben. Ihnen ist es scheißegal, was mit ihr passiert.«

»Ich habe Ihnen doch gesagt, daß ich nie besonders viel für Cyn übrig hatte«, antwortete Lara. »Aber mir liegt sehr viel an Penny. Ich hätte Sie nie für einen harten Menschen gehalten, Anna. Sie bringen es doch nicht wirklich fertig, das Kind gegen Penny zu benutzen? Sie müssen mir sagen, wo sie ist.«

»Sie glauben mir nicht, was?« meinte Anna ruhig. »Ich habe es Ihnen gesagt, sie haben sie weggebracht.«

»Sie haben sie nicht weggebracht!« tobte Lara.

»Ich war dabei, im Gegensatz zu Ihnen.«

Lara verstummte. Anna wartete ab. Lara zupfte an ihren Falten herum, dann beugte sie sich vor und nahm die Handtasche vom Tisch.

»Ich kann Sie zwingen, es mir zu verraten«, sagte sie leise. Sie stellte sich die Tasche auf den Schoß und knipste sie auf.

»Wie?« fragte Anna, ohne sie aus den Augen zu lassen.

»Ein Wort von mir zu Ihrem guten Mr. Brierly und ...«

»Die Masche zieht bei mir nicht.«

Lara seufzte. Sie befingerte den Verschluß ihrer Handtasche. Schließlich sagte sie: »Das ist doch einfach lächerlich. Was verlangen Sie?«

»Nichts«, sagte Anna. »Ich habe alles, was ich brauche.«

»Mehr Geld?« rief Lara. »Eine Prämie? Einen Bonus?«

»Ich habe jede Menge Geld«, sagte Anna. »Genug, um einen Bettbezug damit auszustopfen.«

Lara kniff die Augen zusammen. »Ich verstehe«, sagte sie langsam. »Sie sind zur anderen Seite übergelaufen. Die haben Sie bezahlt. Jetzt begreife ich. Sie wollen Cyn als Geisel benutzen.«

»Nein, das stimmt nicht«, sagte Anna.

»Ich dachte, Sie wären anständig«, sagte Lara. »Eines muß ich Ihnen lassen – darauf war ich nun wirklich nicht gefaßt.«

»Ich dachte auch, Sie wären anständig«, antwortete Anna.

»Warum?« fragte Lara. »Wir sind doch so gut miteinander ausgekommen.«

»Sie haben mich benutzt«, antwortete Anna.

»Ah, der Stolz«, sagte Lara. »Das hätte ich mir denken können.«

»Die Vorarbeit muß man schon vor dem Spiel leisten«, erklärte Anna ihr fröhlich. »Man muß sich mit dem Gegner vertraut machen. In diesem Punkt habe ich einen Fehler begangen. Ich hätte Ihre Angaben überprüfen sollen, zum Beispiel hätte ich herausfinden müssen, mit wem Sie verheiratet waren...«

»Das wissen Sie?«

»Ich weiß auch, in welcher Höhe Sie ihm Unterhalt zahlen mußten.«

Lara seufzte wieder. Sie wirkte um einiges selbstsicherer, seit sie von Annas Unehrlichkeit überzeugt war. Aber sie sah auch müde aus.

»Dann verstehen Sie mich«, sagte sie. »Sie wissen genausogut wie ich, was es heißt, ausgenutzt zu werden. Dabei hatte ich mir eingebildet, alle Tricks zu kennen. Mein Gott, wie hat der Mann mich lächerlich gemacht. Es war der aalglatte englische Charme. Sonst wäre ich nie auf ihn hereingefallen.«

»Sie haben sich doch scheiden lassen.«

»Das hat nicht genügt. Ich mußte ihn ausbezahlen, aber danach hatte ich ihn immer noch am Hals. Jeden Tag bin ich über ihn gestolpert. Er hat meine Kontakte benutzt, meine Abnehmer. Er hat meinen Namen benutzt. Um das Maß vollzumachen, brennt er auch noch mit der Tochter meiner Designerin durch, und meine Kollektion geht ebenfalls in Rauch auf.«

»Er war kein netter Mensch«, stimmte Anna ihr zu.

»Nett?!« Lara gab einen halberstickten Laut von sich. »Er ... ich kann Ihnen gar nicht sagen ...« Sie begann, an den Fingern abzuzählen. »Er war ein Betrüger, ein Dieb, ein Lügner. Er war ständig hinter den Weibern her. Er hat Drogen genommen. Er hat geraucht. Er hat Drogen verkauft.«

»Das wußten Sie?« fragte Anna.

»Aber sicher. Das war ja der Tropfen, der das Faß zum Überlaufen brachte. Er hat Steroide ins Land geschmuggelt und Gott weiß was noch für Zeug – in meinen Kleiderlieferungen. Wenn das jemals herausgekommen wäre, hätte ich gleich den Laden dichtmachen können. Und er hat das verdammte Teufelszeug in meinem Tennisclub verkauft. Dabei ist er überhaupt nur aufgenommen worden, weil er mein Mann war. Und die Leute wußten es!« sagte Lara heftig. »Es wurde über ihn geredet. Und schließlich war es mein Ruf, der auf dem Spiel stand.«

»Sie hätten es Penny sagen sollen«, meinte Anna. »Sie hätten ihr viel Kummer ersparen können.«

»Ich rede hier von meinem guten Ruf!« fauchte Lara.

»Und ich rede von Ihrer Freundin!«

»Wahrscheinlich haben Sie recht«, sagte Lara müde. »Aber ich kam mir so dumm vor. Ich habe ihr nicht einmal erzählt, daß ich mit ihm verheiratet war. Er war ein paar Jahre jünger als ich, und ich hatte Angst, sie würde mich nicht mehr für voll nehmen.«

»Also wurde die arme Cynthia Ihrem guten Ruf geopfert.«

»Sie haben wohl kaum das Recht, so mit mir zu reden«, sagte Lara. »Sie haben sich schließlich auch kaufen lassen. Es hat mich eine schöne Stange Geld gekostet, Hugh und Cyn zu finden. Ich habe Sie gut dafür bezahlt. Und jetzt wollen Sie noch einmal abkassieren.«

»Das will ich gar nicht«, sagte Anna.

»Nun, Sie können Ihrem Mr. Fantini, Fantoni, oder wie er immer sich sonst nennt, ausrichten, daß er von mir nicht einen Cent bekommt. Ich habe ihm Informationen gegeben, aber Cynthia kaufe ich ihm nicht ab. Ich habe genug. Durch sie kann er nicht an mich herankommen.«

»Genau das hat Hugh auch gesagt«, seufzte Anna. »Die arme Cynthia. Sie ist keinem Menschen besonders viel wert. Außer vielleicht ihrer Mutter.«

»Sie kann Ihnen nichts geben«, sagte Lara schnell. »Sie hat seit einem Jahr nichts mehr verdient. Ich füttere sie gewissermaßen durch.«

»Schön dumm von Ihnen«, sagte Anna.

»Was soll das heißen?«

»Das weiß ich selbst nicht so genau«, sagte Anna. »Es ist nur so eine Ahnung. Ich könnte mich auch irren.«

»Penny hängt an mir«, sagte Lara. »Wir sind seit Jahren befreundet.«

»Freunde sind gleichberechtigt. Aber Sie haben Penny von sich abhängig gemacht.«

»Penny hängt an mir«, beteuerte Lara.

»Aber hängen Sie auch an Penny?« fragte Anna. »Sie haben ihr die Informationen vorenthalten, mit der sie eventuell ihre Familie hätte zusammenhalten können. Womöglich haben Sie Hugh sogar angestiftet. Vielleicht dachten Sie, es würde für Sie besser laufen, wenn die beiden erst mal aus dem Weg wären. Sie haben erst versucht, Cynthia zurückzuholen, als Penny nicht mehr gearbeitet hat. Und dann haben Sie die Suche nach Cynthia dazu benutzt, sich Hugh vom Hals zu schaffen. Kapieren Sie das nicht? Um ein Haar wäre Pennys Tochter ihretwegen erschossen worden!«

»Sie brauchen gar nicht die Edelmütige zu spielen«, sagte Lara. »Wenn der Kleinen jetzt noch etwas zustößt, ist es allein Ihre Schuld. Der einzige Mensch, der sie diesmal verkauft hat, sind Sie.«

»Falsch«, sagte Anna. »Sie haben mir nicht zugehört. Ich kenne Mr. Fantoni nicht. Er hat mir kein Geld gegeben. Ich bin nicht zum Gegner übergelaufen. Ich arbeite zwar nicht mehr für Sie, aber ich arbeite auch nicht für jemand anderen.«

»Ich glaube Ihnen nicht«, sagte Lara. »Was wollen Sie dann von mir?«

»Gar nichts mehr«, sagte Anna. »Falls ich überhaupt noch etwas wollte, dann wollte ich nur das hören, was Sie mir gerade erzählt haben.«

71

»Sie haben mich zum Narren gehalten«, sagte Lara. Sie hielt die Handtasche auf dem Schoß und saß fast regungslos. Eine Sekunde lang schien es, als ob sie sich zusammenriß und plötzlich hellwach wurde. Doch dann verließ sie plötzlich alle Energie, und mit einem Mal war sie nur noch eine alternde Frau wie viele andere.

»Das gefällt mir gar nicht«, sagte sie. »Sie haben mich manipuliert.«

Anna wandte den Blick ab. Ein blanker, reiner Mond hing

über dem Golf. Ein Spiel, dachte sie. Hatte sie gewonnen? Es fühlte sich nicht so an. Zumindest war es kein sehr angenehmes Gefühl.

»Dafür könnte ich Sie umbringen«, sagte Lara matt.

»Hätten Sie etwas dagegen, wenn ich einen Blick in Ihre Tasche werfe, Madam?« fragte Rule von der Tür her. Lara wirkte nicht einmal überrascht. Sie griff sich mit zitternder Hand an die Stirn und massierte sich die Schläfen. Anna ignorierte sie.

Rule nahm ihr die Tasche ab, durchsuchte sie rasch und gab sie ihr zurück.

»Polizei?« sagte sie.

»Nein«, antwortete Anna. Rule ging ans Fenster. Auch er sah sich den Mond an.

»Meine Güte« sagte er. »Sie haben sich aber Zeit gelassen.«

»Was wollen Sie von mir?« wiederholte Lara und bemühte sich um eine aufrechte Haltung. »Vielleicht bilden Sie sich ein, unser Gespräch hätte Ihnen etwas gegen mich in die Hand gegeben. Aber ich habe nichts gestanden.«

»Eigentlich nicht«, gab Anna zu. »Aber wir könnten Ihnen trotzdem ein Verfahren an den Hals hängen, wenn wir wollten. Es gibt genug Beweise. Wir haben alle Teile des Puzzles beisammen – Ihre Ehe, Ihr Geschäft, Hughs nette kleine Nebenbeschäftigung, Ihre Verbindungen zu Fantini-Fantoni über Amos Farr und die Immobiliengesellschaft. Es würde viel Arbeit kosten. Aber es könnte sich lohnen. Beinahe hätten Sie mich auch umgebracht.«

»Nein, das wollte ich nicht«, sagte Lara. »Damit hatte ich nichts zu tun.«

Rule sagte: »Was denken Sie sich eigentlich, wie so ein Mord auf Bestellung abläuft? Sie glauben doch wohl nicht, daß man einen Augenzeugen mit dem Leben davonkommen läßt? Meinen Sie etwa, solche Killer lassen einen Zeugen laufen?«

»Zwei Zeugen«, sagte Anna. »Womöglich wollten Sie sogar, daß Cynthia dabei draufgeht. Ehrlich gesagt, traue ich Ihnen das zu. Schließlich hätte ich Sie nie verdächtigt, wenn Cynthia mir nicht erzählt hätte, daß Sie mit Hugh verheiratet waren. Im Leben wäre ich nicht auf Sie gekommen.«

»Was hat sie über mich gesagt«, wollte Lara wissen. »Man kann ihr kein Wort glauben. Und ich kannte sie schon, als sie noch ein Kind war.«

»Und sie kennt Sie«, sagte Anna barsch.

»Sie haben behauptet, Sie wüßten nicht, wo sie ist«, sagte Lara.

»Ich weiß es auch nicht. Aber ich bringe sie nach Hause.«

Lara schien in sich zusammenzusinken. »Sie wird es Penny erzählen.« Aus ihrem Gesicht wich alle Farbe, bis es nur noch einer geschminkten Maske glich. »Sie wird Penny alles erzählen«, sagte sie und kippte vornüber.

Sie fiel aus dem Sessel, schlug mit dem Kopf an die Kante des Couchtisches und sackte auf den Boden. Ein kleines Rinnsal Blut schlängelte sich durch ihr goldenes Haar.

»Das darf doch nicht wahr sein!« sagte Anna. Sie kniete sich neben Lara und fühlte ihren Puls.

Rule rückte den Couchtisch beiseite. Er starrte in die panisch aufgerissenen Augen. »Das habe ich schon öfter erlebt.«

Er stand auf und ging zum Telefon.

Die Kopfverletzung sah nicht tief aus. Anna legte Lara ein Kissen unter den Kopf und zog ihr den Rock über die Knie.

»Ist schon gut«, sagte sie und ergriff Laras hilflose Hand. Laras Mund stand offen, aber sie sagte nichts mehr.

»Nur keine Angst«, flüsterte Anna. »Hilfe ist schon unterwegs.«

72

Anna brachte Cynthia nach Hause. Vier Tage später, an einem dunklen, kalten Morgen lieferte sie sie bei Penny ab. Sie hoffte, daß Penny vorbereitet war. Um diese Seite der Angelegenheit hatte Bernie sich gekümmert. Er hatte dafür gesorgt, daß Pennys Hausarzt zur Stelle und der Sozialdienst verständigt war.

»Na, wie war's?« fragte Bernie neugierig. »Ist schon eine komische Frau, diese Mrs. Garden. Ein bißchen überkandidelt, wenn du mich fragst.«

»Ich habe mich nicht lange aufgehalten«, sagte Anna. »Es hat bei ihr von guten Samaritern nur so gewimmelt. Für mich gab es da nichts mehr zu tun.«

Sie saßen bei Bernie in der Küche; Anna wärmte sich die Hände an einer Tasse Tee.

»Du siehst fix und fertig aus«, sagte Bernie. »Du solltest Urlaub machen, irgendwo hinfahren, wo es schön ist.«

»Nach Florida?« fragte Anna und lachte.

»Das hört sich schon besser an«, sagte Bernie. »Ich dachte fast, du kippst mir wegen tödlicher Depressionen aus den Pantinen. Nimm dir noch ein Stück. Wenn Syl zurückkommt, und es ist noch was übrig, macht sie mir die Hölle heiß.«

Es war ein Schokoladencremekuchen, dunkel und beruhigend – genau die Sorte Kuchen, von der erwachsene Kinder träumen. Anna nahm sich noch ein Stück. Bernie goß Tee nach, und Anna erzählte ihm alles, was sie ihm noch nicht am Telefon gesagt hatte. Fast alles.

»Nimm es dir nicht so zu Herzen«, sagte Bernie, als sie fertig war. »Gegen einen Schlaganfall ist man machtlos. Es war doch nicht deine Schuld.«

Ungefähr das gleiche hatte Rule auch schon gesagt. »Sie haben sie nicht zu hart angepackt«, sagte er. »Meine Herren, als ich da draußen am Warten war, dachte ich schon, Sie kommen überhaupt nicht mehr zur Sache. Und dann dieser Schwachsinn über die mentale Seite des Spiels. Was Sie mit ihr gemacht haben, kam mir eher vor wie Angeln als wie Tennisspielen.«

»Zum Angeln braucht man Zeit«, sagte Anna. »Zeit, Geduld und Fingerspitzengefühl.«

»Fingerspitzengefühl!« schnaubte Rule. »Morgen nehme ich

Sie auf meinem Boot mit, dann können Sie mal sehen, wieviel ›Fingerspitzengefühl‹ man für einen Schwertfisch braucht.«

Das hatte Anna jedoch nicht mehr erlebt, weil an dem Tag kein Schwertfisch angebissen hatte.

Sie mußte lächeln, als sie daran dachte.

»So ist es richtig!« sagte Bernie. »Das Leben ist doch gar nicht so schlimm.«

»Besser als der Tod allemal«, sagte Anna mit ihrem neuen amerikanischen Akzent. Bernie machte ein etwas erstauntes Gesicht.

»Weißt du«, sagte Anna. »Ich könnte eigentlich wieder zurückgehen. Was hält mich hier schon? Der Alte hat mich achtkantig gefeuert. Arbeitslos, obdachlos...«

»Hirnlos«, ergänzte Bernie. »Den Job kannst du wiederhaben, wenn du willst. Das weiß ich, weil er nämlich im neuen Jahr nicht mehr genügend Leute hat. Der junge Sean verläßt uns. Er hat sich bei einer Brauerei um eine Stelle als Sicherheitsbeauftragter beworben, und wie ich aus sicherer Quelle erfahren habe, hat man ihn genommen. Wenn schon ein Greenhorn wie er so einen Glückstreffer landet, überleg dir doch mal, wie weit du es noch bringen kannst.«

»Ach, ich weiß nicht«, sagte Anna.

»Für Einbruchssicherungen und Alarmanlagen gibt es immer mehr Bedarf.«

»Vielleicht ist es das gerade«, seufzte Anna. »Es geht nur noch um Geräte. Genausogut könnte ich Nähmaschinen verkaufen.«

»Bloß kannst du nicht nähen«, grinste Bernie. »Bist du nicht noch ein bißchen zu jung für die Midlife-crisis? Oder liegt es nur am Flug und an der Zeitumstellung?«

»Es ist alles so eng hier«, jammerte sie. »Eng und kalt und verkniffen.«

»Also doch Jetlag, keine Frage«, sagte Bernie und nickte vor sich hin.

»Kann ich heute bei euch übernachten?« fragte Anna plötzlich.

»Nur wenn du nicht über unser armes altes London mekkerst«, sagte Bernie. »Es geht mir wirklich auf den Wecker, wie groß alle Welt nach einer USA-Reise daherredet. Irgendwann muß ich mir die Staaten wohl selber mal angucken.«

»Ich muß zu Hause einiges regeln«, sagte Anna, die gar nicht zugehört hatte. »Ich muß mit Quex reden, aber jetzt kann ich das noch nicht.«

»Der arme Hund«, sagte Bernie.

»Was meinst du damit?«

»Tja«, sagte Bernie. »Entweder du heiratest ihn, oder du schmeißt ihn raus. So oder so ist er ein armer Hund.«

»Herzlichen Dank!«

»Gib's doch zu«, sagte Bernie. »In deiner jetzigen Gemütsverfassung kann man dich keinem zumuten.«

»Ich rufe ihn an«, beschloß Anna und wollte aufstehen.

»Das läßt du schön bleiben«, sagte Bernie. »Ganz egal, worum es geht, wenn du es heute anpackst, geht es schief. Setz dich wieder hin, und ich koche uns noch eine Kanne Tee. Willst du eigentlich gar nicht wissen, wie es deinem Freund William Herridge ergangen ist?«

»Wem?«

»William Herridge mit d. Du hast mich doch extra seinetwegen aus dem Land der unbegrenzten Möglichkeiten angerufen, oh holde Vergeßlichkeit. Du wolltest dem Burschen doch unbedingt helfen.«

»Natürlich erinnere ich mich«, sagte Anna.

»Was gibt es denn dann so dämlich zu grinsen? Hast du Blähungen?«

»Nichts«, sagte Anna. »Was ist nun aus William Herridge geworden?«

»Er hat bei F. J. P. vier Rennreifen bestellt«, begann Bernie. »Keine Gürtelreifen, Rennreifen. F. J. P. hat ihm Gürtelreifen beschafft. Er hat den Scheck storniert, wollte nicht zahlen. F. J. P. hat ihn als säumigen Zahler bei der Kreditauskunftei gemeldet. Anscheinend fährt Herridge in seiner Freizeit Autorennen. Er brauchte die Spezialreifen für ein bestimmtes Rennen. Er hatte im voraus per Scheck gezahlt. Als F. J. P. ihm die falschen Reifen besorgte, hat er den Scheck gesperrt und gesagt, sie könnten ihm mal im Mondschein begegnen. Aber in der Buchhaltung war schon alles angelaufen. Sie haben ihm immer wieder Mahnungen geschickt. Er hat immer wieder geschrieben, er hätte die Reifen nicht genommen. Und in der Zwischenzeit hatte die Buchhaltung die Kreditauskunft verständigt.«

»So ähnlich habe ich es mir vorgestellt«, sagte Anna. »Er war einfach nicht der Typ des säumigen Schuldners.«

»Richtig«, sagte Bernie. »Gut erkannt. Der Mann aus der Buchhaltung bei F. J. P. hat versprochen, sein möglichstes zu tun, um Herridge aus der Datei wieder herauszubekommen.«

»Und was ist aus seiner Beförderung geworden?« fragte Anna.

»Das ist eine andere Geschichte«, sagte Bernie. »Die ganze Sache hat einige Zeit in Anspruch genommen. Sean hatte, wie du zweifelsohne noch weißt, den Abschlußbericht geschrieben, ohne sich recht um die Sache zu kümmern. Tja, kurz nach deiner Abreise hat Beryl entdeckt, daß der Bericht verschwunden war. Großes Tamtam.«

»Ach du lieber Gott«, sagte Anna fromm.

Um Bernies Lippen zuckte es. »Sean hat geschworen, er hätte ihn nicht angerührt. Beryl hat geschworen, der Bericht wäre abgesegnet gewesen und hätte auf dem Stapel für die ausgehende Klientenpost gelegen. Beide kamen übereinstimmend zu dem Ergebnis, daß du ihn geklaut haben mußtest.«

»Aber ich würde doch keine Akte klauen«, sagte Anna verärgert.

»Dann hast du mich aus den Staaten angerufen und mich

gebeten, die Sache weiterzuverfolgen. Was ich auch getan habe. Während ich die nötigen Nachforschungen anstellte, hat Beryl den Bericht hinter dem Computer gefunden.«

»Stimmt ja gar nicht«, sagte Anna. »Er lag hinter der Diskettenbox.«

»Ist ja auch egal, sie hat das Ding jedenfalls dem Klienten geschickt.«

»Verdammt!« sagte Anna. »Konntest du sie nicht davon abhalten?«

»Ich habe es versucht, aber ich glaube, sie war so wütend auf dich, daß sie den Bericht aus reiner Gehässigkeit abgeschickt hat. Ich ging zu unserem großen Oberguru, und der sagte, ich zitiere: ›Ich denke, Mr. Schiller, wir werden keine Änderungen an dem Bericht mehr vornehmen. Eklatante Entscheidungsunfähigkeit wirkt sich auf das Verhalten zu unseren Klienten nicht gerade förderlich aus.‹ Blöder alter Knacker. Ich brachte die Ermittlungen also in Rekordzeit über die Bühne und rief den Klienten direkt an. Zu spät. Er sagte mir, er wäre mit Seans Bericht zufrieden. Er hätte seine Entscheidung bereits getroffen und nicht die Absicht, sie noch einmal zu ändern. William Herridge wurde nicht befördert. Und nicht nur das, der Klient hat seinen Vetter zum Manager gemacht, worüber William Herridge sich so aufgeregt hat, daß er sich jetzt nach einer anderen Stelle umsicht.«

»Typisch«, sagte Anna niedergeschlagen. »Das ist mal wieder so verdammt typisch. Alle verteidigen ihre Fehler mit Händen und Füßen. Das ist so verdammt kleinkariert. Und zwar von allen, angefangen bei der Autowerkstatt bis hin zum Klienten und *Brierly Security* mittendrin.«

»Ja«, sagte Bernie nüchtern. Diesmal versuchte er gar nicht erst, sie aufzuheitern oder ihr zu sagen, sie müsse sich damit abfinden.

»Das war's«, sagte Anna. »Martin Brierly kann sich seinen Job in die Haare schmieren. Ich würde ihn nicht mehr nehmen, wenn er ihn mir auf einem Silbertablett servierte.«

»Das kannst du doch jetzt auf die schnelle gar nicht entscheiden«, sagte Bernie. »Schlaf dich erst mal richtig aus und komm wieder zu dir. Im Grunde sind doch schließlich alle Brötchengeber gleich.«

»Vielleicht muß ich gar nicht für jemand anderen arbeiten«, sagte Anna langsam. »In den Staaten habe ich einen Kollegen kennengelernt. Er hat auch die Nase voll von seinem Boß und überlegt sich, etwas Eigenes aufzuziehen.«

»Das würde hier nicht gehen«, sagte Bernie. »Dafür braucht man zuviel Kapital.«

»Ich dachte auch gar nicht an England. Der Kollege sucht einen Partner.«

»Der Kollege?« sagte Bernie. »Du könntest im Ausland nicht arbeiten.«

»Das habe ich ihm auch gesagt«, antwortete Anna. »Aber ich kann es mir immer noch anders überlegen.«

Bernie starrte sie an. »Vielleicht sollten wir noch ein, zwei Wörtchen über den ›Kollegen‹ reden«, sagte er kopfschüttelnd. »Mit Jetlag ist nämlich nicht zu spaßen.«

73

Anna stand im strömenden Regen und hantierte mit den Hausschlüsseln herum. Sie schloß auf und ging nach oben. Das Haus fühlte sich verlassen an.

Quex war nicht in der Wohnung. Es war kalt, die Luft roch abgestanden. Automatisch setzte sie das Teewasser auf und zündete das Gasfeuer im Kamin an. Im Kühlschrank stand ein Viertelliter relativ frischer Milch, sonst nichts.

Anna schaute ins Schlafzimmer und ins Bad. Quex' Sachen waren aus ihrem Kleiderschrank verschwunden, seine Zahnbürste stand nicht in ihrem Becher.

Selwyn klopfte an die Tür und kam herein.

»Die Heimkehr der verlorenen Tochter«, sagte er. »War es

schön? Du siehst toll aus – ich glaube, so braungebrannt habe ich dich noch nie gesehen. Eigentlich siehst du ganz anders aus.«

»Und ich glaube, ich habe noch nie gehört, daß du über mein Aussehen Kommentare abgibst«, antwortete Anna. »Was ist los? Wieso machst du nach so vielen Jahren blinder Trunkenheit plötzlich die Augen auf?«

»Vergiß das ›innere Auge‹ nicht«, gab Selwyn zurück. »Mein Analytiker meint sogar, für einen normalen Menschen gehe mein Blick zu sehr nach innen.«

»Das darf doch wohl nicht wahr sein!« sagte Anna. »Du gehst zum Seelenklempner?«

»Nur in die Gruppentherapie«, sagte Selwyn. »Mehr kann ich mir nicht leisten. Aber du mußt das verstehen. Wenn man dem Tod noch einmal mit Mühe und Not von der Schippe gesprungen ist, sieht man die Welt mit anderen Augen. Ich bin zu dem Schluß gekommen, daß ich mit jemand reden muß...«

»Dem Tod von der Schippe gesprungen? Du?!« schnaubte Anna. »Mickrige sieben Aspirin, wenn ich mich recht erinnere.«

»Es kommt nicht auf die Menge an«, erklärte Selwyn ihr. »Sondern auf die Absicht.«

»Ich würde die Ernsthaftigkeit der Absicht schon nach der Menge beurteilen«, sagte Anna und ging, um sich eine Tasse Tee einzugießen.

»Wo ist Quex?« rief sie aus der Küche.

»In Irland.« Selwyn kam ihr nach und lehnte sich an den Türpfosten. »Er ist seit ein paar Tagen weg. Am Wochenende kommt er wieder, aber dann zieht er in die Wohnung in Fulham.«

Anna gab ihm eine Tasse Tee, und sie setzten sich mit dem Tee vor das Feuer.

»Ich habe einen Brief für dich«, fuhr er fort und kramte in seinen Taschen herum, die mit zusammengeknüllten Zetteln vollgestopft waren. Nachdem er ihn gefunden hatte, sah sie, daß er »Brot, Kartoffeln, Klopapier, Bücherei«, darauf geschrieben hatte. Selwyn mußte also selbst einkaufen gehen.

»Was macht Bea?« fragte sie. Sie wollte den Umschlag erst öffnen, wenn sie allein war.

»Blüht und gedeiht«, sagte Selwyn grimmig. »In allen Möbelgeschäften zwischen Wapping und Watford ist sie die Königin. Weißt du, Leo, allmählich sehe ich Bea doch noch im richtigen Licht. Sie ist nun einmal eine Spießerin, während ich...«

»Während du nun einmal ein Phrasendrescher bist.«

»Sei nicht so zynisch«, sagte Selwyn. »Ich weiß ja, daß du Bea magst. Und du hast ja recht, sie ist eine liebe Frau. Aber, um ehrlich zu sein, eine liebe Frau ist nicht das, was ich brauche.«

»Selwyn«, unterbrach ihn Anna. »Du brauchst auch keine böse Frau. Eine böse Frau würde dir die Eier abschneiden. Was du brauchst, ist ein Kindermädchen, verdammt noch mal.«

»Es ist meine letzte Chance«, sagte Selwyn. »Ich bin ein Träumer. Ich habe noch nie richtig gelebt. Du hast gut reden. Du kommst herum und tust was. Ich sitze nur auf meinem Hintern und träume. Ich muß etwas dagegen unternehmen.«

»Was willst du denn machen?« fragte Anna. Ohne daß sie es wollte, tat er ihr leid. »Hier herumhocken und den Immobilienhaien eins auszuwischen, ist auch nicht gerade sonderlich konstruktiv.«

»Ach, das!« Selwyn wedelte überheblich mit der Hand. »Das ist Schnee von gestern.«

»Wieso denn das?«

»Tja, wie soll ich sagen?« meinte Selwyn mit leicht verlegenem Gesicht. »West London Properties, tja, hm, also, sie geben mir Geld, damit ich den Kampf aufgebe.«

»Wieviel?«

»Jedenfalls so viel, daß ich mich davon ein paar Monate in Griechenland durchschlagen kann«, sagte Selwyn. »Du glaubst doch hoffentlich nicht, ich hätte mich verkauft, Leo?«

»Aber natürlich hast du dich verkauft«, sagte Anna lachend. »Alle Achtung! Du wolltest doch immer schon nach Griechenland.«

»Also schicke ich euch meine Sachen nach Fulham, damit ihr darauf aufpassen könnt, und nächste Woche geht es los. Weihnachten auf Kreta wäre nicht schlecht, dachte ich mir. Wie findest du das?«

»Ich finde das super«, sagte Anna. »Endlich machst du mal Nägel mit Köpfen. Ich bin beeindruckt.«

Sie dachte, auch wenn er völlig abgebrannt wiederkommt und zum Schluß doch noch in Potters Bar landet, hat er wenigstens einmal was Neues ausprobiert, etwas, wovon er bisher nur geträumt hat. Das war um Klassen besser, als sich jeden Abend zu betrinken und über das spießige Leben mit Bea zu schimpfen.

Als er gegangen war, öffnete Anna ihre Post. Hauptsächlich waren es Schreiben von Maklern, die meisten wanderten sofort in den Mülleimer. Sie hatte auch einen Brief von ihrer Schwester bekommen, die sie über Weihnachten nach Orpington einlud. Sie legte ihn zur Seite.

Als letztes riß sie Quex' Brief auf.

»Liebste Leo«, schrieb er. »Wenn Du nach Hause kommst, bin ich entweder in Irland oder in Fulham. Ich dachte, es wäre besser, wenn ich Dir Zeit und Platz gebe, über alles nachzudenken. Ich habe Dich zu sehr eingeengt.

Du redest nicht gerne über die wichtigen Dinge, das verstehe ich. Also habe ich beschlossen, Dir alles in einem Brief zu sagen. Dann kannst Du Dich entscheiden, ohne von mir beeinflußt zu werden. Außerdem muß ich auf diese Art und Weise auch mir selbst gegenüber ehrlich sein und wirklich das aussprechen, was mir am Herzen liegt.

Ich möchte ein Heim haben. Ich möchte Dich heiraten. Und wenn Du das nicht willst, möchte ich mit Dir zusammenleben.

Ich bin nämlich gerne mit Dir zusammen. Mit Dir ist das

Leben einfach lustiger und aufregender. Ich hätte gern, daß das auf Dauer so bliebe.

Andererseits wäre das Leben mit Dir natürlich weder lustig noch aufregend, wenn ich Dir nicht Deine Freiheit ließe, was Deine Arbeit und Dein Privatleben angeht.

Das war es eigentlich schon. Es tut mir leid, daß ich neulich am Telefon so pampig war. Manchmal fühle ich mich abgeschoben und abgelehnt, und das kann ich nicht gut wegstecken.

Überleg es dir, Leo, und gib mir Bescheid, wenn Du Dich entschieden hast – in Liebe ...«

Er ist ein lieber Kerl, dachte Anna. Er sah, daß sie nur dann über ihn nachdenken konnte, wenn er nicht im Zimmer war. Wenn er mit ihr im selben Zimmer war, wurde es ihr immer zu eng.

Sie saß in dem leeren Haus und dachte über große Männer und kleine Zimmer nach.